文学与文化丛书

风俗文化与唐代文体关系研究

严春华 著

南開大學出版社
天 津

图书在版编目(CIP)数据

风俗文化与唐代文体关系研究 / 严春华著. —天津 ：南开大学出版社，2019.1
（文学与文化丛书）
ISBN 978-7-310-05509-8

Ⅰ.①风… Ⅱ.①严… Ⅲ.①风俗习惯—关系—中国文学—古典文学研究—唐代 Ⅳ.①K892②I206.2

中国版本图书馆 CIP 数据核字(2017)第 287336 号

南开大学出版社出版发行
出版人：刘运峰
地址：天津市南开区卫津路 94 号　　邮政编码：300071
营销部电话：(022)23508339　23500755
营销部传真：(022)23508542　　邮购部电话：(022)23502200
*
北京虎彩文化传播有限公司印刷
全国各地新华书店经销
*
2019 年 1 月第 1 版　　2019 年 1 月第 1 次印刷
230×155 毫米　16 开本　19.25 印张　1 插页　247 千字
定价：78.00 元

如遇图书印装质量问题，请与本社营销部联系调换，电话：(022)23507125

本书为教育部人文社会科学青年基金项目(项目批准号:10YJCZH197)研究成果

目 录

绪　论

一

近年来的古代文学研究越来越清楚地表明，拓宽学术视野，将文学与其他学科结合起来研究往往能使研究的背景扩大，从不同侧面解读文学，使得研究更深入、更立体化。由文学文本转向文化形态的一系列唐代文学研究成果，奠定了唐代文学成为古代文学研究之显学的基础。这类交叉研究中，风俗与文体的结合研究是我们不应忽视的。文体是文化的产物，唐代文体的发生和演变受唐代风俗文化的影响；而凝定为特定审美形式规范的唐代文体，也投射出唐代风俗文化的风貌。要全面认识唐代文体的文体特征、理清其发展脉络，必须研究唐代风俗与唐代文体的关系。故而丹纳有言，要了解艺术家，必须正确地设想他们所属的时代精神和风俗概况。[①] 民风习俗正是这一时代精神和风俗概括的最内在层面，因而研究唐代的风俗文化，

---

① ［法］丹纳著，傅雷译：《艺术哲学》，人民文学出版社 1994 年版，第 7 页。

对于渗透着风俗文化的唐代文体的研究意义毋庸讳言。

唐代文化是我国文化发展史上最辉煌的一页，也是风俗史的一个重要转折期。汉魏旧俗和北朝胡俗在这一时期得到了消化和整合，随着生产力的发展，经济的繁荣，国家的开放，统一、开放、融合的时代氛围造就了纷繁多样的文化生活，作为其中重要组成部分的风俗文化，在承继以往传统风俗的同时更增添了时代之风习，得到了长足的发展，较以往更为丰富而广泛，呈现出特有的时代面貌，并对后期的传统社会产生了深远影响。

然而以往的风俗文化研究与文体研究基本上是并行的，缺少交叉和结合。

现今已有的相关研究成果中，系统化的研究较少，对某类风俗的研究较多集中在节日风俗等方面，整体不平衡，对风俗与文体的关系研究，深入研究风俗文化与文体相互影响的极为少见；且缺乏对诗歌之外其他文体的研究。

有鉴于此，本书选择风俗文化与唐代文体关系作为研究对象，试图在目前学界对二者关系较为零散的研究和薄弱的系统研究的基础上，将这一交叉研究推进和深入，着力于分析风俗文化对唐代文体的影响和渗透。本书从唐代诗歌、传奇小说、应用文体等主要的文体分析风俗文化对各类作品从内容到形式所产生的影响，分析文体在一定的风俗文化影响下所具有的时代特征，透视特定时期的历史风俗对文体的影响的各个方面，展示文化作为文学滋生土壤的巨大影响力。

“风俗”一词在我国古籍中多次出现，在各个时代给出的对“风俗”的定义中，大体可以分为两类。一种认为上行下效而形成的社会风尚谓之“风”，民众间的习惯则谓之“俗”，将“风”归囿于上层，将“俗”纳入下层民间。如《周礼》：“风，谓政教所施，故曰上以风化下，又云‘风以动之’，是也。俗，谓民所承袭，故曰‘君子行礼，不求变俗’,是也。”[①]《〈风俗通义〉题辞》:“上行下效谓之风,众心安定谓之俗。”“介于上谓之风,效于下谓之俗。”[②]

另外一种则认为“风”乃自然、地域因素形成,社会因素形成的则谓之“俗”。以班固为代表,他认为:“凡民禀五常之性,而有刚柔缓急,音声不同,系水土之风气,故谓之风;好恶取舍,动静无常,随君上之情欲,故谓之俗。”[③]

前者从社会阶层的等级性来区分“风”与“俗”,后者从地理因素与人文因素来辨别“风”与“俗”,但两种认识都肯定“风”与“俗”联合起来包括社会各阶层的风尚、习俗,即“风俗”一词在古代所指范围具有全民性。

现代学科史上的风俗学,有了较为一致的范围界定,指人们在特定的自然环境和具体的社会条件下形成的群体性的生活习尚,即长期相沿积久形成的风尚、礼节、习惯等的总和,是存在于一定社会中的一种生活方式、行为习惯。它具有一定社会群体的生活标准和心理积习,又具有继承性的特点;一方面蕴含着很深的历史积淀,一方面又是近乎日常的社会意识。

有关“文化”的各种不同的定义至少有二百多种,迄今为止仍没有获得一个公认的、令人满意的定义。泛化而论,文化指人们在社会历史实践过程中所创造的物质财富和精神财富的总和,特指精神财富,如教育、科学、文艺等。[④] 本书所选取的关于文化的观念,是从社会的角度来定义的。它由文化研究的重要奠基人雷蒙·威廉斯提出,即文化是对一种特殊生活方式的描述,不仅表现为艺术和学问中

---

① 《周礼注疏》卷三十三,阮元:《十三经注疏》,中华书局影印本 1979 年版,第 226 页。

② 陆树声:《陆文定公书》,千倾堂书局石印本。

③ 班固:《汉书》卷一八,中华书局点校本 1975 年版,第 1640 页。

④ 此定义参见罗竹风主编:《汉语大词典》,汉语大词典出版社 1993 年版,第 94、98 页。

的某些价值和意义，也表现为制度和日常行为中的意义和价值。[①] 他认为从本质上说，文化是一种生活方式。

由此本文所论述的风俗文化，是由风俗的内涵与文化的社会定义融合而生的，是文化的一种表现形态，是社会各阶层在一定的自然环境和具体的社会条件下形成的生活习惯、行为模式、伦理观念、价值取向、思维方式和审美情趣，以及由此而产生的意义和价值。它可分为物态化文化层与行为、心理文化层。自然因素、人文因素是风俗文化形成的两个重要因素。

深刻剖析风俗文化的内涵，还需要辨析几个相关概念。

首先是与风俗文化有着莫大关系的民俗文化。二者有着密切联系，在中国传统文化观念中，"风俗"与"民俗"二词在一定程度与文化背景下有着通用性。然古人更喜讲"风俗"，以其指代整个社会的普遍性行为与心理；"民俗"则有偏重民间的内涵倾向。今天作为研究对象而言，民俗学是来源于西方的概念，19 世纪中期英国学者汤姆斯首倡"民俗学"，主体范围是研究民众间流传的信仰、传说、习惯、故事、歌谣等，包括物质民俗、社会民俗、信仰习俗，这与风俗文化在研究主体上有着许多交集，具有极大的相关性。但二者的区别也是显见的：风俗文化连贯古今，主体囊括社会各个阶层，既包括民间风俗，又包括宫廷贵族的风尚，具有历史性、全民性。民俗文化则着重于民间习俗，重在当代，因而更有现实性、民间性的特点。[②] 正是基于此，本书以唐代风俗文化为论题，囊括当时宫廷贵族的风尚，也包括民间

---

① [英]雷蒙·威廉斯：《文化分析》，赵国新译，罗钢、刘象愚主编《文化研究读本》，中国社会科学出版社 2000 年版，第 125 页。雷蒙·威廉斯在《文化分析》一文中讲到了文化的三种定义：第一，文化是人类完善的一种状态或过程，即永恒的秩序和价值；第二，文化是知性和想象作品的整体，即各种记载人类思想和经验的文本；第三，文化是社会的定义，文化是对一种特殊生活方式的描述，不仅表现为艺术和学问中的某些价值和意义，也表现为制度和日常行为中的意义和价值。

② 此种观点参见韩养民：《中国风俗文化学》，陕西人民教育出版社 1998 年版，第 9 页。他认为风俗文化是"纵列的历史"，民俗文化是"横排着的历史"。

的各类风俗；既包含唐代承继以往朝代的习俗，更包括唐朝新出现的时尚风俗。

其次，风俗与风尚、风习、风气等概念的异同。这一组概念有着内涵和外延的交叉重合，往往在模糊表达时混合使用。因学界的一些未达共识的标准难免引起异议，这里对这一组概念的区分，我们均采用通行较为广泛的《汉语大词典》的定义。图 1 即根据《汉语大词典》的解释对上述四组概念进行图例说明：

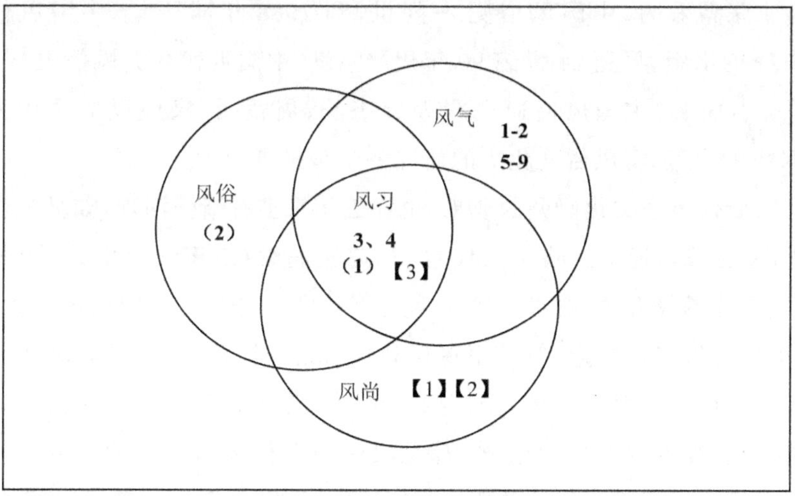

图 1　风俗与风习、风气、风尚的异同

图示说明：

风俗：(1)相沿积久而成的风气、习俗；(2)指民间歌谣。

风习：风俗习惯。

风尚：【1】气节；【2】风格；【3】风气、习俗。

风气：1.指空气和由空气流动而生的风；2.气候；3.风尚习俗；4.谓某种时新的风尚习俗；5.气氛情景；6.风采气度；7.指诗文书画的风格或气韵；8.指古代的一种占候之法；9.病名。

由图示可知，风习是与风俗最为相近的概念，风尚的义项三与风俗相吻合，风气的义项三与义项四，侧重于风俗的时尚性，属于风俗中的时尚风俗类。本书讨论唐代风俗文化，从学科意义而言，是断代的历史风俗学，因而在探讨过程中亦多偏重于风俗的时代特点，即唐代的时尚风俗，在此点意义上，是与风尚相叠合的。

二

至今为止，中国风俗文化的研究已经走过了近百年风雨历程，从清末张亮采的《中国风俗史》[①]问世，到1988年邓子琴《中国风俗史》[②]的出版，再到21世纪90年代严昌洪《中国近代社会风俗史》[③]，及至今全套《中国风俗通史》[④]及徐杰瞬、周耀明《汉族风俗文化史纲》[⑤]的出版，将风俗文化史的研究一步步推进。

唐代风俗文化研究的成果，也在近年来多有新作涌现：如吴玉贵著《中国风俗通史》(隋唐五代卷)[⑥]，赵玉润编《隋唐文化史》[⑦]，李斌城、李锦绣等人的《隋唐五代社会生活史》[⑧]，高国藩《中国民俗探微》《敦煌民俗资料导论》[⑨](前书探讨敦煌古俗与民俗流变，后者利用敦煌文书所抄的民俗数据，全面探讨中古时期河西地区民间风俗)，谭蝉雪《敦煌岁时文化导论》[⑩]，都是集中于唐代风俗文化的研究。相对于唐代风俗文化的整体研究，各种分类研究也日渐兴盛，黄正建的

---

① 张亮采：《中国风俗史》，东方出版社1996年版。

② 邓子琴：《中国风俗史》，巴蜀书社1988年版。

③ 严昌洪：《中国近代社会风俗史》，浙江人民出版社1992年版。

④ 陈高华、徐吉军：《中国风俗通史》，上海文艺出版社2001年版。

⑤ 徐杰瞬、周耀明：《汉族风俗文化史纲》，广西人民出版社2001年版。

⑥ 吴玉贵：《中国风俗通史》(隋唐五代卷)，上海文艺出版社2001年版。

⑦ 赵玉润：《隋唐文化史》，陕西师大出版社1992年版。

⑧ 李斌城、李锦绣：《隋唐五代社会生活史》，中国社会科学出版社1998年版。

⑨ 高国藩：《中国民俗探微》，河海大学出版社1990年版。高国藩：《敦煌民俗资料导论》，新文丰出版公司1993年版。

⑩ 谭蝉雪：《敦煌岁时文化导论》，新文丰出版公司1998年版。

《唐代衣食住行研究》[①],从衣食住行等方面展示唐代物态化风俗面貌,贾二强的研究则主要集中于唐代民间信仰,其《唐宋民间信仰》《神界鬼域 唐代民间信仰透视》[②],从分析文学作品中的各类神仙与冥界信仰入手,呈现唐代民间信仰风俗概貌。有关唐代文坛风俗的研究,则以李志慧的《唐代文苑风尚》[③]为代表,该书从科举理想、隐逸情趣、生活情趣等方面来透视唐代文坛风习。比较而言,节日风俗类的研究,是唐代风俗文化中的重镇,得到研究者的青睐,各类论文相继涌现。如张勃《唐代的节日研究》、张泽咸《唐代的节日》、张弓《敦煌春月节俗探微》、裘锡圭《寒食与改火——介子推焚死传说研究》、罗时进《孤寂与熙悦——唐代寒食题材诗歌二重意趣阐释》[④]等,诸论文揭示了唐代节日风俗的现象,并从精神层面、文化层面对其背后的民俗意义加以阐发。

与风俗史研究同步相应,风俗文化理论的研究,也开始打破沉寂。韩养民的《中国风俗文化学》与《中国风俗文化导论》[⑤],揭示了风俗文化与民俗文化的异同,探讨风俗文化与政治、经济、地域、宗教、礼法、艺术等各方面的关系,仲富兰的《中国民俗文化学导论》[⑥],建立了中国民俗文化理论上全新的解释模式,从文化传统、学术观念、民间思潮、群体心理、习俗积淀等不同层面,努力揭示作为民间文化传承载体的中国民俗文化学的文化内涵。日本学者岸本美绪的《风俗与历史观》[⑦]一文,从三种对比概念来探讨风俗的含义,以顾炎

① 黄正建:《唐代衣食住行研究》,首都师范大学出版社 1998 年版。

② 贾二强:《神界鬼域 唐代民间信仰透视》,陕西人民教育出版社 2000 年版;贾二强:《唐宋民间信仰》,福建人民出版社 2002 年版。

③ 李志慧:《唐代文苑风尚》,文津出版社 1998 年版。

④ 分别见山东大学 2007 年博士学位论文;《文史》第三十七辑,中华书局 1993 年版;《中国史研究》1989 年第 3 期;《中国文化》1990 年第 1 期;《文学遗产》1996 年 2 期。

⑤ 韩养民:《中国风俗文化学》,陕西人民教育出版社 1998 年版。韩养民、韩小晶:《中国风俗文化导论》,陕西人民出版社 2002 年版。

⑥ 仲富兰:《中国民俗文化学导论》,浙江人民出版社 1998 年版。

⑦ [日]岸本美绪:《风俗与历史观》,《新史学》十三卷三期。

武的风俗史观为例，阐明明清学者重视风俗的理由，并讨论了风俗概念将带给今日历史学的启示。

今天的文学研究，越来越重视文学与社会文化生活的种种联系、文学与其他艺术门类之间丰富复杂的关系，在交叉学科研究风起云涌的时代背景下，风俗文化与古代文学的关系研究，也引起学者广泛的兴趣。王巍《〈诗经〉民俗文化阐释》[①]以《诗经》为中心，从生活民俗、礼仪民俗、婚姻民俗、岁时节日与信仰民俗、游艺民俗等方面展示当时的风俗文化及人们的审美取向；李道和《岁时民俗与古小说研究》[②]着眼于民俗和小说的共生互动关系，对寒食、上巳、端午、七夕、重九五个传统节日的起源、背景、意义，及对其生发的古小说母题如女鸟、二女、幽婚等故事，以及从民俗事象到文学意象的转化等，做了梳理和辨析，在某一类风俗与某种文体之间的关系这一研究领域开拓了新功。张丑平《上巳、寒食、清明节日民俗与文学研究》[③]也是选取这一类民俗，对宋代之前的上巳、寒食、清明节日的民俗演变和节日文学创作进行了较为细致的研究和探讨。对于风俗文化与文学的关系，选取一个朝代做断代研究，也是二者关系研究的重要方式。柯玲《民俗视野中的清代扬州俗文学》[④]以特定的历史时段和地域环境为视角，紧密结合都市文化消费情结的论题，对清代扬州俗文学的生成和延续进行了详细的梳理和深入的探究。昝风华《风俗文化与汉代文学》[⑤]从汉诗、汉赋、散文以及汉代小说等文体具体分析汉代风俗文化对文学的影响；王燕《时尚风俗与元杂剧》[⑥]分析了时尚风俗在元杂剧中多样的表现及对元杂剧品格形成的影响，展现了元杂剧

---

① 王巍：《〈诗经〉民俗文化阐释》，商务印书馆 2004 年版。

② 李道和：《岁时民俗与古小说研究》，天津古籍出版社 2004 年版。

③ 张丑平：《上巳、寒食、清明节日民俗与文学研究》，南京师范大学 2006 年博士学位论文。

④ 柯玲：《民俗视野中的清代扬州俗文学》，上海社会科学院出版社 2006 年版。

⑤ 昝风华：《风俗文化与汉代文学》，山东大学 2007 年博士学位论文。

⑥ 王燕：《时尚风俗与元杂剧》，广西师范大学 2007 年硕士学位论文。

与元代时尚风俗交互作用，成就彼此的关系。

具体到风俗文化与唐代文学关系的研究，先锋之作当推程蔷与董乃斌合著的《唐帝国的精神文明》[①]一书，该书从民俗学视角研究唐代文学，既为文学史研究辟一新境，又对历史民俗学的构建做出尝试。由于注重于多侧面、多角度地展示唐朝的民俗画面，所以该书是从民俗的角度立论，利用文学资料再现唐人的生活情境。此外，刘航的《中唐诗歌嬗变的民俗关照》[②]通过对风俗诗所蕴含的文化信息的分析，探讨了中唐风俗的若干特点，对风俗诗兴盛的现象做了全面、系统的考查，是研究风俗诗的一部最新著作。集中于诗歌文体的研究，还有何立智《唐代民俗和民俗诗》[③]、赵睿才《时代精神与风俗画卷——唐诗与民俗》[④]，两部书都以诗歌中所反映的民俗内容来分类阐释。从某类风俗文化来探讨文学创作的，以节日风俗较为集中，如朱红《唐代节日民俗与文学研究》[⑤]就是选择节日民俗来研究唐代节日民俗及其与文学的关系；刘衍军《唐代节俗诗研究》[⑥]以唐代节俗诗歌作为研究对象，揭示唐代节日活动的文化内涵。学者们还充分注意到古代文学创作中所反映的民俗现象是十分珍贵的风俗学资料，因而注意从文学作品中挖掘某类风俗文化，如段塔丽《从唐墓志看唐代的婚姻习俗》[⑦]从墓志这一特定的文体视角来研究民俗，万德凯《杜诗中的民俗文化因素研究》[⑧]，从杜甫的诗歌作品来管窥唐代民俗文化。

---

① 程蔷、董乃斌：《唐帝国的精神文明——民俗与文学》，中国社会科学出版社 1996 年版。

② 刘航：《中唐诗歌嬗变的民俗关照》，学苑出版社 2004 年版。

③ 何立智：《唐代民俗和民俗诗》，语文出版社 1993 年版。

④ 赵睿才：《时代精神与风俗画卷——唐诗与民俗》，河北人民出版社 2002 年版。

⑤ 朱红：《唐代节日民俗与文学研究》，复旦大学 2002 年博士学位论文。

⑥ 刘衍军：《唐代节俗诗研究》，暨南大学 2004 年硕士学位论文。

⑦ 段塔丽：《从唐墓志看唐代的婚姻习俗》，《文博》1998 年 5 期。

⑧ 万德凯：《杜诗中的民俗文化因素研究》，河北大学 2000 年硕士学位论文。

文体研究一直是古代文学研究的一个方面，20 世纪 80 年代起，古代文体研究开始进入活跃期，领军人物是褚斌杰、郭英德和吴承学，研究视角有三个：一是综合探讨古代各种文体的基本特征；二是深入研究某一文体的形态流变；三是对某一时代某一理论家的文体理论进行论析。研究成果散见于褚斌杰《中国古代文体概论》、吴承学《中国古代文体形态研究》、陈必祥《古代散文文体概论》、于雪棠《先秦两汉文体研究》、李长徽《〈文心雕龙〉文体论研究》等。这些论著，主要是集中于文体本身的特征、流变与理论研究，是就文体谈文体。但令人遗憾的是具体到唐代文体，却没有系统和综合研究的专著，现有的研究成果，都是探讨唐代某种单一文体的论文，如《唐宋传奇小说文体研究》(华东师范大学 2004 年博士学位论文)、《唐传奇文体考辨》、《唐代序文文体概说》等。

文体是文化的产物，文体的形成和定型受社会文化的制约。相对于文化学在古代文学研究上的广泛使用来说，古代文体的文化性的研究被忽视了。

我国学者从文化视角来探讨文体肇始于 20 世纪 90 年代，陶东风的《文体演变及其文化意味》首次为我们建构起了历时文体学与文体文化学的理论框架。古代文体的文化学研究也有相关论文涌现：《中国古代文体的文化特征》《论中国古代文体序列的特点及其文化成因》《中国古代小说文体变迁的文化机制》等论文着眼于整个古代文体的文化性；断代的研究则集中于六朝、宋等朝代，如论文《六朝文体与儒家礼教文化》《宋词文体特征的文化阐释》，但总的来说，从文学的视角来探讨古代文体演变的研究却显得薄弱，许多讨论文体演变的论文，都集中于从不同文体的相互影响来谈演变，或仅就其演变的表征来谈演变，如《诸体相济共存与韵文文体演变》《宋文文体演变论略》，故而有关唐代文体的文化学研究尤显薄弱，甚至还没有相关的系统研究。

综观学界古代文体的研究现状，存在以下亟待解决的问题：其一，从研究视角看，往往侧重于文体的特征、形态流变与理论研究，对古代文体缺乏文化学视角；其二，从研究范围看，往往把古代文体的研究局限于其中的各类文体本身，并未深入研究这些文体产生的文化背景，缺乏文化与古代文体的关系研究；其三，从研究思路与方法看，往往偏好于古代文体的理论建构与批评，忽视文艺社会学、文化人类学、民俗学等多学科的综合研究。

本书选择风俗文化与唐代文体演变作为研究对象，试图在对二者关系较为零散的研究和薄弱的系统研究的基础上，将这一交叉研究推进和深入，探讨二者的相关性如何实现形态转换，并着力于分析风俗文化对文体的影响和渗透。

为了研究分析唐代风俗文化对文体的深层次渗透，本书在分别概述风俗文化与唐代文体概况的基础上，以探讨风俗文化与唐代文体之相关性为理论重点，并从文学、文人两方面入手来阐释。这样的研究思路是基于理论分析风俗文化对文体的影响，是以讨论风俗文化对文学、文人的影响为基础的。

本书选择六类有代表性之文体，探究风俗文化对其文体发生、演变所产生的影响：探讨风俗文化对唐诗文体的影响：影响唐诗的创作和传播、艺术形式、审美性、文化内涵，并加强诗歌的娱乐与社交功能；讨论风俗文化对传奇小说文体的影响：外部影响主要是聚谈风习促进传奇小说的创作，“说话”风俗影响传奇的叙事艺术，文本影响则表现在城市生活风俗构成传奇中典型化的环境、时兴风俗影响传奇创作题材，社会风俗心理影响人物形象定位；分析墓志文体与风俗的关系：唐代厚葬风气刺激墓志的修撰，墓葬信仰决定了墓志的实际运用功用，影响墓志文体的标题定位与内容构架；讨论祭神风俗与祭神文的联系：语言与文字的通神信仰，奠定唐代祭祀文学直接参与祭祀仪式的基础，宣读、焚烧与投掷使祭文成为祭祀仪式的一部分；研究判词与唐代社会风尚之关系："以判为贵"的风尚促进了判词的创作，时风促进了判词的文学化；探讨唐代风俗与唐代谣谚的关系：从政治风貌、生活风俗与文艺风尚三个角度来分析风俗如何影响谣谚的演变与兴衰。

最后以唐代仙界信仰来做风俗文化的个案研究，讨论仙界信仰题材在传奇与诗歌文体中的异同，比较同类风俗对不同文体的影响异同。

第一章　唐代风俗文化概论

风俗是一个民族相沿积久的文化现象，是人们在长期社会交往中，在物质文化与精神文化生活中所形成的集体习惯。包括物质的（衣、食、住、行等）、社会的（家族、村落等）、精神的（民间信仰等）和语言的（称谓、神话、传说等）等诸多方面。各方面的风俗在社会生活中以多层次的结构存在着，虽然历来的研究著作所论述的范围不尽一致，颇有出入，但根据学界的一般性认定，可以按照其表现于生活的深浅程度而做一些区分、排列：存在于物质生产、生活的风俗文化，是最基本的生活内容，也最易于为大众所认识；其次为存在于社会交际、社会组织中的习俗；而积淀于人们心理结构中的一些信仰、价值观等心理积习，属于精神习俗，其表现于民众生活最为隐性，又难以确切界定和把握，但因所关涉的是心理、精神习俗，于文学与文体而言，是更相近的领地，故而也是我们关注的重点。

唐代是我国封建社会辉煌灿烂的时期，也是风俗文化大发展的时期。纵向来看，唐代风俗文化承继了以往的传统风俗，南朝旧俗和北朝胡俗在这一时期得到进一步整合。同时又增添了许多时代新风习，这些使得唐代风俗文化较以往更为丰富而广泛。横向而言，唐代经济、文化处于世界领先地位，首都长安是当时世界上人口最多，最为繁华、最为富庶和文明的城市，开放的对外政策，使得唐代风俗文化在频繁的中外交往中通过兼收并蓄进一步走向多元复合的发展。

这一时期，生产力空前发展，城市手工业和商业的发展带来了城市的繁荣；社会风气开放，民众空前摆脱礼教束缚，追求个性自由；各民族实现大融合，对外经济文化交流频繁，科举制度的确立，为文人步入仕途提供了机遇，也带来了社会风习的变化。

唐代风俗早已有专著来具体探讨，吴玉贵《中国风俗通史·隋唐五代卷》分门别类地从各个方面进行论述，是目前唐代风俗文化研究最为详尽的专书。故而本书在此做唐代风俗之论述，只须着重于其各类风俗之特点，并不做全面探讨。

风俗文化是社会群体在语言、行文和心理上的集体习惯，它涉及衣、食、住、行，包含生产、婚姻、丧葬、节日、语言等诸多方面。这里我们将这些方面整合为三个层面来探讨唐代风俗文化的概貌。

第一节　纷繁多样的物质风俗

物质风俗层面主要关涉衣食住行与生产风俗。唐代的统一、开放、融合的时代氛围造就了纷繁多样的文化生活，作为其中重要组成部分的物质风俗，在承继以往传统之俗的同时更增添了时代特色，得到了长足的发展，较以往更为丰富而广泛，呈现出特有的时代面貌。

一、饮食风俗

在唐代饮食风俗上，较之前代出现了一些新的内容，成为有时代特色的风俗：

1.饮食内容的丰富多彩与胡化特色

唐代饮食较之前代，受到外来饮食风俗的影响，这也丰富了当时的饮食内容。在这些外来饮食风俗中，北方边地和西域民族的饮食风俗的渗入甚为明显，即学界所谓的胡化。这种胡化具体表现在饮食品种的胡化，如主食类中胡饼的流行，就是具体的例证。胡饼在唐代社会普遍流行，上至皇家贵族，下至黎民百姓，都食用它。《唐代长安与西域文明》就指出："至德元载，安史之乱，玄宗西幸，仓皇路途，至咸阳集贤宫，无可果腹，亦以胡饼充饥。"圆仁的《入唐求法巡礼行记》载唐文宗："开成六年正月六日，立春，命赐胡饼、寺粥，时行胡饼，俗家皆然。"[①]可见，从上至下，胡饼都受到喜爱并通行于世。而且胡饼的流行在唐代是长期的，前述材料可见在盛唐的流行，而到中唐晚唐亦是如此。中唐白居易有《寄胡饼与杨万州》一诗云："胡麻饼样学京都，面脆油香新出炉。寄与饥馋杨大使，尝看得似辅兴无。"[②]到晚唐，皮日休依然食用胡饼："胡饼蒸甚熟，貊盘举尤轻。"[③]胡饼只是唐人饮食胡化的一个例证，但由此例证却可窥见唐人饮食的胡化程度是从上至下，也贯穿了整个朝代。

胡食不仅仅渗透唐人主食，副食亦是如此。水果、蔬菜、酒类都有着胡化色彩。这些西域民族的特色食物进入唐人餐桌，让唐朝饮食品种更为丰富多样。

2.宴饮之风盛行

唐代宴饮之风盛行，从宫廷宴饮到地方官员文人的宴会，从宫廷内宴到节日宴会，从庆功宴到饯别宴，从聚会宴饮到各类仪式宴饮，从各种公宴到各类私饮，可以说宴饮已经深入唐人的日常生活，成为社会普遍流行的一种饮食风习。许多宴会一般都伴随席间娱乐来佐饮。特别是一些公宴中，乐舞表演、乐器演奏、杂技表演以及行酒令是常规活动。而如果有酒妓、艺妓佐饮，往往也伴有行令赋诗，文人赋诗，艺妓传唱，宴会就此也成为文学创作和传播的重要场所。

根据史料记载，唐代帝王宴饮总次数约 580 次，这个数字比汉代

---

① 向达：《唐代长安与西域文明》，三联书店 1957 年版，第 48 页。

② 彭定求等编：《全唐诗》卷四四一，中华书局 1979 年版，第 4918 页。

③ 彭定求等编：《全唐诗》卷六〇九，中华书局 1979 年版，第 7072 页。

帝王多 499 次[①],可见唐代宫廷帝王宴饮活动的频繁,帝王宴饮有史料可证的就有如此之多,由此可以推想小型的没有载入史册的宴饮更是经常举行,并由此可窥见地方宴饮也很流行。地方宴饮活动,现在比较齐全的有史料可证的是敦煌地区,发现于敦煌藏经洞中的《俗务要名林》。它记录了平民生活常用词,可以窥见在敦煌平民宴饮活动亦是频繁,总之,唐代宴饮风习较之前代,可谓空前兴盛。

3.饮茶风俗

饮茶之事在唐人之前于江南地区就已存在。但发展成为一种饮食风俗,则是在唐代。饮茶习俗传播途径是从僧人到文人再到平民之传播普及;唐代封演《封氏闻见记》:“(茶),南人好饮之,北人初不多饮,开元中,泰山灵岩寺有降魔师,大兴禅教,务于不寐,又不夕食,皆许其饮茶。人自怀伽,到处煮饮,从此转相仿效,遂成风俗。”[②]此则材料显示饮茶风习始于禅师而传播;同时也可见饮茶习俗是始于南方。此书又载:“按此古人亦饮茶耳,但不如今人溺之甚,穷日尽夜,殆成风俗,始自中地,流于塞外。”明确指出到唐代中后期饮茶风俗已经传播到全国各地及边疆塞外,而且喜好饮茶的程度已经到了沉溺的地步,日夜都饮。这从传播的空间与喜欢的程度两方面指出唐代饮茶风俗远超前代。

具体到饮茶方式,文人墨客在诗文中都有呈现。刘禹锡《西山兰若试茶歌》云,“山僧后檐茶数丛,春来映竹抽新茸。宛然为客振衣起,自傍芳丛摘鹰觜。斯须炒成满室香,便酌砌下金沙水”[③]就诗意地写出先摘后炒再捻,最后用水沏泡的饮茶方式。

以茶待客会友是唐代饮茶风俗的重要内容,可多人聚集饮茶,也有两人对饮。如刘长卿《惠福寺与陈留诸官茶会》就是多人聚饮。钱

① 数字来源参见韩云娃:《唐代帝王的宴饮活动推动乐舞和宴饮诗的创新与发展》,《首都师范大学学报》2009 年增刊。

② 封演:《封氏闻见记》卷六,中华书局 1985 年版,第 71 页。

③ 彭定求等编:《全唐诗》卷三五六,中华书局 1979 年版,第 4114 页。

起《过长孙宅与朗上人茶会》则是二人对饮："偶与息心侣，忘归才子家。玄谈兼藻思，绿茗代榴花。"[①]一边品茶一边谈天论地，多么惬意。

饮茶在文人眼中成为高雅的活动，会激起他们的诗兴，故而多位文人一起饮茶，会一起做联句诗。如《五言月夜啜茶联句》就是颜真卿、陆士修、张荐、皎然、崔万、李崿六人一起饮茶时所做的联句诗。陆士修在首联"泛花邀坐客，代饮引情言"[②]中就说出饮茶会激发情感来作诗。

二、服饰风俗

服饰风俗方面，唐人呈现出多样与开放的特点。

1.从窄小到宽肥的女装

有唐一代女装有明显的变化过程，从初期到后期，整体变化的风格是从窄衣紧袖转变为宽衣广袖。主体衣裳由衫、襦、裙、帔组成。这里衫与襦都属于上装，二者的区别是衫要单薄些，而襦则厚实些，类似于袄。裙则一般与衫和襦配套来穿，即上身着衫或襦，下身着裙装。帔是披在肩背上的服饰，在许多出土的图文中可见，唐代女性披帔很常见。

初唐妇女衣着继承隋朝旧制，以窄衣紧袖为风尚。《新唐书·五行志》中有记载："天宝初，贵族及士民好为胡服胡帽，妇人则簪步摇钗，衿袖窄小"，可见盛唐依然以窄小衿袖为尚。这一风习不仅延续到盛唐，甚至中唐也有余风，中唐更为流行的则是宽肥的女装，这种宽松博大，不仅仅是上衣襦衫的袖子变宽变大，下身的裙子也随着变得宽大。中唐末期唐文宗曾下诏，对裙摆和襦袖的宽广度进行限制，曰："妇人制裙，不得阔五幅已上；裙条曳地，不得长三寸已上；襦袖等

---

① 彭定求等编：《全唐诗》卷二三七，中华书局1979年版，第2648页。

② 彭定求等编：《全唐诗》卷七八八，中华书局1979年版，第8880页。

不得广一尺五寸已上。”[1]由此项规定可以从侧面得知当时社会追捧宽博裙襦，已经到了让朝廷出面制止的地步，可见追捧之风极盛。

唐代女性服饰的另外一大风俗特点即好着胡服。《旧唐书·舆服志》载“太常乐尚胡曲，贵人御撰，尽供胡食，士女皆竞衣胡服”。胡化的特色从饮食到服饰，可谓面面俱到。

2.舒适与实用的男装

唐代男子服装与女装相比，较为简单，幞头加袍衫成为当时男子的普遍服饰。幞头成为通行的首服，从皇帝到平民百姓，日常生活中都裹着幞头，终唐一世，幞头的高低，样式，软硬都有变化，由前期通行的软脚幞头变易为硬脚幞头，但这些变化终归只是样式款式的小变，不变的是其一直是男子通行的首服。幞头穿着较为方便，也受到唐人的普遍喜爱。

与幞头配套的衣服，当属圆头袍衫了。这种长衫在衣服侧边开衩，比较方便行动，穿着又比较舒适，在唐代成为男子最为通行的服饰。在有阶级区分的封建社会，如果上下都通行穿此类衣服，势必让上层觉得不悦，于是圆领袍衫又通过颜色不同来区分阶级，并在袍衫上加襕以示区分。但对于服饰风俗而言，这些可谓无足轻重。总之，男子穿圆领袍衫成为唐代最为通行的男子着装风俗。

居住风俗，唐代既承继前朝，也有新的发展。当时卜居之风盛行。

占卜住宅之风在先秦就已形成，而且将阴阳五行等思想运用其中，唐人也重视占宅卜居，在选择居住环境与住宅地点时都有着种种讲究和禁忌。如讲究居住环境的阴阳、讲究住宅的凶吉、追求阴阳平衡、追求人与环境的和谐统一。

许多文人在诗文中将这一风俗记载了下来，白居易是其中比较具有代表性的，他有两首诗反映这一风习及信仰：

---

① 董诰等辑：《全唐文》卷四四八，中华书局 1983 年版，第 4579 页。

遂就无尘坊，仍求有水宅。东南得幽境，树老寒泉碧。池畔多竹阴，门前少人迹。未请中庶禄，且脱双骖易。岂独为身谋，安吾鹤与石。（《洛下卜居》）①

游宦京都二十春，贫中无处可安贫。长羡蜗牛犹有舍，不如硕鼠解藏身。且求容立锥头地，免似漂流木偶人。但道吾庐心便足，敢辞湫隘与嚣尘。（《卜居》）②

从这两首诗歌来看，白居易所追求的理想住宅，居住环境很重要，讲究住处须有水，崇尚幽静的外部环境，而低湿狭窄、喧嚣多尘则是他对住宅的禁忌。

此类卜居诗歌在《全唐诗》中为数不少，足以反映卜居之风在唐代的盛行。

三、出行风俗

由于科举制度的兴盛，文人赴京城赶考让士子出行更为寻常，而贬谪异地为官也带来文人墨客的迁移游走。出行漫游，在唐代蔚为风潮。

1.出行之风盛行

唐代出行之风盛行，具体而言，反映为两类比较集中的社会现象：一是唐代踏青、游春之风兴盛；二是文人漫游之风盛行。踏青游春之风在初唐就已开始，一般在清明前后居多。此时正是浓春，桃红柳绿，景色宜人，唐人纷纷选择在此时节出行踏青游玩，成为一时风习。唐诗《客中寒食》有云："欲饮都无绪，唯吟似有因。输他郊郭外，多少踏青人。"③可见，在寒食清明时节，城郊踏青人数之众。参与踏青的不仅仅有士女、文人，甚至连十岁的小孩子也会参与。李商隐的一首无题就反映了这种现象："八岁偷照镜，长眉已能画。十岁去踏

---

① 彭定求等编：《全唐诗》卷四三一，中华书局 1979 年版，第 4763 页。

② 彭定求等编：《全唐诗》卷四四二，中华书局 1979 年版，第 4933 页。

③ 彭定求等编：《全唐诗》卷七四九，中华书局 1979 年版，第 8531 页。

青，芙蓉作裙衩。”[①]唐代的踏青风俗在前代即已出现，但在唐代盛行，成为一代风俗，无论是从《虢国夫人游春图》显示的贵族游春之盛，还是《全唐诗》中踏青诗歌之多，都表明踏青游春在唐代已经蔚为风潮。

文人漫游的现象，在许多文学史中都已提及，许多唐代文人，一生都经历过漫游。入仕之前，无论科举、入幕，还是征辟，都需要走出家门，投身游历；为官之后，被任命到各个地方任职以及贬谪边地等都不可避免地带来宦游。故而文人漫游在唐代成为流行的社会风尚。漫游让文人更多地亲近了山水，结交了更多的文友，当然也极大地促进了他们的文学创作。

2.折柳与祖饯

柳在中国文化中具有多种意蕴，不过在送别中，则主要因“柳丝”二字中，“柳”与“留”谐音，“丝”与“思”，谐音，而二者则是送别中的普遍心理。故而奠定折柳赠别的风俗心理。折柳风俗在先秦即已形成，后代一直因袭。至唐，因唐人出行之风兴盛，无论文人漫游，为官宦游，士兵远征，送别之事较之前代更为繁多，而离别则折柳相送，长安城郊的灞桥成为折柳赠别的经典之地。对于文人而言，几乎每送必折柳，故而送别诗歌中出现柳意象的十分普遍。

送别之地，多在郊外，这里往往要举行祖饯活动，天宝三载贺知章上表还乡之时，诏令供帐东门，百僚祖饯，包括李白在内的许多文人都参与了这一活动。[②] 这次祖饯活动有皇帝亲自出面，自然规模不小，普通老百姓的自然无此规模，但这却折射出当时祖饯活动很受重视。

祖饯一般包括祖和饯。祖是祖道，拜祭路神；饯则指设宴送行，宴饮之中又会进行歌舞，吟诗送别等活动。因为祖饯之风兴盛，唐代

---

① 彭定求等编：《全唐诗》卷五三九，中华书局 1979 年版，第 6163 页。

② 尤袤：《全唐诗话》卷一，中华书局 1985 年版，第 13 页。

祖饯诗歌也不在少数。诗人钱起与郎士元则成为创作祖饯诗歌的能手，官员以有其二人诗歌祖饯为荣，反之则被鄙视："大历中，自丞相以下，出使做牧，无起与士元诗祖饯者，则时论鄙之。"①

3.题壁之风大行于世

唐代文人在漫游之中，游历名山名寺，经过驿站旅馆，往往都会在这些地方的岩石墙壁或廊柱等处题写诗歌，此种风习成为唐代行旅风俗中的一道风景。文人题壁，而行者可读诗而传播，因此题壁之风在唐代诗歌传播史上意义重大。此种风俗也因此不仅仅限于文人之间，行旅商贾、僧侣游客都可成为题壁诗歌的传播主体。可以想见，经过驿站或观赏名山的唐人，会将题壁诗当作行旅之中不可或缺的人文景观。

题壁风之盛行，可从唐诗中题壁诗之众多得以印证。此种风尚在前代即有，然盛行于唐代，与唐代文人出行之盛密切相关。同时题诗地点的特殊性构成的传播特性，让行者成为诗歌文明的传播主体。此二点都表明题壁风习带给唐人行旅生活以诗意和文化熏陶。

第二节　融合开放的社会风俗

社会风俗的主体内容是社会关系的惯制，是人们在交往、结合等行为中传承与产生的集体行为方式，具体而言包括人生礼仪、岁时节气等方面的风俗。

一、婚姻风俗

1.崇尚门第到资财与才学并重

唐人婚姻观念中，比较凸显的是对门阀的重视，这里最经典的例证就是初唐贵为宰相的薛元超，评述人生三大憾事，指出不娶五姓女和不以进士及第、不得修国史一样，成为其人生最大憾事之一。这种

① 贺裳：《载酒园诗话》，郭绍虞辑《清诗话续编》，上海古籍出版社 1983 年版，第 221 页。

在婚姻观念中对门阀制度的重视，让不在五姓之内的李氏皇家也出现嫁女被拒的情况，可见门第观念的深重。

此种社会风尚，直到中唐随着科举制度的影响日深才得以逐步改观。随着门第观念在婚姻习俗中的逐步衰退，取而代之的则是对资财与才学的重视。

《唐语林》一则材料，正说明了这一新的婚姻观念："李郢有诗名，郑尚书颢门生也。居杭州，不务进取，终下郎官。初赴举，闻邻女有容，求娶之。遇有争娶者，女家无以为辞，乃曰：'备钱百万，先至者许之。'两家具钱，同日皆至。女家无以为辞，复曰：'请各赋一诗，以为优劣。'郢乃得之。"[①]这里嫁女讲究的先是百万钱财，在此基础上再择选有诗才者。

在婚姻观念中对资财的过分重视，导致唐代出现了贫女难嫁的社会现象，如果不了解这样的社会婚姻观念，就难以理解"苦恨年年压金线，为他人作嫁衣裳"的贫女之恨。

2.承继与新变兼具的唐代婚仪

古代婚姻礼俗讲究"六礼"，即纳采、问名、纳吉、纳征、请期、亲迎。这六种礼仪也代表着婚姻缔结过程中的程序，从提亲到问取女方姓名再到占卜到吉兆后，女方纳取男方聘礼，男方选定成亲吉日后告知女方，最后男方去女方家迎亲。可以说六礼是我国古代传统婚姻礼俗中影响最为深远的礼俗，历朝历代都受其影响，甚至直至今日，我们仍然可以看到其在婚俗中的相关存在。唐代婚姻礼俗，也是在继承这些传统的基础上出现一些新的时代特色。

唐代婚姻礼俗中依然流行纳采提亲，如李端诗歌《送黎兵曹往陕府结婚》中提到"奠雁逢良日，行媒及仲春"[②]及张籍《别离曲》"忆昔

① 王谠：《唐语林》，中华书局 1958 年版，第 159 页。

② 彭定求等编：《全唐诗》卷二八五，中华书局 1979 年版，第 3265 页。

君初纳采时，不言身属辽阳戍”[①]。综合来看，唐人要请媒人，进行纳采，要奠雁。古礼中纳采、纳吉、亲迎等都要用雁。

问名与纳吉，以及亲迎，也在唐代犹存。《故凤翔节度使秦王赠尚书李公楚国夫人高平朱氏墓志铭》中载：“五彩百两，亲迎有期；纳吉问名，御轮无爽。”[②]此则材料可见当时有请期、纳吉、问名和亲迎，这里御轮，即指男方亲自去女方家迎亲。这则墓志属于五代时期，足证到五代之时对六礼的基本遵循。

3.催妆与障车之新变

唐人自己对婚姻礼俗的革新与继承，有着自觉意识。《封氏闻见记》载：“近代婚嫁有障车、下婿、却扇及观花烛之事，及有卜地、安帐并拜堂之礼，上自皇室，下至士庶，莫不皆然。今上召有司酌古礼今仪，太子少师颜真卿、中书舍人于邵等奏，障车、下婿、却扇，并请依古礼。”[③]由此看来，唐代婚姻礼俗有一些新的时代特点，而从皇帝到官员对如何处理古礼新仪有着自己的考虑。

在唐代出现的有时代特色的新礼俗中，障车与催妆较为有代表性。障车，即婚嫁迎亲途中，众人设障，使婚车不能通过，索取酒食或钱财。障车有障车文，在障车时用来祝颂，《唐摭言》中载一名为汤筼的事迹：“晚佐江西钟传，书檄阒委，未尝有倦色。传女适江夏杜洪之子，时及昏暝，有人走乞障车文，筼命小吏四人，各执纸笔，倚马待制，既而四本俱成。”[④]这里障车文是在婚礼过程中及时写就。不过相对于催妆诗歌，传世文献和出土文献中存留的障车文都比较少见。比较而言，可能的原因，笔者估计在于障车这一行为更多的是趋利，在于索取酒食和钱财，也正是因为这一目的让障车习俗走向了变相索取财物从而最终被朝廷下令禁止。当然，风俗习惯并不能被一纸政

① 彭定求等编：《全唐诗》卷三八二，中华书局 1979 年版，第 4281 页。

② 陆心源编：《唐文续拾》卷七，上海古籍出版社 1990 年版。

③ 封演：《封氏闻见记》卷五，中华书局 1985 年版，第 59 页。

④ 王定保：《唐摭言》卷十，三秦出版社 2011 年版，第 154 页。

令马上废除，有唐一代，障车习俗一直存在。前引《封氏闻见记》中颜真卿上奏，要依古礼规范障车习俗，其实从侧面也证实在了中唐障车风习依然按照唐代当时的特点在流行。

在男方去女方迎亲的过程中，要将新娘子催出来，在唐代需要咏催妆诗。催妆习俗，并不是始于唐代，在北朝之时催妆由夫家诸人呼唤新娘子，催促至上车，这一习俗，在唐代得以继承，但同时却有了新变，代由咏催妆诗来完成这一仪式。这种新变和唐代诗歌大兴不无关系，催妆习俗在诗唐的土壤中与诗歌结合，催妆诗在唐代风靡一时。催妆诗有的由新郎所作，有的由傧相代作，还有的奉诏而作。诗体形式一般为近体诗。催妆诗和障车文、却扇诗一起见证了唐代文学参与婚姻礼俗之普遍，也从日常生活的侧面印证了唐代尚文之风习，诗文渗透到唐人生活的方方面面。

催妆诗歌的内容，一般少不了赞美新妇容貌，如贾岛《友人婚杨氏催妆》中的两句"谁道芙蓉水中种，青铜镜里一枝开"[①]，赞美新妇面容姣好如水中芙蓉。

作为应用文体，催妆诗的目的，顾名思义是催促新妇梳妆，故而诗歌也会少不了"催"的内容，如"传闻烛下调红粉，明镜台前别作春。不须面上浑妆却，留著双眉待画人"[②]，就是以委婉的方式催促新娘。

二、丧葬风俗

1.厚葬之风

唐代流行厚葬风俗，虽然朝廷下令禁止、文人在作品中多宣扬薄葬，但现实社会却厚葬成风，且贯穿有唐一代。厚葬具体表现在随葬品多，祭奠奢靡，墓室豪华等。

厚葬的随葬品之多，一方面是为了让死者在阴间有更多的物质保障，另一方面在送葬之时可以炫耀于路人。唐太极元年左司郎中

---

① 彭定求等编：《全唐诗》卷五七四，中华书局1979年版，第2979页。

② 彭定求等编：《全唐诗》卷七六九，中华书局1979年版，第3619页。

上奏:“近者王公百官竞为厚葬。偶人像马,雕饰如生,徒以炫耀路人,本不因心致礼。更相扇慕,破产倾资,风俗流行,下兼士庶。若无禁制,奢侈日增。”[①]这则材料就说明了用奢靡的随葬品来送葬,彰显送葬人的炫耀之心。

还有的厚葬体现为葬具豪华,祭奠奢靡。如李德裕上奏:“缘百姓厚葬,及于道途盛社祭奠,兼置音乐等。阎里编,罕知报义,生无孝养可纪,殁以厚葬相矜。丧葬僭差,祭奠奢靡,仍以音乐荣其送终。”[②]指出唐代民间厚葬,通过雇请乐手,用音乐渲染气氛,彰显祭奠和送葬排场来显示厚葬。

唐代厚葬之风越演越烈,导致有人为了厚葬倾家荡产,故而朝廷一直下令禁止。唐末,唐元宗的《禁厚葬制》清楚地表明了这种情况:“近代以来,共行奢靡,递相仿效,寖成风俗,既竭家产,多至凋敝。然则魂魄归天,明精诚之已远;卜宅于地,盖思慕之所存。古者不封,未为非远。且墓为贞宅,自便有房。今乃别造田园,名为下帐。又冥器等物,皆竞骄侈,失礼违令,殊非所宜。”[③]

2.合葬与归葬风俗

唐代丧葬信仰中,流行合葬与归葬。合葬风俗,自古即有,唐代为继,较为普遍的是夫妻合葬,作为风俗文化,这在唐代墓志里面有大量的事实明证。

翻检唐代墓志,发现夫妇合葬事例很为普遍,但这类墓志的标题均以男性为墓主,在墓志题目中标明妻子的非常少见,笔者检阅的上千篇墓志中,仅有十余篇标明了夫人姓氏,如《大唐陇西牛君夫人天水赵氏同葬墓志铭》《唐故张公夫人成氏合袝墓志铭》《唐故东海徐府君夫人彭城刘氏合祔铭》《唐故清河张府君陇西牛夫人合祔墓志铭》

---

① 刘昫等:《旧唐书》,卷四五,中华书局 1975 年版。

② 王溥:《唐会要》卷三八,中华书局 1955 年版。

③ 董诰等辑:《全唐文》卷二一,上海古籍出版社 1990 年版。

《唐故牛府君夫人范氏合祔墓铭》，大量的都是在志文中指出合葬的事实。如《大唐绵州万安县令故毛府君墓志铭》："贞观四年九月十四日终于私第，春秋八十有二，夫人张氏……先从物变，粤以其年十一月十二日合葬于姑臧县方亭里。"[①]这些材料共同反映出在唐代夫妻合葬风俗中，更多地是以男性为中心，妻从夫葬属于主流文化。

除了合葬外，如果客死他乡，家人则须将其灵柩归葬祖坟，是为归葬风俗。归葬风俗的心理在于人们普遍认为死者葬地的好坏与否决定着后世子孙的贫富贵贱及家族、家庭的昌隆衰败。唐人观念中，如所葬非地，要遭死者不满，如《太平广记》中载："张师览善卜冢，弟子王景超传其业一元中，唐尧臣卒于郑州，师览使景超为定葬地。葬后，唐氏六畜等皆能言，骂云：'何物虫狗，葬我著如此地。'家人惶惧，遽移其墓，怪遂绝。"[②]

归葬在唐代是一稳定的社会风俗。唐人典籍中记载千里护柩归葬的事例比比皆是。在墓志中也有不少，如《大唐故忻州定襄县令杜府君墓志铭并序》："以景龙二年岁次戊申二月十五日遘疾，终于京第，春秋六十有五。以三月廿八日辛酉，归葬于邙山之原。"[③]

3.墓志撰刻蔚然成风

墓志作为丧葬附属品，要放入墓穴，成为向阴间介绍逝者身份的重要文书。随着厚葬成风，讲求随葬品的奢靡，丧葬之间也纷纷刻石撰文，请人修撰墓志作为随葬品。

唐代碑志文数量巨大，名作迭出。翻检传世之作，就可以发现唐代文人大量参与墓志的写作，而出土的唐代墓志，在数量上远远超过了前代。《唐代墓志汇编》中有录文的三千六百余方，《唐代墓志汇编续集》汇集到新出土唐代墓志一千五百余方，而且还不断有新的唐代

---

① 周绍良、赵超主编：《唐代墓志汇编》贞观015，上海古籍出版社1992年版，第19页。

② 李昉等编：《太平广记》卷三八九，中华书局1961年版，第3110页。

③ 周绍良、赵超主编：《唐代墓志汇编》景龙006，上海古籍出版社1992年版。

墓志出土。这些事实清楚地表明，将撰刻墓志带入墓穴成为唐人丧葬事宜中的重要事项。

撰刻墓志的墓主从达官贵人到僧人道士；从已婚贵妇到未婚平民女子，以及比丘尼，可谓广泛。比之前代，普及度更高，正如唐人自己评述："然古人葬者亦有石志，但不如今代贵贱通为之耳。"[①]刻写墓志之盛，已经蔚为风潮："长安中，争为碑志，若市贾然，大官薨卒，造其门如市，至有喧竞构致，不由丧家。"[②]

三、节日风俗

唐代节日非常丰富，种类繁多，从岁时类的元日、立春、清明、中秋、重阳、冬至、腊日等和节气相关的，到佛诞日、皇帝生日这些人文性的节日，根据相关学者统计，大大小小有二三十种。

1.顺时与祈福的节日风俗

我国自古是个农业社会，根据农业生产和气候变化的需要，劳动人民总结生产生活的规律，归结出指导农事的节气。许多节日就是在节气的基础上逐渐总结、演化而形成的。为了顺应季节与物候的变化，做出一些农事安排和人事活动，逐渐约定俗成，就形成了节俗。许多岁时节日的起源都是基于此，故而往往这些节日风俗，也带有适应自然时节变化的特点，有着顺应天时和祈求五谷丰登、除病祛邪的特征。

如立春之时，就用打春牛、吃春盘、剪彩等来迎接新春。

打春牛，这一立春风俗就很明显地表明是为了顺应立春之时的农耕生产。具体的行为，即通过策牛来显示当年农耕早晚。所谓"以立春为候也。立春在十二月望，即策牛人近前，示其农早也。立春在十二月晦，及正月朔，即策牛人当中，示其农事也。立春正月望，即策

---

① 封演：《封氏闻见记》卷六，张耕注评，学苑出版社 2001 年版，第 138 页。

② 李肇：《唐国史补》卷中，古典文学出版社 1957 年版，第 29 页。

牛人近后，示其农晚也”。[①] 这一节俗就比较典型地有着顺时的特点。

立春日还要吃春饼、生菜等，号春盘。如杜甫《立春》诗歌：“春日春盘细生菜，忽忆两京梅发时。盘出高门行白玉，菜传纤手送青丝。”[②]用吃生菜春饼来迎春。

除此以外，立春还要剪彩。如唐诗《奉和圣制立春日侍宴内殿出剪彩花应制》：“剪彩迎初候，攀条故写真。花随红意发，叶就绿情新”，[③]就用剪彩来迎接立春。立春是二十四节气之首，寓意春天来临，剪彩花的风俗就是适应和迎接这一重要的物候变化。

唐代的出游、宴饮风习也会和这类节日风习相互影响渗透，立春如果在第二年春日较好之时，便适合出行游玩，故而在宫廷中立春便会有游苑赏春之俗。如崔日《奉和立春游苑迎春应制》，阎朝隐《奉和立春游苑迎春应制》，李适《奉和立春游苑迎春》，卢藏《奉和立春游苑迎春应制》这类诗歌就显示立春日皇帝组织的游苑活动。

有些节日风俗则比较明显地带有祈福特点，代表性的如元日、社日等。元日即正月初一，作为一年之始，讲究合家团圆，设宴庆祝。同时对于新的一年会如何，元日也会进行祈福。元日祈福的内容，一般是祈求丰年，如孟浩然《田家元日》：“桑野就耕父，荷锄随牧童。田家占气候，共说此年丰。”[④]这说明田家在元日最为盼望的是新的一年的丰收。

新年祈求长寿也是元日的重要节俗。如《元日早朝行》：“东方岁星大明宫，南山喜气摇晴空。望云五等舞万玉，献寿一声出千峰。”[⑤]这首诗歌诗题就说明元日朝廷要举行早朝大典来庆贺新年，而献寿

---

① 丘光庭：《兼明书》卷一，中华书局 1985 年版，第 8 页。
② 彭定求等编：《全唐诗》卷二二九，中华书局 1960 年版，第 2493 页。
③ 彭定求等编：《全唐诗》卷一〇三，中华书局 1960 年版，第 1087 页。
④ 彭定求等编：《全唐诗》卷一六〇，中华书局 1960 年版，第 1655 页。
⑤ 彭定求等编：《全唐诗》卷三〇七，中华书局 1960 年版，第 3486 页。

声不绝于耳，显示出祝福长寿是大典祈福的重要内容。

更为隆重的祈福活动则表现在祭祀上，春社日就是以祭祀社神来祈求五谷丰登。这种祈福活动非常正式，有着一系列的仪式，如陈叔达的《州城西园入斋祠社》："升坛预洁祀，诘早肃分司。达气风霜积，登光日色迟。农教先八政，阳和秩四时。祈年服垂冕，告币动褰帷。瘗地尊余奠，人天庶有资。椒兰卒清酌，簠簋彻香萁。折俎分归胙，充庭降受釐。方凭知礼节，况奉化雍熙。"[①]从祭祀之前的打扫清洁，到祭祀时候拜祭的虔诚，祭品的掩埋，到最后分享祭祀过的酒肉。

还有一些节日风俗是通过除灾来祈福，如上巳节的祓禊。三月三，阳春日暖，人们要在水边洗濯陈垢，消除不祥，崔颢《上巳》一诗就描写了三月三日祓禊活动的兴盛："巳日帝城春，倾都祓禊晨。停车须傍水，奏乐要惊尘。弱柳障行骑，浮桥拥看人。犹言日尚早，更向九龙津。"[②]从"倾都"到"弱柳障行骑，浮桥拥看人"，无不显示长安当时参与祓禊的人数之多。

2.娱乐与狂欢的节日风俗

唐代经济繁荣与文化昌盛，带给节日习俗以新的时代特点。比较显见的是唐代节日风俗中，全民欢乐的色彩更为浓厚，这不仅仅表现在喜庆节日上，甚至有些原本表达哀悼的清明节日，都出现了宴饮游乐的现象。由此可见，娱乐精神已经渗透唐代节日风俗。

正月十五上元节，长安取消宵禁，彻夜狂欢，举国庆祝三天，可谓狂欢的代表性节日。唐诗《上元夜效小庾体》："今夜启城闉，结伴戏芳春。鼓声撩乱动，风光触处新。月下多游骑，灯前饶看人。欢乐无穷已，歌舞达明晨。"[③]从鼓声的撩人，花灯的醉人以及骑游人之众，写出元宵夜的欢乐情形。人们结伴游玩欢乐，歌舞通宵达旦，显示出

---

① 彭定求等编：《全唐诗》卷三〇，中华书局1960年版，第430页。

② 彭定求等编：《全唐诗》卷一三〇，中华书局1960年版，第1327页。

③ 彭定求等编：《全唐诗》卷七二，中华书局1960年版，第785页。

欢乐的普及与时间之长。

在前述祭祀祈福的社日，宴饮享乐也是其重要的节俗，所谓“桑柘影斜春社散，家家扶得醉人归”[①]。春社日，在祭祀之后，村民们在一起聚饮，尽享社日之欢娱。

宴饮歌舞甚至在本应祭祖表达哀思的清明节都不少见，《清明日诏宴宁王山池赋得飞字》：“今日清明宴，佳境惜芳菲。摇扬花杂下，娇啭莺乱飞。绿渚传歌榜，红桥度舞旂。和风偏应律，细雨不沾衣。承恩如改火，春去春来归。”[②]清明宴会上，歌舞升平，游玩赏花，一派欢乐之象。

节日风俗的娱乐性还通过节日举行的各种活动来显现。端午竞舟是其中最为突出的：“杜仆射在淮南，端午日，盛为竞渡之戏，诸州征伎乐，两县争胜负，彩楼看棚，照耀江水……”[③]端午竞渡活动的盛况不言而喻已展现眼前。

此外，百戏、蹴鞠和荡秋千，都是在寒食、清明等节日举行的活动。百戏是民间对杂技等诸种表演技艺的称呼，如舞狮、马伎等，张籍《寒食内宴二首》就描绘了寒食节宫廷表演百戏的节俗：“朝光瑞气满宫楼，彩纛鱼龙四周稠。廊下御厨分冷食，殿前香骑逐飞球。千官尽醉犹教坐，百戏皆呈未放休。”[④]可见众多官员在寒食日宴饮观百戏之场景。

寒食节的蹴鞠活动，在军队中也会上演，如《寒食后北楼作》：“园林过新节，风花乱高阁。遥闻击鼓声，蹴鞠军中乐。”[⑤]一个“遥闻”，写出军中欢呼声远播，足见欢乐之盛况。

除了百戏和蹴鞠，荡秋千也是寒食节非常普遍的活动，唐诗“春

---

① 彭定求等编：《全唐诗》卷六九〇，中华书局1960年版，第7918页。

② 彭定求等编：《全唐诗》卷八六，中华书局1960年版，第925页。

③ 卢肇撰，陈尚君辑：《逸史》，泰山出版社2000年版，第51页。

④ 彭定求等编：《全唐诗》卷三八五，中华书局1960年版，第4337页。

⑤ 彭定求等编：《全唐诗》卷一九二，中华书局1960年版，第1972页。

风摆荡禁花枝，寒食秋千满地时”[①]，用一个满地，就形象地概括了荡秋千之普遍。不过相对于其他娱乐活动，荡秋千更多的是女子与儿童的节日娱乐活动。

这些娱乐和游戏活动增强了唐代节俗的娱乐性，让整个唐代节俗更具狂欢特色。

第三节　多神崇拜的信仰风俗

唐代社会神灵崇拜积习成俗，在宗教信仰方面佛教与道教均得到充分发展，也浸染到民间信仰层面。自然神崇拜上，朝廷出面主持的山岳之祭和民间祭祀并行，对祖先、鬼魂的崇拜盛行，并出现对历史人物的信仰，以及对当时有突出贡献的人的纪念而建立的诸多生祠，让唐代社会呈现出多神崇拜的风俗特征。这里选择具有代表性的几类信仰来探讨。

唐代社会神灵崇拜非常普遍，无论是观念方面、行为方面，抑或社会现象方面，都显示出神灵信仰是唐代民间信仰的中心和基础。

一、山川祭祀

山川崇拜属于自然崇拜，我国上古先民对于山川的崇拜，在我国古代的典籍中很早就有了记载。《山海经》《尚书》等典籍都有这方面的记录。从远古到唐代，人们都仰望自然的馈赠，对许多自然现象不能有科学的解释，往往通过祭祀山川神灵祈求丰年，免于灾祸。在帝制时代，山岳崇拜成为国家祭祀、民间祭祀共同的行为。唐代官方祭祀与民间祭祀同样繁盛。唐代朝廷屡屡颁布山岳祭祀的制度，派遣官员莅临山岳主持祭祀。唐代官方的祭祀分为大祀、中祀、小祀。中祀包括五岳、四镇、四海、四渎的常规祭祀，主要的职能是祈祷雨雪丰年，避免灾祸。祭祀时间一般为立春、立夏、立秋、立冬之日。所祭山川之中，五岳往往是重点，如《全唐文》中载“遣祭郊庙山川敕”：“宜令

① 彭定求等编：《全唐诗》卷三四六，中华书局 1960 年版，第 3877 页。

兵部尚书兼中书令晋国公李林甫、工部尚书同中书门下三品□国公牛仙客即分祭郊庙社稷，尚书左丞相裴耀卿祭中岳，礼部尚书杜暹祭东岳，御史大夫李适之祭西岳，太子宾客王邱祭北岳，国子祭酒张说祭南岳。其四渎四海四镇及诸名山灵迹等，各委所繇州长官祭。"[①]从敕文内容可见，朝廷派遣高级官员去分别祭祀五岳，其余的山川灵迹，则委派给地方长官来祭祀。

朝廷以及地方官员对山川祭祀的重视，促进了民间山川祭祀的发展。民间的山川祭祀有不少是在地方官员的主持下，民众参与的，故而这一类祭祀行为的文本记载往往都由地方官员完成，传世文献中单独记载民众自发性的祭祀活动的则不多见。如柳宗元在被贬柳州后，尊重当地祭祀风俗，率众进行祭祀祈雨，并作有《雷塘祈雨文》一文，其文云：

> 惟神之居，为坎为雷，专此二象，宅于岩隈。风马云车，肃焉徘徊，能泽地产，以祛人灾。神惟智知，我以诚往。钦兹有灵，爰以庙飨。苟失其应，人将安仰？岁既旱暵，害兹生长，敢用昭告，期于昐蠁。

由内容可见祈求对象为雷神，祈求原因是出现了大旱，故而祈神求雨。这是由柳宗元主持的祭祀，事实上民众自发祭祀山神水神早已积习成俗，即使在偏远之地的少数民族也盛行。柳宗元在诗歌中记载了柳州少数民族的风俗，其中"鹅毛御腊缝山罽，鸡骨占年拜水神"[②]，就点明他们用鸡骨去占卜，祈求水神保佑收成。

二、祖灵崇拜

中国自古以来就有灵魂不灭的观念，因而相信已故的祖先的灵魂会给现在家庭成员带来影响，成为祖先崇拜的信仰基础。唐代祖

① 董诰等辑：《全唐文》卷三五，中华书局 1983 年版，第 387 页。

② 彭定求等编：《全唐诗》卷三五二，中华书局 1960 年版，第 3936 页。

先崇拜的社会表现方式有庙祭、家祭和墓祭。庙祭在朝廷为太庙的祭祀，在官宦之家有家庙。但这些都属于贵族之家才有的，据学者考证，有唐一代有四十二位官员所立的家庙地点可考。[①] 这个数字表明家庙对于唐代社会远谈不上普及。因而更多的祖先崇拜是以墓祭形式展开的。

墓祭，比较集中进行的是在寒食、清明时节，王建的诗歌写出了寒食时节家家祭祖的情况："寒食家家出古城，老人看屋少年行。丘垄年年无旧道，车徒散行入衰草。牧儿驱牛下冢头，畏有家人来洒扫。远人无坟水头祭，还引妇姑望乡拜。三日无火烧纸钱，纸钱那得到黄泉。但看垄上无新土，此中白骨应无主。"[②]

除了祖先崇拜以外，唐代人物的神祇信仰中，还有各类历史人物和活着的人。其中，为纪念有功德的官员所立的生祠，是百姓为感激官员而请愿设立，并以此祈求保佑。

历史人物崇拜，如关羽、孔子在民间都立有众多祠庙。唐诗中郎士元一首《关羽祠送高员外还荆州》写道"将军禀天姿，义勇冠今昔。走马百战场，一剑万人敌"[③]，饱含对关羽神勇的崇敬之情。

唐代神灵崇拜非常普及，所祭祀的神灵也十分庞杂。除了祖先、人物神祇信仰外，各路地方神信仰也很普遍，这里最为常见的应数城隍信仰。有学者考证唐代城隍神奉祀在地域上以南方为盛，在时间上以中后期为盛。各级官吏与民众为消灾祈福往往去求助城隍神的保佑，韩愈、杜牧、李阳冰、张九龄等人在地方任职时都曾为一方风调雨顺去祈求城隍神。[④]

许多神灵祭祀还以赛神等方式来呈现，祭赛对象有田神、社神、

---

① 甘怀真：《唐代家庙礼制研究》，商务印书馆 1991 年版，第 102 页。

② 彭定求等编：《全唐诗》卷二九八，中华书局 1960 年版，第 3374 页。

③ 彭定求等编：《全唐诗》卷二四八，中华书局 1960 年版，第 2782 页。

④ 王涛：《唐代的城隍神信仰与唐中后期南方城市的发展》，《首都师范大学学报》2006 年第 3 期。

江神、司雨之神等，这些神祇都和农业生产有关，农民通过祭赛祈求保佑丰收。如韩愈《赛神》诗“白布长衫紫领巾，差科未动是闲人。麦苗含穟桑生葚，共向田头乐社神”①，描绘出田头赛社神的状况。而王维的《凉州郊外游望》则把赛田神的场景、仪式写得很具体：“野老才三户，边村少四邻。婆娑依里社，箫鼓赛田神。洒酒浇刍狗，焚香拜木人。女巫纷屡舞，罗袜自生尘。”②箫鼓奠定气氛，洒酒焚香稽首祷告，女巫起舞。这类和祈求农业丰收有关的赛神关系到农民的生产生活，仪式比较正式，而有的赛神行为则渗入祈福平安、占卜未知等。如于鹄《江南曲》：“偶向江边采白蘋，还随女伴赛江神。众中不敢分明语，暗掷金钱卜远人。”③诗中的女子在赛江神活动中，向江神祷告时，当众不敢说出心事，而是“暗掷金钱”，占卜“远人”何时归来。

三、尚鬼好巫

唐代民间信仰中尚鬼好巫之风盛行，相对而言，南方此风更盛。鬼魂信仰，其本质还是灵魂不灭的观念。唐人相信人死后去阴间，依然会过着俗世生活，需要衣食住行，故而会在人死后烧纸屋等东西来陪葬。这种风俗就是鬼魂信仰的表现：“楚俗好巫而信鬼，死者其亲戚不敢穿事葬，相传送小屋，号曰殡宫焉，虽在城郭而为之。”④

由于相信鬼魂在阴间灵魂不灭，会影响在世之人的祸福，如有生病之事，则会在意识中反应为鬼魂所为，因而选择祷告祭祀来祈求。“越人尚鬼，事有冥者，不质于医而交于神，寖以成风。”⑤这种风俗干扰民众正确的求医观念，严重影响人民的健康，故而唐代许多被贬于江南边地的文人，在地方任上，面对这种陋俗致力于如何移除：“吴越之俗尚鬼，民有病者，不谒医而祷神。余惧郡人闻余感梦之事，而为

① 彭定求等编：《全唐诗》卷三四三，中华书局 1960 年版，第 3850 页。
② 彭定求等编：《全唐诗》卷一二六，中华书局 1960 年版，第 1278 页。
③ 彭定求等编：《全唐诗》卷三一〇，中华书局 1960 年版，第 3498 页。
④ 董诰等辑：《全唐文》卷七四六，中华书局 1983 年版，第 7729 页。
⑤ 董诰等辑：《全唐文》卷七六四，中华书局 1983 年版，第 7945 页。

巫觋之所张大，遂悉纪其事，与祝神之文，刊之于石。因欲以权道化黎，使其知神虽福人，终假医然后能愈其疾耳。”[①]

有时，其风之甚，让地方官吏也无能为力。段成式在括州任上就是如此：“自临此郡，郡人尚鬼，病不呼医……予晓之不回，抑知元规忘解牛，太真因毁犀，悉能为祸，前史所著。以好道州人所向，不得不为百姓降志枉尺，非矫举以媚神也。因肆笔直书，用酬神之不予欺。”[②]

尚鬼之风往往和好巫并行，因人与鬼的沟通需借助于巫，故而好巫的实质还是尚鬼神，而巫风的存在主要是在通鬼神的祭祀、祷告等仪式中出现。巫者参与祭祀的方式之一即在祭祀上击鼓作舞，如：“老农老圃望天语，储潭之神可致雨。质明斋服躬往奠，牢醴丰洁精诚举。女巫纷纷堂下儛，色似授兮意似与。”[③]在箫鼓声的伴奏中，女巫起舞，做出告神与交流的样子。参与祭祀的方式之二，就是用鸡卜、乌卜等占卜方式来占吉凶，求平安。元稹就对此有过记载：“楚人染病，竞赛乌鬼，楚巫列肆，悉卖瓦卜。”[④]此句是其自注诗句“巫占瓦代龟”，故而联合起来看，意思是在楚地巫者用瓦卜代替龟卜来为病人占卜。除了瓦卜，还有鸡卜在南方也用得很普遍：“今永新之为邑也。……而其俗信巫鬼，悲歌激烈，呜呜呜鼓角鸡卜以祈年，有屈宋之遗风焉。”[⑤]

以上就唐代风俗文化的三个主要层面进行了探讨，总之，唐代的统一、开放、融合的时代氛围造就了纷繁多样的风俗文化，在承继以往的同时更增添了时代之新风，呈现出特有的时代面貌。

---

① 董诰等辑：《全唐文》卷七二九，中华书局 1983 年版，第 7515 页。

② 董诰等辑：《全唐文》卷七八七，中华书局 1983 年版，第 8236 页。

③ 董诰等辑：《全唐文》卷八八七，中华书局 1983 年版，第 9275 页。

④ 《元稹集》，中华书局 1982 年，第 118 页。

⑤ 董诰等辑：《全唐文》卷七六五，中华书局 1983 年版，第 7950 页。

第四节　唐代风俗文化的特点

唐代的统一、开放、融合的时代氛围造就了纷繁多样的文化生活，作为其中重要组成部分的风俗文化，在承继以往传统之俗的同时更增添了时代之风习，得到了长足的发展，较以往更为丰富而广泛，呈现出特有的时代面貌。总的来说，有以下几个特点：

一、融合与开放

唐代各民俗大融合的实现，使各民族、各地域的风俗文化得以广泛交流，这其中最为突出的是胡、汉风俗的整合。唐代宗室胡汉混化的血统，奠定胡汉文化交流的基石。以草原游牧文化为基础的胡族风俗文化，与汉族农耕文化，在相互碰撞、交流中逐步整合、同生共长、互相渗透，从而达到融合，唐代风俗文化带上胡化气息："太常乐尚胡曲，贵人御馔尽供胡食，士女皆竟衣胡服。"[①]

除了民族之间的融合外，汉族内部地域间风俗文化的交流更是空前。以往"百里不同风，千里不同俗"的地域特色，使风俗文化在同一民族内部不同空间位置上呈现出纷繁的特征，而唐代社会的开放与交流，促进了各地域间的风俗文化的融合。国家的空前稳定和繁荣使唐人能够南北自由来往，而科举的实行，带来文人士子的漫游、赴考、交流，造就了唐代风俗地域间空前的融合，而对外交往的频繁，更让以长安为代表的城市，吸收和借鉴到许多国外新鲜事物，造就许多新的风俗事物的流行。

二、纷繁多样

物质生活的丰富带来文化生活的丰富，本书所讨论的风俗文化，是社会各阶层在物质生活基础上形成的，民众的生活样式和行为模式，是一定社会群体的生活标准和心理积习，因而在这一理念下，可将风俗文化分为物态化文化层和心理文化层。物态化文化层是指民

---

① 刘昫等：《旧唐书·舆服志》，卷四五，中华书局 1975 年版，第 1958 页。

俗事象所具有的以可见的物质外观为表征的结构模态，它是行为、心理文化层的基石。

唐代生产力的发展，带来物质生活的丰富多彩。以生产风俗为例，手工业部门中各类采矿冶炼业种类繁多；制造业中服装制造、造纸、造车、造船也种类齐全；农业生产中南方有了较完整的水田耕作体系，各类农具空前增多；蔬菜中引进菠菜、西瓜等多类异域品种；而茶叶种植更是迅猛发展，民间有专门种茶为业者，并出现了许多名茶。而城市生活的夜市、草市、桔市、矿市、蚕市，以及商业组织米行、肉行、油行、果子行、炭行、磨行、布行、绢行、生铁行、杂货行，各种酒肆、酒楼、饭馆昭示着饮食业的兴盛，这些共同显示出当时商业的繁华。有关唐代物质生活风俗的丰富性，相关的风俗研究专著有详细介绍，[①]本书不再多述。整体上来说，衣、食、住、行等物质生活文化，各个方面无一不是较以往空前丰富与繁荣。

物质生活风俗的繁复，自然带来生活方式的变化，唐代新出现的许多生活风俗，就是诞生于物质生活发展的基础之上。如茶叶种植的发展、茶类品种的繁多，为唐人品茶习俗奠定了物质基石。而各类食物品种的出现，造就许多新的饮食习惯，并催生了风俗。饮酒风俗、酒令艺术、歌舞艺术、游艺风俗等各类风俗使唐人生活方式更加丰富多彩。从缤纷多样的节日风俗，到信神崇鬼的信仰风俗；从多有变革的礼仪风俗，到丰富多彩的生活风俗，唐代的风俗得到了长足的发展，呈现出空前繁荣的局面。

三、诗歌浸润

丰富多彩的风俗是较以往而言唐代风俗的一大特色，而因风俗文化有着承继的时间性，我们只能形容为空前。在历代承继中，相对

---

① 此处所列唐代手工业资料，参见徐杰舜、周耀明《汉族风俗文化史纲》隋唐部分。有关唐代物质风俗的详细介绍，吴玉贵《中国风俗通史·隋唐五代卷》第一、二、三、四章分别从食、穿、住、行四个方面详细论述唐代生活风俗。此外《隋唐五代社会生活史》中也有细致的介绍。

于之前的朝代而言，唐代风俗更为突出的特点，则是其全民高涨的文学热情。在这一时期，诗人为社会所崇敬，诗歌在各阶层各方面的广泛应用，不但空前而且绝后，是这一时期最有代表性的社会风尚。

唐朝热爱文学的民情风俗，与科举制度的发展密切相关。张亮采的《中国风俗史》在阐述唐代风俗时认为："科举时代，有唐为开始，故唐代之风俗，可以科举代表之。天下人心所注视，不离乎科举也。"[①]这指出了科举对社会风俗的深远影响。笔者以为，科举作为一种制度是根源，于风俗而言，由此制度而导致和引起的民情民风才是风俗文化的表现。

诗歌渗透了唐代风俗生活的方方面面，诗歌用来表情达意，以诗会友、以诗赠贺、以诗传情、用诗换物、吟诗饮酒、歌舞传唱、行旅题诗、婚礼赛诗、节日吟诗、赠答、送别、游览观光、宴会、节日聚会，各种社交活动更是少不了诗歌的助兴。翻开唐代社会生活史，几乎每一个角落都可以窥见诗歌的影子，诗歌浸入唐人生活的方方面面。

四、人文性与娱乐性

科举制度带给唐朝的变化，是根本性的，以诗歌、文章取士的科考方式，除了带来诗歌、文学的繁荣，同时使文人步入政坛，成为社会的管理者。[②] 社会重视文学，视文学才能为获得政府职务与士人身份之条件。文学在唐朝具有突出的地位，文化氛围的主流是人文性的，整个社会风俗也更多地带上了人文性质的特点。唐代除旧布新所倡导和推广的新社会风尚，更显示出人文化特征：音乐风俗流行，唐人歌舞艺术空前昌盛；游宴风俗风行，整个社会出游渐成风气，游

---

① 张亮采：《中国风俗史》，上海文艺出版社 1988 年版，第 123 页。

② 据包弼德：《斯文：唐宋思想的转型》（江苏人民出版社 2001 年版）第二章分析，作为选官机制，唐朝的考试体系重要性不大，进士考试一年能录取的人数极少在 30 个以上（48 页）。笔者以为以文为主的科考，重要的是带来社会重视文学的风习，以及社会观念的变化，即拥有文学才能被视为可以获得政府职务，而被看作士人，从而忽视其家庭背景。该书第 49 页亦有相应分析。

山玩水、春游踏青，盛行不衰；充满游乐色彩的繁多的节日风俗，许多风俗活动与娱乐、游玩相伴相行。

唐代社会爱好歌舞，各种娱乐活动空前盛行：宫廷的歌舞表演、民间的踏歌；宫廷的百戏，民间的杂耍；宫中的拔河、蹴鞠，军中的马球，士大夫的投壶之戏，以及风行全社会的斗鸡、斗草。唐代娱乐纷繁多样，游乐活动通宵达旦，“长安坊中，有夜阑街铺设祠乐者，迟明未已”[①]。李泽厚在《美的历程》中指出：“从宫廷到市井，从中原到边疆，从太宗的‘秦王破阵’到玄宗的‘霓裳羽衣’，从急骤强烈的跳动到徐歌曼舞的轻盈，正是那个时代的社会氛围和文化心理的写照。”[②]作为积久成习的生活方式，唐代风俗在整个社会高涨的娱乐中，渐衍奢靡色彩。

李约瑟在《中国科学技术史》中说，唐朝是人文主义的，而宋代则较着重于科学技术方面。[③] 这本是基于两朝科技发展的状况而言的，但却深刻地指出了唐代社会突出的人文特色。延续了近三百年的唐朝，文化氛围浓烈、气度恢宏，尚美、享乐、诗化的生活风习造就了唐人感性的审美趋向与热烈的创作热情，也成就了唐代文坛的辉煌。正是基于此，本书立足于分析风俗文化与唐代文学的关系，也才更显必要。

---

① 王谠：《唐语林》卷二，中华书局 1987 年版，第 104 页。

② 李泽厚：《美的历程》，文物出版社 1981 年版，第 136 页。

③ 李约瑟：《中国科学技术史》，科学出版社 1990 年版，第 273 页。

第二章　唐代文体及其演变概况

文学的发展历史主要表现为文体的演变发展历程，故文体研究对文学史的建构有着重要意义。具体到某个朝代或某个时期的文学概貌，亦是通过文体来反映的。唐代文体演变的过程，也就是唐代文学不断发展的过程。

第一节　唐代文体及其演变概况

我国历朝历代长期的文学创作，形成了多种文体，文体的状况会以各种形式反映在文献中：文人的创作、作品的编纂，以及文人的文体批评等。这其中文献的编纂与理论著作是反映文体状况的重要方式，而具体的著作中最为直观的就是文体分类了。文体分类也是文体研究最常见的途径，不过往往因为分类标准、角度的差异会造成分类结果的差别。南朝《文心雕龙》重在研究和阐述各类文体的历史发展及创作特征，论及 34 类 70 余种文体，《文选》收录的文体有 39 种，作为几乎同时的两部书籍，其文体分类思想既有相同之处，也有差异。从《文心雕龙》所论的 70 余种，到《文选》所列的 39 种，数量变化可谓大矣。可见文体的分类和数量与著作本身的性质、作者或选录者的文体思想密切相关，因此对一个朝代文体状况的分析，单纯追求文体种类之数目,并不可取。具体到唐代,唐初欧阳询的《艺文类聚》标注的文体达到70种。因为晚唐无同类型的文学总集或类书,我们参考北宋初重要的官修总集《文苑英华》,它是对唐及唐前文学的一次全面总结,其收录的文体共为38种。这再次说明看一个朝代文体的状况,不能停留于这些简单的分类数字。本书只是由这些选本、总集收录的文体种类,大致来管窥唐代文体的概况以及编者的分类标准,并比较不同时期的选本文体种类的变化,大致勾勒文体演变的轨迹。

《艺文类聚》所选录的文体种类有:①

(1)诗,(2)赋,(3)赞,(4)表,(5)歌,(6)文,(7)颂,(8)铭,(9)令,(10)序,(11)祭文,(12)启,(13)论,(14)箴,(15)碑,(16)吟,(17)书,(18)叙,(19)典引,(20)述,(21)诔,(22)策文,(23)章,(24)议,(25)哀策文,(26)哀策,(27)敕,(28)笺,(29)谥策,(30)诏,(31)行状,(32)教,(33)墓志,(34)诫,(35)说,(36)解,(37)疏,(38)训,(39)诰,(40)答客难,(41)叹,(42)哀辞,(43)志,(44)讥,(45)吊,(46)乐府古诗,(47)乐府,(48)传,(49)策,(50)奏,(51)难,(52)书奏,(53)七,(54)连珠,(55)檄文,(56)移文,(57)引,(58)咏,(59)移,(60)戒,(61)势,(62)弈旨,(63)弈势,(64)寺碑,(65)放生碑,(66)众食碑,(67)檄,(68)讴,(69)赞,(70)状。

这里实际上有一些重复的种类,如(56)移文与(59)移,实为一种,根据学者的辩证,《艺文类聚》实际收录文体种类52种。

《文苑英华》按文体种类来排序,所列文体种类有:

(1)赋,(2)诗,(3)行,(4)杂文,(5)中书制诰,(6)翰林制诏,(7)策问,(8)策,(9)表,(10)判,(11)笺,(12)状,(13)檄,(14)露布,(15)弹文,(16)移文,(17)启,(18)书,(19)疏,(20)序,(21)论,

---

① 有关《艺文类聚》收录文体种类问题,参见韩建立《〈艺文类聚〉选录的文体名称和数量辨正》,《孝感学院学报》2014年第4期。

(22)议,(23)连珠,(24)喻封,(25)颂,(26)赞,(27)铭,(28)箴,(29)传,(30)记,(31)谥哀册文,(32)谥议,(33)诔,(34)碑,(35)志,(36)墓表,(37)行状,(38)祭文。

由这些文体种类名称,可以看出,从初唐到宋初,诗与赋仍然是最主要的文体种类,其他的文根据其文体功能和文体规范则又细分为多类。值得注意的是,《艺文类聚》将乐府古诗与乐府从诗歌中分离出来,单列为两类,表明对乐府类诗歌的重视;而作为宋初的文学总集,《文苑英华》对于已经在中晚唐产生的新文体——词,却并无收录。

文体的发展是一个历代累积变化的过程,呈现为复杂的状态,一些文体经久不衰,一些文体在短期创作后即被人遗忘。对于一个朝代而言,文体状况也是一个动态变化的过程。因而要描绘唐代文体的状况,则不能用静态的眼光去探求。首先,要关注各类文体在初盛中晚各时期的变化;其次,要分析当时文人们的分类意识和标准,这会直接影响文体的分类和数量判断;最后,不能忽视文体的互渗现象和新文体的产生。

文体在唐代的演变历程是一个复杂的过程,如果全面展开论述,就是一部以文体为纲的唐代文学史。这里仅对诗歌、传奇、应用文体几种主要的文体从初唐至晚唐的流变做一大致的勾勒。

一、诗体从初唐至晚唐之演变

诗歌作为唐代的代表性文体,其体裁、功能,以及风格等在初唐至晚唐都构成一个动态的系统,经历了数次变化。

1.唐诗的体裁与流变

唐代诗歌体裁的具体存在形态,我们今天一般都以古体诗、近体诗为两大系统去划分,这一分类观念并不与唐人当时的诗体分类观念完全契合。王运熙先生认为,唐人把五七言诗大致分为古体诗、齐梁体、歌行、律诗、乐府等五类。[①] 这一分类，显示唐人在创作诗歌的时候有其选择的诗歌体裁系统。今天有学者进一步指出：唐人实际把诗体大致分为五类：(1)古体诗(又称古诗、古风、古调诗、往体诗、格诗)；(2)律诗(今体)；(3)歌行；(4)乐府(古题乐府、新题乐府、乐府新曲)；(5)杂体诗(包括齐梁体、六言诗、回文诗、四声诗、双声叠韵诗、离合体、古人名诗、问答诗等)[②]，将这五类所包含的具体诗歌形式进一步细化。这一分类在逻辑层面上隐含了两层逻辑关系，先是以音乐来区分"诗"与"歌"，其次再将"诗"分为"古体诗"与"律诗"，将"歌"分为歌行与乐府。那么每位唐代文人在创作诗歌的时候，就在对"诗"还是"歌"，"古体"还是"律诗"的取舍选择中，做出了一种诗体选择。而这种选择一方面会受到时风影响而表现为不同的趋势，另一方面也因诗人个人的喜好存在选择的差异性，这些会共同构成唐诗在唐代的不同时期"诗"与"歌"、"古体"与"律诗"之间的消长关系。这种消长变化，即是唐诗诗体在初唐至晚唐的演变的重要轨迹。

文学史的写作往往强调唐诗近体诗歌的兴起、定型、发展等过程，因为这一过程线索非常明晰。初唐前期诗坛，仍受齐梁余绪影响，宫廷诗仍大行其道，但初唐诗歌在中后期开始了诗体的演变发展，上官仪的上官体、初唐四杰的诗歌创作，是比较强劲的推动因素。上官仪多作五言诗，他不断总结对仗之法，探得"六对""八对"之法，推进了律诗对仗技巧的成熟。初唐四杰中，王杨长于五律，卢骆则推动了七言歌行的发展，而五律与七律的定型，杜审言以其创作成为首位奠定诗体体制者。胡应麟《诗薮》对此有评："初唐无七言诗律，五言亦未超然。二体之妙，杜审言实为首倡。"沈佺期与宋之问，则进一步促进了律诗的定型，形成了律诗固定的黏对规律。盛唐岑参、王维、孟浩然、张说等人都以上百首的律诗创作，使近体诗在艺术方面

---

① 王运熙：《唐人的诗体分类》，《中国文化》1995年第2期。

② 李定广：《唐诗的体裁系统及其艺术优越性》，《学术月刊》2013年第5期。

更臻完美,在锤字炼句、体物察情、捕捉意象方面更趋工巧,这其中杜甫更是将七律的创作推向高潮,在律诗诗体的成熟上功不可没。宋祁对此评论道:“唐兴,诗人承陈、隋风流,浮靡相矜。至宋之问、沈佺期等,研揣声音,浮切不差,而号‘律诗’,竞相袭沿。逮开元间,稍裁以雅正,然恃华者质反,好丽者壮违,人得一概,皆自所长。至甫,浑涵汪茫,千汇万状,兼古今而有之,它人不足,甫乃厬余,残膏胜馥,沾丐后人多矣。”[①]除了彰显了杜甫对律诗的贡献外,也写出盛唐律诗创作兴盛之况。

律诗的定型与发展使得诗歌在盛唐时期,体制类型得以完善。这种完善是指伴随着近体确立,唐代古体也得以最终确立。[②] 明代胡应麟指出五言律诗的成熟对于唐诗发展的重要意义:“五言律体,兆自梁陈,唐初四子,靡缛相矜。时或拗涩,未堪正始。神龙以还,卓然成调。沈、宋、苏、李,合轨于前,王、孟、高、岑,并驰于后。新制迭出,古体攸分。实词章改革之大机,气运推迁之一会也。”[③]后代学者多次论及诗歌至唐代,诸体皆备,即在盛唐就已经完成。

古体与近体之消长,在唐代是个动态变化的复杂过程。《唐人选唐诗》以当时人的眼光来选录唐诗,且从初唐至晚唐均有选本,是管窥唐诗体裁动态变化的途径之一。尤其是其所选诗歌体裁之变化,反映出编选者之诗体观念,也透视出当时创作的状况。初盛唐之交的《国秀集》所收诗歌涉及初唐和盛唐,而以盛唐为主,在所收 200 多首诗歌中,近体诗占了八成以上。成书时间和它同为天宝年间的《河岳英灵集》却在选诗诗体上有着另外的偏好,同样选择的盛唐诗歌 200 多首中,所选古体诗歌达到 170 余首,占到四分之三的比例。

中唐贞元年间成书的《中兴间气集》和元和年间《御览诗》,二书

① 欧阳修、宋祁:《新唐书》卷二〇一,中华书局 1975 年版,第 5738 页。
② 钱志熙:《论初盛唐时期古体诗体制的发展》,《南开学报》2011 年第 5 期。
③ 胡应麟:《诗薮》,中华书局 1958 年版,第 56 页。

所录诗歌绝大部分都为肃宗与代宗时期，二书在诗体方面的选择都重近体，前者近体占到八成以上，后者全为近体。在这之前的中唐选集《箧中集》是个比较特殊的选本，在其选录的仅有的7位诗人中，全为名位不显者，所选诗歌24首全为古体。这更多地代表编者元结个人的复古思想。开成年间的《极玄集》所选100首诗歌全为近体，尤重五律，五律占到所选诗歌的近九成。总之，中唐的唐诗选本是以近体占据主导地位的。

晚唐韦庄所选《又玄集》同样以近体诗歌为主体，在所选近体诗歌之中，五律依然是最多的诗体。《才调集》收录诗歌是唐人选唐诗中最多的，古近体兼收，以近体诗歌为主。

由上文可见，初盛唐是古体与近体并重的时期，从大历开始直到晚唐，近体诗则毫无疑问占据诗坛主导地位。总之，有唐一代，古体诗与律诗共同构成了唐诗体裁的主体，而乐府、歌行、杂体诗的创作，增强了唐诗的审美性，加强了其感染力。

2.唐诗的诗体功能演变

诗歌从产生并在社会传播之始，其文体功能也随之开始，从先秦的“兴观群怨”到汉代的美刺、讽谏，再到经夫妇，成孝敬，厚人伦，美教化，移风俗，更多强调其社会功能，包括“下以风刺上”之批判讽喻的政治功能，和“上以风化下”之道德教化功能。

唐诗依然沿袭了一些传统的文体功能，也产生了一些新的功能。这些功能的变化影响到唐诗内容和作品形式，是唐诗文体演变的重要内容。

唐代诗歌继承了传统的政教功能，依然具有反映现实，补察时政的功能。这在中唐乐府运动的时候最为突出，白居易主张诗歌应“为君、为臣、为民、为物、为事而作”。他认为诗歌应起到“救济人病、裨补时阙”的作用。他十分强调诗歌对现实的“美刺”作用，所谓“唯诗生民病，愿得天子知”。故而，新乐府运动中，诗人们创作了不少指斥时弊，针砭现实的诗歌，揭露统治者对人民的残酷剥削，战争给人民带来的苦难，从李绅的《闵农》到白居易的《卖炭翁》，至今都广为流传。这种诗歌功能在晚唐皮日休、聂夷中、杜荀鹤等人的创作中仍然得以延续，反映出晚唐人民生活的困苦、统治者的残暴腐朽。

除了传统的社会功能以外，诗歌在唐代还发挥了新的社会作用。这与唐代诗歌的繁荣与广泛应用分不开。

诗歌在个体层面，对创作主体和阅读者而言也有相关作用。孔子的“兴观群怨”中“兴”与“怨”关涉到个体层面，传统的诗歌功能观念认为诗歌可以言志抒情，陶冶性情，这种功能在唐诗中很为普遍。白居易将自己的诗歌编集分为四类，如果说讽喻诗承载了他的社会功能，那么闲适与感伤则记载反映了其情感生活。诗歌疏导情感的功能，在唐代文人的创作实践中比比皆是，从王孟抒发对自然山水之挚爱，到边塞诗歌的思乡与保家卫国的豪迈情怀；从李白的豪放真率到李商隐的深情绵邈，情感抒发贯穿唐代诗歌之始终。

与此同时，唐诗还以广泛参与生活之特性承载了其他功能。其中较为突出的是交际功能和娱乐功能。

交际功能比较典型的首先是通过送别诗等诗歌类型展现出来。送别诗大多为安慰友人落第还乡，送人赴任，安慰贬谪之作。其表达的情感可以归为三类：一是叙旧怀念；二是安慰、祝福；三是惜别之情，期望再会。这些情感表达无疑拉近送别双方的情谊，表达了关怀、思念、安慰和祝福，因此送别诗在此起到了交流情感思想的作用，发挥了其交际功能。

另外，诗歌在邀名与仕进中发挥了作用，这在本质上也属于交际功能。以诗干谒就属于此类，干谒诗歌通常在诗题上带有“赠……”字样，如有名的《临洞庭湖赠张丞相》《奉赠韦左丞丈二十二韵》等，即有着具体的呈送对象，目的在于求得举荐，故而诗歌内容往往都带有自荐性质。其实际作用相当于我们今天的自荐信，带有应用文体的性质，实现了诗歌的交际功能。

诗歌的娱乐游戏功能并不始于唐代，但因唐代宴饮集会风俗之盛，文人在集会时以作诗为娱乐方式，往往以分题作诗、或者联句作诗来助兴。此类诗歌多属游戏之作，其并非缘情或言情之作，更非讽喻社会现实之诗，作诗在这里充当的只是游戏娱乐的一种方式。这类诗歌往往先有题，然后按照规则来完成，或次韵，或联句。这类诗歌，题目往往带有“赋得”二字，如张说《清明日诏宴宁王山池赋得飞字》，就属于此类即席而作的诗歌，此类诗歌在唐诗中屡见不鲜，显示出宴饮活动中以诗作为娱乐方式的兴盛。

3.诗体风格演变

唐诗风格的演变，一直是历代文论家关注的重要问题，从宋代开始一直到现在，都未停歇。对这一问题的讨论也伴随着对唐诗进行分期，著名观点有“三唐说”“五唐说”和“四唐说”，其中严羽和高棅所论比较有代表性。高棅“四唐说”的划分，观照了声律、风格多个方面，也成为划分唐诗分期的普遍认同的方式。在此基础上，现今的学者更多地强调中唐诗风之变。如陈伯海先生认为元和诗风的新变不仅仅是诗歌风格上的“以文为诗”，也表现在诗歌艺术构成上的“假象见意”，而且也是“主情”的唐诗与“主意”之宋诗的转折点。[①]

事实上，“诗到元和体变新”所带来的变化是多重的，故而其影响也是整个唐诗风格演变中最大的。

从初唐到盛唐，唐诗诗歌体裁趋于完备，创作也成就不凡，诗歌题材广泛，艺术技巧趋于成熟。到中唐因为经历安史之乱，社会政治、文化发生重要转变，文人的社会角色以及自我定位也随之改变。面对盛唐诗歌创作的高峰，中唐文人革新理念开始萌发，故而其诗歌创作也由此而转变。这些变化都是诸多学者反复指出的，这里我们

---

① 陈伯海：《“诗到元和体变新”——古典诗歌艺术转型之枢纽谈》，《社会科学战线》2014 年第 10 期。

将诗歌风格的转变视角集中到文体与文化的关系上，诗歌在中唐转变为更关注日常生活，反映风俗文化。

通常在中唐诗风转变的表现中，我们会提及诗歌的通俗化，俗与雅相对，而在现实层面，则具体表现为日常现实生活的方方面面。诗歌的通俗化：一是题材越来越趋向世俗化、日常化、生活化；二是语言上民间俗语的运用；三是诗歌主题的世俗化。

二、唐传奇之演变

唐传奇作为中国古代小说发展史上的重要阶段，其文体特征自多有前贤与学者论述。在这之中，有二则比较经典，且为学界普遍引用。其一为宋代赵彦卫在《云麓漫钞》中说："唐世举人，先籍当世显人，以姓名达诸主司。然后投献所业，逾数日又投，谓之'温卷'。如《幽怪录》《传奇》等皆是。盖此等文备众体，可见史才、诗笔、议论。"此则材料被学界强调的一是传奇之行卷温卷之功用，这方面现在已经在学界存疑；二是传奇之文备众体的特点，即具备史家之叙事与诗歌之抒情并兼议论说理。

其二为鲁迅先生所言："小说亦如诗，至唐代而一变，虽尚不离于搜奇记逸，然叙述婉转，文辞华艳，与六朝之粗陈梗概者较，演进之迹甚明，而尤显者乃在是时则始有意为小说。"

这指出唐传奇与六朝志怪文体的差异与演进之处在于叙事艺术的加强，语言表达的审美增强。由此二则材料可以管窥唐传奇文体的特点之所在。然唐传奇这种文体特征的形成也有一个演进变化的过程。现在较为公认的唐传奇的分期中，研究者一般认为初盛唐是唐传奇的形成期；中唐是唐传奇的繁荣期；晚唐则为转变时期。这一分期主要是基于作家作品数量及题材的广泛性。而唐传奇文体形式方面的演变，则论述的并不多。现在见到的专注于讨论传奇文体演变的只有专著《传奇小说文体研究》①，该书从文体的角度研究了唐

① 李军均：《传奇小说文体研究》，华中科技大学出版社2007年版。

传奇从初盛唐到晚唐的特色及其演变。其主要切入的角度为叙事方面，具体从叙事时空、叙事人物与情节来分析中唐与初盛唐传奇文体的差异，认为中唐传奇的叙事时间和空间都更加生活化，到晚唐传奇的嬗变则表现在传奇文体的小品化和杂史杂传化。

诚然，唐代传奇文体的演变，叙事艺术是重要的一方面，但其他文体特征的演变，也是不能忽视的。在主题题材选择、人物形象的塑造、虚构想象的拓展、诗性审美之追求等方面都有演进轨迹。这些方面都已为学界或多或少地论及。

笔者认为，唐代各时期社会政治、文化的变化必然投射于唐传奇的创作上，使得唐传奇的文体演变有着时代风貌的影响。首先在其题材演变上，初盛唐传奇题材主要以志怪类为主，至中唐，题材走向多元化，爱情题材具有代表性，至晚唐则缩减为侠义题材、宗教类传记。初盛唐之志怪特色，更多的是受唐之前小说的影响，而从中唐反映现实之广泛，再到晚唐现实主义题材的削弱，这和晚唐社会政治文化密切相关。晚唐风雨飘摇之政治特色，处于分崩离析与动乱之中的人们希望超脱现实，有人帮其主持正义，社会心理呼唤侠客。

前面所引《云麓漫钞》谈到唐传奇史才、诗笔、议论之体现。其中诗笔一方面指向诗歌对唐传奇的影响，另一方面则可以论及其诗性特征。唐传奇的诗性特征，是其脱离杂传之传记体裁，成就小说文体成熟的重要特征。从中唐到晚唐一个比较显著的改变则是诗笔的削弱和议论的增强。晚唐传奇教化色彩增强，许多传奇带有寓言性质，对人物、事件的评价增多。诗笔的削弱，既可从传奇中诗歌的直接使用的减少直观显现，也可从传奇文体风格艺术表现诗意性的消解来寻得。

第二节　唐代文体发展的特点

文体自萌芽到兴盛到衰亡的过程，是文体史研究的对象。诸多文体的兴盛衰亡过程，就构成了中国文学史的发展演变历程。文体与时俱变，即一代有一代之文学，各个时代有新文体的产生，也有文体衰落，更有兴盛的文体成为一代文学之代表。文体在各个时期都在不断变化出新，唐代也不例外。唐代文化的开放与多元，催生了一些新文体，也奠定了一些文体兴盛的基础，时代风尚带给唐代文体发展以新的特点。

一、新文体的产生

唐代在继承前代文学的基础上，加上时代风俗的催化，产生了三种新文体，即传奇小说、变文和词。

唐传奇的文体渊源，现今学术界比较主流的观点来源于两方面：一是魏晋南北朝志怪，二是汉魏六朝杂传。鲁迅先生在《中国小说史略》中提出传奇源出于志怪的观点后，唐传奇源出志怪的说法一直在学界深有影响。而近年来，不少学者强调杂传才是唐传奇的文体渊源，代表性的如孙逊在《唐传奇文体考辨》[①]中断定“唐传奇的文体渊源乃是脱胎于史传的六朝人物杂传”。不论二者中何者为文体渊薮，不可否认的是唐传奇文体的产生，既受到传记的影响，也与志怪有着特殊关系，即唐传奇是在继承魏晋南北朝文学的基础上发展而来，这是文学发展的内部继承关系。而文体的产生也与外部环境有关，唐传奇在中唐兴盛，与唐代文化、时代风习密切相关。

唐代经济的发展丰富了城市文化生活，开放而多元的城市文化吸纳了不同的民族文化交融、共处，城市商业活动繁荣，世俗生活丰富多彩，这种多样性汇聚的城市生活为唐传奇情节的构造、环境的描写、生活细节的刻画等方面提供了表现的空间。

变文的产生则和佛教的传播密切相关。佛教传入中国后，在唐代译经讲经活动频繁，在佛教讲经中国本土化的过程中，讲经慢慢由转读经文转变为演绎有故事内容的讲唱，听经对象也普及为俗众，是

① 孙逊：《唐传奇文体考辨》，《文学遗产》1999 年第 6 期。

为俗讲。这种转变一是内容的变化，二是听众的变化。这两方面都和唐代说唱艺术表演的普及、相互影响相关。而这种表演的普及又和唐代城市风俗分不开。以长安为例，城市的发展为这些说唱表演提供了公共空间，而唐代寺院是当时承载这些表演艺术的空间载体，成为老百姓娱乐活动的重要场所，这其中戏曲表演与俗讲即都在寺院进行："长安戏场多集于慈恩，小者在青龙，其次荐福、永寿，尼讲盛于保唐，名德聚之安国，士大夫之家入道，尽在咸宜。"[①]这则材料反映了当时的长安寺院林立，而各寺院承载戏曲表演、俗讲的状况，不同的寺院有不同的特色，慈恩、青龙、荐福、永寿均以戏曲表演闻名，但其规模有大小之分。保唐、安国、咸宜三寺院则都以俗讲兴盛著称，但俗讲的主体有分别，有尼姑、高僧以及士族出家者。忽略这些具体的差异，材料呈现出的一种概况就是唐代寺院戏曲表演与俗讲盛行，士人、百姓赴寺院看表演、听俗讲成为当时长安重要的生活风习。

俗讲在唐代民众中流行的同时，其内容也由讲经的转读经文慢慢趋向世俗化，接近听众的心理需求和审美需要。俗讲的文本形式变文，是俗讲的底本还是记录本，现在存有争议，但毋庸置疑的是变文与俗讲的关系，变文则是俗讲兴盛的文本反映，有学者认为变文的名称"'变'则特指长期的寺庙'俗讲'，逐渐形成的一批相对定型的故事（包括佛教故事和中国的历史故事、民间故事等）。这一切说明，所谓'变文'实际上是一种'泛文体'概念，是在特殊历史情况下产生的作品类别（文类）称谓。"[②]总之，俗讲的兴盛是变文产生的基础。

词的起源问题，在当代学术研究中，一直围绕其与音乐的关系而展开。诚然，词的起源与隋唐燕乐密切相关，但从起源到词体的确立则有着一个过程，而词体发生学则涉及诸多方面，到今天依然存在不

---

① 钱易：《南部新书》卷丁，中华书局2002年版，第67页。

② 李时人：《译经、讲经、俗讲与中国早期白话小说》，《复旦学报》2015年第1期。

少的学术讨论，不过学术界较为一致的观点是词体的形成是在唐代。从宏观的角度来看，这和唐代文化发展特点有关，和唐代音乐文化有关。无论对词体形成起关键作用的是胡乐还是本土民族音乐，其中不可否认的历史事实则是唐代音乐吸收了大量的外来音乐，而这与唐代音乐的繁荣和对外交流是分不开的。

总之，唐代形成的三种新文体是在唐代特有的文化生态中承继以往的文学传统而结出的硕果。

二、文体文化功能的增强

文体是文化的产物，唐代文化的繁荣，使唐代文体的文化功能较前代更为突出和丰富，这也是唐代文体演变的重要特点。

文体功用，笔者认为在社会文化应用中有两个层面。第一个层面是文体在产生与定型过程中已有的文体功用，如墓志在产生之初就是基于悼念而写的记载墓主基本信息与生平事迹的文章。这种文体功用，更多地依附于文体写作内容而获得，因而在一定的文体形态下，写作不同的内容也会让这种文体发挥不同的功能。如前面讨论唐诗文体功能时谈到唐诗也有传统的政教功能，这在诗歌撰写讽谏内容时会具有，而如果抒发个人情感则会具有怡情功能，书写送别之情、怀念之情的送别诗则被认为具有交际功能。

第二个层面则是文体直接参与到社会文化生活中，在这个参与环节所发挥的文化功能。如唐代诗赋取士制度中，作为文体的诗歌在社会生活中就起到了选拔人才的文化功能；唐人婚礼中的催妆诗则实际起到了催促新娘的礼仪功能。

两个层面中，第一层面功能增强体现出该文体反映社会生活的广泛性，更多地和文体自身创作有关；第二层面功能增强则体现出该文体在社会生活中应用广泛、传播与接受的普及性，更多地依赖于社会对此种文体的应用程度。

唐代文体在这两个层面的文体功用上较前代都有增强，前者如唐诗反映社会生活的方方面面，从政教功能到陶冶性情，从节日游宴娱乐到送别之交际功能，无不反映了诗歌文体在唐代反映社会生活之广泛。与此同时，唐诗在日常生活中也得到广泛传播与应用，喝酒时以诗佐饮，宴会时作诗助兴，以诗干谒，以诗题壁，以诗传信，以诗庆贺，吊慰，可以说诗歌浸润了唐人日常生活的衣食住行，诗歌文体应用广泛以至文人用它来代替书信询问生活中的问题，如李益《书院无历日，以诗代书，问路侍御六月大小》，“野性迷尧历，松窗有道经。故人为柱史，为我数阶蓂”[①]，就询问六月大小这样一个小问题，用诗歌来表达，由此可以管窥写诗已经成为唐代文人日常生活的一部分。

不仅仅是唐诗，其他文体亦是如此，只不过相对于诗歌在两个层面的增强而言，其余的文体更多的是在第一个层面上的增强。如唐传奇的文化功能：舆论宣传媒介、婚恋文化的社会视窗、侠客精神的宣扬舞台、各类风俗文化的记录与传播；判词文体的功能：社会法律案件的记载，社会司法状况的呈现，法律条文的司法阐释；祭神文的文化功能：祭祀仪式、程序的记载与传播，各类神祇信仰内容的宣扬，地域性神祇信仰的形成与发展；墓志文体的功能：丧葬信仰文化的载体、个体社会身份定位、家族谱系的传承功能。

三、文体之间的互相影响

诸多文体在同一时代共存，文体之间很容易出现相互渗透、影响的现象。这在同类别的文体之间自不必多言，而唐代代表性文体诗歌与文、赋、传奇之间的互参，亦屡见不鲜。有关唐代文体交融的研究，余恕诚的专著《唐诗与其他文体之关系》对唐代诗赋交融、诗文交融、诗与传奇的相互影响以及唐诗与词的兴起都做了研究，由此展示在唐代几种最重要的文体之间的交融、互渗现象。他指出这些文体交融促成了众多文体在唐代的普遍繁荣：“如果没有赋与诗的合流，就没有初唐七言歌行的重大推进；没有文的渗透，就没有中唐诗歌的

① 彭定求等编：《全唐诗》卷二八三，中华书局 1960 年版，第 3221 页。

新变；没有诗的渗透，就没有唐人独具风采的传奇；没有诗与世俗歌舞、歌辞的交融，就没有词的兴起。”①

这些特色的背后都有着风俗文化的影响。一方面，新兴文体的形成和定型受唐代风俗文化的制约，文体的发生与演变受到唐代风俗文化的影响，文体形式与内容受到风俗文化行为仪式影响；另一方面，凝定为特定审美形式规范的唐代文体，其文体功能、文体分类、文体风格，也投射出唐代风俗文化的风貌。文体交融的现象也是文人破体观念和创新精神在文学创作上之投射和反映，而文人的尚新尚变精神又何尝不是时代风潮之产物呢。

① 余恕诚、吴怀东：《唐诗与其他文体之关系》，中华书局2012年版，第1页，第9页。

第三章　风俗文化与唐代文体之相关性

风俗文化与唐代文体的关系，在学理上是基于文化与文学的关系。中国古代传统的文学观念是一种泛文学观，从唐初的《艺文类聚》到宋初的《文苑英华》，所选文体的种类也反映出唐宋文人的这种泛文学观念。故而本章从理论上探讨风俗文化与唐代文体的相关性，先分析风俗文化与文学的关系，继而讨论风俗文化对唐代文体的影响。

第一节　风俗文化与文学之关系概论

文学与风俗，都是人类社会的文化现象，而且是共处于同一时空下互渗共长的文化现象。关于文学与风俗关系的最早探讨，孔子有言曰，诗，可以观。孔颖达注解“观”，即是观风俗之盛衰。正是在这一思想渊源下，中国文学在封建时期承担起了观风俗、裨教化、济万民的辅政大任这一思想。文学与风俗之关系必然成为文学与社会关系的重要组成部分，是文艺社会学研究的重要对象。

美国民俗学家阿切尔·泰勒在谈到民俗与文学的关系时，提出了“民俗学和文学实属相通的领域”[①]的观点。泰勒的观点强调了文

---

① ［美］阿切尔·泰勒：《世界民俗学》，上海文艺出版社1990年版，第52页。

学源于民俗生活，民俗与文学的相通性。风俗文化与文学的关系也是如此，有人类的地方，就会有社会，有了社会则必然会有社会生活，而有社会生活的存在，文学与风俗文化就有了相通之处，从而产生绵密互渗，同生共长的相互影响。

如果将人类社会存在作为前提，那么文学与风俗文化的相互影响即可视为永远而持续的。风俗文化是文学创作的基本素材，对文学题材的引导之影响不言而喻。风俗文化影响作家的风格的养成。从关乎文学创作之艺术观念、审美趣味之直接反映于作品中的显见影响，到以生活方式、行为模式的日常积累而沉淀于创作民族心理等深层次的影响，无不是风俗文化影响文学的重要方面，从文体发生、兴盛来看，我们在研究中国文学史讨论“一代有一代之文学”时，如果忽略时代风尚的作用，其形成原因则无从探讨。作用与反作用往往同时存在，文学对风俗的引导作用，对风俗文化的保存、传播亦功不可没。文学作品是风俗文化传承不可忽视的载体，文学作品的记录、创作和传播对风俗文化的传承起着不可忽视的作用，对于古代已失传的风俗文化而言，文学作品是记录这些文化现象的重要文献；而风俗文化的行为仪式需要文学作品的解说来阐明其文化内涵，同时文学作品对风俗文化的相关创作增加了风俗文化的蕴含，深化其文化代表意蕴，强化其民俗典型性。二者密不可分，在一定程度上构成同构同质的文化现象而流传。总而言之，文学与风俗文化在历史的长河中，一直在动态传承中互渗与共长。

一、风俗文化是文学创作的基本素材

生活是文学创作的源泉，文学的特点是用形象反映人们的社会生活，而风俗文化则是社会生活的表征，是习惯性与遗传性的表现，包括物质文化、人们的生活习惯、伦理观念、价值取向、思维方式和审美情趣等，哪里有社会生活，哪里就有相应的社会风俗。文学作品要反映民族精神、时代风貌，则少不了描写风俗文化。在古今中外的文

学作品中，风土民俗的描写相当普遍，风俗文化为文学提供了大量的创作素材。

我们翻开古今中外的各类文学作品，作品中对各类风俗文化的描写展示可谓俯拾皆是。一些作品直接以风俗文化为题材，描写民族社会生活中那些广为流传的风俗，就中国古代文学而言，其具代表性的如大量描写节日风俗的诗歌。节日之际的诗歌创作极其繁盛，一方面是因节日特别的情怀而触发文人的创作心绪，更多的则是描写节日的情况、仪式、人们的活动等记载节日风俗的诗歌，生动地再现了当时社会的节日风俗。在汗牛充栋的古代文学作品里，反映各个时期的各类风俗文化的文学作品极其丰富。从早期的《诗经》多样地反映周朝各类社会风俗、《楚辞》中详细描写的祭祀风俗，到明清小说代表作《红楼梦》对清代中叶社会风貌、时代风俗的深入刻画、描写，无不说明风俗文化是我国古代文学作品创作的基本素材。

文学要形象地反映社会生活，则必须深入生活，社会群体的生活风尚为文学作品提供了广阔而生动的文化背景。丰富多彩的风俗文化是作品开拓主题、塑造人物形象、形成人物性格等的深厚土壤，同时为人物加入典型民族性格特征，为深化作品思想主题提供了典型环境和依据。社会生活之时代风尚是文人们容易关注的重要题材，对文学创作题材选择的引导不言而喻。如盛行立功扬名之盛唐，在乐观昂扬、激情迸发的时代精神与崇武好侠之风气的共同影响下，催生出慷慨激昂的边塞诗是再自然不过之事。

采风猎俗的作品才能更为广泛地反映社会，表现时代精神，体现民族特色。而越是民族的，越是世界的，具有民族特色的作品更能立足于世界文化宝库。法国文艺学家丹纳所说的“作品的生命取决于时代精神和周围的风俗”也正是基于风俗文化成为文学作品中反映社会的主要窗口，而加强了文学作品的社会意义而言。

一个时代的特点，固然可以从社会生活的各个方面反映出来，但最显著的表征莫过于当时的风俗文化。社会风俗在一定的时间和空间里在承继的同时不断发展变化着。概而化之，我们可以将社会风俗分为社会时代风气和民俗风情两种成分。一般来说，民俗风情较为稳定，社会时代风尚则更具变化性质，前者更多的是被承继，后者则更容易随时代而变化。因而社会风俗在日复一日、年复一年的传承中又在不断地更新变化着，这种变化在传播的历时性中又有了空间上的内容，时空上的运行变化使得风俗文化成为人类历史文化长河中不断流动向前的清泉，故而是文学创作取之不尽、用之不竭的源泉。

我国疆域广阔、历史悠久，风俗文化经过历朝历代的传承、更新，其内涵无比丰富，它丰富多彩的内容为其成为文艺创作的丰厚土壤提供了厚重的内容保证。如唐代仅就节日而言，就有元日、立春、人日、上元、晦日、中和节、社日、寒食、清明、上巳、端午、七夕、中元、中秋、重阳、冬至、腊日、岁除等多种，重节序、好宴赏等节日风俗在为诗歌创作提供契机的同时更是直接成为诗歌的描写、咏叹对象。

风俗文化是文学创作的基本素材，文学作品反映社会风俗，是文学与风俗关系的两个不可分割的方面，若将二者提升到更广泛的层面，即是时代之生活方式与行为模式是同时代的文艺的内容主角，而文艺是某个时代和社会文化的留存的化石，映照该时代和社会的文明。[①]

从描写风俗文化入手，描写社会生活，必然使得作为社会生活的反映之文学离不开对风俗文化的描写，文学的基本目的是表现社会生活的主要特点，而这一主要特点与同时期的风俗文化相吻合。此外，中国古代思想认为文学反映风俗，故而从作品中则可观风俗，由这一理念而强调文学的辅政安邦之作用。古代文人对此早已有深刻的认识，强调由文学作品观知民风，从而经世致用。由此而论，“兴、

① 李凤亮：《世情时序，文律运周》，《暨南学报》2001 年第 1 期。

观、群、怨”与“观风俗、知薄厚”等古代中国基本的文艺观点也是建立在文学反映风俗文化的基本认知上，成为古代文学理论的基本观点。如《毛诗序》曰：“先王以是经夫妇、成孝敬、厚人伦、美教化、移风俗”[①]，再如班固的“自孝武立乐府而采歌谣，于是有代赵之讴，秦楚之风，皆感于哀乐，缘事而发，亦可以观风俗，知薄厚云”[②]，再到白居易的“文章合为时而著，歌诗合为事而作”，都强调文学对社会应起到反映民情、移风易俗的政教作用。文学被当成观风俗、裨教化之主要手段，这样的文学经世思想到了统治者手中，则要求正统文学需要反映时风变化、民风俗情，为统治者提供解民情、识社会的渠道。来自统治者的这一对文学的要求，是文学反映社会风俗不可忽视的推动力，如，古代乐府从机构演变为带音乐性诗体的名称，而乐府诗歌亦在中国文学史上写下了光辉的一笔，即可佐证。当然，统治者的目的是出于观民风，社会情况与动态是其重点，但客观上在描述时代特点时，不可避免地会融入时代风气与习俗情况。

总之，风俗文化成为文学创作的基本素材，是由文学创作与社会互动关系所决定的，有其自身特点的原因，也有社会意识形态的推动。但不管怎样，风俗文化一直是文学创作的基本素材，翻开中国文学史，各个朝代的风俗如一幅幅图画展现在众多的作品中。

二、风俗文化影响作家的风格的养成

美国当代文艺批评家艾布拉姆斯提出的“四要素说”，是得到东西方文学界较为普遍认同的分析文艺本质问题的观点，他认为文学活动由作品、作者、生活和读者共同组成。强调文艺创作与外部世界的关系，成为文艺社会学中的最基本论题。而“社会、经济以及时代变化的文化模式是如何影响着各个时代的艺术”[③]这一文艺社会学

---

① 《毛诗正义》卷一，阮元：《十三经注疏》，中华书局影印本 1980 年版，第 2 页。

② 班固：《汉书·艺文志》卷三十，中华书局 1975 年版，第 1756 页。

③ 滕守尧：《艺术社会学描述——走向过程的艺术与美学》，上海人民教育出版社 1987 年版，第 33 页。

的基本着眼点，无疑将外部世界对作家的影响推向研究焦点，文化模式对作家的影响则是其中不可忽视的重要方面，其中风俗文化直接影响作家风格的形成。

纵观世界文学，很容易发现因生活地域、社会风俗、语言等的不同，各民族作家的风格和韵味各有不同。一般说来，生活在不同地域的民族在长期的历史积累中，自然条件的各不相同随之带来社会发展、语言习惯、社会风俗的不同，从而形成各民族的特色。而同一民族当中，各地因地域环境的不同而造成百里不同风、千里不同俗的地域文化，生活在不同区域的作家风格也相异。每位作家都对自己生活过的地方的风土人情了如指掌。从历史渊源到时代风气，从生活情趣到心理结构，熔铸了民族风俗文化的风物，无不成为文人艺术血液中的一部分，滋生出他们的艺术旨趣。生活过的乡土给予了其作品民族的灵魂和人格特色。生活过的地域风俗不同，作家风格自然各异。如我国南北地区风俗的不同成为造成南北文学差异的主要原因之一，刘师培著名的“南北文学异同论”就曾鲜明地指出山川导致民俗不同，造成了南北文学差异：“大抵北方之地，土厚水深，民生其间，多尚实际。南方之地，水势浩洋，民生其际，多尚虚无。民崇实际，故所著之文，不外记事、析理二端。民尚虚无，故所作之文，或为言志、抒情之体。”①

无论文学作品是否反映当时的社会状况，它都难以彻底割裂与时代风俗的联系。这其中的连接点就在于作家无法不受到他所生活的时代之风俗文化的浸润。当代社会心理学的研究认为，生活在某一社会集团中的成员，其价值观念和文化习性不可避免地受到其生长地域的风俗文化所带来的心理积淀所制约。本书所讨论的风俗文化是一种习惯性的生活形态，它是社会各阶层在物质生活基础上形

① 陈引驰编校：《刘师培中古文学论集》，中国社会科学出版社 1997 年版，第 261 页。

成的行为模式和生活方式，如同任何人都离不开物质生活一样，也没有人能脱离风俗文化而生活。人从出生起就在无形中开始了接受风俗文化浸润的过程，作家自然也不例外，而且从与社会关系的层面而言，作为创作反映社会生活作品的人，文人对社会风气、民风习俗比普通百姓更为敏感。风俗文化作为作家生长的一种精神土壤伴随终生，其价值观念、生活理念、文化习性等的养成一方面受他所生活地域当时的民风习俗之影响，另外一方面则受到其所属民族一代代传承沿袭下来的传统习俗的影响。后者区别于前者的是，其更具历时性，受地域环境的制约更少，经过历朝历代的积淀已更多地熔铸在民族性格、民族精神之中。具体而言，如果将前者认为是该地域特有的山水自然环境而形成的风俗习惯，那么后者则可以看成是中华民族在几千年文明形成过程中铸就的民族特色文化，如以谦让为荣、礼尚往来等等。如果说前者更多地是以一种生活方式与行为模式体现出来，那么后者则更多地是一种伦理观念、价值取向、思维方式和审美情趣。前面我们强调的是前者对作家风格形成之影响，事实上，后者对作家的创作理念等的影响更不可忽视。理清此点，我们也才能更清楚地了解同时期的题材相同的中外作品风格相异之源。

无论是时间上历时性沉淀之风俗，抑或空间上同域之习性，风俗文化在时空上的特性从两方面给予作家生活之精神土壤，作家在日常生活的潜移默化中将其铸入价值理念、思维方式、思想观念并发诸笔端，形成风格，具体而言，其选择题材、作品主题、写作方式、布局谋篇、表达手段等表现写作风格的诸多方面无不受到风俗文化的影响，方式或为直接表征，或为深层内化，甚至因全民族共同趋向而只有在与他民族相比较中才得以显现，但无论何种方式，在本质上都证实了作家风格与其乡土风俗文化的密切联系。

时代风尚对作家艺术观念和审美趣味产生作用，作家创作需要遵循社会风俗文化，使作品符合时代精神。西方文学接受论认为要经过读者阅读思维的参与和检验，并经过具体的接受之后，文本才能成为作品。也就是说，文学作品的创作成功并不意味着自身意义的终结，只有被接受者接受后，才能算是完成。因而作家创作必然需要重视读者的感受，而作品创作时假想的读者并不是特定的某个人，而是一个群体，是与社会时代精神相融合的群体，只有符合社会风俗文化、时代精神的作品，才会拥有更广泛的读者群，更具有社会意义。因此，作家的创作必然要熟悉时代与社会风气、民情习俗。正是基于此点，法国文艺批评家丹纳在《艺术哲学》一书中说："要了解艺术家的趣味和才能，要了解他为什么在绘画或戏剧中选择某个部门，为什么特别喜爱某种典型、某种色彩，表现某种感情，就应当到群众的思想感情和风俗习惯中去探求。"①

社会风俗文化的土壤养育了文学家，所谓一方水土养一方人，作家与其成长之地有着难以割舍的联系，风俗文化传统已经深入其思想，凝聚进其骨髓，而同时作品的社会消费性质又要求作者熟悉了解风俗文化来创作社会群体认同的人物形象，总之，作家风格的养成离不开风俗文化的影响。丹纳十分强调此点，甚至认为风俗是文艺最后的解释："要了解一件艺术品，一个艺术家，一群艺术家，必须正确地设想他们所属时代的精神和风俗的概况。这是艺术品最后的解释，也是决定一切的基本原因。"②

三、文学作品是记录古代风俗文化的重要文献

作为一种生活方式、行为模式，风俗文化的传承自然以日常生活为基础，以口头传播、日常行为仪式、文字传播等方式进行，日复一日，年复一年，世代相续，代代相传。传承中风俗随着时代而发生新的变化，年代久远后有些古俗发生变异，今天我们研究古代风俗文化，则主要从历史文献记载中来探寻。中国风俗文化学探究我们祖

---

① [法]丹纳：《艺术哲学》，傅雷译，人民文学出版社 1994 年版，第 7 页。

② [法]丹纳：《艺术哲学》，傅雷译，人民文学出版社 1994 年版，第 7 页。

先昔日的生活风采，即依靠存留下来的历史文献。这些文献当中，有一类专门的风俗史料，是弥足珍贵的，如应劭的《风俗通义》、周处的《风土记》、宗懔的《荆楚岁时记》、孟元老的《东京梦华录》等。同时，在各类正史中也有不少风俗史料，如各类本纪、列传、礼乐志、食货志等；各类政书、类书如《通典》《文献通考》《艺文类聚》《太平御览》等对风俗文化亦有分门别类的记载。

但这些相关的记载，往往因为历史时代条件的限制，以及古人也没有明确的风俗、民俗的学科意识，所以或为纯粹的理论探讨，或有很大的遗漏，不全面、不系统，而且内容多条文化、平面化。大量的生活化的风俗文化还是记载在文学作品中，从《诗经》等先秦文学开始，到明清小说《红楼梦》等，中国古代文学作品是记载风俗文化的重要文学，是保留各个朝代风俗文化的文字化石。

我们所能窥见各个时期的各类民风民俗，主要是依靠其时的文学作品。当时的文学作品是风俗文化之文献渊薮。以唐代为例，没有专门记录风俗史的书籍，关于其时时风习俗的记载，今天我们看不到唐人专门的风俗志类别的记载之作，相对而言较为集中一些的记载，有韩鄂的《四时纂要》，通过逐月列举应做农事及其具体措施，对农业的岁时变化，以及当时流行的国运人事的观念做了总结。我们今天窥见大唐时风习俗，主要还是依靠文学作品的记载，虽然不是很集中，但大量地散见在诗歌、笔记小说等各类文体中，相对较多的笔记小说有段成式《酉阳杂俎》、刘肃《大唐新语》、封演《封氏闻见记》、刘恂《岭南录异》等，此外《开元天宝遗事》《杜阳杂编》《独异志》《宣室志》《北户录》等对唐代社会风俗文化均有所记载。钟敬文先生在《民俗学与古典文学》一文中指出："古代文学创作所反映的民俗现象，不仅丰富了作品形象，本身也正是十分珍贵的民俗学资料。"[①]他明确

① 转引自苑利主编：《二十世纪中国民俗学经典·民俗理论卷》，社会科学文献出版社 2002 年版，第 174 页。

地指出文学作品是古代风俗文化之文献渊薮，是研究当时风气习俗的重要历史文献。

美国文化人类学家路易斯·亨利·摩尔根说："我们感到幸运的是：人类进步的事件不依靠特殊的人物而能体现于有形的纪录之中，这种纪录凝结在各种制度和风俗习惯中……观念是人民创造出来的，它表现在人民的制度、风俗习惯和各种发现之中。"[①]此语揭示出风俗文化是保留历史现象的表征之一，我们探寻古代风俗文化，即探寻历史生活图画，是生动而形象的。此种文学事象如果简单地依靠风俗志等类同史书般的条文，朴实地记载，是无法立体化、形象化地保留下来的。所幸文学作品弥补了这一遗憾，古代大量的诗歌、笔记小说，将各种风俗文化的描写融入各类文学形象的塑造中，使后来之人在汗牛充栋的文学典籍中窥见先人立体化的生活习惯、行为方式。

文学作品的这种为一般专门风俗志所不具备的形象、立体记载功能，反映到风俗文化的历史具体再现中，有两方面特色。首先，有关时代风气的一些记载，文学作品相对于风俗志等专门著作而言，是通过具体的生活事象来生动地反映，而非总结性的陈述。如先秦重男轻女的时代风气，《诗经·小雅·斯干》载："乃生男子，载寝在床，载之衣裳，载弄之璋。其泣喤喤，朱芾斯皇，室家君王。乃生女子，载寝在地，载衣之裼，载弄之瓦。无非无议，唯酒食是议，无父母诒罹。"即是通过对生男生女所受到不同的待遇，形象地显示出了男尊女卑、重男轻女之风气，而不是抽象的一种观念的陈述。

其次，一些风俗来源传说的记载，相关风俗的文化内涵的解释，以及对民俗事象的演变过程的记载，这些在行为仪式之外的有关风俗的文化方面的内容，都是依靠文学作品来记载的。

南朝吴均的《续齐谐记》就记载了许多节日风俗之起源和传说故事，如三月三日上巳之曲水流觞、端午节祭祀屈原、七夕织女嫁牵牛、

① [美]路易斯·摩尔根：《古代社会》(下册)，商务印书馆1983年版，第302页。

重阳桓景登高传说等。据学者研究，该书有关节日风俗的相关记载是其内容中被引用频率最高的部分①，其中所载重阳节桓景登高传说是历代解说重阳登高缘由的唯一来源。我们可以把这种相关记载看成是风俗文化行为表征记载之外更深层次的记录。它是风俗文化之内涵、精神、旨趣，是风俗文化得以传承的最重要因素，也关乎风俗文化之传播、演变，所以文学作品中的这类记载重要性不言而喻。

此外，文学作品中有关人民群众对风俗文化的感受之记载是民俗事象的理解史。记载在其他文献中的风俗文化是平面的，人民群众对某些风俗的感受、体验和熟悉理解，只有文学作品是其生动形象的载体作品。因此可以说，古代文学作品是民俗事象理解史的文献来源，是当代研究历史民俗学的文献宝库。

四、风俗文化的行为仪式与文学作品的文化内涵解说

德国学者阿斯曼在 20 世纪 90 年代提出文化记忆论，从文化传承方式的角度解释文明发展规律。他认为文化记忆的两大媒介即文字与仪式。风俗文化作为整个文化的组成部分，它的传承，也需要文化记忆的两大媒介。其中的物质文化、生活习惯、行为模式等方面，在人民的日常生活中则主要靠仪式来凸显，而伦理观念、价值取向、思维方式和审美情趣等内在化的风俗观念，就主要依靠文学作品来记载。从功能特征来看，仪式是现场的、直接的，受到时空的限制，需要通过人们的亲身参与才能达到文化中介的目的，而文字则是超越时空的，可直接亦可间接使用的传媒工具。但二者有着密切的联系，作品文献只有在仪式化之后才能发挥集体记忆的功效；而文本也会因解释仪式的需要而被不断地改造和创新，二者相辅相成。

德国文化人类学家岩森在《初民的神话和祭祀》一书中，认为神话是为祭祀提供根据的，并被用来解释祭祀行为。神话与祭祀互为

---

① 王国良：《〈续齐谐记〉研究》，台湾文史哲出版社 1987 年版，转引自李道和：《岁时民俗与古小说研究》，天津古籍出版社 2004 年版，第 432 页。

阐释，并在相互适应中发生变化。风俗文化与文学作品也存在此种关系，风俗文化一般有作为仪式的行为系统，还有与之相应的作为仪式内涵的解释系统。仪式和行为在日常生活中以生活方式和行为模式表现出来，而解释系统则主要由口头传说、文学记载来完成。风俗仪式在传说和文学记载中得到叙事解释和流传，仪式的生成往往以文本为基础，仪式重演文本记载之故事，文本故事记载解释仪式且因解释仪式变化的新需要而被不断地改造和创新。二者在共生和互动中共同向前发展。我国古代风俗中的上巳节的形成过程就印证了上述理论观点。上巳的历史渊源可以上溯到先秦时期，《诗经·郑风·溱洧》描写热恋的情侣春天在河水边嬉戏。有关水滨浴洗活动，早就带有巫术的性质，如《周礼·春官·女巫》云："女巫掌岁时以祓除衅浴"，汉初的韩婴解释《诗·溱洧》云："溱与洧三月桃花水下之时，众士女执兰拂除。郑国之俗，三月上巳之日，此两水上招魂，拂除不祥也"是最早使用"上巳"一词并有相关解释的现存文献，随后郑玄注《周礼》云："岁时祓除，如今三月上巳，如水上之类"。此后上巳节逐渐定形与稳定下来。有学者因此推定，上巳节乃因汉代韩诗学派倡扬而趋固定且盛行于世。[①] 可见风俗在文学记载中得到叙事解释和流传。

文学作品对风俗仪式之记载，并非只是被动地记载。文学作品会创新，增加新的内容，保证仪式活动在历年的传承中长盛不衰，日久弥新，给该项风俗事象增添新的内涵，增强生命力，表现出新的社会意义。如端午节[②]，关于其起源，目前国内学界最为通行的观点是"祭龙说"，认为端午本是吴越民族举行图腾祭祀的节日，其主要仪式便是竞渡。但文学中出现屈原沉江的传说之记载改变了端午的一些

① 刘立志：《汉代〈诗〉学与民俗文化》，《古籍整理研究学刊》2006 年第 6 期。

② 此处关于端午起源及其演变的观点，部分参见李道和：《岁时民俗与古小说研究》，天津古籍出版社 2004 年版。

仪式及部分节日风俗内涵。南朝吴均《续齐谐记》载:“原五月五日投汨罗水,楚人哀之。至此日,以竹筒子贮米投水以祭之。汉建武中,长沙区回,忽见一士人,自云三闾大夫。谓回曰:‘闻君当见祭,甚善。常年祭物为蛟龙所窃,今若有惠,当以楝叶塞其上,以彩丝缠之。此二物蛟龙所惮。’回依其言。今五月五日作粽并带楝叶、五花丝,皆汨罗之遗风也。”这一记载以传说的方式将屈原与端午风俗连在一起,成为影响颇大的“纪念屈原说”,并由此而引起端午之时民众食粽之俗,给这一节日风俗增添了新的内涵。

可见文学作品的创作增加了风俗文化的内涵,强化其文化代表意义。同时,作品则可借助民俗广泛传播而得到传承。

风俗文化在民间传播时,大众多遵循其仪式操作、行为方式,在年复一年、日复一日的日常生活中演历,由世代相传、邻里相效而传播,因此在这样的传承中,普遍的接受者更多地是相信其来之有据、持之有理而自觉地遵循,并不对其来源与深层的寓意有过多的了解。

风俗行为、禁忌,其文化内涵意义的阐释主要由故事来传说,文学意象来承载。当风俗在日常生活中因长期单纯行为操作而逐渐淡忘了其最初起源之时,文学创作中新增的文化因素则给已经产生审美疲劳的常规习俗注入新的活力,保持其在历史长河中长盛不衰。因而从文化传承的角度而言,文学作品承载了风俗文化繁荣之重任,给习俗增添了丰富的想象与美丽的传说,加强审美意蕴,拓展其文化内含。在我国古代历史文化中,许多人物因文学作品记载其故事传说而被神化,在流传过程中逐渐形成一种民间信仰,然后衍变为一种信仰习俗。麻姑信仰就是如此。有关麻姑传说的最早记载见于葛洪《神仙传》。它记载了神女麻姑应邀而至,下降东吴蔡经家,与神仙王远相会,开琼宴,掷米成珠,三见沧海桑田的一则传说。随着麻姑这一神格人物在道教中影响的日益扩大和在人们宗教生活中地位的不断提高,有关麻姑的传说广泛流播民间,在民间形成信仰,被认为是消灾避祸、保境安民、庇护百姓的神仙和健康长寿的象征。上山祭拜麻姑，成为一种习俗，至今中国不少地方还有为妇女祝寿送麻姑献寿图、春节贴麻姑年画的习俗。[①]

五、动态传承中的互渗与共长

风俗文化与文学都在一定的空间和时间中存在并不断发展变化，社会生活是二者共同的文化土壤，共处于同一时间与同一空间下的风俗与文学则在各自的传承中必不可少地发生联系，相互影响，互渗互融。

首先，风俗的形成和变异衍生出创作题材，其文化内涵和变化则依靠文学作品来记载。民间习俗在传承过程中，衍生出民间传说，从而借助传说广泛地在民间流传。习俗是日常生活中一种较为固定的模式化的行为方式，对于其固定成俗的原因、起源，民众或文人喜欢对此进行猜想与想象，根据民族化的情感和观念，以人们喜闻乐见的方式表达出来，对这些习俗进行解释。除了解释起源以外，如果有些习俗发生变异，相关解释也会在民间传说中出现。此外，风俗文化中除了行为方式之外的伦理观念、价值取向、思维方式和审美情趣等民众心理方面的内容，是凝结在民族心理的深层次性格，它的相关理念，不是单纯的行为方式所能表达的，一些风俗观念，如命相、占卜、谶纬观念依靠小说来演绎、传播。中国的相术、占卜、谶应故事自古以来，都由小说来记录。

其次，文学作品塑造的传说形象，在民间流传中得到民众的公信，从而催生出民间信仰习俗。此种文化现象最初由民间传说在民间传播，然后通过文人加工，在社会上广泛流传，随后形成风俗，可看成作品引起风俗的发生，如关羽是宋元文学艺术作品刻意描绘的忠勇形象。这些作品不仅以其灵活的方式、通俗的语言掩盖了关羽的骄矜寡谋，拔高了关羽的忠义神勇，而且再造了关羽的“儒者气象”，

---

① 曹国庆：《麻姑的传说及其信仰民俗》，《江西社会科学》2000 年第 7 期。

确定了关羽的神像、神号和祭日，最终与表彰忠义的理学思潮相表里，促成了关羽信仰这一风俗文化现象。[①]

再次，风俗文化与文学作品在传播范围和时间上互促互补。风俗文化通过作品的承载，随着作品的传播而传播，扩大了民间风俗的传播范围，加快了民间风俗传播的速度。古代习俗大多最初在某一地域范围内流行，但后来有些普及到全国范围，其克服地域障碍就是依靠负载风俗文化的文学作品的流传。相对而言，习俗的传播更拘囿于地域的制约，而作品的传播则由于文人在各地的流动及其他因素更容易在全国范围内传播。此外，文学作品多元化的传播媒介，如卷轴、碑石、壁、名纸与笺、陶瓷器、拓印与雕版印刷本等，也为其广泛而长久的传播提供物质保证。正是由于文学传播带动风俗文化的传播这一特点，中国古代认为文学有移风易俗的功能，因此文人呼吁文学作品应该"上可裨教化，舒之济万民"。文学对风俗的作用，被文人兼政治家用来强调由文学作品来践行教化功用，使其发挥辅政、聚民、安国兴邦的大任。

空间范围内，文学比风俗更容易突破地域的拘囿，因而风俗依靠文学的记载和传播而扩大了生存空间；而在时间的相续传播上，风俗在日复一日、年复一年中传习，不间断的传播则比文学更具连续性。今天文学作品中很多相关习俗来历的故事传说，则依赖习俗仪式、生活方式的保留被口耳相传而长久传诵。一些小说创作在本事已佚时去民间传说中寻找到大量的素材。我们阅读从汉魏到明清的文人笔记，即可发现其中有极为丰富的传说材料。

俄罗斯学者李福清认为，中国作为全世界传说最多的国家之一，丰富的传说为中国古代文化的传承至今提供保证。[②]

---

① 佘正松：《宋元文学艺术与关羽信仰的形成》，《文史哲》2003 年第 4 期。

② [俄]李福清：《中国茶酒传说初探》，《第四届中国饮食文化学术研讨会论文集》1996 年第 12 期。

总体而言，文学作品与风俗文化两者共处于文化的动态传承中。文学作品作为风俗文化的叙事成分，参与风俗文化的综合传承；而风俗文化作为文学作品的基本素材，借助作品的传播而扩大流传地域。二者你中有我、我中有你，在动态传承中绵密互渗，各自既遵循自身存在规律和传承线路向前发展，又同生共长、彼此渗透。观文学而可知风俗，由文艺作品可察民治得失，移风易俗离不开文学的熏陶与教化之辅政功能，而风俗滋生与引导创作题材，从创作、内容、文体兴衰等各方面影响文学。

以上是笔者就二者在动态传承中的互渗、互促互补，同生共长而做的探讨，我们注重的是动态的传播过程中二者的交融关系，事实上，从宏观上讲，二者的相互影响是一个连续的动态过程。以人类社会存在作为前提，那这一相互影响即可被视为永远而持续的。风俗文化是文学创作的基本素材，对文学题材的引导不言而喻。在此基础上做分支讨论，风俗文化对文人的影响，于任何作家而言，是不可避免的。从关乎文学创作之艺术观念、审美趣味之直接反映于作品中的显见影响，到以生活方式、行为模式的日常积累而沉淀于创作民族心理等深层次的影响，无不是风俗文化影响文学的重要方面。再从文体这一分支来看，中国文学发展演变历程所呈现出一代有一代之代表性文体的特点，如果忽略时代风尚的作用，其形成原因则无从探讨。作用与反作用往往是同时存在的，文学对风俗的引导作用、对风俗文化的保存、传播亦功不可没。

总之，风俗文化与文学的相互影响，是文艺社会学的重要研究对象，本书只是选取唐代这一中国封建社会具代表性的时代，具体从文人和各类文体方面，对此做一些探讨。

第二节　风俗文化对唐代文体之影响

从文学的角度出发做古代文体的研究，最终还是要落实到文学的层面，那就要理清文学与文体的逻辑关系。我们今天在论及文学时，往往受到西方文学理论的影响，强调艺术、审美。而我国古代文学的实际情况，如先秦时期文与文学的未区分，难以简单地以是否有文学性将文体截然区分为文学性文体与非文学性文体。因为有的文体体裁虽然属于应用性质，但在实际创作中，往往因作者个人发挥又会写出有审美、有情感的美文。笔者认为曾枣庄先生主张将古代文体区分为文学性、非文学性和两可性[①]三类，则可比较好地解决这一界限难以截然区分的问题。根据这一观点，文学类文体包括诗歌、小说、戏剧、辞赋、赠序、杂记、哀祭、楹联等文体；非文学性文体包括诏令、奏议、公牍、祈祷等应用文体；两可性文体指书启、序跋、论说、箴铭、颂赞、传状、碑志等类。因为这一分析是以整个古代文体为参照，笔者认为具体到唐代文体，根据一些文体的创作实际情况，如唐代墓志的兴盛和文学性的加强，文学类的文体可以包括诗歌、传奇、墓志、辞赋、赠序、杂记、哀祭等文体，本书的唐代文体研究也主要以这些文学类文体为中心。

文体的发展演变与社会文化、写作主体与文体自身发展规律相关。写作主体对文体的影响，往往也和社会文化相关，往往是社会文化影响写作主体的审美意识、行为方式等，再由写作主体反映到文体创作上，因此前面二者实则可综合归纳为文化对文体的影响里。风俗文化对文体的影响，可分为外在的存在状况影响和文体本体影响两个方面。外在的影响，主要是文体的产生、兴盛、传播、文化功能等方面，文体本体影响则在文体体裁、题材、内容、表达方式、语体风格等方面体现。

一、外部影响

1.风俗文化影响文体的发生

文体的发生大多源于人类文化活动的需要，文体从其产生之初，

---

① 曾枣庄：《中国古典文学的尊体与破体》，《清华大学学报》2009 年第 1 期。

就与文化密切相关。郭英德先生指出，中国古代文体的生成大都基于与特定场合相关的“言说”这种行为方式：“人们在特定的交际场合中，为了达致某种社会功能而采取了特定的言说行为，这种特定的言说行为派生出相应的言辞样式，于是人们就用这种言说行为（动词）指称相应的言辞样式（名词），久而久之，便约定俗成地生成了特定的文体。而中国古代的文体分类正是从对不同文体的行为方式及其社会功能的指认中衍生出来的。易言之，按照不同的行为方式区别类分文体，便生成了作为行为方式的文体分类。”[①]引文强调行为方式对文体生成的重要性。这些基于言说行为方式而产生的文体，更多地属于应用性的文体，如“诔”“诰”等文体。事实上，文学类文体如诗的文体发生，在先秦时也是通过参与社会文化活动，如祭祀仪式等来实现的。总之，文体的发生必然是在社会生活中，受到社会文化行为方式的影响。

风俗是特定社会文化区域内历代人们共同遵守的行为模式或规范，一定的个人行为方式在社会层面普及后就上升成为一种行为模式。因此，从这个层面上来说，文体的发生背后少不了风俗文化。风俗文化在历代传承中，在新的历史条件下，对传统风俗加以丰富拓展，生成新的有时代特色的风俗文化。如果将风俗文化视为一件作品的内容，文学艺术则成为反映这件作品的形式，往往不同的内容要求不同的形式来承载，新的内容会呼唤新的文艺形式。俄罗斯艺术家康定斯基论艺术的精神时，认为时代和个人一样，有着反映自身文化的需求：“整个时代要求反映自身，要求以艺术的形式表现它的生活。”[②]时代风俗呼唤能充分反映社会风貌的文学样式，这种需求成为文体产生、兴盛的原动力。

---

① 郭英德：《论中国古代文体分类的生成方式》，《学术研究》2005 年第 1 期。

② [俄]康定斯基：《论艺术的精神》，中国社会科学出版社 1987 年版，第 44 页。

2.风俗文化影响文体发展和传播

风俗文化对文体存在状况的影响，还突出表现在某类风俗会影响相关文体的创作与传播上。如唐代厚葬风俗兴盛，墓志作为丧葬附属品，受到厚葬之风的影响，丧葬之家纷纷刻石撰碑，墓志的修撰蔚然成风。墓志在唐代的兴盛和丧葬风俗密切相关。

唐代的许多节日风俗、游艺风俗更是推动文体创作的重要因素。先说节日风俗。明代胡震亨在《唐音癸签》中就曾指出唐代中和、上巳、重阳三大节游宴之盛，并由此而引起的诗歌创作之多：

> 唐时风习豪奢，如上元山棚，诞节舞马，赐酺纵观，万众同乐，更民间爱重节序，好修故事，彩缕达于王公，粔粔不废俚贱，文人纪赏年华，概入歌咏，又其待臣下法禁颇宽，恩礼从厚。凡曹司休假，例得寻胜地燕乐，谓之旬假，每月有之。遇逢诸节，尤以晦日、上巳、重阳为重。后改晦日，立二月朔为中和节，并称三大节。所游地推曲江最胜。本秦之隑洲，开元中疏凿，开成、太和间更加淘治。南有紫云楼、芙蓉苑，西有杏园、慈恩寺。环池烟水明媚，中有彩舟；夹岸柳荫四合，入夏则红蕖弥望。凡此三节，百官游宴，多是长安、万年两县有司供设，或径赐金钱给费，选妓携觞，幄幕云合，绮罗杂沓，车马骈阗，飘香堕翠，盈满于路。朝士词人有赋，翼日即流传京师，当时倡酬之多，诗篇之盛，此亦其一助也。①

这则材料以三大节为例来论说，而每月的旬假，三节之外的其他诸节等信息，揭示出这种节庆风俗和文学创作次数之多，而“朝士词人有赋，翼日即流传京师”也说明聚众游乐是诗文传播的重要场合，游乐酬唱所作，在第二天就在京师广泛流传开来。传播速度和传播广度都非平日其他传播途径可比拟。

---

① 胡震亨：《唐音癸签》，上海古籍出版社 1981 年版，第 284—285 页。

节庆风俗对诗文创作的促进，在中国古代文学史中，不是某个时期某个地域的个案，关涉的文体也不仅仅是诗歌，词、曲、文等都有涉及，文学史上形成特有的“民俗诗”“风俗诗”，显示出这类创作之多。

唐时的出游、踏歌、题壁等风俗对文体创作、文体传播的影响尤为显见。

题壁古已有之，然以唐朝为最盛，馆驿壁廊、庙宇寺观、酒家娼肆，都是唐人题诗的场所，行旅题壁成为唐人的普遍风习。题壁所集中的馆驿、宫观、寺庙等地方，交通便利，游客众多，是易得宣传的重地。人来人往，所见题壁者不计其数，题壁无疑以庞大的流动人口为阅读群体，他们比一般读者更具流动宣传性和社会接触面，随着行旅而接触到社会的各个阶层，题壁诗借助这一读者群的流动宣传而可以在当时获得快捷而广泛的宣传渠道。传播学认为，人际传播是指个人与个人之间互通信息、交流思想感情的社会行为。一般是指人们相互之间面对面的亲身传播即直接传播，或通过一定的媒介实现有如面对面交流信息的传播效果即间接传播。人际传播属于社会性传播，使用社会性语言，社会性语言的特点在于能引起他人的反应。传播者也是受传者，影响他人的同时也接受他人的影响。题壁诗即是通过壁或板等媒介实现创作者与阅读者如同会面般的交流。元稹与白居易交好，一次去异地见白诗被人题于馆柱，非常高兴，作诗《见乐天诗》：“通州到日日平西，江馆无人虎印泥。忽向破檐残漏处，见君诗在柱心题。”两人虽未见面，但是见诗如见人，令元稹心情转好。

题壁风气在唐代大盛，创作队伍高度社会化。题壁诗的作者来自社会各个阶层，上有帝王、公主、宰相，中有官吏幕僚，下有举子、隐士、下层文人，此外，僧人道士，以及民间女子都加入到这一行列。[①]这一风气在整个社会的广泛流行，使唐代题壁诗达到一个创作的高峰，因其题壁廊之上，许多文人墨客读之随即感悟相生，而即刻提笔

① 李德辉：《唐人题壁诗诸问题探讨》，《襄樊学院学报》2005年第5期。

而和，由此而带来新的创作。《云溪友议》卷中"三乡略"条载，若耶一女子题诗于驿壁后，"是诗继和者，多不能遍录。"即是此类情形之力证。

与题壁风俗一样，唐人出游、踏歌、祭祀等风俗也为文体创作提供了契机，促进了文体的广泛传播。游宴为平日为世俗生活所羁绊的人们提供了一个放松身心的时机，在个性张扬和美景激发之下，文人雅士诗兴大发，而踏歌的歌词有些即兴填写的，也无疑促进曲子辞等文体的创作。唐代宫廷踏歌声势浩大，"千门开锁万灯明，正月中旬动帝京。三百内人连袖舞，一时天上著词声"。民间此风也十分盛行，如《宣和书谱》载，"大和中，进士文箫客寓钟陵，南方风俗，中秋夜，妇人相持踏歌"[①]，诗歌中"夜宿桃花村，踏歌接天晓"也是谓民间踏歌之风的流行。而唐代祭祀风俗中的赛神活动，联歌而舞，王昆吾先生指出其"只不过是在'神'的名义下所进行的民间燕乐。"[②]这些歌辞，大部分是出自民间创作，因歌唱的需要，具有浅易的语言风格，而又带有生活的主题，是百姓所熟悉和喜爱的，故而很容易在民间传唱。

总之，题壁、出游、踏歌等唐代盛行的风俗，无形中提供了许多创作契机，同时因媒介或场所所促进的诗歌社会性传播，都对唐代文体的繁荣产生了积极的不可忽视的作用。

二、内部影响

风俗文化对文体的影响，主要表现在写什么和怎么写两方面。风俗文化影响文体写作内容，有两个层面：第一层面，风俗文化成为文体的写作素材，成为文体的写作主题；第二层面，风俗文化影响文体的语言、风格。

风俗文化影响文体怎么写，一是文体形态方面，二是文体风格

---

① 顾逸点校：《宣和书谱》卷五，上海书画出版社1984年版，第39页。

② 王小盾：《隋唐五代燕乐杂言歌辞研究》，中华书局1996年版，第69页。

方面。

1.风俗文化与文体的题材选择

风俗文化广泛渗透社会生活的方方面面，显示出这一时期的社会风尚与审美潮流。文人在创作中关注风俗，描写民俗，便能在一定程度上把握这个时代人性审美的主流脉动，故而风俗文化成为唐代诸多文体的写作题材。

这其中比较直观和典型的当推咏物类题材作品。风俗文化成为咏物类题材的一般有两种类型，一种是吟咏社会风俗事物；一种是吟咏风俗文化现象。

首先，风俗事物成为诗、赋的吟咏对象。社会风俗事物往往是时代风习的代表性事物，反映时代特色，是大众当时共同关注的名物，以其为题材进行文学创作，往往与时代主题相契合，因而关注时代主题的敏感文人，不由自主地投身于此类事物的吟咏中。

我们用纵向对比来说明事实。自先秦汉魏经齐梁，直到隋代，所有咏物诗作累计起来也不过 721 首，而唐代咏物诗，据《全唐诗》及其补编所得到的统计数据，是 6689 篇。[①] 当然，数量的大量增长，有各个方面的原因，如诗歌在唐代的兴盛等，但一个朝代诗歌数量是史前历代总和的多倍，咏物诗的蓬勃气势显然不用多言。就咏物诗的题材来看，唐代咏物诗题材十分广泛，从植物松、柏、桃、楠、棕、柳、桔、梅、竹、麦子到动物鹰、燕、杜鹃、鹦鹉、鹤、鹅、鸡、鸭、猿等；从自然风物日、月、星、辰、雨、露、风、云，到人文景物城、门、宅、楼、笔、墨、纸、砚、琴、鼓、箫、酒等；从高大的海、湖、江、山到琐细的泪、烛、灯、草、木、虫、鱼；几乎是无所不包，与前面六朝多重琐屑咏物诗相比，题材丰富的唐代咏物诗的审美范畴不仅仅是范围上的拓宽，更重要的是其主题与风格凸显出意气风发的时代精神。

开放的唐代与异域交往频繁，异域传来的事物对唐人有着强烈

① 兰甲云：《简论唐代咏物诗发展轨迹》，《中国文学研究》1995 年第 2 期。

的吸引力,往往很快流行而成为时代风物。唐代文人屡以外国供奉的纺织品为题作赋,如独孤授的《西域献吉光裘赋》,李君房《海人献文锦赋》,张良器《海人献冰蚕赋》,即是这些纺织品成为流行风物而刺激文人的想象力的佐证。一些投射社会风俗现象的事物,更是成为诗人们集中吟咏的主题。如唐代的咏舞、咏柳、咏马诗就是此类诗作。这里仅以咏舞诗为例,展示风俗事物对唐代文学题材与主题的影响。

唐代社会舞蹈广泛盛行,形式繁多、内容纷呈,达到我国古代乐舞发展的全盛期。对于各类代表时代风情的舞蹈这一社会风俗事项的歌咏,唐代文人乐此不疲。诗词描写的舞蹈种类丰富繁多:独摇手、大垂手、小垂手、绿腰、柘枝、胡旋、胡腾、字舞、剑舞、马舞……而描写舞蹈的文体亦是种类齐全,诗、词、文、赋都纷纷登台亮相。仅以柘枝舞为例,即是咏者极多。沈亚之《柘枝舞赋》(有序)、温庭筠《屈柘词》、白居易《柘枝妓》、刘禹锡《和乐天柘枝》、张祜《观杭州柘枝》等从各个角度展示了柘枝舞的曼妙舞姿,在一系列的描写中反映了唐人的审美观念,再现了时代风情:

> 平铺一合锦筵开,连击三声画鼓催。红蜡烛移桃叶起,紫罗衫动柘枝来。带垂钿胯花腰重,帽转金铃雪面回。看即曲终留不住,云飘雨送向阳台。
>
> ——白居易《柘枝妓》

> 柘枝本出楚王家,玉面添娇舞态奢。松鬓改梳鸾凤髻,新衫别织斗鸡纱。鼓催残拍腰身软,汗透罗衣雨点花。画筵曲罢辞归去,便随王母上烟霞。
>
> ——刘禹锡《和乐天柘枝》①

---

① 彭定求等编:《全唐诗》卷四四六、三六〇。中华书局 1960 年版,第 5006 页,第 4067 页。

社会风俗事物往往投射了时代之共性，展示的是某一种社会现象或某一类人的共同行为，与唐代社会现实密切相关，乃时代风习特色之文化内涵的代表事物，必然吸引众多文人的眼球。反过来说，文人集中吟咏这些风俗事物，更易于揭示时代主题，因而他们也热衷于此。唐代的咏物诗题材广泛，但在几乎无所不包的题材中，诗人们集中的审美范畴还是那些时代风物。

名物因时代风俗所赋予的文化内涵、民俗事象以物喻意，而文人将自我心态投射于此，二者结合便有了托物言志、借物抒怀之文学创作。就唐代文人而言，胡马的意义也许在于可以寄托自我未遂的壮志与豪情，抚慰人生的失落与怅然。善走的胡马成为驰骋疆场的最合适的象征载体。

其次，风俗文化现象成为文体的重要题材。文人墨客注意到丰富多彩的风俗现象，例如斗鸡，是唐代最为流行的赌胜游戏，在很长时间内风靡全国。唐代文人墨客吟咏斗鸡的作品比比皆是。作为唐朝最主要的文学体裁的诗歌，自然少不了它:《全唐诗》就有专门描写斗鸡的诗歌多篇。韩愈与孟郊二人就曾合作《斗鸡联句》，从“大鸡昂然来，小鸡竦而待”开始，到“腷膊战声喧，缤翻落羽皠。中休事未决，小挫势益倍”，再到“事爪深难解，嗔睛时未怠。一喷一醒然，再接再砺乃”，及至“头垂碎丹砂，翼拓拖锦彩。连轩尚贾馀，清厉比归凯”，详细描写了整个斗鸡过程。到结尾，孟郊还肯定以斗鸡为题材的创作价值:“君看斗鸡篇，短韵有可采。”唐诗中以斗鸡为题材的诗篇不在少数，李白也曾作过一首《一百四十年》的五言古诗，描述了皇宫中热闹非凡的斗鸡活动和斗鸡徒的受宠得意之形。杜甫、韩偓等诗人亦曾以“斗鸡”为题，专有吟咏。斗鸡风俗不仅仅只是在诗歌中成为描写对象，在各类笔记小说、传奇、散文、赋体等其他文学体裁中同样可见其在当时的流行盛况。王勃就曾因见诸王斗鸡，戏为文《檄英王鸡》，而遭驱逐。当时人称“神鸡童”之贾昌，是斗鸡第一人，因斗鸡而平步青云。陈鸿《东城老父传》即以贾昌一生为线索，详细描写了玄宗时期盛极一时的斗鸡风气。

在直接描写斗鸡的风行情形、斗鸡过程和场面等内容以外，这一风习还带给文人反思与感想，韩偓的《观斗鸡偶作》即是完全的感想之词："何曾解报稻粱恩，金距花冠气遏云。白日枭鸣无意问，唯将芥羽害同群。"这无疑说明风俗在影响作品题材内容的同时，必然对文人的思想感情产生影响。他们会对这些社会风习产生相关文化意识，将其所思所感发之笔端。如斗鸡之类的生活风俗还有很多，打球、拔河，都成为文学作品直接描写的对象。生活中盛行某种风习，都在文学中能找到其盛行之反映，如打球，在诗词歌赋中无不显得激情荡漾和韵味十足。

前面谈到外部影响时，说到节日风俗会促进诗歌等文体的创作和传播，事实上，除了这种外部上对文体的促进之外，节日风俗还是唐代诗歌、文赋等文体的题材内容。唐代节日丰富，官方规定与民间的相融合，传统节日与新增佳节共举，古老传统民俗与时代风习共长，举国欢腾的氛围与"每逢佳节倍思亲"的文人情怀共同孕育了佳节盛会之际的风俗文化笔墨图。文人墨客在诗歌、散文中尽情描写、记载岁时风俗，展现节日风情，因为直接成为叙写的中心客体，许多诗歌、文章，从标题就明示乃节俗作品。如诗歌中直接以寒食、七夕、重阳、端午、社日、中秋、腊日等节日为标题的诗作就数目可观，以之为描写对象的更是不计其数，如孟浩然《他乡七夕》一诗：

他乡逢七夕，旅馆益羁愁。不见穿针妇，空怀故国楼。
绪风初减热，新月始临秋。谁忍窥河汉，迢迢问斗牛。

以七夕为直接吟咏对象，在他乡想见往日七夕节日气象。诗人客羁他乡在怀念中回想节日习俗，从妇女穿针乞巧，到望月祷祝等民间风俗，都在怀想中展现，而与节日有关的神话传说，更是在一句"谁忍窥河汉，迢迢问斗牛"中点明其中蕴含的牛郎织女故事，同时因袭用《古诗十九首》之"迢迢牵牛星"而暗示出这一传说的悠久历史及与文学传统之联系。这里诗人把七夕这一节日风俗当作中心客体来描画,风俗文化成为文学的直接表现对象。

其他以节日为标题的文体也不少,有赋体,如王勃《七夕赋》等;诏书,如唐穆宗《定寒食假诏》等;颂体,如白居易《中和节颂》等;青词,如吴融《上元青词》等,都是以岁时民俗为直接的描写对象,记载风俗文化现象,表现民俗风情。当然,唐代文体以其他风俗文化为题材内容的亦非常之多,这里仅以岁时风俗为例来做管窥。

2.风俗文化影响文体的语言词汇

一些时代风俗名物,尤其是一些从西域传来的事物,成为唐人生活中的宠儿。随着外来物品的涌入,唐朝人追求外来物品的风气渗透到了社会的各个阶层和日常生活的多个方面。当时不仅"太常乐尚胡曲,贵人御馔,专供胡食,士女皆竞衣胡服"[①],爱好异域名物,已蔚然成风,诗歌与传奇中也出现大量有关此类的新词汇。从胡床、胡衣到胡姬,从金雕、龙脑、郁金香到果下马,从金桃、驯象、善马到犀牛、猧儿(叭儿狗)等等。这主要是从事物名称方面丰富了作品中的词汇。

而一些风俗事物,风行整个社会,与它相关的各种词汇也会涌现在作品中,唐代比较典型的如茶、药、酒、仙、歌舞等。仅以茶为例,诗歌中有关各类名茶就有:仙人掌茶、蒙顶茶、石廪茶、邕湖茶、九华英、小江园、天柱茶、华顶茶、蜡面茶、碧涧春等等,而采摘及加工工序又有摘茶、蒸茶、捣茶、拍茶、焙茶、穿茶、封茶等等,而每道工序又有专门的工具及相关动词,如捣茶,所用的工具为"杵臼"(又叫"碓"),把蒸好的茶叶放入碓中,捣烂成糊状。捣茶又叫研茶,如皮日休《茶舍》中"乃翁研茗后,中妇拍茶歇"。研茶所用的工具曰研,盆状,内壁带棱(或臼槽),考古发现过此类器,多是陶制。在一些较大型的茶场,

① 刘昫等:《旧唐书·舆服志》卷四五,中华书局1975年版,第1958页。

使用大型或组合的研，当时称研架，一次可以研制较多的茶叶，如李郢《茶山贡焙歌》："蒸之馥馥香胜梅，研膏架动轰如雷"。而对于各种茶的种类区分和饮用方式，唐人亦有详细区分：对粗茶，则称之为"斫茶"；饮用散茶则呼之为"熬茶"，对末茶，则称之为"炀茶"，而有关饮茶的工具、品茶的过程，也有繁多的相关词汇，已成为唐诗中常见的词语，如饮茶的工具，唐人呼为"茶瓯"，皮日休《茶瓯》中"邢客与越人，皆能造滋器"，陆龟蒙《茶瓯》中"岂如圭璧姿，又有烟岚色，光参筠席上，韵雅金罍侧"就有专门吟咏。[①] 如此多的与茶相关的语汇出现在诗歌中，使唐诗中弥漫着茶的芬芳。

总之，无论是异域事物带来的唐人追习之风，还是承继传统文化的风俗，唐代风俗事物大大充实、丰富了作品语言词汇，同时由此而演绎着的时代风情在文学的园地中闪耀。

3.风俗文化对文体体裁的影响

有些文体会直接参与到社会文化活动中，风俗文化会对其文体形态等产生影响。

唐人喜欢出外游玩赏景，游乐之际，又少不了宴饮一番，其风于文人士子尤盛。从唐朝初年开始，游宴之风渐盛。朝廷各个曹司休假之时"例得寻胜地宴乐，谓之旬假，每月有之"。[②] 此为官方游宴，而文人群体、士人大夫私下的游宴活动更是繁多，五代画家的《韩熙载夜宴图》就是当时这一社会风尚的逼真写照。出游、宴会这种集体活动中，文士相互酬答、联句赛诗、作文撰序繁多，提高了文学创作的数量自不待言，而其中对诗歌艺术特色的影响亦不可小视。首先宴会赋诗往往为多人场合，所用诗体多统一体裁，才适合联句或比较，若首唱采用五古，则众人皆作此体；如为五律或五言排律，则诸人也均循此体式而作。如唐中宗正月晦日幸昆明池赋诗，群臣应制百余

① 彭景元：《从唐诗中试探唐代茶文化》，《古今农业》2006年第4期。
② 胡震亨：《唐音癸签》卷二十七，古典文学出版社1957年版，第237页。

篇。宋之问、沈佺期均与此会而咏，其所作的《和晦日驾幸昆明池》诗即皆为五言六韵排律，其他人所作应亦相同。[①] 在宴饮集会赋诗的场合，因比试诗才的需要，统一用韵自然让标准趋同，因而，此种集会场合多出现分韵、限韵之作，这无形中对文体形式的发展起着促进作用。而在诗歌体裁方面，受六朝诗酒唱和咏物风习的影响，同时因限制题材更易于衡量高下，唐朝士人宴饮依旧喜好指物赋诗，将诗歌题材限于咏物，此类诗歌多以"赋得"为题。

又如赠序作为独立的文体是在唐代确立的，它的确立和唐代送别祖饯之风相关，故而其文体体制映射出送别风俗。赠序的题目点名送别对象，内容上从赞美送别对象，交代分别缘由，抒发难舍之情，到提出勉励，期待再会。可以说主体内容就是送别宴会时的临别赠言。赠序文体也就成为送别祖饯风俗的文本记录，文体结构也由此而确定。

一、影响文体审美风格

唐代侠风炽盛，绵延初盛中晚，其实质表现为一种慷慨意气、建功立业的豪情；唐代边塞诗歌就体现出此风的熏陶，表现出对质朴刚健诗风的追求和以侠义精神为基调，以边塞、军旅、咏侠为主题的诗歌创作。唐诗中的任侠精神不是个别的、偶然的现象，它随着唐诗高潮的到来而扩展为诗坛上普遍的风气。诗人们对游侠形象的集中歌唱，以及对生活中侠义精神的开拓和赞美，表现了这个时代特有的精神面貌。这无疑对唐诗美学风格产生了不可忽视的影响。[②] 初、盛唐诗歌中的刚健豪放、勇武慷慨的审美风格与任侠之社会风气分不开，文学作品中的尚武精神和推崇雄健的美学品格也与时代侠气融为一体。

---

① 吴在庆：《论唐代文士的集会宴游对创作的影响》，《厦门大学学报》2003 年第 5 期。

② 钟元凯：《唐诗中的任侠精神》，《北京大学学报》1993 年第 4 期。

除诗歌之外，传奇等文体的创作也同样受一些生活风俗的浸润。中唐爱情传奇的艺术特征就典型地带上社会婚姻风俗观念特色。有唐一代是科举确立在选官制度中之地位的重要朝代，科举制带给当时社会生活的影响是十分深远而广泛的。因文才与科举选官的休戚相关，唐人婚姻观念中崇尚才子、重视男子功名的风习普遍，而我们阅读中唐爱情传奇，则发现其中大多为美女爱才子的故事，喜以浓墨重笔描写男子之文才，而求取功名则往往是其中男主人公所汲汲追求的，其科举中第往往成为故事情节发生转折之原因，如《霍小玉传》。当然自唐以来，才子佳人式小说历代类似的描写似乎让我们已对此见惯不惊，但将中外文学做一比较，传统文化的浸润则会清晰呈现。有学者就曾指出："欧洲的文士是用刀、剑、拳、脚来达到吊膀的目的，而我国的书生则用诗词歌赋来博得女人的欢心。……欧洲的故事和戏剧描述着许多武士与贵妇的风流案，我国的故事与戏剧流传下不少书生与小姐的浪漫史。"[①]作为"始有意为小说的"的唐传奇，处于科举制开始对社会产生深远影响的时代，其必然是书生与小姐浪漫史的始作俑者。唐传奇中许多艺术特点都是当时社会婚姻风俗特点之反映，从人物塑造、情节结构到主题思想等，都有所反映。

二、影响文体表达方式

众所周知，《诗经》赋比兴表现手法对后代诗歌创作影响深远，使诗歌呈现出含蓄蕴藉的审美风格。这一经典表现手法在唐代诗歌中依然存在。研究者的眼光往往停留于探讨诗歌中这些手法的运用和艺术效果上，却忽视赋比兴手法的使用背后的文化背景。笔者认为，风俗文化是赋比兴手法运用的文化土壤。宋人李仲蒙说："叙物以言情，谓之赋，情物尽也。索物以托情，谓之比，情附物也。触物以起情，谓之兴，物动情也。"[②]即赋比兴三者都离不开物，而这个和情感

---

① 董家遵：《中国古代婚姻史研究》，广东人民出版社1995年版，第338页。

② 杨慎：《升庵诗话》，丁福保辑：《历代诗话续编》中，第882页。

表达密切相关的物，本身必定含有与所表达情感相关的因素，才能完成从物到情感的过渡。风俗文化作为人类物质文明与精神文明的表征，承载着人类对真善美的追求，每一种民俗事象都有一定的物态形式及其文化蕴含。在众多的民俗事象中，我们既能见出民俗作为创作主体的审美心理模式，又可见出民俗作为创作客体的审美心理个性。这样含有审美意蕴和情感寓意的风俗事物就充当了“叙物以言情”的“物”之角色。

唐代诗词作品中，大量的离别之作中都会出现杨柳这一审美意象，咏柳并不是离别诗歌的主题，也就不是诗歌所描写的中心客体，但离别中却少不了由它来代表离别情思。杨柳意象，是唐代折柳风俗的审美载体，承载了唐人的离别愁绪，综观唐人离别之作，杨柳成为起兴的重要意象。李白《忆秦娥》就是此类名作：

> 箫声咽，秦娥梦断秦楼月。秦楼月，年年柳色，灞陵伤别。
>
> 乐游原上清秋节，咸阳古道音尘绝。音尘绝，西风残照，汉家陵阙。[①]

词中从箫声到月光，再通过年年柳色，引出灞桥柳之唐代经典民俗意象，最后咏叹出伤别情怀，写尽了无数离别之人最伤痛、最丰厚、最柔美的那份情思。词中所蕴含的已经不只是这一次的离别之伤，而是古往今来，无数为离别所伤感的友人、亲人、恋人……代表着中华民族重离别之传统情感，是民族之共同情怀，沉淀了民族数千年的离情别绪。这里的柳意象集民俗事象之人文性与审美意象之情感性于一体，完成了从民俗的空间景观到民族审美风格再到文学审美范畴的蜕变。而这样一种先言风俗事物再抒情的起兴方式，也成为唐代诗词文体中重要的表达方式，这一表达方式更具含蓄蕴藉的特点，

---

① 彭定求等编:《全唐诗》卷八九〇，中华书局 1960 年版，第 10051 页。

也由此拓展了文体的民族性和文化内涵。

再如喜鹊，在唐代信仰民俗中，是报喜的民俗事象。进入文学作品中，就成为承载报道喜讯的审美心理的意象，如李绅的《江南暮春寄家》：

> 洛阳城见梅迎雪，鱼口桥逢雪送梅。剑水寺前芳草合，镜湖亭上野花开。
>
> 江鸿断续翻云去，海燕差池拂水回。想得心知近寒食，潜听喜鹊望归来。[①]

诗末之喜鹊意象的出现，即蕴含着报归喜讯之审美情感，诗人不直接言归来之喜，而是运用喜鹊这一民俗审美意象，形象生动地传达了游子思乡念土的情感。民族共同的信仰心理不仅使个性差异超越成为可能，而且为文艺民俗的审美提供了同构的心理基础。喜鹊这一民俗生活中的喜讯使者，在诗歌中以审美意象形态载录了当时民众的这一信仰风俗，这里民俗事物成为情感的象征。

风俗文化是民族范围内的生活习惯与文化习俗的沉积，它所折射出的文化精神氛围和情趣、风情，正是其民族美学风格之所在。正是在长年的历史进程中，风俗文化塑造了民族审美心理。唐代文学中以审美意象形态存在的风俗文化，所投射的民俗情趣、风情与民族美学风格的艺术精神相一致，因而常常只需一个意象字眼，便能引起民众审美心理的共鸣，从而具有恒久的艺术魅力。

① 彭定求等编：《全唐诗》卷四八三，中华书局1960年版，第5492页。

第四章　风俗文化与唐代文人

风俗文化作用于文体，离不开文人这一中间环节。作家是由现实生活到作品的中介，风俗文化影响文体，同样也要以作家为中介。时代风俗带给唐代文人一些特有的生活方式，从多个方面影响到文学和文体。文人们在创作中所表现出的思维方式、审美心理、语言习惯，都渗透着时风世俗的熏染。

第一节　唐朝崇文风习与诗满唐朝

一些文体本身即是当时风俗文化的载体和体现者，风俗的传承与文体的创作与传播密切相关，许多风俗文化中特有的民俗事项因进入文学作品中而成为典型文学意象，使二者密不可分，在一定程度上构成同构同质的文化现象而流传。

研究者往往习惯于强调风俗对文体创作的影响，而忽略文体对风俗文化的影响。当然，相对于前者而言，后者并不十分直接、明显。文体对风俗文化产生影响，其前提是文学空前繁荣并对整个社会产生深远影响。历史上，文学空前繁荣且对整个社会产生深远影响的朝代为数不多，所以这种影响不易为人们所关注。唐朝是诗歌的朝代，文学的王朝，全社会被浓郁的文学空气所包围。重视、热爱文学的民俗风情遍布整个社会，文学传播普及社会各个阶层。这在封建社会历史朝代中是空前的。无论是文学作品的创作、传播、欣赏、消费还是诗人受爱戴的社会地位，唐代都到达了封建时期之巅峰。闻一多说："一般人爱说唐诗，我却要讲'诗唐'，'诗唐'者，诗的唐朝也，懂得了诗的唐朝，才能欣赏唐朝的诗。"[①]诗的唐朝，诗的王朝，文学创作与消费已经渗透到社会各个阶层，普及到普通百姓中，文学运用深入到日常社会生活中，遍布民间；热爱和尊崇诗人已经成为一种普遍的社会风习。

这种重视、热爱文学的民情风俗是唐代具有典型代表性的风俗文化，是整个时代最为突出的社会风尚之一，深刻影响了唐人的社会观念、思维与行为方式、生活理念，也深刻影响了文人和文体创作。

一、文人崇拜风习与创作心理的激发

唐代是中国历史上诗歌发展的鼎盛时代，社会各阶层对诗歌的喜爱，表现在日常生活的各个方面，尊崇诗人即是最重要的表征。唐代文人受到社会的普遍崇敬，许多文人因诗名享誉当时，成为民众敬慕的对象，其得到追捧和热爱的程度不亚于今日当红之明星：

"长安冰雪至夏月，则价等金璧。白少傅诗名动于闾阎，每需冰雪，论筐取之，不复偿价，日日如是"[②]，"闾阎"，即民间、老百姓。白居易因为诗名在民间很大，受到了老百姓自发的尊重和爱戴，所以即使夏日冰雪价同黄金，他也可以从商家那里一筐一筐地白拿，可见其受追捧程度。

民间崇拜诗人的不仅仅是普通民众，连强盗打劫遇到久闻的诗人都转而弃财索诗，将其诗歌看得贵于黄金。

《唐才子传》载："（李）涉工为诗，词意卓荦，不群世俗。长篇叙事，如行云流水，无可牵制，才名一时倾动。初，尝过九江皖口，遇夜

① 郑临川述评：《闻一多论古典文学》，重庆出版社 1984 年版，第 82 页。

② 冯贽：《云仙杂记》卷六，中华书局 1985 年版，第 43 页。

客方潜伏。问:'何人?'曰:'李山人。'豪首:'若是,勿用剽夺,久闻诗名,愿题一篇足矣。'涉欣然书曰:'暮雨潇潇江上村,绿林豪客夜知闻,他时不用藏名姓,世上如今半是君。'大喜,因以牛酒厚遗,再拜送之。"[①]后来此盗贼隐居循州,一次向他人追忆自己人生轨迹,自言所获李涉此诗改变了其人生道路:"老身弱龄不肖,游浪江湖,交结奸徒,为不平之事。及遇李涉博士,蒙柬此诗,因而敛迹……"强盗都见诗人而忘劫财,又因诗而转变,足显诗人在当时所受追崇之甚和诗歌的影响力。[②]

"旗亭画壁"的故事是唐代文坛的一段佳话,多为各种文学史所援引,薛用弱《集异记》所载:"开元中,诗人王昌龄、高适、王涣之(应为之涣)齐名,一日天寒,三人于旗亭共饮,有梨园伶官十数人会宴,因相约密观诸伶所讴,以其诗入歌词之多者为优,三人欢噱异常,引起诸伶官惊奇,昌龄等因话其事。诸伶竞拜曰:'俗眼不识神仙,乞降清尘,俯就筵席',三子从之,饮醉竟日。"[③]引用此则材料者多关注三人的赛诗,实际上此处足见诗歌在社会传播之广泛,也说明民间对诗人的崇拜,在他们看来,诗人如同神仙一般,是仰慕的对象。事实上,唐代诗人很多被称为谪仙人,也是诗人是神仙下凡思想的反映。

尊崇诗人之风普及整个社会,下遍于民间,上及于朝廷王相,诗人王维诗名盛于盛唐,王公贵族、帝王将相竞相追捧:

> 维以诗名盛于开元、天宝间,昆仲宦游两都,凡诸王驸马豪右贵势之门,无不拂席迎之,宁王、薛王待之如师友。[④]

代宗时,缙为宰相。代宗好文,常谓缙曰:"卿之伯氏,天宝中诗

① 辛文房:《唐才子传》分卷第五,傅璇琮主编:《唐才子传校笺》(1—4册),中华书局1987年版。

② 尤袤:《全唐诗话》卷四,中华书局1985年版,第82页。

③ 薛用弱:《集异记》卷二,中华书局1985年版,第8页。

④ 刘昫等:《旧唐书》卷一九〇。

名冠代，朕尝于诸王座闻其乐章。今有多少文集，卿可进来。”缙曰：“臣兄开元中诗百千余篇，天宝事后，十不存一。比于中外亲故间相与编缀，都得四百余篇。”翌日上之，帝优诏褒赏。①

此种社会风习并没有因为安史之乱而消退，直至晚唐依然盛行，通行整个朝代：

> 威性明敏，达于吏道。伏膺儒术，招纳文人，聚书至万卷。每花朝月夕，与宾佐赋咏，甚有情致。钱塘人罗隐者，有当世诗名，自号“江东生”。威遣使赂遗，叙其宗姓，推为叔父。隐亦集其诗寄之。威酷嗜其作，目己所为曰《偷江东集》，凡五卷，今邺中人士讽咏之。②

社会尊崇文人之风习，提升社会上文人之地位，为文人的社会处境及社会地位奠定基础。这在当时有着一系列的社会现象表现，如文人四处出游得到友好的接待，有名望之文人的诗文价值不菲等，而其中最重要的社会反作用是引起作诗为荣的社会心理，从而激发民众的创作动力。

作诗为荣的社会心理从不会吟诗之人亦强要作诗中最能体现出来。唐朝武将史思明，本是一介武夫，但却以不识文字之文化程度强要附庸风雅：“史思明忽然好吟诗，每就一章，便大肆宣扬，听者绝倒。史思明在东都洛阳，子在河北，尝欲以樱桃赐其子朝义及周贽，作《樱桃子诗》，以彩笺敕左右书之。诗曰：‘樱桃一笼子，半赤一半黄。一半与怀王，一半与周贽。’小吏龙潭进曰：‘请改为“一半与周贽，一半与怀王”，则声韵相协。’思明曰：‘韵是何物？岂可以我儿在周贽之下。’宠其儿朝义，却随之被朝义所杀。事之好还，天道固然。”③

---

① 刘昫等编：《旧唐书》卷一九〇。
② 刘昫等编：《旧唐书》卷一八一。
③ 王仁裕、姚汝能：《开元天宝遗事——安禄山事迹》，中华书局 2006 年版，第 7 页。

这也从反面映衬社会喜爱诗歌，文人得到社会尊崇之时风。因文人得到社会尊崇，自然成为社会各阶层人士追慕、趋同之对象，因而会作诗也成为宣扬身份与素质的方式。

作诗为荣的社会心理激发的不但是附庸风雅的武将，更是激发了整个社会民众的创作心理，当然最主要的是调动了诗人的创作热情，整个时代诗歌创作数量惊人。众所周知，创作动机的产生首先依赖于客观情境的激发。外界信息被创作主体接受后，立即成为引发其内驱力的诱因和传媒，形成创作动机。这种内驱力是储存于作家内心的一种心理势能，一旦找到对应的外界客体，便通过媒介物得到释泄、抒发。可见，创作动机的动力结构主要由两个部分构成：一是外界刺激力，二是内部驱动力。而尊崇诗人的时代风气及其引导的作诗为荣的社会心理作为外界刺激力，充分调动了文人的创作热情，也刺激了民众的创作欲望。《全唐诗》收录五万余首诗歌，但这只是唐诗的一小部分，大量的诗歌没有流传下来。而总人口在最盛时期约为五千万的朝代，传世知名诗人就有两千三百多人，可以想见当时诗歌创作之巅峰状况，而这些无疑离不开尊崇诗人之时代风尚的影响。

二、乐文之风与诗满唐朝

尊崇文人之风还是源自对诗歌的喜爱，唐人爱好诗歌阶层之普遍、程度之热烈，纵观中华文明史，可谓空前绝后。从王侯将相到普通百姓，从后妃宫女到家庭妇女，从青楼歌女到市井走卒，从文臣武将到僧人道士，无不爱诗、写诗，唐代进入了一个全民学诗、全民用诗的时代，我们从当时文人的记载中即可随意目睹其盛况：

> 自长安抵江西，三四千里，凡乡校、佛寺、逆旅，行舟之中，往往有题仆诗者；士庶、僧徒、孀妇、处女之口，每每有咏仆诗者。
>
> ——白居易《与元九书》

其有所得,多入佳境,迥拔孤秀,出于常情,每一篇绝笔,则人人传写,虽闾里士庶,戎夷蛮貊,莫不讽诵吟习焉。

——杜确《岑嘉州集序》

李益,故宰相揆族子,于诗尤所长。贞元末,名与宗人贺相埒。每一篇成,乐工争以赂求取之,被声歌,供奉天子。至《征人》《早行》等篇,天下皆施之图绘。

——《新唐书·李益传》

自唐末,无赖男子以札刺相高,或铺《辋川图》一本,或砌白乐天、罗隐二人诗百首。

——《清异录》卷三

以上材料让我们足以窥见当时人人爱诗,无论出于什么阶层,无论在宫廷还是在边远地区,整个社会喜爱诗歌,阅读、传唱、甚至以诗刺身的空前盛况。

除了流行范围与阶层的广泛之外,诗歌深入到民众生活的方方面面更是全民用诗的重要表现。唐人生活中用诗歌来表情达意,用诗换物,吟诗饮酒,歌舞传唱,行旅题诗,赠答、送别、游览观光、宴会,节日聚会,各种社交活动更是少不了诗歌的助兴,翻开唐代社会生活史,几乎每一个角落都可以窥见诗歌的影子。总之热爱文学、全民用诗的社会风气让这一时期的社会风俗渗透了诗一般的意境,使唐代社会风俗带上浓厚的诗意特征,是为该时代风俗文化最为显著的特点。

上述诸方面早已习见于各类文学史,这里就不再赘述。诗歌更是应用于教育领域。欧阳修幼时还诵得晚唐诗人的诗句,而所记诗句已失传,可见我们通过文献记载所窥远远不能全面反映当时诗歌之兴盛。

郑谷诗名盛于唐末,号"云台编",而世俗但称其官,为"郑都官诗"。其诗极有意思,亦多佳句,但其格不甚高。以其易晓,人家多以教小儿,余为儿时犹诵之,今其集不行于世矣。[①]

宋代人在生活中犹感受到唐代诗歌之现世流传,显见唐人诗歌流传民间影响时间之久。诗歌在民间的普遍运用之时风世俗,让社会的文艺需求陡增,社会风气带来接受群体的普及,而群体的需要将反馈和影响诗人的创作。所谓"天意君需会,人间要好诗",诗满唐朝、诗满人间的社会文化风尚必然促进文学消费的增长,读者的呼唤和要求,直接促进诗歌的创作,从而普遍运用于日常生活。无疑诗歌比其他朝代在审美功能、文化功能之外更发挥交际功能、娱乐功能。唐人在相互赠送、联络感情、应制献诗、节日应景等各方面,也创作了大量的诗歌。几乎凡是语言文字能表达之处,都有诗歌的存在,诗歌进入了唐代社会生活的方方面面。文学创作与消费已经渗透到社会各个阶层,普及到普通百姓中,文学运用深入到日常社会生活中,遍布民间。文学生产与文学消费的关系告诉我们,文学消费与文学生产相互促进,文学消费制约着文学生产的方式与规模,因此唐代全民用诗的社会风俗既是诗歌繁荣的推动力,也是诗歌繁荣的社会表征。

同时,文学消费的扩展,阅读群体的普及,使文人重视其作品在民间的传播,以民众之喜好作为衡量作品的重要标准。许多诗人都先在市井中声名鹊起,诗歌为妓女乐工所传唱,获得民众的承认和传扬,从而在社会上获得诗名,因此诗人都广泛重视民众阅读群体对自己诗歌的认同,如白居易诗成先令以老妪解之,让自己的诗歌贴近百姓,因此才有"童子解吟《长恨曲》,胡儿能唱《琵琶篇》,文章已满行人耳"的普及民间效果,白居易本人亦看重自己的诗歌遍于民间:"凡乡校、佛寺、逆旅、行舟之中,往往有题仆诗者、士庶、僧徒、孀妇、处女之口,每每有咏仆诗者。"诗人们都因自己诗歌在社会上广为传播而获

① 欧阳修:《六一诗话》,何文焕辑:《历代诗话》,中华书局1981年版,第266页。

得成就感，如元稹就曾说："禁省观寺、邮候墙壁之上无不书；王公妾妇、牛童马走之口无不道。至于缮写模勒，炫卖于市井，或持之以交酒茗者，处处皆是"[①]，对自己和白居易的诗歌在当时产生广泛影响而颇为自豪。市井是传播诗名的重要场所，诗人陈子昂即深谙此道，文学史上有关他摔琴博名的一段佳话，即选择在市井场所，正是因为市井民众的广泛传播，让他从携诗文百轴，四处求告而无人赏识之境，而转变为一日之内，便名满京城。其摔琴之举旨在博取关注，赢得宣传机会；而其诗作工巧，得到大众认同，民众争相传看，才是赢得诗名的关键。因而诗人重视市民的认同即是获得诗名的重要基础，下达于上，是文名传播的一条重要途径，故而诗人多竞誉于市井，重视民众的评价和品味。民众热爱文学之风加强了文学受众对文学创作的影响。

三、贵文心理与诗文价值的商业认同

唐代文学的商业气息较少为学者关注。事实上，唐代尊崇诗人，热爱文学之社会风气必然带来对一些文体的重视，而好的文学作品自然得到追捧，高昂的文学热情刺激了文学消费的高涨，诗文出现商业化趋势。

1.贵文心理与诗文价值的商业体现

隋唐以来，随着疆域的开拓、交通业的发展以及城市的繁荣，商业经济迅速崛起，"扬一益二"的民谚道出的是全国繁华都市众多，而扬州与成都成为翘楚。王建一首《夜看扬州市》："夜市千灯照碧云，高楼红袖客纷纷。如今不似时平日，犹自笙歌彻晓闻"[②]，足以让人从当时夜市之盛况窥想其时商业之繁荣。社会意识是社会存在的反映，商业活动以及商业文化的影响已不容忽视，作为社会信息载体的文艺，也自然出现商业意识的萌发。而民众对诗文作品的高度热情，

---

① 董诰等辑：《全唐文》卷六五三，中华书局1983年版，第6644页。

② 彭定求等编：《全唐诗》卷三一〇，中华书局1960年版，第3430页。

让诗文作品广受追捧，造就民众商业意识中的贵文风习。

有这样一则民谣："十金易一笔，百金偿一篇。"[①]此谣的背景是唐末彭玕通《左氏春秋》，尝募求西京《石经》，厚赐以金。广陵笔工李郁者善为诗什，彭玕贻书于郁，以白金十两市一笔；又令郁访石本《五经》，卷以白金百两为直。此谣是出重金求石刻之文，其出金之重，显示对经文的重视，同时也显示唐人心中文的商业价值。诚然，一字千金的重金求文之事早在先秦即已出现，但那更带有悬赏意味。唐代喜爱诗文的群体心理趋势，带来以文为贵的价值取向，造就好文无价的思想观念，从而引起包括商界在内的各个阶层的追捧。

贵文观念在谣谚中的反映，更映衬出这一观念乃民众的诗文价值反映。盛唐时期流传的一则民谣以黄金来喻美文之贵重："前有胡楚宾，后有李翰林，词同三峡水，字值万黄金。"[②]胡楚宾，高宗时文学家，参与朝廷机密要事，时人称为"北门学士"。他才华睿智、文思敏捷，而且有酒中撰文的习惯。高宗每令作文，必以金杯盛酒令饮，便以杯赐之。无独有偶，李白曾得到玄宗重金赏赐。后人将其与李白比譬，称之"前有胡楚宾，后有李翰林"，其文价值都是"万黄金"。万黄金的虚指，代表的是好诗好文的无价思想。

好文价同黄金，显见时人对文学的看重，故而学得诗文之人也会因此而更高一筹："及再来长安，又闻有军使高霞寓者，欲聘娼妓，妓大夸曰：'我诵得白学士《长恨歌》，岂同他妓哉？'由是增价。"[③]唱得《长恨歌》的妓女价格不同。因为能背诵白居易的作品，故而自觉身价不同他人。贵文心理带给民众的是广泛的影响，事物可因文而贵。

社会心理的影响无形而强大，给同时代的社会成员以共同的意识和情绪。唐人对诗歌的热爱和追捧是引起文学商业价值意识不可

① 欧阳修、宋祁：《新唐书》卷一九〇。中华书局1975年版，第5487页。
② 陈尚君辑校：《全唐诗补编》卷五八，中华书局1992年版。
③ 董诰等辑：《全唐文》卷六七五，中华书局1983年版，第6890页。

忽视的促进因素，李白曾作过一首《赠黄山胡公求白鹇》，在诗序中交代缘由："闻黄山胡公有双白鹇，盖是家鸡所伏，自小驯狎，了无惊猜。以其名呼之，皆就掌取食。然此鸟耿介，尤难畜之，余平生酷好，竟莫能致，而胡公辍赠于我，唯求一诗，闻之欣然。"[①]胡公赠白鹇，所求唯诗，无疑表明对李白诗歌的追崇，事实上也形成了以诗歌交换物品之行为。商业流通就是从最初的物物交换开始。我们不排除唐代商业发展对诗文换物的刺激与推动，但社会的贵文理念才造成广大民众对美文好诗大力追捧，不惜重金购买，从而促进诗文进入商业流通。

2.诗文价值的商业认同

社会对文学作品的高度追捧，达到泛化与普及，必然带来文学作品进入商业流通，这一社会现象在初唐即已形成。文人可通过创作获得商业报酬，王勃省父途中经过南昌为滕王阁作记，"顷刻而就，文不加点，满座大惊。酒酣辞别，帅赠百缣，即举帆去。"[②]王勃平时就靠作文而获利："勃属文绮丽，请者甚多，金帛盈积，心织而衣，笔耕而食。"[③]杜甫亦有诗云"故人南郡去，去索作碑钱。本卖文为活，翻令室倒悬"[④]，描绘卖文所得甚少的文人之寒酸，却也透露出文人靠鬻文为生的社会现实。

中唐时期文学作品更广泛地进入商业流通，白居易等人的诗歌可以直接参与市场交换，冯贽《云仙杂记》卷四《物价至微》条载："开成中，物价至微，村落买鱼肉者，俗人买以胡绢半尺，士大夫买以乐天诗一首与之"；用诗歌直接交换鱼肉，体现唐人喜爱诗歌的感情，也说明文学的价值用金钱来衡量已成为一种大众接受的社会现象。

进入商业流通领域的诗歌，因为传播普及、需求旺盛，市场交换的形式，由单一的买卖文学作品内容到以之缮写、模勒后再买卖，形

---

① 王琦注：《李太白全集》卷一一，中华书局 1977 年版，第 671 页。

② 辛文房：《唐才子传》卷一，古典文学出版社 1957 年版，第 5 页。

③ 辛文房：《唐才子传》卷一，古典文学出版社 1957 年版，第 5 页。

④ 仇兆鳌：《杜诗详注》卷十，中华书局 1979 年版，第 823 页。

式更多样化："禁省、观寺、邮候墙壁之上无不书，王公、妾妇、书童、马走之口无不道。至于缮写模勒，炫卖于市井，或持之以交酒茗者，处处皆是……自篇章以来，未有如是流传之广者。"

此种风气不仅仅是在本土流传，在新罗，更是宰相都出重金购买白居易的文章："又鸡林贾人，求市颇切，自云：'本国宰相，每以百金换一篇。其甚伪者，宰相辄能辨别之。'"①

相对于诗歌和其他作品而言，碑志文进入商业流通更是普遍现象。皇甫湜就曾因所给的报酬不满而大怒，直接提出高价，而得到满足：

> 皇甫湜，字持正，睦州新安人。擢进士第，为陆浑尉，仕至工部郎中。辨急使酒，数忤同省，求分司东都。留守裴度辟为判官。度修福先寺，将立碑，求文于白居易。湜怒曰："近舍湜而远取居易，请从此辞。"度谢之。湜即请斗酒，饮酣，援笔立就。度赠以车马缯彩甚厚，大怒曰："自吾为《顾况集序》，未常许人。今碑字三千，字三缣，何遇我薄邪？"度笑曰："不羁之才也。"从而酬之。②

综上，文学作品的价值得到社会广泛认同，从而进入商业交换，这已非个别现象，而是一种流行的世风。即使白居易与元稹这样交情甚厚的老友，也是如此。白居易为元稹作墓志，"白乐天为元微之作墓铭，酬以舆马、绫帛、银鞍、玉带之类，不可枚举。"③

诗文得到重视与商业认同，作为连锁反应，文人也会因创作而获利。此种趋向达到一定程度，引起了文学的商业化，唐代文学作品进入商业流通日趋普遍，因此对文学的影响不单单是文人创作后所获

① 董诰等辑：《全唐文》卷六五三，中华书局 1983 年版，第 6644 页。
② 欧阳修、宋祁：《新唐书》卷一七六，中华书局 1975 年版，第 5267 页。
③ 钱泳：《履园丛话》卷三，中华书局 1979 年版，第 73 页。

得的酬劳，在应用文领域，它所带来的更是创作的商业化，因利而为文，应求而作文。

据《旧唐书·李邕传》载："邕早擅才名，尤长碑颂。虽贬职在外，中朝衣冠及天下寺观，多赍持金帛，往求其文。前后所制，凡数百首，受纳馈遗，亦至巨万。时议以为自古鬻文获财，未有如邕者。"李邕是所求不断，应求作文而获利颇丰，直接进行商业化创作。这已类似出卖商业产品，更是先收定金，而后应求而创作所需之文章。

出钱求购文章的社会风气，连远离世俗社会的方外之侣也受其影响："元和十一年春，庐山东林寺僧道深、怀纵、如建、冲契、宗一、至柔、诸、智则、智明、云皋、太易等凡二十辈，与白黑众千余人，俱实持故景云大德宏公行状一通，赍钱十万，来诣浔阳府，请司马白居易作先师碑，会有故不果。"①

创作商业化随之而来的少不了商业竞争，市场红火的碑志文领域同时也竞争颇为激烈。王谠《唐语林》卷一载："长安中争为碑志，若市贾然，大官薨，其门如市，至有喧竞构致，不由丧家者。"②

四、时风所尚与文体的兴盛

社会风俗所带来的民众在某个时期特别的信仰、追崇会引起一些应用文需求的增多，而引起此种文体的兴盛。

应用文体与社会现实联系最为密切，最为明显地反映出这种影响。例如碑志文、祭神文等应用文体就是很好的例证。碑志文在唐代的兴盛即与当时的社会风俗有着密切关系。首先，厚葬的社会风气引起修撰碑石之风。唐代厚葬之风盛行，墓志作为丧葬附属品，自然受到厚葬之风的影响，丧葬之家纷纷刻石撰碑，稍有身份的人，都会修撰墓志作为随葬品。封演《封氏闻见记》卷六载："近代碑稍众，

① 白居易：《唐抚州景云寺故律大德上宏和尚石塔铭（并序）》，《全唐文》卷六七八，第6937页。

② 王谠：《唐语林》卷一，古典文学出版社1957年版，第9页。

有力之家,多辇金帛以祈作者之谀,虽人子罔极之心,顺情虚饰,遂成风俗。”[①]由于丧葬风俗的影响,墓志的修撰蔚然成风,唐代墓志在数量上远远超过了前代。

其次,墓葬信仰风俗决定了墓志的实际功用,使其成为墓葬中重要的附葬物品,担当起墓主进入冥界的身份说明书的功能,成为推动墓志的普及与繁荣的原动力,并深入影响到墓志文体的标题定位与内容构架。

有唐一代是我国封建社会思想最为开放活跃的时期,同时也是民间原始信仰极为发达的一个时期。形形色色的神物崇拜充塞了社会生活的方方面面,鬼神信仰风俗盛行于整个社会,普及于民间,唐代社会随处可见神灵崇拜现象、活动。从泰山神、华山神、土地与城隍等各种自然神,到二郎神、紫姑神等人格神,林林总总的各路神仙都为民众所信仰和祭祀。因天地崇拜、山川崇拜、动植物崇拜而进行的祭祀活动从社会上层到民间普遍开展,官民共同参与。正因为祭神风俗的盛行,有祭祀活动的地方就有祭祀文学的参与,祭祀文学在唐代走向高峰。

除了碑志文、祭神文等文学样式外,词的繁荣也受到社会风俗的深刻影响。沈松勤先生即认为:“唐宋词从它的产生到发展的相当长的一段时期内,主要表现为具有世俗特征的宴乐风俗的一种载体。”他指出:“文人士大夫在‘一张一弛’中形成的日常风尚习俗,也是唐宋词赖以繁荣的原因之一。”如果说,节日是短暂的,表征节日风俗行为的,除了词体外,还有杂技、戏剧等富有表现性的文艺样式;那么,士大夫在日常生活的风俗行为,则随时随地发生着,不时地编织着“生活文化之网”。而这张“生活文化之网”的构成,则主要是按谱填词,付诸歌妓,歌以佐觞。[②]

---

① 封演:《封氏闻见记》卷六,张耕注评,学苑出版社2001年版,第140页。

② 沈松勤:《唐宋词体的文化功能与运行系统》,《文学评论》2001年第4期。

事实上，由于唐代尚文的社会风习，多种文学样式的社会功能得到加强，除了直接应用于社会生活的一般应用文之外，诗、词等普遍参与社会文化生活、日常生活，成为时代生活不可缺少的文化事项，与时代风俗共生同长。如唐人之行旅风俗中所伴生的题壁诗，婚姻风俗中所应用的催妆诗，等等，无不说明唐朝的时代风俗与文学是互促共长的。社会风俗渗透了诗一般的意境，文体在风俗中繁荣，多种文体在唐风中走向创作高峰。

第二节 风俗文化与唐代文人

风俗文化对文体的影响，都通过中介——文人来实现，探讨文人与风俗的关系是分析风俗与文学关系的基础和前提。作为社会成员的组成部分，文人并不例外地成长、生活于风俗文化的土壤中，从物质生活到行为方式再到思维习惯、价值观念、人生观、审美观等精神文化都是在风俗中浸润下形成，这些都是文艺民俗的最基本原理，毋庸赘述。但所有的宏观理论在具体的条件下呈现何种状态，其特点如何，则是需要探讨的问题。风俗文化如何影响唐代文人，就是这样的一个具有时代特点的问题。

一、时代风尚与唐代文人

风俗文化是孕育文人的土壤，唐代的时风世俗带给文人什么样的生活方式？

确立于唐朝的科举制，对当时的社会和文化产生了巨大影响，翻天覆地地改变了文人们的生活，文人开始了以应举为中心的一系列求宦活动，这也是他们踏上仕途之前整个生活的中心。唐代文人生活风尚的时代特色也与此相关，我们从两方面来透视这种特色：一是应举——漫游等求名之旅，二是郊游——赏花——纵酒的游乐生活。这两类具有时代特色的文人风尚，显而易见地体现出时风世俗。

科举带给唐代文人仕宦之途的同时，极大地影响了文人生活的方方面面，与以往诸朝相比，可以说是空前的。时代以此形成的新的对文人的评价标准，渗透到各个角落。妻子对丈夫的评价就是以是否登第来衡量，如《南部新书》丁卷载：

> 杜羔妻刘氏，善为诗。羔屡举不第，将至家，妻即先寄诗与之曰："良人的的有奇才，何事年年被放回。如今妾面羞君面，君若来时近夜来。"羔见诗，即时回去。寻登第，妻又寄诗云："长安此去无多地，郁郁葱葱佳气浮。良人得意正年少，今夜醉眠何处楼？"①

今天读之，似觉刘氏过于功利世俗，但回置于当时社会风气之中，她所代表的是时代风尚，一种普遍心态。唐代文人处于这样的时代氛围中，应举自然成为头等大事。

为应举求官，或为求荐游走，构成了唐代文人漫游的最主要原因——宦游，王勃的一句"与君离别意，同是宦游人"，道出了离开亲友远出求仕的文人共同的心声。高适的宦游在唐代比较具有代表性。他入仕前隐迹渔樵，漫游各地，数赴长安应举，游蓟门、卢龙一带求取功名；后游历边塞，投奔河西节度使，终因平叛乱有功而平步青云。高适的生平，折射出唐代文人宦游之影。宦游是为求仕，而在此风带动下的边塞游、山水游等其他漫游亦很流行，漫游是唐代文苑颇为流行的社会风尚。文士漫游范围很广，漫游去的最多的地区，无疑是长安、洛阳两地，对渴求仕进者而言，是必游之地。不管哪种目的之漫游，客观上所达到的对文人的影响不可忽视，所谓行万里路并不逊色于读万卷书，开阔视野，增长见识，广结友谊，认识社会，陶冶情操，带给文人人生体验，提升其思想境界，丰富其思想文化内涵。于其他朝代而言，漫游对唐代文人提供的丰厚的人生体验，无疑是他们创作的高效营养液。

---

①　钱易：《南部新书》卷丁，中华书局2002年版，第53页。

赴举之路，一方面带给文人的是寓居游历之旅，另一方面则造成长久的夫妻分离，甚至生离死别之痛。很多文人因为远出求功名而离家别妻，常常数年未归，演绎了许多别离伤情。《唐摭言》卷八"忧中有喜条"记载：

> 公乘亿，魏人也，以辞赋著名。咸通十三年，垂举三十矣。尝大病，乡人误传已死，其妻自河北来迎丧。会亿送客至坡下，遇其妻。始，夫妻阔别积十余岁，亿时在马上见一妇人，粗缞跨驴，依稀与妻类，因睨之不已；妻亦如是。乃令人话之，果亿也。亿与之相持而泣，路人皆异之。后旬日，登第矣。[①]

这种长年寓居游历在外而与妻子离散的情况，在唐代文人中并不少见，"五十少进士"所反映的低下录取率，让举子们一次又一次、一年又一年地奔波于应举路上，长期离家别妻造就他们寓居旅途特殊的孤独、伤感、怀人的情怀。故而唐人重离别，严羽慨叹："唐人好诗，多是征戍、迁谪、行旅、离别之作，往往能感动激发人意"[②]，是有社会现实生活做基础的。

科举带来的巨大影响之外，整个时代的社会风习对文人人生情趣的影响也不可小视。刘勰说："文变染乎世情，兴废系乎时序，原始以要终，虽百世可知也。"它强调时风世情对文学的影响，这种影响通过文人这一中介而实现。社会风习是通过文人的生活而进入作品的。有了科举取士的社会制度的保障，唐代及第文人步入仕途，这些文人的生活与开放、奢靡的时风相应，以娱乐、声色为主导。郊游、赏花、纵酒、狎妓……在悠闲娱乐中几近奢靡。《唐国史补》云："长安风俗，自贞元侈于游宴，其后或侈于书法图画，或侈于博弈，或侈于卜

① 王定保：《唐摭言》卷八，上海古籍出版社1978年版，第88页。

② 严羽：《沧浪诗话·诗评》，郭绍虞《沧浪诗话校释》，人民文学出版社1962年版。

祝，或侈于服食，各有所蔽也。”[①]作为世俗风习的集中体现者之文士，就是此种风俗演绎的主力军。

“天宝以来，海内无事，京师人家多聚饮”，饮酒成为彰显文人风度的诗酒风流。唐代文人乐饮之风在历代文人中是卓绝的，酒助诗兴，诗扬酒德，文人的诗酒因缘成为普遍情结。饮必有宴，饮酒之风必然伴随游宴之俗。天宝十载下敕：“百官等曹务无事之后，任追游宴乐。”[②]游宴之风，得到朝廷的公开支持，可以想见流行之广。科举之朝，每年进士科举发榜之后，及第者都要举办曲江游宴活动，以示庆贺。《唐摭言》卷三载：“曲江游赏，虽云自神龙以来，然盛于开元之末……曲江亭子，安史未乱前，诸司皆列于岸浒……进士关宴，常寄其间。既撤撰，则移乐泛舟，率为常例。”[③]曲江游宴是及第文士的标志性活动，也是游宴之风的集中体现。

宴会自然需要歌舞来助兴，唐代是一个恒歌酣舞的朝代，全民善歌乐舞，作为文化的代表之文人士子，岂会处于此风之外？《隋唐嘉话》卷中：“太宗之平刘武周，河东士庶歌舞于道，军人相与为《秦王破阵乐》之曲，后编乐府云。”[④]文人日常诗酒之中，亦以歌舞琴书助兴，《旧唐书·裴度传》载：“度视事之隙，与诗人白居易、刘禹锡酣宴终日，高歌放言，以诗酒琴书自乐，当时名士，皆从之游。”

身处声妓繁华都市的文人，风流才情免不了演绎风流韵事，唐代文人狎妓之风是其生活方式的典型特征。《开元天宝遗事》卷上《风流薮泽》载：“长安有平康坊，妓女所居之地，京都侠少萃集于此，兼每年新进士，挟红笺名纸游谒其中。时人谓此坊为风流薮泽。”[⑤]有些文人的生活方式甚至于走向放浪，《颠饮》条载：“长安进士郑愚、刘

① 《唐五代笔记小说大观》，上海古籍出版社 2000 年版，第 197 页。

② 王溥：《唐会要》卷二九，中华书局 1955 年版，第 540 页。

③ 王定保：《唐摭言》，上海古籍出版社 1978 年版，第 32 页。

④ 刘悚：《隋唐嘉话》卷中，中华书局 1979 年版，第 18 页。

⑤ 《唐五代笔记小说大观》，上海古籍出版社 2000 年版，第 1725 页。

参、郭保衡、王冲、张道隐等十数辈，不拘礼节，旁若无人。每春时，选妖妓三五人，乘小犊车，指名园曲沼，藉草裸形，去其巾帽，叫笑喧呼，自谓之颠饮。"[①]其放浪程度，至今天看来亦是惊世骇俗之举。

除歌舞、游宴等风习外，文人们的其他游艺活动亦不少，如斗鸡、打球、赏花等等。

郑处诲《明皇杂录》云："唐玄宗在东洛，大酺于五凤楼下，命三百里内县令、刺史，率其声乐来赴阙者，或请令较其胜负而赏罚希。……府县教坊，大陈山车旱船、寻撞走索、丸剑角抵、戏马斗鸡。"[②]

《唐摭言》卷三云："乾符四年，诸先辈月灯阁打球之会，时同年悉集。无何，为两军打球，军将数辈，私较于是。新人排比既盛，勉强迟留，用抑其锐。"

舒元舆《牡丹赋》序云："今则自禁闼洎官署，外延士庶之家，弥漫如四渎之流，不知其止息之地。"《唐国史补》卷中"京师尚牡丹"条云："京城贵游尚牡丹三十余年矣。每春暮，车马若狂，以不耽玩为耻"。《南部新书》丁云："长安三月十五日，两街看牡丹，奔走车马。"

娱乐已不是帝王贵族的专利，从宫廷到民间，声势煊赫的娱乐活动，数不胜数，声律歌舞，赏花、纵酒，游宴豪饮，打毬、拔河，百戏、斗鸡、书法、绘画……唐代文人沉浸在都市文化的繁华中，在开放、奢靡的时代风习里消受着现世之乐。

别林斯基在《文学的幻想》一文中指出："习俗是一种神圣的，不可侵犯的，除环境和文化进步之外不屈服于任何权力的东西。"[③]此话在强调习俗的独立性的同时，也揭示出习俗的影响力。生活在群体中的个人，自觉不自觉地受到集体无意识的习俗的洗礼，唐代文士生活在开放、奢靡、胡化的时代环境中，时代风尚在他们的生活中体

---

① 《唐五代笔记小说大观》，上海古籍出版社 2000 年版，第 1727 页。

② 郑处诲：《明皇杂录》，中华书局 1994 年版，第 26 页。

③ ［俄］别林斯基：《别林斯基选集》，满涛译，人民文学出版社 1958 年版，第 27 页。

现得淋漓尽致。在时代风习的潜移默化中，文士成为世风时俗的集中体现者。这不仅仅体现在日常生活行为、方式上，更体现在价值观念、审美取向、思维习惯等深层次的意识积淀里。

因此，在作家的创作意识中自觉不自觉地渗透了民俗的视角、表达方式和特定内容，作为民俗文化的深层渗透实际上是一种民俗文化传统和历史感对文学的影响，是一种民俗价值观对作家作品的制约。

二、风俗文化对文人创作的影响

人类在生存活动中感悟式地把握着文化创造，对创造艺术的作家而言，他们将生存活动提升为以生命、生活审美为内涵的生命活动。风俗文化，作为一个民族共有的文化样态，将其精髓输入生活于其中的每个个体，文学家也必属其中。美国著名的人类学家、文化人格专家本尼迪克特指出："个体生活的历史首先是适应由他的社区代代相传下来的生活模式和标准……其文化的习惯就是他的习惯，其文化的信仰就是他的信仰，其文化的不可能性也是他的不可能性。"[①]作家的生活理念、价值信仰等意识形态必定受到民族共性文化的影响。本书以风俗和文学的相关性为研究对象，因而在关注这种个体承继民族文化共性的现象时，必然要投射到文学的焦点上。这样就有一个问题迎面而来，文学是以鲜明个性的艺术形象为生命力的，我们在此强调的却是创作的共性，因此需要指出，我们探讨唐代文人对共性文化的接受，并不否认其艺术个性。我们认为其艺术个性是在风俗文化的共性前提下，将生命、人性的文艺审美与时代特色、文人思想情感相融合的结果。风俗文化与文艺审美在现实生活中达到内在统一。

风俗文化以其传承性和集体性的特征，影响和约束着人们的心理和行为，塑造了人们的群体行为模式和群体心理模式。风俗文化

---

① [美]露丝·本尼迪克特：《文化模式》，三联书店1992年版，第2页。

形成一种文化氛围，对生活于其中的个体产生约束力。唐代文人在其文学创作中所表现出的思维方式、审美心理、语言习惯，都渗透着时风世俗的熏染。

1.对思维方式的影响

露丝·本尼迪克特认为："谁也不会以一种质朴原始的眼光来看世界。他看世界时，总会受到特定的习俗、风俗和思想方式的剪裁编排。即使在哲学探索中，人们也未能超越这些陈规旧习，就是他的真假是非概念也会受到其特有的传统习俗的影响。"①风俗习惯对文人思维方式的影响，是以一种潜移默化的形式持续发生作用的，它不停留于事物的表面现象上，但存在于意识深处不能忽视。

唐代开放、奢靡、务实之风俗特点造成文人思维的感性化趋向。当然，今天我们会普遍认为文人是感性的，但这个前提是现代化的分工造就行业与专业的日益专门化。中国封建时代，知识阶层绝大多数都以文求取仕途，故而多以文士称之。完善于唐朝的科举制度，影响了中国一千多年的历程，以诗赋取士的唐代几乎使知识人才都奋斗于吟诗作文的道路上；在一个诗化的繁华国度里，整个时代的精英为吟风弄月、推敲字句投入全部热情和精力，科技进步滞缓，②同时也造就了唐代文人的诗化思维。相对于前朝后代，我们不能不承认，唐代是一个缺乏理性思维的朝代，不仅仅是科技进步滞缓，就是与文学创作密切相关的理论总结，唐代也没有取得多大成就。有文艺研究者指出："与前后繁荣兴盛的魏晋南北朝及宋代文学批评相比较，唐代文学批评在中国文学批评的历史长河之中，基本上处于历史的低谷，呈现出与唐代文学创作不相协调的相对落后的一种态势，于魏晋六朝之后表现为'马鞍形'。"③作为朝代的标志性文体的诗歌，所

① [美]露丝·本尼迪克特：《文化模式》，第5页。

② 胡戟：《试论为唐代文学的繁荣付出了牺牲科学的代价》，《陕西师范大学学报》1996年第2期。该文对唐代科技滞缓的情况有详细说明。

③ 蔡镇楚：《中国古代文学批评史》，岳麓书社1999年，第191—192页。

蕴涵的理性思辨色彩也很少见，较其他朝代而言，如续起的宋朝，可谓之低谷。而其中的风发意气、高昂的热情、细腻的体物、丰富的情感，则是诗歌史上的巅峰。诗性思维之豪情与理性思辨之缺乏是唐代诗人思维之特征。

作为知识分子的他们被诗化了。一方面科举考试的官方标准与由此形成的社会以文为尚的风习诱导他们集毕生之力于文赋之上；另一方面身处大唐盛世，繁盛的时代容易让感性主义充斥于个体意识，国势的强大、经济文化的繁荣、思想和政治上的开明，人们大都注重形而下的外在事功和直觉的满足，热情与自信洋溢让人思维趋向感性，同时，感性、享乐为主导的社会生活风尚促使人们注重现实，而不去发挥理性思考。

诗性思维通过一些特征体现出来：情感、感官、直觉、体验。思维方式上重视直觉顿悟，情感体验占据内容与主题，浓郁的情感色彩淹没理性思考，直觉感悟压倒逻辑分析、推理。

如山水田园诗，唐代诗人体现出的多是一种直觉关照与内心体验，体现出一种物我交融，而不是理智地观察和分析所见的景物，如孟浩然之“山光忽西落，池月渐东上，散发乘夕凉，开轩卧闲敞”。“移舟泊烟渚，日暮客愁新，野旷天低树，江清月近人”；王维“松风吹解带，山月照弹琴”“古木无人径，深山何处钟。泉声咽危石，日色冷青松”；常建的“竹径通幽处，禅房花木深。山光悦鸟性，潭影空人心”，所写景物无不包含着诗人的直观感受和情感体验。

强调感性思维，实际上就是强调形象性，强调听觉向视觉享受的转换，诗文中的事物色彩、形象以及生动性则会强化，所包含的感受、体验也是通过感性的景物和现象来传达。同时，哲理性分析、思辨色彩则黯淡缺乏。唐人重感性的思维，还明显地在传奇小说里流露出来。《柳毅传》的爱情故事，想象丰富，它的浪漫色彩和最终柳毅的得道成仙，就是一种浪漫想象的艺术表现。《李娃传》等传奇在叙事中用了大量生动、感性的描写。

2.对形式方面的影响

对于文人而言，时风世俗对他们创作形式方面的影响，大抵是指语言的通俗化与方言土语之语言的民俗特色。吸收口语、方言、灵活的句法进入各种文体，借鉴民歌民谣的通俗、灵活的语言形式。

林庚先生说："唐诗的语言不过是唐代文化生活中最有代表性的一个组成部分而已，它是诗的，也是生活的；其不同于一般语言的，只是它更为深入于形象的领域。"①诗人的语言来源于生活，受到时风世俗的影响。语言范式也就成为语言活动的实境，成为一个社会的文化生态的直观反映，甚至成了一个时代的精神面貌的真实折光。

唐代诗人们广泛采用了民间口语、俗语、方言来充实诗歌的语言形式。典型的如当时的通俗诗，采用大量的民间的谣谚俗谈及口语词汇，并直接采用一般口语的句型结构，不做深入的艺术加工，以王梵志、寒山、拾得等几位诗人著称。除了通俗诗之外，其余大多数诗人作品中的俗语方言亦俯拾即是。如柳宗元《柳州峒氓》："青箬裹盐归峒客，绿荷包饭趁虚人。""趁虚"字下自注："岭南人呼市为虚。"这里，诗人将岭南方言采人诗中。顾况《送少微上人还鹿门》："少微不向昊中隐，为个生缘在鹿门。"《山中》："庭前有个长松树，夜半子规来上啼。""为个""有个"，这样的遣词造句，完全是口语直接入诗。薛涛《解石山书事》："王家山水画图中，意思都卢粉墨容。""都卢"：统统，全，为当时口语。又如齐己《怀巴陵》："此时欲买君山住，懒就商人乞个钱。""乞个钱"就是巴陵一带的方言。总之，唐诗中保存了大量俚俗生动的口语词，例如，是物、争、可中、遮莫、隔（格）是、若个、可能、不分、不调、不妨、乍可、造次、迁次、取次，等等，数量是比较可观的。②

① 林庚：《唐诗综论》，商务印书馆 2011 年版，第 95 页。

② 多洛肯：《唐代诗歌语言研究刍论》，《新疆大学学报》2005 年第 6 期。

另外，文人们学习民歌民谣的形式来创作作品。他们借鉴民歌的表现手法和语言，扩大了自己的诗歌创作领域，写出带有民风民情的清新活泼风格的诗歌，如李白的《子夜吴歌》、刘禹锡的《竹枝词》《踏歌词》《杨柳枝词》，崔颢、储光羲、刘希夷等人也都纷纷取材民歌，其中最有代表性的是竹枝词，文人所作的竹枝词，作为诗歌中独树一帜的诗歌样式，就源自于民歌"竹枝"，在艺术形式和艺术风格上保留了民歌"竹枝"的特色。这些借鉴民歌民谣的诗歌，语言形式上明显通俗化、口语化。如刘禹锡："江上朱楼新雨晴，瀼西春水縠文生。桥东桥西好杨柳，人来人去唱歌行。日出三竿春雾消，江头蜀客驻兰桡。凭寄狂夫书一纸，住在成都万里桥。两岸山花似雪开，家家春酒满银杯。"其中"桥东桥西""人来人去""两岸山花""家家春酒"都是直接采用口语入诗，而"住在成都万里桥"，今天看来就是通俗白话一句。这种活跃于社会生活中的生活话语的选择，在语言形式上将俗语民歌与艺术话语之间的距离缩小到最低程度。

3.民俗心理结构对文学创作心理的影响

一个民族的风俗不仅仅是一个民族生活方式的凝结，从深层次讲，更是该民族思维模式的淀积，审美观念的再现。它一方面表现为生活形式，一方面又表现为意识的形式。各民族都按照自己特定的思维形式去构造自己的生活习惯，按照积淀的心理去评判生活中的现象。这种心理结构上的风俗文化，由千百年的历史积累而成，在潜移默化中又逐渐依时代风尚而变化，从而是承继性与时代性并存，是久远历史智慧的传承，时代精神的展露。这种民俗心理结构对作家创作心理的影响不可小视，它往往影响文人的时空观、生活利益观、价值取向、生活追求，等等。

唐代开放的时代观念深入人心，各民族融合，各种文化交融，开放、繁华、融合的时代特点，拓宽了唐代文人的视野，造就唐诗人海纳百川的宽广胸怀，对域外文化与习俗表现出宽容、兼收并蓄的态度。

如文人在作品中表现出对域外音乐艺术的赏识,传奇与诗歌中大量的豪爽、诚信胡商形象的出现,无不反映出文人对外来文明接纳的胸怀。再如民族观上,唐代文人不像以往以及后来诸朝文人那么讲华夷之辨。他们都主张各民族和睦相处,对外国使者、留学生表现出热情与关怀的态度,在作品中都表现出这种民族友谊,如张籍《送新罗使》、章孝标《送金少卿副使归新罗》、许浑《送友人罢举归新罗》、刘德仁《送新罗人归本国》、沈颂《送金文学还日本》等大量的诗篇充分说明了唐代文人与新罗、日本友人的深厚友谊。

繁华昌盛的时代同时还造就了文人们恢宏进取的胸怀,又由于科举制度的确立,文人更有机会谋求进身之路,因而更有进取意识,时刻寻找机会展现自己的才华。

丹纳曾经说过:"如果一部文学作品内容丰富,并且人们知道如何解释它,那么我们在作品中所找到的会是一种人的心理,时常也是一个时代的心理,有时更是一个种族的心理。"唐代大量的投献之作,反映了在行卷温卷等时风影响下,文人的公关意识的增强。过着隐居生活的孟浩然也都写下了《临洞庭湖赠张丞相》:"欲济无舟楫,端居耻圣明。坐观垂钓者,徒有羡鱼情",表达仕进之意,更不用多说干谒诗歌之繁盛,即使"安能催眉折腰事权贵"的李白,也曾作《上韩荆州》之干谒文章表达攀附求荐之意。

此外一些传统的风俗文化也在影响着唐代文士,如安土重迁、入土为安、叶落归根,这些乡土意识都渗入文人的灵魂深处,既表现在其生活方式中,也表现在其作品的内容里。如入土为安等乡土意识在生活内容上则表现为重视归葬,这是无论文士还是民众都重视的风俗,如《旧唐书·褚遂良传》就记载了褚遂良于显庆三年被贬死于爱州,而两百年后,最终得以"寻访苗裔,护丧归葬"。而表现于作品中的无数乡思、乡愁,则显然是文人乡土意识的淋漓尽致的表述。贺知章的《回乡偶书》"少小离家老大回,乡音无改鬓毛衰"传唱千百年而不衰，就深刻折射出中华民族的故乡情结。这是一种以意识形式存在的风俗文化，根基深厚，往往植根于民族精神中承继数千年而不衰，唐代文士是这数千年承继的重要一环，自然也是此种风俗文化的载体。

4.风俗与作家创作风格的关系

作家的风格的养成与风物分不开，地域风俗不同，作家风格各异。所谓一方水土养一方人，风俗的地域性特色，在孕育作家精神气质、情感内涵、表情达意方式乃至价值取向和思维方式时，也塑造着他们的地方风格特色，从先秦以来的南北文学差异，就是不同地域风俗造就不同作家风格的典型例子。

对特定区域民情风俗的记载，是形成作家地域风格的一个重要原因。唐代诗人中，刘禹锡是此中具有代表性的一个。他因被南贬到巴楚吴越之地，创作了数量不菲的风物民俗诗。在他笔下，朗州特有的渔猎、采菱、打樵、种桔等生产方式，竞渡、踏歌、祭巫赛神、占卜等巴风楚韵生活、信仰风俗，洞庭湖月、茶香果熟等山川地貌、景观物产都一一展现。如刘禹锡般的贬谪诗人在唐代为数不少，他们经过地域流动而发掘当地的特有风物民俗，在记载与生活中，形成与此相关或同质同构的风格。

地域性风俗是与地域文化相结合从空间上对孕育作家风格而产生作用，与此相对的时空上，时代风习则是造就诗人风格时代特色的重要土壤。前面我们已经论述的风俗对文人思维方式、语言形式、创作心理等等方面的影响，其综合作用就形成各种因素综合影响下的特有风格。就唐代文人而言，初、盛、中、晚四个阶段各个时期的文风均有着自己特有时期风俗的特色。就赠别诗而言，如果说初盛唐是浪漫之别，那么中晚唐却是悲凉之别。而就同为边塞战争主题的诗歌而言，初唐时代，诗人们吟诵着“莫作兰山下，空令汉国羞”的歌声，走向边塞，初步显露了大漠边关的苍凉雄壮；时至盛唐，从军边塞成为时代热潮，众多诗人热情高昂地多角度展示悲壮之豪情，异域之风采；而中唐边塞诗歌在承接盛唐余音的同时，苍凉、沉郁已经成为主旋律；到了晚唐，低沉萧瑟、气格顿衰，在一片哀怨声中，边塞诗歌呈现出凄谙之色。[①] 同主题诗歌不同时段的相异风格，即是源自当时的时代风习、社会现实。生活的环境本身已灌注了以民俗为核心的人类文化进化的印记，此中所孕育出的作品，当可谓一时风习育一时格调。唐代经22代，历289年，其间安史之乱给社会造成转折性变化，中晚唐与初盛唐各时期之文学风格相异性不言而喻。我们往往习惯强调政治形势、社会生活发生了巨大改变从而产生这种变化，而忽视由社会生活、政治形式的改变而形成的时代风习的变化，以及这种变化直接带给文人、文学的影响。事实上，风俗文化对文人风格的养成，贯穿文人创作生命的始终，它是风俗文化影响文人各方面因素的各种合力的最终结果，更是风俗文化影响文人创作的最高形式。

有关唐代时代风习对文学风格的具体影响，有研究者以中唐士风与诗风的变易为个案，做了具体探讨。文章认为动荡不安的时局摧毁了中唐文士的建功立业理想，中唐士子的精神世界在“三不朽”理想破灭后，普遍向世俗生活转移，士人文化的内容发生相应的变化。他们致力于顺应世俗。文中以白居易为例说明此种改变，即将追求投射到平凡的日常生活中去，因而作浅切语、书世俗事，诗坛兴起浅切之风。[②] 因为本书选题的偏向宏观性，如就唐代各个时段的具体情况对此进行专门而深入的分析，则不可能在此篇幅中完成，因而只是从宏观上分析与把握这一规律。

总之，风俗文化对文人创作的影响是多方位、多角度的，它以风俗文化对文人的生活方式的塑造和影响为基础。正如露丝·本尼迪克特所说：“个体生活的历史中，首要的就是对他所属的那个社群传

① 戴伟华：《边塞战争》，《唐宋诗分类选讲》第六章，高等教育出版社2007年版。

② 刘航：《中唐诗歌嬗变的民俗关照》第三章，学苑出版社2004年版。

统上手把手传下来的那些模式和准则的适应。落地伊始，社群的习俗便开始塑造他的经验和行为。到咿呀学语时，他已是所属文化的造物，而他长大成人并能参加该文化的活动时，社群的习惯便已是他的习惯，社群的信仰便已是他的信仰，社群的戒律亦已是他的戒律，每个出生于他那个群体的儿童都将与他共享这个群体的那些习俗，而出生在地球另一面的那些儿童则不会受到这些习俗的丝毫影响。"[①]文人的个体生活也必然难以摆脱其群体习俗的影响，这一基础的根深蒂固也造就了习俗对文人创作影响的普遍性、必然性。

三、唐代文人的风俗观

一般分析文人、作家对风俗的态度，多以接受或批判来划分，然而笔者以为不是所有的观点都可以绝对地归入其中一类阵营，态度是产生于观念之上的，有观念并不必须有分明之态度。我们分析唐代文人的风俗观，就在风俗观念的基础上再讨论态度。

1.唐代文人的风俗观念

中国古代文人对风俗的观念很早就已产生，早在孔子，就已提出相关理论，他认为："移风易俗，莫善于乐"，显然强调礼乐的作用。儒家续起代表荀子自然继承了孔子的这一思想："乐行而志清，礼修而行成，耳目聪明，血气和平，移风易俗，天下皆宁，美善相乐"[②]，不过他同时强调观风俗的重要性："入境，观风俗"。时至汉代，司马迁认识到风俗对政教的作用："州异国殊，情习不同，故博采风俗，协比声律，以补短移化，助流政教。"[③]不过汉代我们所熟知的还是班固最早对风俗进行定义，他认为"凡民函五常之性，而其刚柔缓急，音声不同，系水土之风气，故谓之风；好恶取舍，动静亡常，随君上之情欲，故谓之俗。"[④]将"风"与"俗"分开而阐释，认为"风'是地理环境所造成，

---

① [美]露丝·本尼迪克特：《文化模式》，三联书店1992年版，第5页。

② 《荀子》，孙安帮、马银华译注，山西古籍出版社2003年版，第207页。

③ 司马迁：《史记》卷二四，线装书局2006年版，第92页。

④ 班固：《汉书》卷一八，中华书局点校本，1975年版，第1640页。

而“俗”乃社会教化所形成,将自然地理与人文社会都纳入风俗形成因素中,成为古代阐释风俗理论的经典之论,也奠定了中国古代风俗理论研究的基础,对后世产生了深远影响。

唐代孔颖达就评论班固此语“是解风俗之事也”,并继而试图分析“风”与“俗”之关系:“风与俗对则小别,散则义通”。东汉末年应劭写成风俗理论专著《风俗通义》,并提出风俗的地域特点:“百里不同风,千里不同俗。”[①]南北朝人在承继汉代观点的同时提出了自己的新见:“风者,气也;俗者,习也。土地有高下,谓之风焉;人居此地,习以成性,谓之俗焉。”[②]这还是从自然属性来定义“风”,从社会属性来阐释“俗”。

唐代文人在继承前贤的风俗理论的同时又有新发展,他们普遍注重风俗与政教的关系,认为美化风俗是实施政教的重要手段,因而从观风知俗中来了解民风民情。唐代,朝廷普遍强调地方官的教化职能,移风易俗是其教化的最重要内容,如睿宗就曾专门发布《诫励风俗敕》,强调“建立州县,列树官司,所以导俗宣风,惩奸息暴。”唐代诸多统治者都将查风观政当作一项重要的了解民情的措施,唐太宗时就发布《遣使巡省天下诏》:“宜遣大使,分行四方,申谕朕心,延问疾苦,观风俗之得失,察政刑之苛弊”[③],表明政府的观风查政的主张。这在一定基础上主导了文人持有的风俗与政教相联系的思想。从政教的角度理解把握风俗的文化特性,成为唐代文人风俗观的核心内容。如“臣祯等言:臣闻谣诵必采,而风俗可观;舞咏既陈,而德音不泯”[④],即是继承儒家采诗观风俗的思想,希望通过观风俗而将民情上达。杜甫“致君尧舜上,再使风俗淳”的名言也是从政教与风

---

① 应劭:《风俗通义》,上海古籍出版社1990年版,第3页。

② 《刘子》卷九,此书作者存在争议,一说为刘勰,一说为北齐的刘昼。中华书局1985年版,第58页。

③ 董诰等辑:《全唐文》卷五,中华书局1983年版,第64页。

④ 董诰等辑:《全唐文》卷二四五,中华书局1983年版,第2478页。

俗的关系出发，阐释士人所向往的政治理想。

作为诗歌繁盛的朝代，文人们自然也关注到文学与风俗的关系，他们认识到风俗对文学创作的推进作用："诗人之作，本于风俗。大抵以物类比兴，达乎情性之源。自非观化察时，周知民俗之事，博闻多见，曲尽万物之理者，则安足以蕴为六义之奥，流为弦歌之美哉？由是言之，则古之学者，固不厌博。"①他们认为的文与风俗的关系以文与政的关系为基础，从而将三者贯通："文章与政通，而风俗以文移。在三代之道，以文与忠敬随之，是为理具，与运高下。"②文与政通，而政与风俗密切相关，因而"文可以变风俗，学可以究天人"，也就是由此而得出的文对风俗作用之观点。

梁肃则指出从政者为文对风俗的影响："予尝论古者聪明睿智之君，忠肃恭懿之臣，叙六府三事，同八风七律，莫不言之成文，歌之成声。然后浃于人心，人心安以乐；播于风俗，风俗厚以顺"③，直接将政教、文学、风俗三者贯穿起来，认为三者密切相关，文学对美化风俗起着不可忽视的作用。

2.文人对时代风俗的态度

风俗文化是文人成长的土壤，他们在民俗生活中成长。然而任何一种风俗文化，在其传播过程中，因各种原因其存在的范围具有一定局限性，这种局限性使风俗文化带上地域性与群体性特征。文人所生活的风俗文化圈与农夫、樵夫生活的风俗圈是不同的，中原地带的人们与巴蜀、岭南地带的生活风俗又有很大差异，在同一时空同一民族中，它们互有交叉，既有共同的民俗时代风俗，又各有自己独特的风俗。每个文人有自己特有的成长经历，后又进入、接触以京城文苑为代表的文士风俗文化圈，对于其他相异或相同于自己成长所历

① 董诰等辑：《全唐文》卷八一三，中华书局1983年版，第8552页。
② 董诰等辑：《全唐文》卷七五九，中华书局1983年版，第7881页。
③ 李昉等编：《文苑英华》卷七三〇。

之风俗文化，他们会有怎样的态度？对于时代风习的变化，他们会有怎样的反应呢？

我们来看看唐代文人对自己所处时代与他时的对比：

《唐故朝请大夫尚书刑部郎中上柱国范阳卢府君墓志铭并序》："有唐刑部郎中卢君，讳就，字子业，范阳人也。今淮南李公有盛名懿德……公曰：'今朝廷选举虽根本两汉，以廉茂为事，而风俗不甚厚，不如两汉时。'"[①]这里对比的是唐代与两汉时期的推荐孝廉、茂材类选举风习，认为唐不如汉。

文人对时代风习的接受，往往反映于其创作之中。如唐代尚武意识的风行与武侠小说的流行就可视为文人接受时风的个例。如此而做泛论，唐代文人对时代风俗的接受是广泛的，如果说其生活中的风俗化是不可避免、难以逃避的被同化、群化，从衣食住行，到各种生活方式的接受，那么其作品中所反映的对时风的客观描述、顺应，甚至赞美性质的描述、表现，则从思想深处表明他们对风俗文化的接受。唐人大量描述岁时节令的诗歌、散文、赋体，就属于这类作品。

有接受，也就会有批判。对于自己所处的风俗圈的某些时俗，文人保持着清醒的认识。《唐国史补》就看到长安之奢侈时风之弊端："长安风俗，自贞元侈于游宴，其后或侈于书法图画，或侈于博弈，或侈于卜祝，或侈于服食，各有所蔽也。"[②]

唐代奢侈之风遍及生活各个方面："近岁以来，风俗奢侈，不营根本，各务夸张，及第登科，倾资靖产，屋（阙一字）竟逾于制度，丧葬皆越于礼仪，为册使吊赠之臣，或争财货乞赐章服之类，不畏惭羞，致使儿童或轻朝列。"[③]时代竞相豪奢，逾制越礼之事让文人感到时风败坏。他们对比前代，为此感到忧虑："前代名士良辰宴聚，或清谈赋

---

① 周绍良、赵超主编：《唐代墓志汇编》大中 064，上海古籍出版社 1992 年版。

② 《唐五代笔记小说大观》，上海古籍出版社 2000 年版，第 197 页。

③ 董诰等辑：《全唐文》卷八九，中华书局 1983 年版，第 935 页。

诗,投壶雅歌,以杯酌献酬,不至于乱。国家自天宝已后,风俗奢靡,宴席以喧哗沉湎为乐。而居重位、秉大权者,优杂倨肆于公吏之间,曾无愧耻。公私相效,渐以成俗。则是物务多废。独圣心求理,安得不劳宸虑乎!陛下宜颁训令,禁其过差,则天下幸甚。"[①]文中对时代风俗批判的同时呼吁改良与变易。

对时代陋习,文人们还清楚地看到其产生的原因,《旧唐书》记载了这样一段对话:

> 上尝谓绛曰:"卜筮之事,习者罕精,或中或否。近日风俗,尤更崇尚,何也?"对曰:"臣闻古先哲王畏天命,示不敢专,邦有大事可疑者,故先谋于卿士庶人,次决于卜筮,俱协则行之。末俗浮伪,幸以徼福。正行虑危,邪谋觊安,迟疑昏惑,谓小数能决之。而愚夫愚妇,假时日鬼神者,欲利欺诈,参之见闻,用以刺射小近之事,神而异之。近者,风俗近巫,此诚弊俗。圣旨所及,实辨邪源。但存而不论,弊斯息矣。[②]

这里分析了卜筮之风长久不衰地盛行的原因,既有上行下效之果,亦有巫风之影,更兼诈利欺骗之术。

除了对不同群体风俗文化的认同与批判外,唐代文人因贬谪、漫游、流徙等因素,接触到不同于自己成长地区的他方风俗,这也牵涉起文人对这些相异风俗的认同与否定。

刘禹锡是唐代文人中的性格乐观、坚毅者,他多次被贬往当时的蛮荒之地。他对当地的风俗是好奇而多认可:"宪宗立,叔文等败,禹锡贬连州刺史,未至,斥朗州司马。州接夜郎诸夷,风俗陋甚,家喜巫鬼,每祠,歌《竹枝》,鼓吹裴回,其声伧伫。禹锡谓屈原居沅、湘间作《九歌》,使楚人以迎送神,乃倚其声,作《竹枝辞》十余篇。于是武陵

---

① 刘昫等:《旧唐书》卷一六,中华书局1975年版。

② 刘昫等:《旧唐书》卷一六四,中华书局1975年版。

夷俚悉歌之。”[①]他的诗歌取材于当地民歌民俗，丰富了自己的创作形式、作品内容。

当然，边远地区因未被中原文化浸染，有些风俗难免鄙陋，如柳州当地有“男女质钱，约不时赎，子本相侔，则没为奴婢”的残酷风习，又有土地信仰，不敢破土打井，从而导致必须艰难取江水而饮之陋习。柳宗元见到这些边远鄙陋风习，都采取变易、改良的态度，除去这些陋习，“以佣除本，悉夺归之”，恢复奴隶的自由；用公款雇工打井，解决饮水问题。[②]

唐代文人对风俗的态度，影响到其作品创作中的思想感情、艺术风格、主题内容、表现手法等，从文人主观方面影响文学作品中的风俗文化色彩。

四、唐代文人对风俗题材的垂青

唐代的文化生活纷繁多样，唐代文人对风俗题材空前垂青，大量的文学作品表述与深化着风俗，成为一幅幅风俗画卷。唐代出现大量的风俗题材文学作品，大致有以下社会原因：

1.唐代丰富的节日风俗提供了大量创作契机

唐代是一个节日丰富的朝代，元日、立春、人日、上元、晦日、中和节、春社、寒食、清明、上巳、端午、七夕、中元、中秋、秋社、重阳、下元、冬至、腊日、除夕等节日带来诗歌创作的繁盛。胡震亨曾描述重阳、晦日、上巳三大节日的繁盛场景，并说明节序带来酬唱诗歌繁盛：“凡此三节，百官游宴，多是长安、万年两县有司供设，或径赐金钱给费，选妓携觞，幄幕云合，绮罗杂沓，车马骈阗，飘香堕翠，盈满于路。朝士词人有赋，翼日即留传京师。当时倡酬之多，诗篇之盛，此亦其一助也。”[③]

① 欧阳修、宋祁：《新唐书》卷一六八，中华书局1973年版，第5129页。

② 李伟：《贬谪流放文人在民族文化发展中的贡献》，《河海大学学报》2007年第1期。

③ 胡震亨：《唐音癸签》，上海古籍出版社1981年版，第284—285页。

节日风俗与其他风俗对文学影响的不同之处，在于其直接促成创作。大量的节日在欢庆过程中，一是应制之作的大量产生；二是聚饮中的赛诗、和诗；三是节日引起的聚会，往往是诗歌传播的良好场所，诗人相互酬唱之作得到广泛传播而易于作品的流传与保存。此外"每逢佳节倍思亲"的节日情感性，为这些创作起到了推波助澜之力。唐代丰富的节日自是为诗歌创作提供了大量契机，如白居易的节日诗作即有近百首，整个唐代的节庆诗歌数量庞大。

2.流徙加强文人的风俗意识

唐代近四百年间，几乎所有重要诗歌流派的大家、名家都遭受过贬谪，在此过程中产生的诗作数目之多、地域之广、创作成就之高，都是其他任何朝代无法匹敌的。

贬谪多为边远地区，当地奇异民俗风情"待在深闺人未识"，其风俗与中原风俗差异较大，因而文士处于这些远离中原文化之地，这些以往史册文典中很少涉及的角落的特有民风民情，让他们倍感新异与好奇。文化的差异性让他们猛地感受到"百里不同风、千里不同俗"的风俗地域性，从而激发他们的风俗意识和移风易俗之志。在这一过程中，记载当地的风俗民情则顺理成章地成为他们创作的主题。他们把这些边远地区作为自己进行文化考察的对象，记载当地的特有风俗，如柳宗元之贬永州，刘禹锡之贬朗州。柳宗元《南省转牒欲具江国图令尽通风俗故事》一诗就表达了此种感受：

> 圣代提封尽海壖，狼荒犹得纪山川。华夷图上应初录，风土记中殊未传。
>
> 椎髻老人难借问，黄茆深峒敢留连。南宫有意求遗俗，试检周书王会篇。

文人远离中原文化之地，对相异于其先前所经历的风俗圈，好奇心使得他们异而志之，甚至物产、歌谣："间者以事南游五岭间，常采其民风土俗饮食衣制歌谣哀乐。有异于中夏者，录而志之。至于草木果蔬虫鱼羽毛之类，有瑰形诡状者，亦莫不毕载。非徒止于所闻见而已，又能连类引证，与奇书异说相参验，真所谓博而且信者矣。”[①]

除了贬谪之外，因科举制度的确立，唐代文人因应举而赴京赶考及相关的入幕、投刺、干谒等形成的漫游，也促进文人接触到不同地域的风俗。许多诗人在离开家乡后或到达某地后，诗风一变，现在许多研究者认为这受到了不同地域文化的影响，但笔者认为这种地域文化的特色，风俗文化是其中重要的因子。

与其他文人不同，杜甫是因为战争等因素而流徙。他曾流落到西北地区甘陇一带，寓居川渝之地，对这些地区的民风习俗有过详细描述。

无论是贬谪还是漫游造成的流徙，客观上的地域的转换，让唐代文人接触到各地不同的风俗文化，加强了文人对相异风俗现象、事物的关注和描述，增强了文学作品中的风俗文化色彩。

3.诗歌广泛进入生活领域的推动

无处不可诗，无物不可诗，风俗事物成为吟咏对象，风俗现象成为描绘客体，搭乘着整个朝代的诗唐之风，与生活密切相关的风俗文化成为重要题材，是时代大浪中必然掀起的浪花。

首先，诗歌直接进入风俗活动，如婚姻风俗中的催妆诗。

其次，诗歌与时代风习相迎合，发挥社交、娱乐功能，如投刺、行卷、入乐、赛诗。

这些与风俗活动密切相关的诗歌，主题内容自然以风俗文化为主。因为本书将在第五章对诗歌与风俗文化的关系展开具体论述，在此就不细论。

唐代文人对风俗题材的喜爱的原因是多样的，以上只是择其要者而列举一二。文人们的民俗的视野赋予了题材的广泛多样，他们将笔触伸向日常生活的各个领域：山川风物，涉笔成趣；草木虫鱼，皆

---

① 董诰等辑：《全唐文》卷八一三，中华书局1983年版，第8552页。

成文章；衣食住行，亦是主角；民风民情，绘成文中画卷，化物质民俗为生活之艺术，取时代名物显人生之世相，于节日民俗寓斑斓风土人情。

第五章　风俗文化与唐代诗歌

诗歌文体自古以来就和时风民俗密切相关，在先秦时期，诗歌就是周王朝观风知俗的重要参考，《诗经》中就有着重要的风俗内容。可以说时风世俗与诗歌文体发展变化密切相关。刘勰就在《文心雕龙·时序》中指出："昔在陶唐，德盛化钧，野老吐何力之谈，郊童含不识之歌。有虞继作，政阜民暇，薰风诗于元后，烂云歌于列臣。尽其美者何？乃心乐而声泰也。至大禹敷土，九序泳功；成汤圣敬，猗欤作颂。逮姬文之德盛，周南勤而不怨；大王之化淳，邠风乐而不淫。幽厉昏而板荡怒，平王微而黍离哀。故知歌谣文理，与世推移，风动于上，而波震于下者。"文中以历代诗风之变与民风相随之故例，力陈诗歌的发展变化和民风有关。

具体到唐代诗歌，林庚先生曾指出："唐代诗人们的普遍成就，固然首先固然决定于他们的生活内容和时代的精神面貌……"①。

"诗唐"是时代所造就，在诸种因素形成的合力中，风俗文化最为突出。它的影响是全方位、面面俱到、宏微俱至的，非一文能言尽，非一纸能说清，本章仅选择其中突出者做讨论，希冀大致理清与描绘出

① 林庚：《唐诗的语言》，《新诗格律与语言的诗化》，经济日报出版社 2000 年版，第 131 页。

其中的脉络。

第一节 风俗文化对唐代诗歌影响综论

既谈影响，则必涉及面与点之力度，谓之影响广度与影响深度，本节主要是讨论面之广度，对于较具影响深度的因素则在下节探讨。

关于风俗文化与唐代诗歌，相对于其他文体而言，是风俗文化与唐代文学关系研究中的热点，时贤的研究主要集中于此。先锋之作当推程蔷与董乃斌合著的《唐帝国的精神文明》一书，该书从民俗学视角研究唐代文学，多侧面、多角度地展示唐朝的民俗画面，利用以诗歌为主的文学资料再现唐人的生活情境。刘航的《中唐诗歌嬗变的民俗关照》通过对风俗诗所蕴含的文化信息的分析，探讨了中唐风俗的若干特点，对风俗诗兴盛的现象做了全面、系统的考查，是研究风俗诗的一部新著作。复旦大学朱红的博士论文《唐代节日民俗与文学研究》则专门从节日民俗这一方面来研究唐代节日民俗及其与文学的关系。此外还有相关的单篇论文，探讨某个诗人诗歌中的民俗因素，如《略谈刘禹锡笔下的土风民俗》《杜诗中的民俗文化因素研究》《漫谈张祜诗歌中的唐代民俗文化》[①]等。综观以上著述，专论某一民俗方面或专论某一文人作品的较多，对风俗文化对唐代诗歌影响的整体探讨不多，缘此，我们需要做综合影响的探讨。风俗文化对唐代诗歌的影响，就二者直接发生联系的方面来看，唐代信神崇道的信仰风俗、缤纷多样的岁时风俗、丰富多彩的生活风俗，对诗歌的创作与传播，从内容到形式上都产生了较为明显的影响。

一、风俗文化促进了唐诗的创作和传播

李唐盛世，经济繁荣、政权统一、对外经济文化交流频繁、科举兴

① 分别参见吴在庆：《略谈刘禹锡笔下的土风民俗》，《东北师大学报》1997 年第 3 期；万德凯：《杜诗中的民俗文化因素研究》，河北大学 2000 年硕士学位论文；王增学：《漫谈张祜诗歌中的唐代民俗文化》，《河北省社会主义学院学报》2005 年第 3 期。

士，生产力得到大的发展，人民生活相对富足，儒释道三教并行，种种时代现实，酿就了唐代开放、奢靡、胡化、享乐的风俗文化之时代特色，也形成宴会、节日、游赏、集会普遍流行的社会风尚。

唐代盛行宴饮风习，尤其于士族文人间颇为流行。在皇帝赐宴与官员中实行的会食制度等的带动下，唐代公私宴会异常兴盛。而都市饮食业的发展，让置办宴会变得容易，《唐国史补》载："两市日有礼席，举铛釜而取之，故三五百人之馔，成立办也。"[①]故而唐代各种关宴、家宴、游宴异常盛行。士子登科或官位升迁就要举行各种宴会，《唐摭言》卷三记载了与进士登第相关的各种宴会，有大相识、次相识、小相识、敕士宴、樱桃、牡丹、关宴等等，其中尤以关宴最为重要。在同类时风影响下，唐代家宴也是如火如荼，从婚丧嫁娶、时令节序，到士人朋友相聚、接风洗尘，甚为繁盛。长安市中此风甚浓："长安市里风俗，每至元日已后，递余食相邀，号为传座。"[②]这类题材的壁画在出土的唐代文献中可谓屡见不鲜：敦煌 473 库唐代壁画《宴饮图》就清楚地反映了当时宴饮风习之盛。

西安附近发掘的一座唐代韦氏家族墓中，墓东壁见到一幅《野宴图》壁画，描绘了一组春意盎然的郊野聚宴的图景。

文人雅士的"文会""野宴""游宴""传宴"等聚会宴游之风就在整个社会的宴饮风俗大环境中孕育而生。而文人的这种聚会宴饮之风又是许多诗篇孕育而出的契机母体。毋庸讳言，无论是曲江关宴、还是各类家宴、游宴、节日宴会，但凡文人相聚而饮之宴，大量诗篇在聚饮中产生，这即是诗酒之会、即席而作的唐代诗歌的创作特色。明代的胡震亨即明确指出唐代游宴激兴创作的事实："于时文馆既集多材，内庭又依奥主，游宴以兴其篇，奖赏以激其价。"[③]值得指出的是，

① 李肇：《唐国史补》卷中，上海古籍出版社 1957 年版，第 35 页。
② 释道世，周叔迦、苏晋仁校注：《法苑珠林校注》，中华书局 2003 年版，第 2198 页。
③ 胡震亨：《唐音癸签》，上海古籍出版社 1981 年版，第 282 页。

唐代野宴图(陕西长安出土唐墓室壁画)

游宴之风并不只在长安等朝中之地盛行，地方在野之士的聚宴丝毫不相逊色，如吴筠“尤善著述，在剡与越中文士诗酒之会，所著歌篇，传于京师”。[①] 文人聚会宴游因在特定场合而产生自然具有自身特点，关于此点的研究，吴在庆先生《论唐代文士的集会宴游对创作的影响》[②]一文已做详细论述，这里不再赘述。

宴会之中往往少不了歌舞音乐的助兴，宴饮风俗的盛行必然与歌舞风习的兴盛相伴而行。唐代历来以音乐舞蹈文化而著称，音乐歌舞风俗，构成了当时社会风俗的重要内容。

唐代宫廷燕乐盛行，在吸收少数民族音乐形式，如胡乐、高丽乐等，和融合民间音乐的基础上，吸纳新的外来音乐文化血液，在开元、天宝时期走向繁荣之巅。李泽厚在《美的历程》中指出：“从宫廷到市井，从中原到边疆，从太宗的‘秦王破阵’到玄宗的‘霓裳羽衣’，从急骤强烈的跳动到徐歌曼舞的轻盈，正是那个时代的社会氛围和文化

① 刘昫等：《旧唐书》，中华书局1975年版，第5129页。

② 吴在庆：《论唐代文士的集会宴游对创作的影响》，《厦门大学学报》2003年第5期。

心理的写照。"[①]当时诗歌形容为:"城头山鸡鸣角角,洛阳家家学胡乐"。与燕乐的盛行同步,民间歌舞方兴未艾。唐代民歌从劳作中产生的山歌、樵歌、田歌,从祭祀中产生的娱神曲、祭神歌、挽歌,从地域方言孕育而生的吴歌、楚歌、巴歌、秦音等,无不是唐代音乐歌舞风俗的民间显现。而流行于各地的踏歌风俗,更是将舞蹈之风遍布于乡野村头。一面是"诗唐"的社会背景,一面是繁兴的音乐歌舞,自从产生就与音乐、舞蹈、歌声有着天然联系的诗歌,在唐代这样一个二者俱兴的朝代,"诗"与"歌"相辅相兴,走向了共同繁荣的道路。

就在音乐歌舞盛行的时代风气中,与音乐相关的文学样式得到充分发展。王小盾先生在《隋唐五代燕乐杂言歌辞研究》中指出:"隋唐五代是一个音乐风尚遍及城乡,曲子、大曲、讲唱和各种器乐曲盛行的时代,是诗歌成为各阶层的普遍爱好、各种题材的文学品种蓬勃生长的时代。隋唐五代谣歌的第一个特点,便是它在这种环境中,作为一个音乐品种得到了繁荣,并且是其他歌辞品种繁荣的基础。"[②]事实上,唐代音乐歌舞风俗的兴盛,大大催生了相关诗作与散文的产生,《唐诗纪事》所记 1150 诗家中,诗作与音乐有关的,共 200 家。《全唐文》中有关音乐之作有 241 篇。[③] 而民间的集体音乐活动,在踏歌、祭祀、祈禳等风俗的盛行中如火如荼地进行着,也产生了数量可观的风俗歌。音乐歌舞风俗渗透诗歌之印证,还表现在唐人对诗歌的文学观念,盛唐时期是唐代"声诗极盛时期",天宝间芮挺章辑《国秀集》,收录"自开元以来,继天宝三载,谴滴芜秽,登纳著英,可被管弦者,都为一集"。任半塘先生认为:"以盛唐人选'近代词人杂诗',竟突出'可被管弦'之标准如此,足见对于声音之要求,盛唐诗坛已甚普遍;选家从严,声、辞并重,始登二百余首耳。"[④]任老在《唐声

---

① 李泽厚:《美的历程》,文物出版社 1981 年版,第 136 页。
② 王昆吾:《隋唐五代燕乐杂言歌辞研究》,中华书局 1996 年版,第 339—400 页。
③ 袁行霈:《中国文学史》(第二卷),高等教育出版社 1999 年版,第 203 页。
④ 任半塘:《唐声诗》,上海古籍出版社 1982 年版,第 36—37 页。

诗》中指出:“唐诗及唐代民间齐言(诗)中确实曾歌唱、或有歌唱之可能者约二千首。”

唐代音乐的繁荣与诗歌的兴盛,让音乐与诗歌这两种自产生以来就有着千丝万缕联系的艺术形式,在唐代更紧密地联系在一起,形成浓厚的音乐文学风俗。诗配乐而歌唱,在唐代是颇为流行的社会风气。“以此知李唐伶伎,取当时名士诗句入歌曲,盖常俗也。”这一风俗从初唐及至晚唐,一直兴盛不衰,胡震亨在《唐音癸签·卷二十六》中说:“唐人诗谱入乐者,初、盛王维为多;中、晚李益、白居易为多。”

探讨唐代风俗文化对诗歌创作的促进,则无法避开节日风俗,虽然这是一个学界已经多有论述的热点。① 有唐一代,节日繁多,节日风俗文化非常丰富,作为参与这些节日风俗的感性群体,唐代文人怎能不对此感慨良多?宋人蒲积中的《古今岁时杂咏》选录唐朝的节俗诗 1009 首,相当于选录魏晋南北朝 557 首的两倍,②足可印证节日风俗文化对诗歌创作之促进。唐代诗人随顺民众之节日风俗而又加以文雅化,在节日的各种风俗活动程序中,发掘各类节日所蕴涵之艺术价值、审美特征,笔者认为此为风俗文化促进诗歌创作之一。而在节日风俗所酝酿的具有浓厚特殊气氛的环境中,文人在此备受“每逢

---

① 有关唐代节日风俗与诗歌的关系,相关的论著探讨则以程蔷、董乃斌《唐帝国的精神文明》为代表,该书“岁时节日篇”从唐人对节俗传统的改造分析入手,重点分析了上元、寒食、端午、重阳等节日,以及唐人诗文与民俗节日的不解之缘,并以七夕为例,分析唐人七夕诗文,同时又以冬至为例来探讨节日的人文内涵,最后还探讨了节俗与传说结合过程。专题研究论文有复旦大学朱红的博士论文《唐代节日民俗与文学研究》,在梳理唐代节日民俗源流的基础上,考查其嬗变情况。从礼俗、风俗二组关系入手,对唐代节日的相关因素加以探讨。该论文在第四章着重讨论了节日风俗与诗歌的关系,主要从诗会角度切入,勾勒出唐代节日诗会与文学的发展脉络。暨南大学刘衍军的硕士论文《唐代节俗诗研究》,注重分析节俗诗的社会生活内涵,同时还讨论了文人创作节俗诗歌的主观意识以及节俗诗的艺术特征。

② 蒲积中:《古今岁时杂咏》,《四库全书》集部二八七,总集类第 1348 册,上海古籍出版社 1987 年版。

佳节倍思亲”心理的驱动，节日时分之内心感触显而不同于常日，颇为敏感，产生创作冲动或创作灵感，往往借节日契机而抒发由此产生的感触，形之为诗文，此为风俗文化促进创作之二。再次，唐代一些节日风俗中，聚会是必不可少的内容，聚中有游，聚中有宴，娱乐、歌舞、诗酒则相伴而行，这种聚会中应制而作、竞诗而吟所产生的文学作品，则可视为风俗文化促进创作之三。以上三类，因各种节日之特点，各个诗人创作之特色等在具体展开分析中又具有各种特点，但就唐代节日风俗与诗歌创作而论，大体以此三类为主。

上述都是以唐代风俗对诗歌创作的促进为立论点，探讨二者作为分别之个体的相互作用。事实上，因唐代诗歌的兴盛，诗歌进入唐人日常生活的方方面面，故而当时除了风俗与诗歌相互影响之外，诗歌与风俗文化中的许多行为方式在现实中的直接结合行为，更直接与明显地印证二者之密切关系。一些风俗的现实需要和仪式的需求，直接成为这些诗歌的创作动机。唐代民间的许多风俗活动，都有诗歌的直接参与。具体而言，唐代行旅风俗中的题壁诗，婚姻风俗中的催妆、却扇诗，音乐风俗中的入乐诗歌，祖送风俗中的祖饯诗，都是诗歌直接参与习俗活动，这些诗歌成为行为风俗的组成部分。

如催妆风俗，段成式认为是源于北方风习。《聘北道记》云：“北方婚礼必用青布幔为屋，谓之青庐。于此交拜，迎新妇。夫家百余人挟车俱呼曰：‘新妇子，催出来。’其声不绝，登车乃止。今之催妆是也。”然至唐朝，由于诗歌的繁兴，催妆的呼唤仪式，改由诗歌来承担，渐渐演变为一种固定的风俗。唐代传奇小说中有不少婚礼仪式中催妆诗的记载，《太平广记》“嵩岳嫁女”条载：“有仙女捧玉箱，托红笺笔砚而至，请催妆诗。于是刘纲诗曰：‘玉为质兮花为颜，蝉为鬓兮云为鬟。何劳傅粉兮施渥丹，早出娉婷兮缥渺间。’于是茅盈诗云：‘水晶帐开银烛明，风摇珠珮连云清。休匀红粉饰花态，早驾双鸾朝玉京。’巢父诗曰：‘三星在天银河回，人间曙色东方来。玉苗琼蕊亦宜夜，莫使一花冲晓开。’”这条记载嵩岳嫁女，众仙、帝王共同赴宴的聚会，重点描写仙人的聚谈而略去婚礼的叙述，却提到了催妆风俗并附其中催妆诗三首，可见催妆诗在当时的婚姻礼俗中是重要的组成部分。全唐诗收录直接以催妆为题的诗歌数首，是应为催妆诗的代表之作。这种诗歌与习俗活动合而为一，是唐代诗歌兴盛之时代特点与风俗相结合的自然结果。诗歌广泛运用于社会生活的风俗，毫无疑问促进了诗歌的创作，既是一种结果也是一种动因。

又如祖饯诗，唐代祖送风俗盛行，从官方到民间，在文人士子中广为流行。与此俗密切相关的祖饯诗也同时进入创作盛期，《全唐诗》中祖饯诗歌俯拾皆是。

我们可以从当时之人对诗歌的选录标准，即唐人选唐诗的选集之题材消长来看风俗对诗歌创作的影响。盛唐《国秀集》中的集会宴饮诗歌达到 14 首，《河岳英灵集》的祖饯诗歌选有 16 首，都是祖饯风俗兴盛的印证。

综上，唐代开放的时代氛围，享乐、丰富多彩的社会时代风习、礼俗，成为诗歌繁盛的土壤；丰富的物质生活风俗，为诗歌题材的扩充，酿就了源泉；祭礼、婚仪、祈禳等仪式和岁时节日、宴饮聚会、游艺、交通行旅等活动风俗，大多以聚会群作、赛诗、因仪礼等文化氛围之感怀等形式，提供了诗歌创作的繁多契机和极好的传播场所，大力地促进了诗歌的创作与传播。

二、风俗文化影响唐诗的艺术形式

1.喜诗风尚与诗歌应用功能的加强

毋庸讳言，作为一种文体，诗歌在唐代走向了巅峰。在整个唐朝，诗歌对社会的浸润和影响，可谓空前绝后。如果以朝代论风俗，唐代风俗的显著特点，即在于诗歌渗透了社会风俗的方方面面，前贤早已有“诗唐”之确论，前前后后的文学史、各类社会生活史、数量不菲的学术论文都以流传之文献与出土之史料，多重证据、多方位、多侧面地展示了诗歌在唐代的繁荣情景。本书也已在前面论述唐朝热爱文学的民情风俗与文学的繁荣，这里再次强调唐人对诗歌的喜爱已经是一种普遍的社会风俗。《中国风俗通史·隋唐五代卷》在导论中分析整个唐代风俗中最突出之方面，将诗歌对社会风俗的浸润和影响列在首位①，从唐人饮食、行旅、婚礼风俗中诗歌的融入，各类平民百姓对诗歌的痴迷以及唐人生活风俗中诗意的呈现，再现唐代风俗充满诗意的特征和时代风貌。

痴迷于诗歌的民情风俗，对诗歌的创作与传播无异于强大的催化剂，那对诗歌的艺术形式之影响呢，这里笔者想略陈陋见。

唐代诗人多主张诗歌为现实政治服务，如从陈子昂到杜甫再到白居易等代表性诗人皆然。作为文学主张，它是一代诗人文学理想的反映，但并不代表整个社会现实就是如此。白居易的"文章合为时而著，歌诗合为事而作"体现了诗歌现实主义。历来我们强调"为事"是指诗歌的政治讽喻性，当然，讽喻、教化作用是不容置疑的，但它却并不是"事"的全部。回到时代文化背景中，这句诗歌理论话语出自于诗歌得以在现实中广泛运用的朝代，它更多的是指出诗歌的现实运用功能方向，如果只强调讽喻，那更侧重于传统以来的诗歌意识形态功能，而诗歌在唐代的有别于其他朝代的突出特点，即在于广泛的现实运用。唐代社会热爱诗歌之时风让它渗透于生活的各个角落，刺激了它在各个领域的现实应用。饮食、行旅、婚姻礼俗、干谒自荐……及至日常生活表情达意，都有诗歌的参与。

诗歌全面参与唐人生活，从饮酒吟诵唱和、行旅题壁、浏览传抄诗板、送别赠诗，到婚礼程序中以诗歌伴随每步礼仪，作画奏乐配诗，以诗干谒问名，以诗交友会友，墙头马上传情，红叶题诗表意……唐人社会交际离不开诗，抒情言志也离不开诗。再就文体而论，诗歌渗透到墓志、判词、奏议、祭文等多类应用文体中，无疑也加强了其应用

---

① 吴玉贵：《中国风俗通史·隋唐五代卷》，上海文艺出版社 2001 年版，第 3 页。

的广泛性。诗歌渗透到社会生活的方方面面，唐人生活需要诗歌，唐人生活被诗歌所填充，唐代生活充满诗意。

2.乐诗之风与诗歌文体题材与表达

诗歌大量地应用于现实生活，因其应用性特点而形成一些艺术特质。这类诗歌大量存在，渗透大众生活的方方面面，加强了唐诗所描写社会生活的广度和深度。从文艺社会化角度而言，这对文学应用于社会，发挥其社会功能起到了极大的推动作用，同时也让其自身更具社会生活相，以更接近生活的姿态普及于民众，得到更加广泛的传播。这里分析诗歌的现实应用给诗歌带来的艺术形式上的一些特点，仅就其应用性带给诗歌的影响而言，而不代表整个唐诗的艺术特点。

首先，现实应用性带来题材的生活化。生活中广泛应用诗歌，诗歌与生活各个方面密切相关，劝酒、婚礼，以及生活中表情达意都用到诗歌。

将日常生活物象纳入审美意象，唐代诗歌一改以玲珑兴象为主要描写对象的传统，从雅文化拓展到俗文化，这在题材上是对前朝诗歌的开拓和弥补。唐诗中描写饮食、妆饰、茶艺、酒宴、男女衣装、婚姻礼俗等日常生活物象的诗篇比比皆是，诗歌应用于其中是这些描写的原动力和源泉。

如陆畅《云安公主下降奉诏作催妆诗》："云安公主贵，出嫁五侯家。天母亲调粉，日兄怜赐花。催铺百子帐，待障七香车。借问妆成未，东方欲晓霞"[①]，即是婚礼中催妆风俗中应需而作，其中的描写内容又充分展示婚礼中新娘化妆、铺帐、障车的细节。

唐诗中涉及生活事象的描写多与诗歌代言达意分不开：

张贲《以青食迅饭分送袭美鲁望因成一绝》中"谁屑琼瑶事青食，旧传名品出华阳。应宜仙子胡麻拌，因送刘郎与阮郎"，以诗博歌的

---

① 彭定求等编：《全唐诗》卷四七八，中华书局1960年版，第5441页。

形式表达自己对朋友的情意，也描述了当时道士所食之青食迅饭的特征。诗歌的广泛应用，让诗人们会因生活中的细节而吟咏，这首绝句的写作缘由也仅是以饭赠人，而被赠予者皮日休则因此又有答谢诗。此个例所表现的是唐代诗歌风行之社会风尚中的常见现象，诗歌深入生活，生活需要诗歌；大量的诗歌具体、详细地描绘、展示唐代繁兴、多样的生活，缤纷、诗意的生活风尚则孕育了难以计数的诗歌。正是生活中的应用让诗歌与生活物象亲密接触，才有了唐诗世界中的唐人生活世界。

唐诗对生活的描写几乎面面俱到，生活物象成为其中的重要角色，如诗歌中的常用饮食意象就有米、饭、鱼、肉、羹、蔬、菜、瓜、脍、汤饼、乳酪……日常生活的衣食住行以及婚姻、丧葬、祭祀、游艺、节日风俗无一不是诗歌中集中描写的对象①。这些意象多以描写的形式存在，充实了唐诗内容的现实客观性。以生活物象为意象，相比而言，其主观象喻性、递相沿袭性和多义歧解性逊于他类，但正是因为这类描述性生活物象的存在，为其他情感意象、主观意象奠定了升华的基础，营造了唐诗丰富的文化库存。

其次，诗歌叙述表达的强化。生活物象多以描述状态处于唐诗中，而唐代生活并非只是静止之物象，全面反映生活风俗文化，描述其动态过程，势必带来诗歌叙述表达的强化。

从《诗经》赋比兴就开始的诗歌叙事，带来以抒情为基础的中国诗歌传统叙事方式，到唐之前的魏晋南北朝时期，玄言与山水诗的勃兴，让诗歌中的叙事一度告退。时至唐朝，就唐诗整体而言，初盛唐诗歌大多仍以兴象抒情为主体审美范式。安史之乱，从杜甫诗歌转向叙事，开始了对生活事象的叙写，有研究者将此种叙写称为诗性叙事，即从抒发情感的需要选取情感包孕最丰富的生活场景、片段、细

① 有关唐诗具体描绘生活的各类诗篇，赵睿才在《时代精神于风俗画卷》中有分类详细列举和介绍，本书不再详细展开和列举。

节、人物言动，经过提炼、加工、熔铸，以诗的语言予以艺术的再现。[①]我们这里所强调的诗歌叙述的强化，同样是一种诗性叙事，但这种叙述是为叙事而叙事，是描述生活细节之动态和过程，不以抒情为出发点。

我们以皮日休的《茶中杂咏》十首中的两首为例：

阳崖枕白屋，几口嬉嬉活。棚上汲红泉，焙前蒸紫蕨。乃翁研茗后，中妇拍茶歇。相向掩柴扉，清香满山月。

——《茶中杂咏·茶舍》

南山茶事动，灶起岩根傍。水煮石发气，薪然杉脂香。青琼蒸后凝，绿髓炊来光。如何重辛苦，一一输膏粱。

——《茶中杂咏·茶灶》[②]

以诗歌形式叙述制茶的详细过程，从汲泉、蒸蕨、研茗、拍茶到生火、煮水、冷凝……一步步描绘茶饼制作过程。

叙述化的加强还表现在诗歌在现实应用中，直接成为表情达意之交流方式并承载叙述信息。如杜羔应举累次不中，其妻寄诗称："良人的的有奇才，何事年年被放回。如今妾面羞君面，君若来时近夜来。"[③]此诗就是以诗歌的形式，叙述和传达信息。

再次，诗歌在社交场合的广泛应用使其成为一种交际工具，此种实际应用要求表达精练，不太讲求艺术的回环往复，因而在形式上更侧重于诗体较为短小的绝句，如姚合《杏园宴上谢座主》："得陪桃李植芳丛，别感生成太昊功。今日无言春雨后，似含冷涕谢东风。"作者作为进士在专门的宴会上感谢主考官，宴会的社交文化背景已蕴涵谢恩韵味，诗歌以七绝形式，直接铺叙，直接抒情，每句直指主题。

---

① 邹进先：《从意象营造到事态叙写——论杜诗叙事的审美形态与诗学意义》，《文学遗产》2006年第5期。

② 彭定求等编：《全唐诗》卷六一一，中华书局1960年版。

③ 钱易：《南部新书》卷丁，中华书局2002年版，第53页。

又如文学史上有名的干谒作品：朱庆余《闺意献张水部》云："洞房昨夜停红烛，待晓堂前拜舅姑。妆罢低声问夫婿，画眉深浅入时无？"虽以隐喻表达询问目的，却以七绝晓畅简洁地表达试探之意。

总之，诗歌在现实生活中的广泛应用，给唐诗艺术形式带来新的特点。

3.配乐风习与诗歌文体形式

前述风俗文化与诗歌的创作与传播时，已论及音乐对诗歌创作的促进，诗配乐而歌唱，在唐代是颇为流行的社会风习。"以此知李唐伶伎，取当时名士诗句入歌曲，盖常俗也。"这一习俗贯穿整个唐代："唐人诗谱入乐者，初、盛王维为多；中、晚李益、白居易为多。"[①]这里我们再次提到音乐与诗歌的关系，是要强调音乐风俗对诗歌文体的影响，即诗随乐变的观点。

郭绍虞在其早期论著《中国文学演进之趋势》中明确指出："诗以和音乐相关之故，所以音乐变迁了，诗体不得不随之而俱变。雅乐之变为乐府，即是此理……其后齐、梁之间，平民讴歌的小乐府既渐以入乐，于是影响到诗体，遂成为唐初的近体诗。近体诗中的绝句，以受音乐方面的关系为多，七言绝句尤多播入管弦。"此语道出音乐对唐代近体诗的诗体影响以及七言绝句与音乐的密切关系。[②]

音乐与诗歌自产生以来就有着千丝万缕的联系，从春秋战国时期音乐与诗歌之同源共生，历汉代、南北朝时期的乐府民歌，到唐代，西域音乐大量传入中原，各民族音乐大融合，出现了许多新的乐曲。新乐的出现使旧的古体诗、乐府诗，已经不能适应其需要，这必然呼唤形式更为精练、节奏上合乎新乐节拍的新的形式之诗歌，在这种情况下，近体诗尤其是绝句，应需而繁荣。新曲待辞的社会需求必然导

---

① 胡震亨：《唐音癸签》卷二六，古典文学出版社 1957 年版，第 228 页。

② 有关唐代音乐对绝句的繁荣影响，李雄飞《唐代音乐与诗歌》一文做了详细分析，本处分析亦有参看。

致诗人写诗合乐、以诗配乐的情形出现并兴盛。以诗来适应和迎合新乐曲的需要，音乐对诗歌形式的影响由此展开。唐诗题首冠以“行”“歌”“曲”“引”“词”等名的诗都是为合乐而创作的。任半塘先生的《唐声诗》收辑声诗134调，收录作者60人，指出“唐诗及唐代民间齐言（诗）中确实曾歌唱、或有歌唱之可能者约二千首”。这即是音乐与诗歌相生相长之力证。

唐代一些歌诗为适应歌唱，往往采诗入乐，即截取律诗之半或古诗体中结尾四句作为唱词。《唐诗纪事》载：“天宝末，唐玄宗尝登勤政楼，梨园弟子唱李峤《汾阳行》至‘富贵荣华能几时’以下四句时，玄宗赞曰‘（李）峤真才子也！’”《汾阳行》原为七言古诗，乐工取其结尾四句作为唱词为玄宗歌唱，就是取诗句来填充曲子。

《诗薮·内篇》曰：“唐乐府所歌绝句，多节取名士篇什，如‘开箧泪粘臆’，乃高适五言古首四句。又有截律诗半首者，如《睦州歌》取王维‘太乙近天都’后半首，《长命女》取岑参‘云送关西雨’前半首，与题面全不相涉，岂但取其声调耶？”[①]由此可见当时为迎合乐曲的需要，以诗歌谐音为上。这种对诗歌形式上的要求影响了唐代诗歌绝句的发展以及诗歌声律的进步。

从现存资料来看，唐代音乐与齐言诗的结合中，绝句占据了优势。《唐声诗》中绝句曲调占总曲调的七成以上，流传至今的材料显示当时之名曲《杨柳枝》《竹枝词》《清平乐》《渭城曲》等都是绝句形式。当然，因为曲调在与齐言诗的结合的同时，与杂言诗的结合也是同步的，因此我们不能据此而推论唐曲调的长短，但绝句在与音乐的结合中获得推动和更大发展机会，这是无疑的。《全唐诗》中收绝句一万二千余首，其中必然少不了因其合乐而得以繁荣之因。诗歌要适合演唱，必须达到字句符合声律，声律符合曲调，这必然加强对诗歌声律方面的要求。唐代诗人以被乐工传唱自己的诗作而自豪，且

---

① 胡应麟：《诗薮》，上海古籍出版社1958年版，第112页。

以歌妓传唱自己诗作的多少来衡量诗名高下。文学史上有名的旗亭赌唱，就是此中相传甚广的佳话。诗歌入乐的社会需求和风习，影响诗人作品的传播和诗名，诗歌是否合乐、是否适合歌唱，就自然成为诗人创作诗歌的艺术追求目标。

诗歌的入乐演唱，是一种艺术审美活动，人们在审美活动中获得审美快感，得到艺术享受。从艺术实质而言，这是一种文化表演，乐曲的结构决定诗歌的呈现结构，节奏是美感的基础。诗歌语言在听觉上的节奏美感和旋律美感，与乐曲审美内在机制的暗合，构成诗歌入乐的艺术审美基础。为什么入乐诗歌中，齐言诗中绝句占据绝对优势？笔者以为诗歌需要合上音乐的节奏，而律诗本身节奏特点较绝句的复杂性以及粘对规则，让其合乐的难度增大，而形式更为精练短小的绝句，相对而言则更具灵活与便易性。

4.风俗文化与诗歌意象的选择

风俗文化中，内涵于物态化和惯制化表征中的心理认同，信仰、民族传统认同等观念文化，通过诗人的创作心理，影响诗歌的意象选择等。这是一种深层的文化心理积淀，是民俗文化传统长期深远影响民族心理的外现。

首先，风俗心理与诗歌意象选择在情感方面具有一致性。

唐诗中的不少意象，融合着民族心理性格，具有深厚的文化意味和丰富的情感意味。诗人在选择这些意象时，方案这些物象蕴涵的民族传统民俗文化和心理积淀是否与其情感、心理表达具有一致性，这种一致性，会通过情景背景的渲染、物象的暗喻、意象的指代等方式表现出来。无论是情与景相结合，还是意与象相结合，诗人心中的情与意在选择客观的景或象时，需要注重所选物象的社会文化蕴藉与情或意的契合。物象的文化内涵，则是民族传统风俗文化的投射。如月亮与思念有关，芳草喻离恨，梧桐大多表凄苦，折柳言别，鸿雁喻信息传递等等，这是我们中华民族特殊的文化心理积淀，是千百年的风俗文化在积累中代代相传的结果。以物象与“情”“志”相契合，在唐诗中的一种情形即是以物象之蕴意，来加强和突出情感与心志。如张祜的《苏小小歌》其三曰：“登山不愁峻，涉海不愁深，中擎庭前枣，教郎见赤心。”[①]此诗以枣喻对情郎的忠贞，用形象的物象生动地凸显了忠贞的程度之深。在传统民俗中，枣子因为颜色赤红，而有着以枣喻“赤心”，以枣示忠心的文化喻义。

又如鱼玄机《迎李近仁员外》曰“今日喜时闻喜鹊，昨宵灯下拜灯花。焚香出户迎潘岳，不羡牵牛织女家。”[②]诗中以喜鹊叫声映衬喜悦心情，即蕴涵着民间俗信中喜鹊报喜的喻义。唐诗中常见的以乐景写乐情，愈见其乐，以悲物写哀情，愈见其情绪之悲凉，便是以物象或情景的民俗文化喻义，增强诗歌表达的情感倾向性。

唐诗中意象与情志的契合的较高形式，则是基于以物象的文化蕴涵之指向，采取多重民俗意象之叠加，从而直接以意象表达感情与心志，所谓不言情而情更深，不写志而意已见。

如元稹的《遣行》曰：“褒县驿前境，曲江池上情。南堤衰柳意，西寺晚钟声。”[③]不言送别，驿站、柳叶、钟声等蕴含送别意蕴的风俗物象叠加在一起，别情自然显现。唐代送别时折柳赠别的风俗十分浓厚，“柳”与“留”同音，言柳之意表明留客之情。

又如权德舆诗云：“昨夜裙带解，今朝蟢子飞。铅华不可弃，莫是藁砧归。万里行人至，深闺夜未眠。双眉灯下扫，不待镜台前。”[④]此诗写少妇思念丈夫，急切盼望丈夫归来之心情。首句写裙带解与蟢子飞，就是当时预示有客将至的风俗信仰，及至今天我国一些地区民间仍然有衣服自动开解与蜘蛛爬预兆客人来的俗信。

其次，民俗故事、传说成为唐诗艺术形象的文化土壤。

---

① 彭定求等编：《全唐诗》卷五一一，中华书局1960年版。
② 彭定求等编：《全唐诗》卷八〇四，中华书局1960年版。
③ 彭定求等编：《全唐诗》卷四一〇，中华书局1960年版。
④ 彭定求等编：《全唐诗》卷三二八，中华书局1960年版。

传说与民俗联系紧密，有的民俗在传说的影响下逐渐形成，有的民俗却又促使相应的传说产生。许多风俗文化，都是伴随着相关的民间故事、传说而长久地流传。这些故事传说是小说母题产生的丰厚文化土壤，作为全民喜爱的诗歌文体，因渗透到社会的方方面面，带来多面文化的碰撞与接触。民俗故事与传说在唐诗中以不可忽视的比例之存在，让我们必然注意到它在诗歌中的作用。

相对而言，民俗传说较为集中地出现在信仰风俗领域，每一种信仰，其神奇性的加强离不开传说与故事的支撑，这些传说多有鲜明的形象，围绕其发生的具有神奇色彩的故事，在民间信仰中流传不衰。唐代诗人将这些形象纳入诗歌创作，组成了唐诗中难以尽数的鲜明的传说艺术形象。

许多形象高频率地出现，即使今天稍读唐诗的人对其中的一些都耳熟能详：西王母、嫦娥、吴刚、玉帝、后羿、湘妃、麻姑、女娲、伍子胥……这些具有传奇色彩的人物形象为唐诗营造了一个浪漫的世界。

李贺诗歌是运用传说故事的典型代表。在他的诗中，鬼、神、仙是绝对的主角，传说中的人与神组成了他诗歌的人物画廊，如他的《神弦》："女巫浇酒云满空，玉炉炭火香冬冬。海神山鬼来座中，纸钱窸窣鸣旋风。相思木帖金舞鸾，攒蛾一啑重一弹。呼星召鬼歆杯盘，山魅食时人森寒。终南日色低平湾，神兮长在有无间。神嗔神喜师更颜，送神万骑还青山。"[①]诗中一系列的神仙名单，折射出的是民间各种神仙信仰，如海神崇拜、山神崇拜等。如同这类的诗歌在唐诗中并不少见，有许多直接以某些传说人物为吟咏对象，传说故事是其形象的来源。

此外，传说故事增添了诗歌的艺术性、浪漫性。除了专题吟咏传说人物之外，唐诗中更为广泛地运用传说故事，是在各类描写抒情中

---

① 彭定求等编：《全唐诗》卷五一，中华书局 1960 年版。

加入传说，增添艺术色彩。李贺《李凭箜篌引》中就多处运用了传说，“江娥啼竹素女愁，李凭中国弹箜篌”“女娲炼石补天处，石破天惊逗秋雨”“吴质不眠倚桂树，露脚斜飞湿寒兔”，从娥皇、女英、素女的传说到女娲补天、月宫中的吴刚、玉兔的传统故事，让整个音乐的艺术效果形象而生动，一连串的神话传说，营造了浪漫、神奇的形象，达到出神入化的境界。

节日风俗往往与传说故事相连，尤其是纪念性节日，其源头都有相关的传说，节俗诗歌在描写节日景象、风俗或感怀时，这些传说是不可或缺的文化背景铺垫。如卢象《寒食》一首：“子推言避世，山火遂焚身。四海同寒食，千秋为一人。深冤何用道，峻迹古无邻。魂魄山河气，风雷御宇神。光烟榆柳灭，怨曲龙蛇新。可叹文公霸，平生负此臣”①，就详细介绍了介子推之传说与寒食节俗的渊源关系。

节俗传说中的一些物象，在诗歌中形成固定的意象，从而成为典故。广为人知的如七夕节俗中的鹊桥相会传说，鹊桥即因其特殊含义，而在诗歌中指代情人相会。如《孙长史女与焦封赠答诗》：“鹊桥织女会，也是不多时。今日送君处，羞言连理枝。”②诗歌中的此类具有风俗传说文化蕴藉的特殊意象，传说为其奠定了特殊的文化蕴涵，一方面用借喻手法避免直言，在艺术形式上加强了诗歌含蓄、蕴藉的特点，另一方面因其字面后所附带的传说增添诗歌的文化深度。此类意象在唐诗中比比皆是，因其常见而让读者习以为常，我们在此仅指出风俗文化由传说到意象再到艺术形式所带给唐诗的影响，是对现象做本源分析，故而对现象不再多述。

5.风俗心理与诗歌中的时空表述

在前文中，我们屡次强调风俗文化的组成中，以信仰为核心反映在人们心理上的习尚对文人的影响。这种影响最后具象化到文学

---

① 彭定求等编：《全唐诗》卷一二二，中华书局1960年版。

② 彭定求等编：《全唐诗》卷八六七，中华书局1960年版。

上，则有多种表现模式。唐代诗歌中的时空表述受风俗心理之影响，就是其中的一种投射。

诗歌中时间的表述，诗人多喜用标志性时间阶段，以共同认同的重大人生礼仪事件为时间标志。这就是受风俗文化影响而形成的心理倾向。许多人生礼俗给诗人留下深刻记忆，是人生标志性的事件，往往成为诗歌表述人生时间的首选。从催生礼俗、抓周到及笄、加冠、婚嫁等人生礼俗，对个体生命而言，是重要的关节点，对个体生命进程有着标志性意义而深入文人时间意识中，在诗歌中成为他们宏观时间表述的依据之一。

如结发礼俗，按照古礼，成婚之日，有男左女右共髻束发之礼，故称结婚为结发。唐代的具体仪式可从诗歌中窥见："依既剪云鬟，郎亦分丝发，觅向无人处，绾作同心结。"[①]因这一风俗文化长期流传而具有典型象征意义，古人多以"结发"来代指结婚，在诗歌中表明一个新的人生里程的开始。如白居易诗："与君结发未五载，岂期牛女为参商。古称色衰相弃背，当时美人犹怨悔。"[②]

而古代男子成年仪式中，加冠前要将头发束起，此种束发也称结发，因此也以结发来指称男子成年。如戴叔伦《从军行》："丈夫四方志，结发事远游。远游历燕蓟，独戍边城陬"[③]，就以此来指称成年。

类似以礼仪风俗来表述时间的现象，在唐诗中屡见不鲜。此种具有风俗文化蕴含的表述方式，与诗歌表达的象征性、含蓄性相一致，使时间表述不过于直观、直白。唐代诗人的生命意识包含了对死生的终极关怀以及对人生各个阶段的关注，对生命转折点的在意。这与传统民俗中的人生礼仪的信仰之心理基础具有同构性。我们自身也一直延续民族的传统风俗文化，因此心理习惯与思维习惯中，也

① 彭定求等编：《全唐诗》卷八〇〇，中华书局 1960 年版。

② 彭定求等编：《全唐诗》卷四二六，中华书局 1960 年版。

③ 彭定求等编：《全唐诗》卷二七三，中华书局 1960 年版。

以为这种表述是自然而然的。然而对比其他民族，如白族的一个支系，我们不难发现因其生活环境与传统习俗的特点，他们的时空表述中除了以生活习俗、生产活动为依据外，以太阳运行和澜沧江水流为依据则成为其受地理位置影响而特有的时空表述方式。① 这里，时空表述受到民族风俗文化影响的特点自然显现。

唐诗中空间的表述，同样也浸染了风俗文化的颜色。诗歌中的空间描写并不仅仅是单纯的地理方位、空间的表述，其所映射出的空间观念，因在千百年传统文化思想熏陶下而带上民族风俗文化心理意识。中国传统文化之本源中，秩序的定位就来源于空间方位及现象，继而从空间秩序来定位人事、世事，空间观念与传统风俗文化因而结下不解之缘，空间意识与风俗心理糅合在一起，形成特定的具有民族传统特色的空间观念。绝对方位概念与民间崇拜的结合，在炎黄时期，就出现了自然崇拜和习惯法时。夏朝崇尚西方、月亮，代表下界和死亡；殷商则崇尚东方、太阳，代表天空和生命。② 唐代的自然崇拜情况更为复杂，但对星月、山河、海天等自然的崇拜依然浓厚。

唐诗中空间方位表述与地域风俗相联系，形成带有特点的空间方位蕴涵。"一曲南音此地闻，长安北望三千里"，让唐诗的许多空间虚实描写，蕴藉着诗人的地域风俗情怀。我们来看这样两首诗：

李涉《寄荆娘写真》："如今憔悴不相似，恐君重见生悲伤。苍梧九疑在何处，斑斑竹泪连潇湘。"③许浑《送萧处士归缑岭别业》："缑山住近吹笙庙，湘水行逢鼓瑟祠。今夜月明何处宿，九疑云尽碧参差。"④这两首诗歌有两个共同点：其一就是在表达地理方位时，都将九疑山和洞庭君山联系在一起，实际上二者虽都在湖南省内，却一个

① 龚友德、李绍恩：《那马人的时空表述法》，《中央民族大学学报》1984 年第 2 期。

② 刘云生、李蓉：《说"东"道"西"——日神崇拜与中国绝对方位观念的考察》，《绵阳师院学报》1996 年第 2 期。

③ 彭定求等编：《全唐诗》卷四七七，中华书局 1960 年版。

④ 彭定求等编：《全唐诗》卷五三三，中华书局 1960 年版。

在湘南一个在湘北，可见唐人诗歌空间表达并不在意其实际空间距离，而在意心理距离，在他们眼中都是潇湘之地，故应在一起。其二是二诗在写洞庭君山之地时，都用到风俗传说，前者用到斑竹的传说，后者用到湘灵鼓瑟的传说。这两个传说已经成为洞庭的标志性传说，唐人在地理表达涉及洞庭时许多都以这些风俗传说来指称洞庭。

又如诗人贬谪或漫游，游历之地多了之后，对地域风俗有着深刻感受，往往将某些风俗与地域联系起来，如钱珝《江行无题》："吴疆连楚甸，楚俗异吴乡。谩把樽中物，无人啄蟹黄。"[①]诗人将楚俗与吴俗相比，楚地的无人啄蟹黄，映衬出吴地吃蟹黄之风兴盛。

总之，唐诗在时间表达和空间表述上，都浸润了风俗文化。这种特色让唐诗更具民族文化特色，也使得诗歌表达更具含蓄性和文化蕴含，不是直白的时间数字和空间地理名称。

第二节　风俗文化与唐诗文化内涵之扩张

第一节我们从创作、传播与艺术形式两方面探讨了风俗文化影响诗歌文体之广度，事实上，风俗文化对唐诗更深层次的影响，体现在其文化蕴含上。本节将探讨风俗文化与唐诗内涵之关系。

一、风俗文化的广泛性与诗歌审美的丰富性

如果我们将风俗文化大致分为物质文化层面、行为方式层面和心理信仰层面，那么唐代空前丰富的风俗生活，纷繁多样的时代文化风习，以及无处不在的多神信仰、自然崇拜等信仰风俗，丰富了唐人社会生活的同时，与繁荣的诗歌相遇在同一时空中，互渗密透、同生共长，风俗的广泛性造就了审美客体的丰富性，从而带来了诗歌审美的丰富性。

唐代的统一、开放、融合的时代氛围造就了纷繁多样的文化生

① 彭定求等编：《全唐诗》卷七一二，中华书局1960年版。

活，作为其中重要组成部分的风俗文化与生活，在承继以往传统之风俗的同时更增添了时代之风习，二者的同时空融合，较以往更为丰富而广泛。尽管风俗文化更多的是以一种质化的文化因子存在，但我们不否认可以从量化的角度来谈其涉及面的广度与内容的丰富，尤于物质文化层面更为显而易见。仅以生产风俗为例，手工业部门就有采铁、冶铁、采铜、铸铜、铸镜、铸钱、采金、采银、冶锡、冶铅、烧陶、烧瓷、烧砖瓦、织棉、织绫、织罗、刺绣、制毡、制衣、制帽、制鞋、印染、造纸、制砚、制墨、雕版印刷、采玉、玉作、造车、造船、制秤、乐器、制盐、建筑、酿酒、制糖……其数目和种类已远远超过前代，而城市生活的夜市、草市、桔市、矿市、蚕市以及商业组织米行、肉行、油行、果子行、炭行、磨行、布行、绢行、生铁行、杂货行，各种酒肆、酒楼、饭馆昭示着饮食业的兴盛，这些共同显示出当时商业的繁华。有关唐代物质生活风俗的丰富性，相关的风俗研究专著有详细介绍[①]，本书不再多述。从整体上来说，衣、食、住、行等物质生活文化，各个方面无一不是较以往空前丰富与繁荣。

物质生活风俗的繁复，自然带来生活方式的变化，唐代新出现的许多生活风俗，就诞生于物质生活发展的基础上。以饮食为例，唐代产生了许多新的饮食习惯和风俗。从战国以来，中国一直采取分餐制的饮食方式，即使聚餐，也是每位就餐者一人一食案，各人分餐而食。这种状况在唐代发生了革命性变革，敦煌壁画就表明大桌合食制的出现，合食制的出现和流行为当时会食、聚饮、宴会的兴盛无疑起到推波助澜之用。也正是在各类物质生活的悄然变化中，唐人各类家宴、赐宴广泛盛行，唐人“长安市上酒家眠”“笑入胡姬酒肆中”“一杯当属君当歌”……这些因物质风俗而产生的饮酒风俗、酒令艺

① 此处所列唐代手工业资料，参见徐杰瞬、周耀明《汉族风俗文化史纲》隋唐部分。有关唐代物质风俗的详细介绍，吴玉贵《中国风俗通史·隋唐五代卷》李斌城《隋唐五代社会生活史》有细致的介绍。

术、歌舞艺术等各类风俗带来了唐人生活方式的丰富多彩。这种风俗客体使作家与自然、社会发生联系，是被利用了的客观存在。文学是再现与表现的统一，其表现的内涵是彼时彼地客观现实的反映，文学客体是创作主体与自然、社会发生的审美联系，它是被作家用来描写的对象。这些丰富的物质风俗以及由此相伴而生的生活风俗，都是当时的一种客观现实，是文学客体的来源母体，也是文学客体的重要组成部分。风俗文化与文学客体相互交叉，在某些条件下还可以相互转化，风俗客体自然也成为作家笔下的文学客体。当然，文学客体是有限的，它小于现实客体，虽然它有着适用创作主体审美的前提条件，但其依赖于现实客体的本质不会改变，因此现实客体的丰富与繁多，必然带来审美主体相同条件下的文学客体的丰富，表述与深化风俗生活的唐代诗歌，自然受时代繁荣的物质风俗与纷繁的风俗文化所熏陶，表现出描绘对象的丰富多彩。

构成作家与客观事物的审美关系的因素很多，也很复杂，审美客体的特征就是诸多原因中的重要因素。中国古代文学审美中，因物而感怀、因物而起咏，即由物之特色而引起审美体验的创作，是一种基本的模式。唐代丰富的物质风俗文化，为触发诗人创作奠定审美客体基础，如大量的咏物诗，许多描写客体就是具有时代风情的风物，从雍容与瑰奇的时代裙装到民俗意味浓重的汤饼与药粥，从具有天地象征意味的庭、堂，丹味浓郁的道观到折柳言别之行旅风俗[①]，这些纷繁的风俗文化丰富了唐代诗歌的文学客体世界，带来了唐诗中审美客体的丰富性特色。

唐代的物质民俗、节日民俗、生产民俗，等等，广泛地、大量地成为诗歌中的审美意象、审美客体，其丰富和广博非只言片语能道尽。

---

① 有关唐诗中表现唐人物质生活内容的，参见赵睿才：《时代精神与风俗画卷——唐诗与民俗》。该书从服饰篇、饮食篇、居行篇、婚姻篇、丧祭篇、节令篇六方面做了详细的介绍。

如单以节日民俗为题材的诗歌数量就达 1800 余首[①]，内容范围涉及时代各个节日之风俗、文化内涵、节日心理等。民俗学家王献忠说："离开了生活图画和人物形象，就无所谓对风情民俗进行了成功的描写。"[②]因此，唐诗中对物态化民俗文化类唐代生活画面的描绘，因其全面而丰富，可谓成功地展示了风俗文化的诗歌画卷。

二、风俗文化的开放与审美趣味的开阔

前面讲到审美客体的特征是构成作家与客观事物的审美关系的重要因素，与其同样重要的，还有审美情趣问题。一代文学作品呈现出一代之特色，原因固然很多，作品中审美情趣的变化也是其中不可忽视的因素。以情为主导的唐诗与主理的宋诗，之所以在整体风格上各趋所向，时代历史现实及产生的文化氛围的不同是经常为人所强调的原因，然于其之中，风俗文化依傍时代现实之变而变，对诗歌的审美情趣的影响，值得重视。

风俗习惯孕育了民族的审美情操，文学中的风俗描写则蕴含了创作主体丰富的审美情感与审美趣味。对六朝诗的扬弃中，唐诗适应唐代社会现实风貌而产生自身特点，统一、开放的唐王朝，经济繁荣、国力强盛，风俗文化表现出豪放、阔大的时代特色，渗透到唐诗中则显示出高华远韵的华章风采，透露着典雅大气。唐诗在整个朝代之具体时代又各有变化，但是与其他朝代相比，其重气象、雄浑、深远、博大之气魄与胸怀，是其他朝代诗歌无法比拟的。

雄浑、开阔，是唐代诗人偏爱的一层审美风格，这一风格在唐诗中的体现，是多方面的综合反映，通过意象的运用、意境的表现，性情、声色的结合等共同蕴藉而形成。而风俗文化对唐诗审美风格的影响，也正是在潜移默化中渗透到上述各个方面。

---

① 确切数字为 1895 首。数据来源于刘衍军：《唐代节俗诗研究》，暨南大学 2004 年硕士学位论文。

② 王献忠：《论民俗学的文学功用》，《社会科学战线》1985 年第 1 期。

我们先看意象的运用。唐代诗歌尤其是体现盛唐气象之诗，常常喜欢选用连绵的群山、广袤的沙漠、气势奔放的江河、峻险挺拔的山峰、广阔的旷野以及星月日等体现状况气势的自然景物。从边塞诗歌的“长河”“大漠”“瀚海”“烽烟”“流沙”……到送别诗的“千里黄云”“碧空远影”“沧海”“暮天”……这些具有深远气势的意象，在空间上有着广阔性，在意境上浑厚、恢宏，其多处之运用营造出汪洋宏阔、恢宏壮观之意境。对于空间景观，辉煌的时代，造就了开阔的胸襟与昂扬向上、朝气蓬勃的时代心理，这一心理在空间景观的审美中体现出来，规范着诗歌审美风格的统一性和差异性特征。这一规范是通过稳定地制约和影响着主体文化心态定式和惯性而作用的。这些意象从审美意义而言，更具有公共审美情感，能唤起和触发更多的公共空间意识，让读者感受大眼光与大格局，所以即使是同样的愁、同样的儿女情长，唐代诗歌，更多地给人以大胸怀与大气魄的感觉，我们在盛唐诗歌中感觉尤甚。

声色的结合，在唐诗中是绚丽多彩的。以色彩而论，五彩斑斓的唐诗世界，注定是让人眼花缭乱的，这里我们并不注重展示其缤纷多彩，我们需要注意的是现实物态审美风俗是如何引领诗歌的声与色之和谐。物质风俗，多以直接的审美对象存在于诗歌中。以服饰为例，唐代女子裙装以雍容华贵为风尚，并逐步走向开放和暴露，史载：“开元初，从驾宫人骑马者，皆著胡帽，靓妆露面，无复障蔽。士庶之家，又相仿效。”[①]女子所穿多为裙、衫、帔，追求绚丽多彩，以红、黄、绿色为风尚，这些生活风俗之审美倾向左右着文学创作者的审美情趣。他们在诗歌创作中，所追求和蕴藉的审美情趣，与民风世俗的审美倾向，有着一致性。因而唐人在服饰中的审美追求在诗中表现出来：“眉黛夺将萱草色，红裙妒杀石榴花”，显出裙装的艳丽之美。诗歌中的这些裙装也凸显着现实中的华贵之气：“玉镫初回酸枣馆，金

---

① 刘昫等：《旧唐书》卷四五，中华书局 1975 年版。

钿正舞石榴裙。"裙装与金器玉器相映衬，展示出雍容华贵之美。在颜色绚丽之中，诗人不会忘记声与色的结合，如"楼中别曲催离酌，灯下红裙间绿袍"[①]，"银烛忍抛杨柳曲，金鞍潜送石榴裙"[②]。如果说繁华最直接的是一种物态表现，那么声与色的绚丽则是两个最直接的显示面，物态风俗文化是民俗与生存活动的最明显最密切的关联点，作为风俗文化的具体样式，它同时也是承载民俗审美的载体，如果我们单一地罗列出唐诗中所描写的丰富的乐器世界，从钟、鼓、箫、管、笙到笛、琴、瑟、筝、琵琶、箜篌，再到笳、笙、方响、杂乐……那么只是显示其审美客体的丰富，而诗歌中无处不在的绚丽缤纷的声与色的融合，才更显示出唐人追求华美、艳丽的审美趣味。

唐代诗歌中磅礴气势与力量的显现，情感上的豪放与高迈，所体现的文化精神氛围和情趣、风调，正是其时代风俗美学风格之所在，是风俗审美心理在诗歌艺术精神、审美趣味上的反映。开放的时代、统一和繁华的唐代民俗文化氛围所凝结的深厚力量在诗人深层心理结构中产生了一定的审美反映定式，发之笔端，借助民俗事象、文学意象的描写而承载与蕴藉这一审美情感与趣味。正是唐人爱牡丹、赏牡丹之风习的盛行，才有唐诗中国色天香的牡丹盛貌，从而集中出现对牡丹的雍容华贵的审美趣味的追求。

三、诗歌中的数字意蕴与风俗文化

每个民族都有"数"的概念，各民族的人们用不同的语言和文字表达同样的"数"的观念。对某些神秘数字的崇拜，是中国传统风俗文化中一直延续的主题。数字崇拜是风俗文化中的信仰风俗，而从另外的角度，诗人对数字的运用，除了古代延续过来的数字崇拜心理外，当朝的社会风习与数字的关系对诗歌中的数字运用，影响与前者相比毫不逊色，这属于习惯层面的风俗文化。无论前者还是后者，都

---

① 白居易：《红楼宴别》。

② 白居易：《和韦庶子远坊赴宴未夜光归之作兼呈裴员外》。

是风俗文化与民族数字观念密切相关之体现。学界对前者——数字崇拜的讨论明显要多于后者[①]，有的从数字的文化分析入手，有的从汉字角度来分析数字崇拜心理的产生，将数字与诗歌联系起来的，多侧重从诗歌中数字的表现方式来分析，对其背后的文化阐释非常少见。基于此种研究现状和本文的研究对象及目标，这里笔者试以数字十五为例，以其与当时社会风习之关系为侧重点，来分析其在诗歌中的应用，从而展示社会风习对诗歌中的数字应用的影响。

数字在宗教信仰、思维理念、传统习俗的影响下蕴涵着丰富的文化内涵，人们自对天地开始探索起，对数字的神秘观念也开始形成和发展。我国数字在其诞生之初，更多的是与宗教、迷信糅杂在一起，随着数字观念的不断成熟与长期应用，它又逐渐受时代风习、生活风俗等传统习俗的影响，到唐代，人们的数字观念呈现出传统数字崇拜心理与时代风俗心理相结合的特点。我们以《全唐诗》为例，通过检索，可以发现诗歌中的数字运用特点，即是以基数为基本和普遍入诗之数字，另外整数数字，以及一些有民俗特色的数字也是诗歌数字中的一大主力军。这其中，一至十以内的基本数字，又以一、三、五、九等与传统文化更为密切相关的为最；整数数字，则以数字基本单位百、千、万为最，辅之以逢五逢十之十五、三十、三千、八千、一万等；民俗特色的数字，则以与某些传说典故相生的数字，如三十六、七十二等为主。

唐诗中的数字“十五”的运用，就鲜明地体现出传统风俗心理与当代风习相结合的数字观。唐诗中出现数字“十五”的诗歌有数百

---

① 关于古代数字崇拜探讨的论文，主要有黄有汉：《论中国古代数字的崇拜》，《史学月刊》1998 年第 5 期；邱凌：《汉字中数字的文化研究》，重庆师范大学 2006 年硕士学位论文；刘方：《中国古代数字神秘崇拜文化初探》，《自贡师范高等专科学校学报》2000 年第 2 期。关于诗歌中的数字研究，孙敏：《古典诗歌中的数字表现手法及其审美意义》，《汕头大学学报》2005 年第 5 期；王展采《数字与诗歌》，《龙岩师专学报》1986 年第 3 期等文章，可参看。

首,将这些诗歌中的数字"十五"按其意义分类,与风俗文化相关的有以下几类:

1.传统风俗文化中,十五为男子外出的代表性年岁

《史记·白起王翦列传》:"发年十五以上悉诣长安",可见十五岁成年服役之制早在六国时即如此。到秦朝,也以十五为成年的标准,班昭《为兄超求代疏》:"妾窃闻古者十五受兵,六十还之",即是对汉代所承接男子十五服役年龄之风俗的佐证。因此汉代乐府名篇《十五从军征》,即是对现实的真实写照。汉代以十五为男子成年标准,故不只是体现在服役从军上,十五还是入大学的年龄,《盐铁论·未通篇》载:"古者十五入大学,与小役。"[①]

此种传统风俗,传承至唐代,仍然有一定的因袭。《唐律疏议》载:"其伍保之家,唯有妇女及男年十五以下,不堪告事,虽知不纠,亦皆勿论",即表明以男子十五为成年的观念。《新唐书》卷八十:"左右劝佑遂发兵,乃募城中男子年十五以上悉发……"反映的仍是男子十五乃从军的观念。

正是在此种观念下,唐诗中的数字"十五",所蕴含的是男子十五为成年从军、游学的年龄:"十五役边地,三回讨楼兰"即是"十五从军征"的一脉相承,"十五能文西入秦,三十无家作路人""仙人十五爱吹笙,学得昆丘彩凤鸣""十五游神仙,仙游未曾歇"等则是反映十五是男子游学阶段开始的标志。由此而综合反映十五成为男子成年的标准的诗歌也不少:"十五男儿志,三千弟子行""忆年十五学构厦,有意盖覆天下穷"。唐诗中,十五是男子的一个标志性年龄阶段。这是传统风俗文化与当代风习相结合、共同作用而对唐人十五数字观念的影响。

2.十五为女子及笄标准年岁,开始待嫁之人生转折

《文选》苏武诗注云:"结发,始成人也,谓男年二十、女年十五时,

---

① 亦然:《十五从军征》,《文学遗产》2007年第2期。

取笄冠为义也。"古代男女青年到了一定的时候(男的二十岁,女的十五岁)要将头发束起来,男的"加冠",女的"著笄",女子十五及笄表示成人,进入待嫁阶段。这种人生礼仪,在中国古代一直流传不衰。

《唐律疏议》卷八十三嫁娶条:"男年二十、女年十五已上,及妻丧达制之后,孀居服纪已除,并须申以婚媾,令其好合。"此诏出自贞观元年(公元627年),到了开元二十五年(公元737年),由于连年战争,为增加人口,对男女婚龄规定改为"诸男年十五,女年十三以上,并听婚嫁"。无论"男年二十,女年十五",还是"男年十五、女年十三",长期传承下来的成年仪式,形成了十五为女子人生转折年龄的风俗观念,在唐代以政府诏告形式确定为结婚待嫁年龄。唐诗中因此多以"十五"表示女子成年、青春、待嫁,如"十五红妆侍绮楼,朝承握槊夜藏钩"即是以十五表明成年;"身为最小女,偏得浑家怜。亲戚不相识,幽闺十五年",叙述十五年的闺阁生活,表明之后进入待嫁阶段。成年和青春是联系在一起的,十五的女子同时也是花样年华,唐诗中以此来形容女性的青春、美丽:"自怜十五余,颜色桃花红""隔户杨柳弱袅袅,恰似十五女儿腰"。当然在封建社会,女子的成年与青春,都从属于出嫁事夫这一最主要的人生主题,十五也就是唐女子人生旅程的转折之年,诗句"薄命头欲白,频年嫁不成。秦娥未十五,昨夜事公卿"所蕴含的即是此种观念。

3.十五为团圆之意蕴

在农历中,十五是月圆之日,唐诗中与月相连的数字"十五",表明团圆之风俗蕴意。如"郎心似月月易缺,十五十六清光圆",以十五月圆代表团圆以及与情郎感情的圆满。更多的诗句是直接运用"十五"日为月圆之日的本义:"更期十五圆明夜,与破阴霾照八荒""江行几千里,海月十五圆"。八月十五为中秋佳节,诗人在当天月夜咏怀之诗数量众多,不过这类诗歌多在诗题中点明月夜十五,诗文中一般不再重复出现,这种以中秋日子出现的数字"十五",因与节俗相关联，在唐诗中数量不菲："八月十五夕，旧嘉蟾兔光。斯从古人好，共下今宵堂。"

4.十五是十与二十之间的整数

中国传统风俗心理中，认为逢五逢十是整数，十五就成了十与二十之间的心理上的整数，结合诗歌艺术中的虚实手法，在唐诗中多以十五代替这其中的其他的数字。

作为一种艺术，诗歌表达时间的长短与空间的距离，往往不会精确化。在虚实之间、夸张与写实中，现实主义手法下的诗歌有时也需要量化的表达，在有些数量中，则需要有整数意义的数字为代表，数字十五在唐诗中的数学概念意义就是基于此种。

我们首先看从时间长短量化上的表达例子："十五年前似梦游，曾将诗句结风流""自从九月持斋戒，不醉重阳十五年""望苑三千日，台阶十五年""十五年馀苦，今朝始遇君"。这些诗句都以十五年为一个约数，叙写十几年左右的变化。空间距离上的量化相对时间而言，使用"十五"的诗例要少一些："出郭已行十五里，唯消一曲慢霓裳。"这里的十五里，很明显是取零化整。还有一种整数化的描述，是个体数量的量化："浮萍飘泊三千里，列宿参差十五人。"此句中"十五"与"三千"相对，满足了对仗的要求。

以上对唐诗中数字"十五"使用的分析，从一个侧面反映了诗歌中的数字运用与风俗文化的联系。事实上，这种联系在唐诗中是广泛存在的。莱辛曾指出绘画是空间艺术，诗歌是时间艺术。但在唐诗中，诗中有画类的描述空间艺术的诗歌并不少见，而时空的描绘与表述，在量化方面，数字是必不可少的。由以上对数字"十五"在唐诗中的使用与风俗文化之联系的个例管窥，可以说，唐诗中数字的使用特点，正是风俗文化与诗歌密切关联的反映。

第三节 风俗文化与唐诗文化功能之增强

文体的客观存在是某种社会文化的需要，其类型与形式的存在依赖于它们在现实世界中的功能。文体的形态和内容，同一定的社会文化背景、生产力状况以及人们的表达需求相适应。社会时代风习所带来的新的表达需要，反映到文体的变化上，多显现在文体社会功能的改变。诗歌发生学理论家认为，诗歌是负载着社会生活功能的，是由于社会生活的需要而产生和发展的。文化人类学家认为，诗歌作为文化根本是"手段性的现实"，为满足人类的需要而存在。[①]用诗歌来表现、表达现实生活是人们的生活需要的习惯性行为。社会功能的负载对诗歌的发展起着关键性作用，使诗歌成为生活中重要的组成部分。作为唐代代表性文体的诗歌，正是在唐代开放、享乐的社会风气中发展了新的社会功能，从而带来形式和内容的相关变化。

在中国文学结构中处于核心地位的诗歌，总的来说以抒情诗为核心中的核心。对诗歌社会功能的论述，早在孔子就已开始，他提出"兴、观、群、怨"说，从四个方面较为全面地概括了古代诗歌的社会功能；但在后来的发展过程中，中国古代的诗歌功能观，总是以政教观为核心，提倡比兴体制，要求诗歌涉及政治教化，有益于国事民生。政教功用论对古代诗歌的创作产生了深远影响，与之平行的是诗歌陶冶性情的功用，从诗言志的传统演化而来，认为诗歌具有遣兴排闷、怡情悦性的潜移默化的作用。这两种诗歌社会功能观在历来的文体理论中占据绝对的优势，然而诗歌在实际运用中，特别是在唐代这样一个诗歌的朝代，其广泛运用，滋生和拓展了诗歌的其他功能，诗歌与各种生活风俗相结合，承担了许多新的社会功用，并在形态和内容上发生相应变化。对唐代诗歌的研究，不能忽视诗歌的这些社会功能及其变化，诗歌创作和应用在唐代达到巅峰，与之密切相关。尤其是应用，可以说，没有诗歌的这些社会功能，唐代诗歌在社会中的传播和应用绝不可能达到空前绝后，唐代诗歌是在社会功能的演

---

① ［英］马凌诺斯基：《文化论》，费孝通译，华夏出版社 2002 年版，第 99 页。

绎中得以普遍传播，也是在社会功能的彰显中得到发展的。

一、游乐风俗与诗歌的娱乐功能

1.以诗为戏观念及其在唐代风俗文化中的发展

传统文学“诗庄词媚”的观念经千百年的沿袭早已深入人心，词的最初之“娱宾遣兴”功用特征，让词体在晚唐五代后在娱宾与文人自娱中不断演变发展至宋代到达高峰。然而就时代而言，唐时期的社会娱乐并不亚于宋代，社会娱乐心理表达的需求在词体产生之前，是同样高度地存在的，这种需求呼唤传统诗歌娱乐功用的复苏和高涨。

不可否认，《尚书·尧典》中提出的“言志说”与陆机倡导的“缘情说”占据了古代文人诗歌观念的主流、正统地位，但这并不代表没有其他诗歌功能观的出现。齐梁时期，儒教的衰微给文学思想以更多的自由空间，各种有关诗歌功能的新的认识被抒发出来，如沈约认为诗歌需要突出的是审美的非功利性和超功利性。徐陵在《玉台新咏序》中阐明诗歌只不过是悠闲的贵族生活中寂寞无聊时的取乐工具。萧统在《文选序》中进一步明白地说，“譬陶匏异器，并为入耳之娱；黼黻不同，俱为悦目之玩。作者之致，盖云备矣”[①]，直接将诗文比作娱悦耳目的玩器，突出其休闲娱乐的功用。[②] 可见，将诗歌视为娱乐消遣的手段、以诗为戏的观念在六朝时期逐渐形成。刘勰在《文心雕龙》中指出这与“洒笔以成酣歌，和墨以藉谈笑”的时代背景相应。

至唐代，以文为戏的文学观念在时代娱乐氛围中进一步滋长。音乐歌舞风俗兴盛，宫廷、街市、民间的歌舞、踏歌盛行，社会生活丰富多彩，郊游聚宴成为竞相选择的娱乐方式。民间盛行游艺风俗，各种杂技、幻术盛行宫廷与民间，蹴鞠、打毬、拔河、秋千、踏毬、斗鸡等

① 严可均：《全梁文》（《全上古三代秦汉三国六朝文》本），中华书局1958年版，第3067页。

② 王瑞云：《齐梁诗歌创作中的游戏观念》，河北大学2004年硕士论文。

各类表演性娱乐活动风行南北，樗蒱、围棋、象棋、斗草、斗花、斗茶、斗香等娱乐性活动更让唐人生活充满欢娱色彩。在娱乐氛围浓厚的社会风习中，诗歌的娱乐审美功能得以张扬，文艺日益娱乐化。

现实的审美心理趋向投射到文人的意识中，唐代文人进一步认识到文学的娱乐功能，韩愈、柳宗元等人与张籍围绕着文学作品的游戏娱乐功能展开了一场针锋相对的论争。[①] 张籍认为："比见执事多尚驳杂无实之说，使人陈之于前以为欢。此有以累于令德。"韩愈答复：吾子讥吾与人言为无实驳杂之说，此吾所以为戏耳，比之酒色，不有间乎吾子讥之，似同浴而讥裸体也。""昔者夫子犹有所戏，《诗》不云乎：'善戏谑兮，不为虐兮'。《记》曰：'张而不弛，文武不能也，'恶害于道哉"，把小说看作与酒色相当的游戏，也找到了诗可以戏的理论依据。同时柳宗元在《读韩愈所著〈毛颖传〉后题》中提出赞同韩愈的看法，游戏娱乐作品有两个作用，既可以使人们得到很好的休息，又能够增加作品的趣味性，满足读者的多方面欣赏需求；他同时将对游戏娱乐功能的认识扩展到散文领域。

具体到文学中的诗歌文体，在当时也同样受到时代心理和风习的影响，诗人的观念不再只是言志与载道，白居易在《与元九书》中谈到诗歌的娱乐性："故自八九年来，与足下小通则以诗相戒，小穷则以诗相勉，索居则以诗相慰，同处则以诗相娱。知吾罪吾，率以诗也。如今年春游城南时，与足下马上相戏，因各诵新丰小律，不杂他篇，自皇子陂归昭国里，迭吟递唱，不绝声者二十里余。"[②]同处则以诗相娱，表明诗歌的娱乐功能。事实上，生活方式的娱乐化必然影响诗人的心理积习与情感趣味，从而导致观念上的改变："诗人们聚集于此，散怀于烟霞风景，陶情于文咏唱和，国事民生，不再萦怀，自然不再有浓烈深厚的情感，而是一片清机，恬淡无疑了。这里体现了由心理变

---

① 有关该事件的记载见《唐摭言》卷五，中华书局 1985 年版，第 45 页。

② 朱金城笺校：《白居易集笺校》卷四五，上海古籍出版社 1988 年版。

化而导致的文学观念的变化:诗歌不再被看成是抒情写志的手段,而成了消遣娱乐的工具。"[①]

以上是文献中所流传下来的唐代诗人所表达的诗歌娱乐功能的观点,如果从历史行为中寻觅唐人所表露出的诗歌功能观念,我们需要再次提到唐人选唐诗的选本。这些选本是当时文人诗歌观、审美观的现时反映,天宝间芮挺章辑《国秀集》,收录"自开元以来,继天宝三载,谴滴芜秽,登纳著英,可被管弦者,都为一集"。从诗歌观的角度来看,选家突出"可被管弦"之标准,无疑是从诗歌充当音乐、娱乐活动的文体功能出发,强调声音的要求,而不是诗意、诗情。究其原因,一方面如前已述,与社会音乐风俗相应;另一方面,唐时的诗歌选家重视诗歌的社会娱乐功能,已经超过对诗歌言情、表意、载道的要求,在他们看来,诗歌在社会现实中的广泛应用,很大一部分,是充当娱乐活动中的文体角色,而诗歌的能否入乐是决定其是否能承担娱乐功能的关键条件,故而成为选择的首要条件。

2.娱乐之风与诗歌娱乐功能的张扬

唐诗在娱乐活动中的应用,是导致诗歌娱乐功能发展的直接原因。

唐代自玄宗朝以来,享乐之风盛行。各种娱乐活动在宫廷、民间广泛开展。李肇《唐国史补》卷下曰:"长安风俗,自贞元侈于游宴,其后或侈于书法图画,或侈于博弈,或侈于卜祝,或侈于服食,各有所蔽也。"[②]在酒宴、游赏、节俗等娱乐活动中,诗歌成为这些娱乐风俗的载体,发挥其娱乐功能。我们以宴乐娱乐为例,探讨这些娱乐活动中的诗歌应用。

音乐的发达也需要文辞的表意,如同今天流行歌曲需要好的歌词。一般而论,唐代歌舞宴会中能产生不少的诗歌创作,所谓诗酒助

---

① 贾晋华:《唐代集会总集与诗人群研究》,北京大学出版社2001年版,第97页。

② 李肇:《唐国史补》,古典文学出版社1957年版,第60页。

兴，但这是泛论，这其中有个具体问题，即唐代的宴会中诗歌的参加形式和参加环节，才是娱乐活动中诗歌需求的真实反映。贵族或文人的家宴中，有诗歌参与的具体环节，从传奇中反映出大致有如下方式：(1)先由乐妓表演歌舞，气氛逐渐兴奋起来以后，宴乐者开始互相以歌酬答，以歌送酒。一般是一人饮酒前把酒，另一人唱歌以劝酒。把酒者饮酒完后，有时会作歌起舞，有时把酒者也会"衔杯作歌"，即自己把酒唱歌。其间穿插有即兴做诗，并有属和。(2)众人环席递酌，命题联句作诗，一人作一句，中途有乐妓唱歌，宴乐者自己也唱歌。(3)专有乐妓唱歌以供宴乐者送酒，属于艺术欣赏的范畴。(4)一人唱歌为另一人送酒，其他人以歌和。(5)在文人宴乐活动中，常有文人与乐妓相互唱歌以送酒。文人常会"索曲送酒"，或文人观乐后，以歌赠妓。(6)无乐妓表演，宴乐者自歌自舞。(7)一般是先吃饭再行酒。[①] 前两种方式是诗歌文体直接参与娱乐活动，前者诗歌是助兴手段，后者是游戏手段；后五种方式诗或以歌唱之辞的形式出现。无论哪种，酒宴之中的诗歌都主要发挥的是娱乐功能，讲求声韵格律，追求文字技巧，契合音律和排偶，从形式上追求审美艺术效果，从音律上追求听觉的美妙感受，从而达到娱人、娱己。

酒宴、歌舞、诗歌创作往往是在同一环境下发生，是一种游戏性文化环境，诗歌在此中表现出的也是一种娱乐功能，是唐代宴乐风俗的一种文化载体。以文学作品的身份，使宴会娱乐化俗为雅，提高聚会的文化品位，使娱乐有更高的文化内涵。诗歌这一娱乐功能的张扬，源自当时围绕宴乐所表现的风俗行为，这一风俗也与当时诗人群体的心理积习与情感趣味密切相关。

首先，我们从创作目的上来看，酒宴之作，目的即服务于宾主饮酒之乐，声色之欢。杜牧《羊栏浦夜陪宴会》即详细描绘了此中氛围："戈槛营中夜未央，雨沾云惹侍襄王。球来香袖依稀暖，酒凸觥心泛

① 曾美月：《唐代宴乐活动类型考》，河南大学 2004 年硕士学位论文。

滟光。红弦高紧声声急,珠唱铺圆袅袅长。自比诸生最无取,不知何处亦升堂。”[①]歌舞升平、佳人相伴、声色相得益彰中,诗歌创作自然也是其中的娱乐之一,出于娱情娱乐的创作目的。在特定的娱乐环境中,创作主体、接受主体的审美心态、格调有着声色之娱的特点,这种创作目的决定了诗歌的艺术格调。政治教化、思想深刻类的情感就与此不符。娱乐的最终目的是娱人与娱己,重点在娱人。文艺接受理论认为,文艺作品达到娱人的效果,需建立在受众的求真、求知、求美的心理需求得以满足的基础上,作为娱乐活动,求美心理则是重点,这其中包括感官的愉悦、身心的愉悦、缓释心理压力的消遣。诗歌要发挥其娱乐功能,要达到感官的愉悦,则必然走向追求诗歌形式美的道路;追求身心的愉悦,则在内容上追求主客体此刻情感的共鸣,并以戏弄搞笑、调侃玩耍的方式满足受众的享乐和消遣的心理需求。

其次,娱乐性的创作参与。在娱乐活动中的诗歌创作,其参与形式即具有娱乐性质。轮流分句赋诗的游戏性,联句做诗,一人做一句,即属于一种游戏规则,每个人所做的诗句是游戏的组成部分,联句诗作,即是游戏的产物,引入竞赛的机制,产生比赛消遣的效果。

诗歌创作形式中除了联句外,还喜采用同一诗体,即首作者如采用七绝,则众和者也跟随其采用七绝的同一诗体,这种同一诗体更方便比较,在同样的形式下便于比较优劣,在同样的长短字数中便于比较创作的快慢。如《九月九日幸临渭亭登高作》序云:“陶潜盈把,既浮九醞之欢;毕卓持螯,须尽一生之兴。人题四韵,同赋五言,其最后成,罚之引满。”[②]它要求都用五言形式,从而便于比较创作的快慢,惩罚最后作成者。

联句与同一诗体的两种主要诗作形式,都具备即时评判性,与娱

① 彭定求等编:《全唐诗》卷五二四,中华书局1960年版。

② 计有功:《唐诗纪事》,中华书局1965年版,第8页。

乐游戏的竞争规则相一致，是现场娱乐的需求，为诗歌发挥其娱乐功能提供形式保证。

3.娱乐功能在诗体形态中的体现

唐诗娱乐功能的发挥，多在即席而赋的限时创作活动中，因创作地点、创作时间以及创作目的等因素的特殊性，诗歌形态也多呈现出别具一格的特点。

宴会等聚会，以诗助兴、以诗娱乐中，都有着众多的文人参与。与某个文人单独创作不同，此种人数众多的情况下，将本应由作者一个人写成的诗作由几个人联句完成，由此而产生联句诗。如武元衡《中秋夜听歌联句》：

此夕来奔月，何时去上天。——崔备
云鬟方自照，玉腕更呈鲜。——裴度
燕婉人间意，飘飖物外缘。——柳公绰
诗裁明月扇，歌索想夫怜。——武元衡
暗染荀香久，长随楚梦偏。——卢放
会当来彩凤，仿佛逐神仙。——卢士玫[①]

上文就是在歌舞赏月中的游戏之作，每人各赋一句一韵之体，保证整首诗的韵体不变。有着“句句押平声韵的七言古体诗”的柏梁体特色，却在形式上已突破七言的限制。而唐代联句诗中，亦有一人作两句或四句之作，体裁上古体、近体、五言、七言都可为之。整首诗歌由多位诗人每人一句联合而成，在同一首中更为紧凑地聚合也带来诗才的比较，因而联句的高度比较性正适应了游戏之作中的斗才比敏需要，从而成为娱乐场合多为使用的诗体形式。《全唐诗》有七卷联句诗，创作数量大大超过唐前六百多年间不足40首的总和。从数量上可做唐代诗歌娱乐功能发展的佐证。严维《酒语联句，各分一

---

① 彭定求等编：《全唐诗》卷七八九，中华书局1960年版。

字》、裴度《度自到洛中与乐天为文酒之会时时构咏乐不可……因为联句》、白居易《会昌春连宴即事》、韩愈《晚秋郾城夜会联句》、皮日休《寒夜文宴联句》、皮日休《药名联句》等都是显而易见为聚会娱乐而作之联句。

娱乐游戏中用诗歌来比较诗才，诗歌形式的趋同，更利于比较，从而成为娱乐之作的诗体形式特点。即同一体裁、同一韵脚的诗歌因利于比较而成为此种场合中的首选，因此同一诗体的分韵、限韵之作成为主角。如于志宁《冬日宴群公于宅各赋一字得杯》、令狐德棻《冬日宴于庶子宅各赋一字得趣》、封行高《冬日宴于庶子宅各赋一字得色》、杜正伦《冬日宴于庶子宅各赋一字得节》组诗，就是在于志宁的家宴上多人分韵之作。限韵之作，在唐诗中屡见不鲜，多与宴集有关，如宋之问《春日郑协律山亭陪宴饯郑卿同用楼字》、苏颋《恩制尚书省僚宴昆明池同用尧字》、王勔《晦日宴高氏林亭同用华字》等。

从诗歌形式上追求娱乐性，也是诗参与娱乐的一种形式，此种情况多表现为在诗歌文字上追求审美艺术，如回文诗、离合诗等形式，如，皮日休《奉和鲁望闲居杂题五首·晚秋吟(以题十五字离合)》：

> 东皋烟雨归耕日，免去玄冠手刈禾。
> 火满酒炉诗在口，今人无计奈侬何。

首句出句末字与对句首字合为“晚”，首句对句末字与第二句出句首字合为“秋”，第二句出句末字与对句首字合为“吟”，三字正是诗题，以拆字合字来增强诗歌的娱乐性。

追求诗歌娱乐性的另外表现形式，即对声韵格律的讲求，讲究音律和对偶技巧从而达到入乐的音律要求。“以诗入乐”是唐诗歌曲的主要形式，也是诗歌用于娱乐的重要形式，由此而带来诗歌对音律的追求，对唐诗形式产生了深远影响。总之以联句、当场分韵赋诗，追求文字技巧，讲求声韵格律等诗体形态方式，满足诗歌的娱乐功能的发挥，从贴近感官、欢娱人心、比才斗敏的层面上推动了诗歌的现实应用，也促进了诗歌形式艺术的进步，使唐诗诗体形态呈现多样化，为唐诗达到艺术与创作的高峰奠定基石。

二、风俗文化与诗歌的社交功能

诗歌在社会中的广泛应用，既是唐代诗歌繁荣的表现，也是诗歌繁荣的原因，而这其中最突出的、最普及的即是诗歌在日常生活中作为社交之辞的应用。它产生与繁荣在唐代风俗文化中，使诗歌的社交功能得以强化。

1.风俗文化催生中的诗歌社交功能需求

从文艺社会学的角度来看，诗歌本质上也是一种人际交流的产物，是人的社会属性的产物。我国诗歌用在社交场合，早在春秋时代，即已出现。春秋时期，诸侯朝会宴飨，士大夫交接往来，往往用诗歌表达思想感情。这即是诗歌发挥其社交功能的表现，不过因为多与表情达意密不可分，多与言情言志功能相混合而未细加区分开来。诗歌所表现的社会功能应以其在应用中所达到的主要社会效果而定，而这种社会功效的形成则蕴藉于风俗文化中，具体而言，诗歌发挥干谒功能离不开干谒风俗的盛行，送别诗发挥书信、尺牍的功能也离不开以诗为媒介进行社会交往的时尚。

从整体社会风尚而言，唐代因科举制度的确立与推行，较以往朝代文人的出行、漫游更为广泛。以科举为纲和由此而产生的结果和附属文化，包括科举带来的干谒风俗、幕府之游历及由文人通过科举出仕而由此带来的贬谪、流转，这些社会活动必然带来干谒、送别、慰问贬谪、下第等社会交际的增多，从而带来对社交辞令的广泛需求。诗歌在合适的时候、合适的环境中应需而增、应需而变，其社交功能也应需而出。

唐代整体社会风俗的诗意化、诗性的交际方式、生活方式呼唤诗歌交际功能的出现。以往一些由书信、尺牍、便笺等文体来承担的交际、通信功能，在被诗歌浸润的唐代风俗中也由诗歌来替代，大量的送别诗、赠别诗，其在社会交往中发挥的实质作用即是书信、尺牍的通信、问候、交际功能。诗歌几乎渗透到了人际交往的一切方面，诗歌的社交功能达到了空前的高度。

正是由于诗歌社交功能的空前张扬，渗透到人际交往的一切方面，同时又成为社会共同认可的交际手段和方式，促进了诗歌不断扩大其社交功能的应用面。传统风俗中，结婚、添丁、高升等喜事有亲朋来祝贺之礼，唐代诗歌则加入了这一贺喜风俗中，以诗相贺，完成这一社交风俗。

2.社交之辞的诗学升华

奉和、酬赠、送、寄等社交功能类诗歌在唐代诗歌中所占的比重非常突出，成为诗人诗歌创作的主体。从贞元时期这个时间切面来看，奉和、酬赠、送、寄之作，共 202 首，占全部确考诗作的 70% 以上。[①] 可以说，在唐代诗歌与社会交往都空前兴盛的时代风习中，诗歌担当起了社交的最主要文学手段，将以往一些由应用文等文体承担的社交之辞以诗歌体裁来充当、替代，将自身的社交功能深入到唐代社会交往的方方面面。

(1)以诗代文现象的繁盛

诗歌社交功能在唐代的扩张，使其在社交文学领域占有绝对优势，从而有侵占其他文体本有的地盘之趋势，当时以诗代文现象的繁盛，即是此中之显例。

以诗歌来代替其他文体，离不开唐代之“诗唐”大氛围。唐人对诗歌的喜爱与广泛应用，让他们在文学的社会应用中，首选诗歌文体，从杜甫以诗代文、以诗代笺、以诗代史的写作文体偏好就可窥见唐诗人的这一心理趋向。然检索全唐诗中以诗代文之作，则发现其多应用于社交场合，所代之诗发挥的是社交功用。如白居易《河南王尹初到，以诗代书先问之》、张九龄《南还以诗代书赠京师旧僚》、高适

---

① 数据参见张晶平：《论中唐贞元诗风》，黑龙江大学 2005 年硕士毕业论文。

《酬裴员外以诗代书》、独孤及《得李滁州书以玉潭庄见托，因书春思，以诗代答》之类，都以诗表达问候之意，以典雅含蓄的方式呈现，既达到问候之实用社交目的，又一展才华诗情，比平白直叙之文更蕴藉、更可玩味、更具境界。我们具体来看李白《以诗代书答元丹丘》：

青鸟海上来，今朝发何处。口衔云锦字，与我忽飞去。鸟去凌紫烟，书留绮窗前。

开缄方一笑，乃是故人传。故人深相勖，忆我劳心曲。离居在咸阳，三见秦草绿。

置书双袂间，引领不暂闲。长望杳难见，浮云横远山。①

以青鸟传信的传说展开想象，充分抒发自己与元丹丘相互关怀、惦念之情感。诗歌高度的艺术情感性更切合了社交辞令的需求，在具有诗情才华的诗人看来，远比书信、尺牍更能表情达意。

唐代诗人常年在外的情况十分普遍，因此与家人的书信联系必不可少。他们直接以诗歌代替书信，叙说自己的情况，问候家人，家常里短、相思之意都在诗歌代言中表现。权德舆就有一首《祗役江西路上以诗代书寄内》，以五古的体裁，300字的长篇，详细描述了现在自身状态和对妻子的相思情怀。

诗歌应用于社会交际，在现实中出现相关物质形态反映，这就是用于交际的各类诗笺的出现。唐代的松花笺、十色笺、薛涛笺、金凤笺、碧苔笺等各类红笺、彩笺，成为诗歌用于社交的物质载体。其中薛涛笺在当时名噪一时。

(2)唐代诗歌社交功能的具体形态

诗歌在唐代社交领域的广泛应用，表现在以诗歌来传达各类交际信息，达到交际的客观目的。具体而言，大致有以下形态：

---

① 彭定求等编：《全唐诗》卷一七八，中华书局1960年版。

①以诗干谒

唐人不以干谒为耻，干谒之风伴随着科举的确立日益兴盛。初唐时期以试策为主的考试相对于以考察士人的德行为主的两汉、魏晋南北朝举荐制度，让文学作品隆重登上了干谒的主舞台，士人干谒多采用书、启文体；而武则天时期开始以诗赋为核心的考试重点突出了诗歌的重要地位，从而将诗歌推到了干谒的前线，诗歌成为干谒活动的主力文体。葛晓音在《论初盛唐文人的干谒方式》中指出：上官仪在《笔札华梁》中把诗歌的社交功用分为“八阶”。其中“赠物”“反酬”“赞毁”“和诗”都用于交往应酬；“咏物”“述志”“写心”“援寡”四阶用于抒情写志，而抒情写志的内容多与干谒有关。[①]

由于干谒诗具有向荐举者投献的特点，又以功利性为目的，所以诗题多为“奉寄……”“奉赠……”“寄……”“上……”“献……”“奉呈……”等表示恭敬、奉呈的词语。[②] 干谒诗歌所达到的社交目的，或为科举中第，或为授官与调选，或为入幕而自荐，或请求举荐入仕。

目的虽有所分别，但都属于请求类社交行为，诗歌在干谒行为中所充当的就是社交手段，发挥的也就是社交功能。学界对干谒诗歌的研究已有较多成果，这里就不再例示。

②以诗传信

诗歌用于社会交际中一种最基本的功用，即以诗歌传达信息。当然信息是个相当广泛的概念，我们这里所言之传信，是就通信之信息而言。交际中，通信是必不可少的方式，以诗歌为传递信息的手段，用来询问、回答或告知某件事，都属于以诗歌传递信息。

李益《书院无历日，以诗代书，问路侍御六月大小》：“野性迷尧历，松窗有道经。故人为柱史，为我数阶蓂。”[③]其诗题就表达出询问

---

① 葛晓音：《诗国高潮与盛唐文化》，北京大学出版社 1998 年版，第 240 页。

② 赵继红：《初盛唐干谒诗论》，陕西师范大学 2001 年硕士学位论文。

③ 彭定求等编：《全唐诗》卷二八三，中华书局 1960 年版。

事由，诗歌内容则以典雅之形式再次表达询问之意图。在完成诗人基本的信息表达的同时，又叙说了情谊。诗歌的社交功能可谓一举多得。

戴师伟华先生就曾指出使府文学中的送别诗有以诗代笺的通信叙旧功能，所谓“因君达短笺”。[①]

③以诗庆贺

用诗歌来庆贺他人喜事，是中华民族历代相传的古老风俗，自《诗经》以来，到今天，一直相沿未衰，作为诗歌的黄金时代的唐朝自然不会例外。用诗歌贺生、贺寿、贺婚、贺升迁各类喜事，在唐诗中屡见不鲜。如贺人新婚之作，陆龟蒙《闻袭美有亲迎之期因以寄贺》：“梁鸿夫妇欲双飞，细雨轻寒拂雉衣。初下雪窗因眷恋，次乘烟幰奈光辉。参差扇影分华月，断续箫声落翠微。见说春风偏有贺，露花千朵照庭闱”[②]，即以诗歌表达对新婚友人的祝贺。与时代特色相应，贺人科举及第的诗篇较多，如殷文圭《寄贺杜荀鹤及第》：“一战平畴五字劳，昼归乡去锦为袍。大鹏出海翎犹湿，骏马辞天气正豪。九子旧山增秀绝，二南新格变风骚。由来稽古符公道，平地丹梯甲乙高。”[③]这类庆贺诗歌表达祝福之情的同时，往往也是友情的表达与交流。

④以诗慰吊

与庆贺相对，对处于悲苦或有丧事之人的安慰、慰吊也是人之常情，唐代诗歌也充当了这种情感表达的文体手段，尤其在诗人之间，互相的安慰，对他们是莫大的慰藉。刘禹锡《酬乐天见寄》就是在白居易《寄刘苏州》一诗，表达因元稹等友人逝去的伤感之后，而做此作以慰乐天：“元君后辈先零落，崔相同年不少留。华屋坐来能几日，夜

---

① 戴伟华：《唐代使府与文学研究》，广西师范大学出版社2007年版，第139页。

② 彭定求等编：《全唐诗》卷六二五，中华书局1960年版。

③ 彭定求等编：《全唐诗》卷七〇七，中华书局1960年版。

台归去便千秋。背时犹自居三品，得老终须卜一丘。若使吾徒还早达，亦应箫鼓入松楸。”[①]表达人生无常、老来伤感的情怀。

⑤以诗劝导

用诗歌来在日常生活中行劝告之事，似乎可视为日常应用最实际的典型。如白居易《以诗代书，寄户部杨侍郎，劝买东邻王家宅》："劝君买取东邻宅，与我衡门相并开。云映嵩峰当户牖，月和伊水入池台。林园亦要趁闲置，筋力应须及健回。莫学因循白宾客，欲年六十始归来。”[②]白居易作诗劝导朋友买邻舍，描述了宅舍的大概地理方位与周边环境，劝说朋友要早作打算，买定房舍，若等致仕后再买则已迟。整首诗完全就劝导买房展开，告诉友人自己邻舍有好房舍可买的信息，诗歌所起到的是完全的通信实用功用。

⑥以诗相邀

日常生活中的交往，相邀是常事，古代的相邀多采用亲自上门或派人持请帖相邀的形式，在唐代诗歌交际功能得以发扬的风习中，用诗相邀，也不鲜见。如白居易《自城东至以诗代书，戏招李六拾遗、崔二十六先辈》："青门走马趁心期，惆怅归来已校迟。应过唐昌玉蕊后，犹当崇敬牡丹时。暂游还忆崔先辈，欲醉先邀李拾遗。尚残半月芸香俸，不作归粮作酒赀”[③]，即是以诗邀友人饮酒，一种日常交流相邀之意以诗歌的形式表达出来，自然更多一分意境与蕴涵，邀请情谊更见浓厚而真挚，读来令人愉悦赏心。对于李六拾遗李谅而言，白居易经常以诗歌相邀同饮，先前即有《华阳观桃花时招李六拾遗饮》诗。

诗歌在唐代的广泛应用，是诗歌繁荣的根本性原因，风俗活动中诗歌功能的应需而生、应时而化，促进了诗歌的现实应用性，为诗歌在唐代的全面繁荣奠定了基石。

---

① 彭定求等编：《全唐诗》卷三九，中华书局1960年版。

② 彭定求等编：《全唐诗》卷四五六，中华书局1960年版。

③ 彭定求等编：《全唐诗》卷四三六，中华书局1960年版。

第六章　风俗文化与唐传奇小说

唐代是中国古代小说发展史上的重要时期，鲁迅在《中国小说史略》中有云："传奇者流，源盖出于志怪，然施之藻绘，扩其波澜，故所成就乃特异。其间虽亦或托讽喻以纾牢愁，谈祸福以寓惩劝，而大归则究在文采与意想，与昔之传鬼神明因果而外无他意者，甚异其趣矣。"强调小说至唐而一变，并将其与志怪相比显示出变化之所在，指出传奇的文采与意想是相比于志怪之大变者。当代更有学者认为唐代乃文学意义的小说之开始，将其与前代志怪、志人小说区别划分："'小说'作为补充正史的一种独立文体，创制已久，魏晋南北朝的志怪小说和志人小说，并不是文学意义的小说，它们只是文学意义的小说的胚胎形态，它们是属于子部或史部的一类文体。自唐代起，它的一支变异为传奇小说，揭开了作为文学的小说历史的第一页。"[①]唐时传奇小说之"大变"已是学界共识，此种变化的原因、表征以及文化内涵，与时代精神休戚相关，风俗文化即是其中重要的因素。

相对于诗歌、散文等以抒情写意为主的古代其他文体而言，古代小说在全面、客观、具体描写社会生活方面更胜一筹，可谓和社会生活密切相关。而社会生活是风俗文化的载体，离开社会生活，风俗文

① 石昌渝：《中国小说源流论》，三联书店 1994 年版，第 7 页。

化无从谈起，从这个层面而言，小说描写社会生活，实际上也承载着记录当时的世风时俗重任。小说文体的这种相对优势自唐传奇对社会世情的描写开始展现，[①]此后的宋、元，特别是明清小说，描绘社会生活，表现世情，记载时代风俗，堪称达到巅峰。为什么小说的此种社会学传统在唐代开始有了突出的表现，而不是在之前的魏晋六朝？我们可以从风俗文化的视角找到合理的解释。

第一节 风俗文化与唐代小说的创作

作为“小说”的文体概念，在不同之时代有着不同的内涵和外延；对“传奇”的定义，学界也颇多歧义。“传奇小说”之名，乃宋人对唐人小说归类概况之词，因此本书借用“传奇小说”一名，游离于传记文学、话本小说、笔记小说等其他文学文体门类之间，用以指代唐代以“传奇”为代表的所有小说文体。

一、风俗文化推动传奇小说创作

鲁迅先生关于“唐人有意为小说”的论断，多为学界所引用，并强调此言之蕴涵：一方面系小说文体发展本身的规律与条件所使然；一方面则是社会政治、经济、商业等因素综合作用。我们不否认任何文体的出现，最终动力都必然需要归因于社会总体的发展与文体自身的规律；然而个体的存在也必然有其自身的特点。唐人有意创作小说，其主观之有意确实源自社会因素的推动与文体的发展需要，但这个“有意”，是有何“意”？其主观动力究竟如何？创作者为何会出现此种创作冲动？这些都有深入阐释的必要。研究者的目光已注意到这里，本书将从风俗文化的角度为推动这方面的研究提供一些参考。

1.敦风劝俗之意与小说创作

---

① 游友基在《中国社会小说通史》(江苏教育出版社 1999 年版)中指出，唐传奇在对人性自由的向往、女性命运的思索、政治斗争的介入、现实人生的超越和侠义救世的褒扬等方面都有集中而深刻的描写和表现，从而显示了小说这种文体所具有的对社会生活的深度表现力。

唐人对于小说文体的功能观念较前人有了变化，形成敦风劝俗的小说文体功能观。“小说”文体观念是人们在小说创作、阅读、传播实践的基础上形成的对小说本体的认识和见解。“小说功用观”是其中的一个分支，与小说的对象观念、文体观念、创作观念以及价值观念密不可分。小说功用观往往直接影响它的创作目的，对小说的主题、叙事等起着不可忽视的作用。唐人小说观念在继承前人“街谈巷语”论的基础上，加入观风说，形成敦风劝俗的小说功能观。

由唐人撰写的《隋书·经籍志》的相关论述，详细地反映了这一观念：

> 小说者，街谈巷语之说也。《传》载舆人之诵，《诗》美询于刍荛。古者圣人在上，史为书，瞽为诗，工诵箴谏，大夫规诲，士传言而庶人谤。孟春，徇木铎以求歌谣；巡省观人诗，以知风俗；过则正之，失则改之，道听途说，靡不毕记。《周官》诵训，“掌道四方以诏观事，道方慝以诏辟忌，以知地俗”；而训方氏“掌道四方之政事，与其上下之志，诵四方之传道而观衣物”是也。孔子曰：“虽小道，必有可观者焉，致远恐泥。”

《隋书·经籍志》认为小说是“靡不毕记”的“街谈巷语”“道听途说”，反映了民间的真实情况，可以起到考察风俗的作用；将小说与风俗记载关联，并且可以起到劝导作用，“过则正之，失则改之”。这既是当时小说创作现实情形的反映，也是文人思想中小说用世之折射，必促进小说创作中的风俗记载与教化功用。

唐代科举使文人大量步入政坛，进入地方管理。作为小说创作主体的文人，同时肩负地方官教化职能，此二种行为主体的同构，必然影响到文人的文体观念，其担负地方教化的职能无形之中也会渗透到其文学创作之中。故而较之前的六朝小说的创作，唐代文人小说文体思想、观念的新变之一就是加入了敦风劝俗之主观意图。

唐代地方官教化职能逐渐规范化,《唐六典》载:“京兆、河南、太原牧及都督、刺史‘宣布德化’‘敦谕五教’,每岁一巡属县,内有笃学异能闻于乡闾者,举而进之,有不孝悌、悖礼乱常、不率法令者,纠而绳之。”“若孝子顺孙,义夫节妇,志具实行闻于乡闾者,亦具实申奏,表其门闾。若精诚感通,则加优赏。其孝悌力田者,考使集日,具以名闻。”[①]地方官推行教化,以移风易俗为行政职能的重要方面。

与此相映衬,许多文人在小说创作中,以劝诫风俗为目的。尤其是一些杂传实质的传奇文,因袭了历来传体的史笔情怀,故在寄意笔端中不忘风化。如李公佐认为,“知善不录,非春秋之义”,所以,他的《谢小娥》就是为了赞美天下的贞夫孝妇,期望能劝诫世人谨守风化政教。陈鸿撰《长恨歌传》则是“惩尤物,窒乱阶,垂于将来者也”。[②]白行简交代因李娃“节行瑰奇”而著《李娃传》。

2.聚谈之风与小说佐谈之意

唐代科举制度的确立,带给士人生活的是全方位的改变。从应举方面而言,是应考而带来的求学、漫游、干谒……从中举后文人广泛入仕而言,“为官”与“为文”结合于士子一体,文人交往与官场交际融合自然带来士大夫文化交流较以往朝代的空前增多,文人宴会、聚谈,成为士子生活风尚而引领社会风习。

文人聚会、聚谈,引起谈资需求与尚奇心理,在一定程度上激发了唐传奇的创作。许多传奇小说在文本中即已表明佐助谈笑、愉悦宾朋的创作意图,如:

> 事皆摭实,辄编录成传,以资好事。
>
> ——《南柯太守传》

---

① 李林甫等:《唐六典》,中华书局1992年版,第747页。

② 徐士年选注:《唐代小说选》,中州书画社1982年版,第138页,第168页。

宵话征异，各尽见闻。钺具道其事，公佐因为之传。

——《庐江冯媪传》

昼宴夜话，各征其异说。

——《任氏传》

愿传博达，所贵解颜耳。

——《独异志序》

聚谈带来了故事交流风习，士人们聚在一起，宴饮之时各自陈述所知奇闻逸事，成为一时风尚。在这一风尚推动下，文人士子将所闻所述记载下来，就成为传奇小说创作的最初动力。同时，我们反观传奇小说的作者，据冯沅君考证，在 60 种唐人小说的 48 位作者中，确知其曾举进士的凡 15 人，举明经的一人，擢制科的一人，应进士试而落第的一人，推测为进士或制科出身的三人。其余 27 人里，24 人无考，行事可考而无科名的只有三人。[①] 大多数创作者，如白行简、李公佐、元稹、牛僧儒、薛用弱、李景亮、陈鸿、沈亚之、蒋防、柳理、王沫、韦瓘、许尧佐、沈既济、韩愈等，都是及第进士，属于文人进士集团，他们之生活文化氛围，必然是文人聚谈风习的重要体现者。

小说作为"助笑谈"、助兴娱乐之时尚"文学沙龙"活动，纷纷成为各路文人竞相创作、展示才能的重要文体。传奇类之外，笔记类小说亦多交代其"征异话奇资谈笑、一述异闻助解颜"的创作目的：

或有可以为夸尚者、资谈笑者、垂训诫者，惜乎不书于方册，辄从而记之。

——《唐阙史序》

传之好事，以为谈柄也。

——《刘宾客嘉话录序》

---

① 冯沅君：《唐传奇作者身份之估计》，《冯沅君古典文学论文集》，山东人民出版社 1980 年版，第 299 页。

虽小说，或有可观，览之而偶而笑焉……

——《大唐传载序》

可以说，传奇与笔记，在共同的士人风尚孕育中，在满足唐人尚奇心理的同时，在作为谈资之后续与补充的过程中，见证了唐代小说的发展历程。

众多叙述者聚在一起，讲述故事之场所无形中成为士人突出个人、宣扬自我文采之佳所。而传奇文体，兼传记、小说、笔记于一体，兼具史才、诗笔、议论等手法，是逞示才情的上选文体，因而在讲述中或之后将这些奇闻逸事整理成篇，写为传奇小说，自然可以显示创作才能，博得文人士大夫的赞赏与喝彩，从而在士林、文坛获得名声。这自然也为此种聚谈风尚推动传奇创作添砖加瓦。

研究者多将传奇作为行卷的工具[①]，此多源自宋人赵彦卫《云麓漫钞》的一段记载："唐之举人，先藉当世显人，以姓名达之主司，然后以所业投献。逾数日又投，谓之温卷。如《幽怪录》《传奇》等皆是也。盖此等文备众体，可以见史才、诗笔、议论。至进士则多以诗为贽，今有唐诗数百种行于世者，是也。"但这一说法在当代遭到了质疑[②]。无论行卷说的真实与否，有一点却是毋庸置疑，即传奇小说的创作者通过创作小说以及小说在文坛的传播，必然可以显扬文名，聚谈之风为此提供了场所与文化氛围。

总之，我们在这里想要明确的是，传奇小说的创作与士子文人的聚谈生活风俗有着密切关系。由聚谈之征异话奇，到事后的记载并

① 鲁迅在《中国小说史略》认为，唐传奇"顾世间则甚风行，文人往往有作，投谒时或用之为行卷"。陈寅恪在《韩愈与唐代小说》中指出，《续玄怪录》是"江湖举子投献之文卷"。程千帆在《唐代进士行卷与文学》中认为，"唐代进士以传奇小说行卷，确曾对这种新兴文学样式的发展，起过相当大的促进作用，是无可怀疑的。《玄怪录》《续幽怪录》《传奇》都是行卷之作。"

② 黄云眉《读陈寅恪先生论韩愈》、吴庚瞬《关于唐代传奇繁荣的原因》、袁维国《唐传奇行卷说质疑》等文对行卷说提出质疑。

广泛传播，再由传播之扬名而推动更多的文人的主观创作积极性，带来更多的“有意”之虚构创作。这其中，聚谈之话奇、述怪，与事后的记载，大多数情况下并非同一人[①]，故而一些故事被多次讲述后，述者更易、而创作者也更易的情况并不少见。因而一个奇闻逸事，在多次被讲述、复述、先闻者先创作、后闻者再次创作中，牵涉士子文人的多人参与。这一过程使文坛逐渐形成喜好记载、加工奇闻逸事之风习，与士子生活聚谈之生活风俗形成一连贯之士人风俗行为过程，一个连续而一致的风俗心理趋向，共同作用于传奇小说的创作。

二、城市娱乐风俗与话本小说

话本小说，作为民间“说话”的底本而与“说话”艺术有着密切联系。论及唐代话本小说，所述对象只有敦煌遗留的那些话本小说。它们被视为宋代话本的源头，并对同时代的传奇也有着深刻的影响。但就是这样一种在文学史上具有不可忽视地位的通俗小说，在传世文献中却少有记载，连民间“说话”之具体状况，在所有唐代文献中也只有只言片语的涉及。我们来看这仅有的几条材料：

> 每日上皇(指李隆基)与高公亲看扫除庭院，艾剃草木，或讲经论议，转变说话，虽不近文律，终冀悦圣情。
>
> ——《高力士外传》

> “翰墨题名尽，光阴听话移。”并自己加注云：“乐天每与予游，从无不书名屋壁，又尝于新昌宅听《一枝花》话，自寅至巳，犹未毕词也。”
>
> ——元稹《酬翰林白学士代书一百韵》

> 予太和末，因弟生日，观杂戏。有市人小说，呼扁鹊作“褊鹊”，字上声。予令座客仟道昇字正之。市人言：二十年

① 邱昌员《诗与唐代文言小说研究》(上海师范大学2004年博士学位论文)以《三水小牍》《庐江冯媪传》《崔少玄传》《续玄怪录》《戎幕闲谈序》为例，指出“述”是由一人完成，而“记”“撰”则是另一人的事情。

前尝于上都斋会设此,有一秀才甚赏某呼'扁'字与'蝙'同声,云世人皆误。

——段成式《酉阳杂俎》续集四《贬误》

"市人"即在戏场中讲故事的艺人。以上材料从各方面说明了"说话"艺术在唐代社会生活中的普及。唐代社会物质较为丰厚后,士大夫精神上出现,征奇话异上需求、平民百姓也有此种需求,说话的产生正是适应这种需求,征异之消遣实质,与说话之娱乐本性是一致的。他们都是在唐代城市享乐风俗文化催生下的产物。

城市娱乐之"说话"艺术的繁盛,带来了话本小说的繁荣。敦煌话本小说的存在,即是民间说话繁荣的文本佐证。但因为传世文学记载较少,没有引起足够的重视,为人们所忽视。为什么说话艺术在唐代的繁荣,其文本保留却只出现在出土的敦煌文献中?而文人们留下的却是传奇创作?笔者推测,作为城市娱乐风俗的催生产物,说话艺术之最初文本亦当在民间传抄、流传,文人吸收其中的叙事等艺术特色,在六朝志怪的基础上,创作出更具故事情节之新变的传奇。传奇在文人聚谈中得以广泛传播和追捧,因而在文人群体中成为争相传抄之对象,从而在文本流传中随着长期的比较优势而逐步取代话本小说,使"说话"成为以口头叙事表演为主的艺术;而在西部边陲之敦煌,说话艺术兴盛,其与文本——话本小说,都在民间并行流传,话本小说也因掩埋而避免了长期流传中因忽视而导致的亡佚。

城市娱乐带来了说话艺术的兴盛,一方面必然引起话本小说的繁荣,另外"说话"艺术在民间的普及,对文人传奇的创作亦有不可忽视的影响。前述元稹《酬翰林白学士代书一百韵》中,注云:"乐天每与予游,从无不书名屋壁,又尝于新昌宅听《一枝花》话,自寅至巳,犹未毕词也。"对于此条内容的揭示,研究者有不同看法,一般认为此注表明元稹和白居易等文人听"说话",戴望舒及一些学者认为说"《一枝花》话”的乃是白居易本人。[①] 但无论哪种看法，都揭示了文人受民间说话艺术的影响，将其与传奇的创作联系起来。唐传奇较六朝志怪而言，故事情节加强，叙事艺术提高，故事细节化增强，从记载奇闻怪异事件走向表现情节，文人接受民间说话艺术的影响无疑是此种新变的催化剂。

另外，在民间以文艺演出形式出现的说话艺术，所面对的观众有普及之趋势，对话本小说的传播无疑在让其走向民众的层面上，起到了良好的推广传播作用。而文人间的“说话”，与文士聚谈一样，是文人群体的一个公共活动场所，在不如今天有公开出版发行途径的唐代，这种聚谈、观赏，已是当时传播与推广流行的重要途径和场所，对小说在社会上的广泛流传及至繁盛，从传媒方面做出了重要贡献。

总之，唐代城市风俗文化，是唐传奇孕育与繁盛的原始土壤，日益丰富的城市社会生活以及与之相应的娱乐精神需求，为传奇小说的繁荣，奠定了社会基础。它从创作动机、审美心理、艺术主旨、创作趋向、传播兴盛等各方面给唐代小说提供了文化源泉，是小说至唐大变的生活根源。近年来的关于唐代小说文体的兴起或文体独立以及唐代小说繁荣成因的探讨，最后都归结为唐代经济、政治、文化为唐传奇孕育、发展提供了土壤。本节所阐释的则是其中文化类的风俗文化，是如何具体为唐传奇的孕育提供了土壤。

第二节　风俗文化与唐传奇之艺术特色

一、城市风俗文化与传奇情节的构建

综观中国小说史，从六朝志怪和志人，到唐传奇、宋话本，至明清世情小说，小说文体的艺术性逐步走向成熟。其中一条较为清晰的脉络，即对社会生活的描写的加强，这是小说与志怪、神话传说逐步

---

① 苏兴:《以白居易、元稹为核心的中唐小说集团述论》,《明清小说研究》1997 年第 3 期。

分离而体现现实性的重要方面，从志怪之神话传说到明清的《金瓶梅》《红楼梦》，小说的世情描写与社会化逐渐增多。对于中国古代小说史的这一特点，我们更多地注意到它的首尾两个时期——前者连接着远古的神话传说，后者开启了近代纪实性小说。被当今研究者视为"揭开了作为文学的小说历史的第一页"[①]的唐传奇，在现实描写上，处于何种情形，于前者有何突破，对后者有何启迪，其原因为何，也是这一链条上之重要一环。

今天学者的研究往往不会忽视这些关键节点，唐传奇描写社会生活的各具体情形，已有专门分析论文。葛永海《古代小说与城市文化》[②]一文，是以城市生活文化角度对古代小说描写的社会做各个时代的扫描。其有关唐代小说的分析，详细展示了唐小说关于长安城市景观、城市布局与管理、长安城市习俗、长安的商业景观等的描写，从小说中我们可以看到冶游、服饰、礼仪等习俗以及城市信仰生活、东西市各种行业的情况。文章揭示了唐传奇在描绘世情方面有突出的表现，相比魏晋南北朝小说，唐代小说在此方面显然有进展和突破。但正如作者所述，该文只侧重于古代小说反映城市，而对古代城市影响小说，则没有过多提及。追及唐代小说中这些世情描写的加强，无疑与城市生活风俗文化密切相关，这里暂从环境描写与故事情节两方面具体分析：

1.城市生活风俗与传奇小说环境描写

唐传奇中大多以长安城为故事发生地或小说主人公生活地，故事背景的描写多涉城市布局、生活风俗、商业娱乐风俗文化等：

> 天宝九年夏六月，崟与郑子偕行于长安陌中，将会饮于新昌里。至宣平之南，郑子辞有故，请间去，继至饮所。崟

---

① 石昌渝：《中国小说源流论》，三联书店 1994 年版，第 7 页。

② 葛永海：《古代小说与城市文化》，上海师范大学 2003 年博士学位论文。

乘白马而东，郑子乘驴而南，入升平之北门。

——《任氏传》

自毗陵发，月余抵长安，居于布政里。尝游东市还，自平康东门入，将访友于西南。至鸣珂曲，见一宅，门庭不甚广，而室宇严邃，阖一扉。

——《李娃传》

此二则材料在主人公的活动叙述中表现出长安城的城市结构布局，涉及一些坊、里的空间布局，映射出当时长安的城市面貌。除了建筑、坊曲分布等客观城市风貌外，城市的管理、生活风俗等人文性质的城市风貌也是唐传奇多多涉及的：

既行，及里门，门扃未发。门旁有胡人鬻饼之舍，方张灯炽炉。郑子憩其帘下，坐以候鼓，因与主人言。

——《任氏传》

自毗陵发，月余抵长安，居于布政里。……久之，日暮，鼓声四动。姥访其居远近。生绐之曰："在延平门外数里。"冀其远而见留也。姥曰："鼓已发矣。当速归，无犯禁。"

——《李娃传》

这两条材料所共同显示的是唐朝的宵禁制度，《唐律疏议》引《宫卫令》："五更三筹，顺天门击鼓，听人行。昼漏尽，顺天门击鼓四百槌讫，闭门。后更击六百槌，坊门皆闭，禁人行。"每天晚上衙门擂响六百下"闭门鼓"；每天早上五更三点后，擂响四百下"开门鼓"。凡是在"闭门鼓"后、"开门鼓"前在城里大街上无故行走的，就触犯"犯夜"罪名。正是因此规定而形成长安城宵禁的生活风俗，故而《任氏传》中之郑生候开门鼓而发，《李娃传》之荥阳生闻鼓而须归，都是因唐代长安之宵禁风俗。

城市建筑、布局之式样、风格中透露着大量的民俗信息，传奇主人公活动中也时常映射各类生活风俗。这些城市风貌风俗的描写，以生活化、立体化的方式，突破六朝志人、志怪类小说的神话、鬼怪色彩而向写实化迈进了一大步。

唐代风俗较前代，因商业的发展、开放性的增强、科举制度带来人才选拔的根本性变化等，在许多方面发生了很大的改变，出现了不少以往没有的新风俗。而就长安城而言，在不长的时期内，风气也是一时一变，因此唐传奇中这些城市生活风俗描写，表现的是具有当时时代特色的风俗：

> 时已三月，人多春游。生与同辈五六人诣崇敬寺玩牡丹花，步于西廊，递吟诗句。
>
> ——《霍小玉传》
>
> 时，春雨初霁，有三环女子，可年十七八，衣装褴褛，穿木屐，于道侧槐树下。值军中少年蹴踘，接而送之，直高数丈，于是观者渐众。
>
> ——《剧谈录》

游玩、观赏牡丹，是唐人时风所尚。长安风俗多变，但娱乐性、享乐性的风俗活动长期处于主导地位，《唐国史补》说“长安风俗，自贞元侈于游宴，其后或侈于书法图画，或侈于博弈，或侈于卜祝，或侈于服食……”即是这一趋势的反映。游玩与娱乐，将玩乐与文艺结合起来，蹴踘、博弈就是盛行于此种文化氛围下的代表活动。唐传奇中的故事发生地多选择在长安等唐代繁华都市，文中人物的活动自然是其时城市流行风习的追随者，行为处处映射着当时城市风俗文化。由这些行为所传递的当时城市百姓生活画面，无疑增强了传奇的历史文化厚度，在表现现实生活方面，更具立体丰富性。

有一些节日风俗，则是历代相传，唐代在传承的基础上更为兴盛。《长恨歌传》载：“秋七月，牵牛织女相见之夕，秦人风俗，是夜张锦绣，陈饮食，树瓜华，焚香于庭，号为乞巧，宫掖间尤尚之。”

这些城市生活风貌的描绘在无形中刻画了小说的历史背景，增强其时代感，加强生活环境的典型性。这些具有时代的、民族的、地域的印记，构成一种典型化的环境。

2.城市生活风俗与传奇小说之题材、主题

除了城市布局、生活风俗等物质生活层面方面的描写外，唐传奇中风俗文化心理蕴涵，更深刻地影响到小说的题材和主题。

以信仰为核心反映在人们心理上的习尚，也称为无形风俗，是内涵于物质生活和民俗活动表征中的愿望、企盼、信仰等观念文化。对于小说创作而言，心理风俗往往从深处影响小说的立意、主题、题材、价值取向。如果我们细加分析，唐传奇小说中此类情形并不少见。

首先，风俗文化影响传奇小说的题材。

综观唐代传奇，爱情、侠客类题材是最为突出的，也是最主要的。而爱情类题材传奇，大多数绕不开文士与妓女两类主人公角色。如荥阳生和李娃、任氏与郑六、李章武与王氏子妇，等等，这与当时社会重视科举、崇尚文人士子的社会风俗心理有着密切关系。科举的兴盛带给及第进士莫大的荣誉，也成为社会广为羡慕与崇敬的对象："故当代以进士登科为登龙门，解褐多拜清紧，十数年间，拟迹庙堂。轻薄者语曰：'及第进士俯视中黄郎，落第进士揖蒲华长马。'"[①]文士成为众人注目的焦点，得到大众崇敬，他们成为传奇小说中爱情的主角，也得到民众心理风俗文化的认同。

进士文人在长安城掀起与妓女交往的热潮，洛阳、益州、扬州等地也妓院兴盛，文士狎妓成为一种文坛风习，且得到社会的广泛认可，士大夫蓄养家妓与官府蓄养官妓，就是这一风习下的延伸。士子与妓女的风流情爱，在一时间成为社会风尚，牵动文人雅士的神经。爱情传奇以此为题材，自然投合读者的民俗文化心理。

唐代帝室的胡化血统，使北方少数民族豪爽尚武之风流传中原

① 封演：《封氏闻见记》卷三，中华书局1985年版。

大地，帝王的崇侠尚义推动了任侠的社会风尚，而自由开放的社会环境造就个人主观精神的昂扬奋发，让豪迈侠义情怀激荡在民众心间。诸多因素的共同作用造就唐代社会尚侠的时代潮流，侠客成为民众心中景仰的英雄。一时间，传奇小说中的侠客类小说走向了黄金时代，产生了大量的作品：《谢小娥传》《红线》《上清传》《冯燕传》《昆仑奴》《吴保安》《无双传》《柳氏传》《聂隐娘》《昆仑奴》，以及《太平广记》"豪侠类"篇。

唐代开放的社会环境，中西交流的频繁，最显见的是带来了胡化之风。长安民众从衣饰、饮食到娱乐、婚姻等社会生活的各个方面都具有"胡化"特征，所谓"太常乐尚胡曲，贵人御馔，尽供胡食，士女皆竞衣胡服"①。长安胡化盛极一时，同时胡商也大量地涌入，与唐人进行贸易。与当时的胡化之风相伴，胡人题材开始进入唐传奇，并成为唐传奇的重要流派，如《昆仑奴》《青泥珠》《宝珠》《水珠》《苏州客》《严生》《胡氏子》《鬻饼胡》，等等。

除了社会风习的热点会成为传奇关注的题材外，信仰风俗等也是传奇题材的重要来源。唐代的狐狸信仰较前代尤盛，《朝野佥载》："唐初以来，百姓多事狐神。房中祭祀以乞恩，食饮与人同之，事者非一主。当时有谚曰：'无狐魅，不成村。'"②在当时的动物崇拜中，对狐仙的崇拜最为普遍。从史籍中灵兽瑞兽的记载，到民间家家户户的祭祀，出现了对狐狸从上到下共同供奉祈福的情形。《太平广记》"狐"部83篇，绝大多数狐狸都是作为正面形象出现的。唐传奇中人妖婚配故事，最多的异类动物就是狐狸，这与当时的狐狸信仰风俗密切相关。

类似上述某种风俗的兴盛与某类题材的突出，是唐代风俗文化对小说影响的比较普遍的现象。这些风俗都是当时社会潮流引领下

① 刘昫等：《旧唐书》卷四五，中华书局1975年版。

② 张鷟：《朝野佥载》"补辑"，中华书局1979年版。

的产物，属于时尚类风俗，在纷繁种种的常见社会现象中因其新潮而突出，无疑会引起民众的好奇心和了解的愿望，必然使其受到较多关注。小说的创作者也为社会潮流所吸引，注目于这类时尚风俗，从而带来小说题材的当时性。从时代风习浪潮到传奇的文化视角，这一转移实质即是将风俗文化对传奇小说的影响应用于实际。

其次，风俗文化心理影响作品主题定位。

社会心理发展到一定阶段即可形成风俗。风俗中的社会心理能酝酿出社会气候的晴雨，从心理上纳入风俗的环流，形成一种时代或民族精神，积极地反作用于社会存在。某一时代中，因风俗形成的民众心理上的习尚，因其民族性、时代性，往往让处于其中之人习以为常，而以为在其影响下的思想、行为乃寻常之举，从而容易忽视这一影响。反观唐传奇中的一些作品主题，其人物角色定位等就受到社会风俗心理的影响。

如爱情传奇中，许多作品以男权视角来叙事，整个作品的定位是对男子艳遇之情的津津乐道，而作品中的女性形象则对男子一往情深，感情专一。《柳氏传》中，柳氏只爱韩翊一个人，即使高官厚禄者谋其色，也不为之动心；《任氏传》中的任氏对穷困的郑六坚贞专一；《霍小玉传》写霍小玉对李益的爱情忠贞不渝；这些作品都是从男权心理描写女性的品质，缺乏对女子自我个性人格的赞扬。《李娃传》在篇末不忘交代其婚后“妇道甚修”“治家严谨”、相夫教子、孝顺舅姑，这些德行最终回到了社会风俗心理对女性美好形象的定位上，才能得到世俗社会的称许。

崔莺莺与张生的故事，在唐传奇《莺莺传》中，作者对负情张生并没有批判，而是欣赏张生对莺莺的轻佻态度，并称张生“始乱之，终弃之”的负心背义行为是“善补过”。为何张生这一在北宋诗人眼中都得以批判的负情行为，在唐时却得到欣赏？主因即是当时社会风习推崇文士风流韵事。陈寅恪先生就指出：“元微之于《莺莺传》极夸其自身始乱终弃之事，而不以为惭疚。其友朋亦视其为当然，而不非议。此即唐代当时士大夫风习，极轻贱社会阶级低下之女子。视其去留离合，所关至小之证。”[①]张生所做符合当时社会风俗心理，风流轻薄是时尚，故而作者欣赏其行为。正是当时的社会风俗文化心理影响到《莺莺传》的主题定位。

正是在社会风俗心理趋向的影响下，求好婚、中进士、得美官多成为唐传奇作品所赞美与关注的。在主人公处于爱情与功名相冲突的状态时，作者普遍采取以功名为重之态度，与唐代社会风尚重视科举一致；而世俗享乐主义的心态的普遍流行，让传奇小说中“羽化登仙”“长生不老”成为各类遇仙小说永恒的主题追求；唐代传奇作家对于韦、李、卢、崔、郑、王等大姓及族望的偏爱，即是社会重门第，以婚姻来攀结士族风尚的反映。

为了满足阅读者的风俗心理认同，唐传奇寄普通人的“意”于笔端，迎合社会大流的观念，从而影响作品主题定位。马克思说民族和时代的社会心理在本质上是“社会关系的总和”，在具体的时代与社会中，这一时代的文化精神必然通过处于其中的多数个体的共同趋向而实现，而其趋向性则由文艺作品来显现。从这一意义上而论，唐传奇即是时代的社会心理风俗之文本留存，其时的民族个性和文化品格在传奇小说中被承载下来。

二、社会风俗与小说艺术特色

风俗文化是人类生命的第二形态，时时刻刻与日常生活相融合，每一生活在社会群体中的个人，从物质生活到精神生活都受到其浸润，文人在塑造同时期人物形象时，自然也要与其时风俗相一致。处于魏晋文学自觉时期之后的唐代文学，文人有意识地创作，自然不会忽视社会风俗而塑造悬浮于生活之外的形象。被誉为“一代之奇”的唐传奇，艺术特色明显受到社会文化风尚的影响。

---

① 陈寅恪：《元白诗笺证稿》，上海古籍出版社 1978 年版，第 52 页。

1.人物形象与社会风尚的投合

风俗文化以顺乎人的自然需求而与社会审美相融合，对大众审美产生影响。小说在塑造人物形象时，需要与社会审美心理相一致，而使读者产生共鸣。

唐代传奇中塑造了一系列的妇女形象，与以往的小说相比，是更具女性性别审美的形象，呈现出迥然有别的风貌。这一变化源自同时代的社会生活和精神面貌，同社会风尚对女性审美取向具有一致性。

其一是传奇中女性形象多妓女，如名篇《李娃传》《霍小玉传》《莺莺传》《游仙窟》《柳氏传》，这无疑是文人与妓女相恋之时风的反映，唐代士大夫文人之中盛行狎妓之习，进士曲江游宴即公开狎妓，“长安有平康坊，妓女所居之地，京都侠少萃集于此，兼每年新进士，以红笺名纸游谒其中，时人谓此坊为风流薮泽。”[①]这一风习的流行不但得到社会认可，而且官吏士子均以狎妓为荣。官妓的流行和官方的认可，相对于宋代、清朝等朝对官员狎妓的惩处，使得这一风习无论在朝还是在野都广泛流行，这为作家选定妓女作为爱情传奇主角奠定了社会心理基础。

其二是对女性形象的刻画，既展示容貌，更展示才艺。唐传奇中的女性，多具有美丽的容貌。如“妍姿美质，歌笑态度，举措皆艳，殆非人世所有”的任氏，“妖姿要妙”“明眸皓腕”的李娃，“辞气婉媚”“态有余妍”的霍小玉，作者用寥寥数笔揭示其美丽形象。容貌美与优雅的举止往往共生，如“待月西厢下，迎风户半开。拂墙花影动，疑是玉人来”的莺莺。女性美的形象是千百年来人类不变的美感追求，唐代自不例外，然此时代追求女性外在美貌更为大胆，因女子个性的张扬而公开追求形象美的外露。

然而，美貌却不是传奇小说表现女性的重点，在唐人笔下，美丽

---

① 王仁裕：《开元天宝遗事》卷上，中华书局 1985 年版，第 10 页。

的女子善解人意，且多才多艺。有的口才过人，言谈清朗，如《太平广记》“颜浚”篇中的张贵妃，颇通诗文；而有的擅长文理，通晓音律；更多的是通过全篇的情节，细致展现她们的才能，如名篇《谢小娥传》。

唐代女性社会化程度提高，女性受教育意识增强，从宫廷到民间，女子教育在各阶层开展，从女冠到比丘尼，接受教育而才识出众者并不少见。社会对才女肯定和希冀，多培养女子的赏音识律与歌舞才能，同时重视学识与文才的教育，尤其是对文学才能的培养，文学诗词是女子教育的重要内容①，雅好诗书、才思清巧，乃是社会对完美女性形象的重要标准。传奇小说强调女子的多才多艺，才识过人，是与这样的社会风尚相一致的。故而中唐爱情传奇中的女性形象多具有一定的文化修养，能歌善舞，能诗善对者也不乏其人。这些女子天生丽质，楚楚动人，一般都以美人形象出现，但故事整体上更注重塑造这些女性的知书达理、才识过人、重情重义。如霍小玉“高情逸态，事事过人，音乐诗书，无不通解”。作为正面形象，社会美的载体的传奇女性形象，人物的品质特征即是此种社会风尚的反映。

实际上，不但人物形象符合社会风习，而且其行为、思想、价值取向也与社会风尚相一致。就唐传奇中的女性而言，其开放、坚定、追求爱情等性情，是与整个社会开放、少拘束、女子思想行为较为自由的风气分不开的。《萧旷》中的洛神，《赵旭》中的仙界神童，《郭翰》②中的织女，这些人物的多情与开放形象的塑造，无疑受到了社会风气的浸润，而同时期的仙女形象在道教中却以清修形象出现③。为什么同是仙女形象，在道教与传奇中的形象迥异？我想这里道书与传奇相比，与社会风俗联系的紧密程度，或者说所受风俗文化影响的轻

① 严春华：《承继与新变：社会转型中的中唐女子教育》，《华南师范大学学报》2006年第6期。

② 以上篇目分别见《太平广记》卷三一一、卷六五、卷六八，中华书局1961年版，第2459页，404页，420页。

③ 胡蔚：《道教的清修观与文人的白日梦》，《四川大学学报》2006年第5期。

重，是造成这一差异不可忽视的原因。社会风气中存在女冠之开放行为，文人塑造开放的仙女符合社会品藻，这样的人物形象也符合社会心态，而提倡清修的道士所书道书，自然以宣言其清修为宗旨。文学作品中人物意识活动、兴趣爱好、行为方式等，实际上就成为对某种社会风习的实践，由此使得人物及其活动成为这类作品具体风俗显现的主体。

与女子形象类似，男主人公的形象也多反映社会风俗认同。在崇敬进士、诗人的社会心理中，唐小说主人公多为文人、士子。在全民爱好音乐的风俗浸染下，也出现了梨园的乐工：如《太平广记》"李谟"篇的主人公李谟就是教坊善吹笛的乐工；此外，多篇小说的男性形象亦通音律，精乐理，善奏各种乐器，对音乐的体味非常精细。

文学中人物形象与社会风俗相投合，借民情、民俗直接塑造人物，使共性基础更深厚，表现共同的文化心理。这种投合代表的是共同的价值观念、生活习尚，人物形象越趋投合时代风俗，自然越能成为时代的投影。

总之，唐传奇人物形象的塑造，审美趋向与社会风尚相符，从而在当时得到读者的心理认同。

2.民俗事象加强故事之现实性

传奇小说中的人物行为，多处涉及民俗活动，是人们社会生活的一个重要组成部分，在人物活动推动情节发展的同时，也构成环境的文化氛围，为塑造人物性格起到不可忽视的作用。

占卜风俗在唐代盛行一时，各种龟筮、鸡卜、相面、占梦风行各个阶层。人们在事情未知时习惯用占卜来预测吉凶。

《谢小娥传》就是一篇占梦复仇的故事，篇中李公佐使用猜字占卜得知谢小娥的杀父凶手之名，是推进本篇小说情节的关键。这种猜字占梦是这一时期信仰风俗的重要内容，在唐代风行一时。人物的这一民俗活动，既推动了情节的发展，也揭示了当时的社会文化背景。唐代的占卜活动兴盛一时，在这一大的风俗文化氛围中，人们相信预兆，用各种事物来判断、预测事情的吉凶，因而形成这一类预测吉凶的民俗事象，常见的如喜鹊兆喜。这类风俗文化在传奇小说中多有描写，通过塑造人物的信仰风俗，而达到展示其性格的目的。如《太平广记》"韦颛"条：

> 大中岁，韦颛举进士，词学赡而贫窭滋甚。岁暮饥寒，无以自给。有韦光者，待以宗党，辍所居外舍馆之。放榜之夕，风雪凝冱，报光成事者，络绎而至，颛略无登第之耗。光延之于堂际小阁，备设酒馔慰安。见女仆料数衣装，仆者排比车马。颛夜分归所止，拥炉愁叹而坐。候光成名，将修贺礼，颛坐逼于坏牖，以横竹挂席蔽之。檐际忽有鸣枭，顷之集于竹上。颛神魂惊骇，持策出户逐之，飞起复还，久而方去，谓候者曰："我失意，亦无所恨，妖禽作怪如此，兼恐横罹祸患。"俄而禁鼓忽鸣，榜放，颛已登第，光服用车马，悉将遗焉。

此篇中，失意中的韦颛对枭鸣十分讨厌，而没有意识到此乃吉兆，一个并不在意风俗事象的人物形象出现在读者面前。

小说中的人物活动，在日常生活中随处透露出风俗文化气息，如唐朝社会习俗，通行以行第相称。《任氏传》记信安王樟外孙韦崟第九与从父妹婿郑六遇任氏女妖事。"女奴从者一人，留于门屏间，问其姓第。郑子既告，亦问之。对曰：'姓任氏，第二十。'"显然，问行第已非常普遍，其重要性甚至超过名字，这是唐人重视家族观念的反映，也是唐社会礼俗人情需要的产物。而从女奴问后，郑六亦问，显示二人对风俗观念的认同，即他们处于同一风俗文化圈内。这些符合风俗的行为使人物形象更接近真实可感的现实生活，较以往小说而言现实性渐强。小说艺术性得以提高，他们的行为不仅构成对具体乡风民俗价值的动态说明，同时也是这种风俗传承的载体。

3.风俗心理与作品

风俗文化之心意文化层，内涵于物态化和惯制化表征中的愿望、企盼、信仰等观念文化，是社会风尚引起人们心理上的变化之映照。唐代时代风尚与潮流追求，在士人心理形成相关趋向与认同，即是当时的风俗心理之一。

文学的社会性是与风俗文化发展联系的基础，文艺社会学与文化人类学中都有相通的观点，即文学有多种社会功用，补偿心理幻想的需要，就是其中的一种。[①] 而小说情节的虚构性，正好可以满足这种心理幻想的补偿。

唐代风俗引起文人士子趋同风习的一些心理需求，而当这些需求在现实中无法满足时，他们转而投向文学，从其中获得心理补偿，由此形成风俗文化影响文学作品的链条。

唐代士子的人生追求，在各种社会风俗共同作用下，无法避免地出现现实与理想的矛盾；在多重风俗的交互影响中，而形成心理趋向与失落，无法达到的理想在现实中无以实现，因而多借助文学作品的创作，在其中满足自己的心理补偿。下表就对唐传奇小说中的此种现象做一简介：

<table>
<tr><th>社会风尚</th><th>主体审美理想
（理想）</th><th>社会现实</th><th>小说作品
（心理补偿）</th></tr>
<tr><td>门第追求
重视科举功名</td><td>攀结士族与
看重五姓女</td><td rowspan="3">风流的社会风情（对美女的追求）
文人狎妓之风</td><td>与妓女的最初相爱及最终娶士族的结局</td></tr>
<tr><td rowspan="2">求仙
好道风气</td><td>女仙崇慕</td><td>仙妓的合流</td></tr>
<tr><td>狐仙信仰</td><td>与狐女的爱情</td></tr>
<tr><td>对进士之推崇</td><td>进士出身</td><td>多赴考文士，少及第者</td><td>男主人公多由赴举者到及第</td></tr>
<tr><td>现实享乐风习</td><td>长生向往</td><td>炼丹服食多导致中毒</td><td>服丹后入仙界享乐</td></tr>
</table>

① 叶舒宪：《文学与治疗》，社会科学文献出版社 1999 年版，第 12 页。叶舒宪指出文学能满足人类的五种社会需要：符号（语言）游戏的需要；幻想补偿的需要；排解释放压抑和紧张的需要；自我确证的需要；自我陶醉的需要。

由此表可以看出，世风所尚与唐传奇的结局与主题密切相关。文人在创作传奇作品时一方面有着补偿自己审美理想的需求，通过作品的虚构来满足在现实社会不能实现的理想，而这一理想是受到社会习俗浸染了的。另一方面，唐人有意为小说的文学自觉意识，会让其在创作之初考虑到文学接受者的价值认同，而文学接受者的价值取向毋庸置疑地与社会风俗有着一致性，因此唐传奇的主题与结局打下了社会风俗心理的烙印。

总之，社会风俗促进创作者心理需要的产生，而现实却往往难以实现，只有将这一心理转而投诸文学，才能达到心理失落的释放和补偿。传奇小说文体较诗歌、散文的虚构性特点，正好满足这种补偿需求，从而成为表现这一心理补偿的主要文体。

第七章　风俗文化与唐代应用文体

从文体的角度而言，前面所讨论的诗歌与传奇都属于文学性文体，而受风俗文化影响的唐代文体还有非文学性的应用文体以及兼具文学性和应用性的两可性文体。唐代一些应用性文体因一些作家的个人创作加强了文学性，故而应用性文体与两可性文体的界限并不十分严格，本章主要选择这两类文体中的墓志、祭神文和判词三种文体来探讨风俗文化对应用文体的影响。

风俗文化内涵广泛，涉及社会生活的各个方面，它们既有共时的潮流时尚，也有历时的沉淀承继，而时尚潮流与传承沉淀并不分开，更多地是以交合重叠的状态共存于一个时代。各类新的时尚风俗的兴盛造就了风俗文化不同时代的特点，一些新的风俗的兴起、繁荣也带来了某类文体的兴盛，这在应用文体上表现更为突出。

第一节　唐代墓葬信仰与墓志文体的兴盛

作为随葬品，墓志早在东汉时期就已登上历史舞台，但是作为应用文体，墓志在唐代才可称普及。墓主的身份从王公贵族到平民百姓，上至皇帝，下到布衣，包括僧道妇女，无所不及。修撰墓志，随葬掩埋入墓，成为唐人葬礼不可或缺的一部分。作为文学体裁的墓志因此风之流行备受重视，大文人、书法家、刻手纷纷参与修志，墓志创作空前繁荣，无论是数量还是质量都达到碑志文体史上之高峰。作为一种应用文体，唐代墓志的兴盛，固然离不开文体自身的演化，但其随葬品的应用本质必然使得它与丧葬紧密相连，丧葬风俗是推进其繁荣、普及的不容忽视的重要原因。只有透彻解析二者的关系，才能从本质上把握唐代墓志的繁荣原因。

墓志作为文学的一种重要体裁，碑志文多为文人士子撰写，其中有的甚至出于一代名流之手，文辞华美，感情真挚，在文学史上的重要地位，自不待言。作为研究历史的第一手史料，通过它，可以了解当时的官职、氏族、社会状况、风俗习惯等。

墓志早在东汉时期就已出现，东汉延平元年《贾仲武妻马姜墓志》被誉为中国墓志之鼻祖[①]，自后汉至隋末将近600年的时间里共有墓志166方，数量259方。在这将近600年的时间内，墓志经历了孕育发展的漫长过程，到了唐代则达到它的鼎盛时期。毋庸置疑的是，墓志乃由墓碑演变而来，由原先竖立于地面转入到地下。初期的墓志无不打上墓碑的烙印（如有额首、圭首等），即在地下的墓室内，起先是作为墓门上的一种特殊标识物，尔后逐渐被固定置于墓门口的地上。[②]

唐代碑志文数量巨大，名作迭出，而以中唐尤为突出，无论是从数量上还是质量上，都上了一个崭新的台阶。作为早在汉代就已出现的文体，为何经历魏晋南北朝，直到唐代才广泛流行，成为一种普及型应用文体呢？这势必与唐代之时代特点密切相关；而某一朝代的时代特点，又尽在其时风民俗中展现。本书探寻墓志文体在唐代的兴盛，就是基于上述考虑，以唐代风俗对墓志文体的影响为基础。

---

① 李永明：《中国古代墓志铭的源流》，山东图书馆季刊2003年第3期，第106页。

② 吴炜：《墓志铭起源初探》，东南文化1999第3期。

一、唐代厚葬之风与墓志的兴盛

墓志铭一般由一篇记述死者生平的传记加铭词构成，前面的传记类文章称为志或者序。《文体明辨序说》"墓志铭"条：

> 按：志者，记也；铭者，名也。古之人有德善功烈可名于世，殁则后人为之铸器以铭，而俾传于无穷，若《蔡中郎集》所载《朱公叔鼎铭》是已。至汉，杜子夏始勒文埋墓侧，遂有墓志，后人因之。盖于葬时述其人世系、名字、爵里、行治、寿年、卒葬年月，与其子孙之大略，勒石加盖，埋于圹前三尺之地，以为异时陵谷变迁之防，而谓之志铭；其用意深远，而于古意无害也。①

志的这一体式，是从碑发展而来的。刘勰在《文心雕龙》中即指出碑的特点："属碑之体，资乎史才，其序则'传'，其文则'铭'。"②其中的"序"即类似于"墓志铭"中的"志"。志文一般交代和记述死者名字、世系、寿年、卒葬年月、履历、官爵、子孙等。志后有铭，铭词则一般用韵文写成，内容多为颂扬之词。墓志铭多有别题，徐师曾在《文体明辨序说》中列举了多种："其未葬而权厝者曰权厝志，曰志某；殡后葬而再志者曰续志，曰后志；殁于他所而归葬者曰归袝志；葬于他所而后迁者曰迁袝志。刻于盖者曰盖石文；刻于砖者曰墓砖记，曰墓砖铭；书于木版者曰坟版文，曰墓版文；又有曰葬志，曰志文，曰坟记，曰圹志，曰圹铭，曰椁铭，曰埋铭。其在释氏，则有曰塔铭，曰塔记。凡二十题，或有志无志，或有铭无铭，皆志铭之别题也。"③实际上出土墓志的别题还不止这些。

---

① 吴讷、徐师曾：《文章辨体序说/文体明辨序说》，人民文学出版社 1962 年版，第 148—149 页。

② 杨明照：《增订文心雕龙校注》，中华书局 2012 年版，第 155 页。

③ 吴讷、徐师曾：《文章辨体序说/文体明辨序说》，人民文学出版社 1962 年版，第 149 页。

近年来对墓志自身的研究除了研究其产生与盛行的背景情况外，在文体研究方面也时见力作。在20世纪末、21世纪初的近10年中，对墓志的起源的研究仍然是研究者所关注的问题，当中见解颇多。熊基权在《墓志起源新探》中以铭旌为墓志源头，将墓志起源追溯到周代。① 吴炜则以东汉为墓志起源时期。② 程章灿在《墓志起源考》一文中，对各种墓志铭起源的说法有详细的介绍，认为一般以东汉杜子春自作墓志为最早；此后，又撰成《墓志起源新论》一文，一反过去研究着眼于丧葬制度的角度，从文体发展的角度入手，认为作为有一定行文格式的墓志，是一种起于江左的文体，其出现时间应在晋宋之际。③ 作为一种应用文体，墓志的起源和发展必然与社会现实状况有着紧密的联系。中唐时墓志数量陡增，这与当时社会风俗不无相关，墓志文体与社会丧葬风俗休戚相关。

华夏子孙历来重视丧葬，所谓慎终追远，事关重大。秦汉时期墓志处于滥觞期，是时墓志虽然是一种简单的志墓目的，但于一类文体的发展而言是不可忽视的。因为在最初的志墓功用中，墓志与墓碑往往难以严格区分；东汉末年社会动荡不安，盗墓之事时有发生，而立碑之风大涨，曹操下令不得厚葬，同时禁止立碑，如此使得立于墓侧之碑日渐稀少，而埋于墓中之墓志则转而兴盛起来；到晋武帝下诏废禁时，墓志已取得与墓碑同等的地位，成为表达对死者的哀悼与志墓的最主要文体，因此废禁令的下达也不能替墓碑挽回先前之志墓的主打地位。曹操对墓碑的禁令，体现出丧葬制度对墓碑墓志这类应用文体兴衰的巨大影响。撰修墓志风气一成，促使这一文体迅速发展，内容与形式逐步充实起来。赵超在《墓志溯源》④一文中将魏

① 熊基权：《墓志起源新探》，《文物春秋》1994第1期。

② 吴炜：《墓志铭起源初探》，《东南文化》1999年第3期。

③ 程章灿：《墓志起源考》，《石学论丛》，台湾大安出版社1999年版；程章灿：《墓志文体起源新论》，《学术研究》2005年第6期。

④ 赵超：《墓志溯源》，《文史》第21辑，中华书局1983年版。

晋到南北朝初期划为墓志的转化期，无疑说明墓志经历了从最初的单纯志墓转入到具有一定书写格式，内容由简到繁。萧统的《文选》已将墓志与碑文列为一类文体，足证在当时墓志已具备一定文体格式。

唐代墓志的兴盛是各种原因共同作用的结果，丧葬风俗更是其中不容忽视的一个重要原因。

政治稳定、皇权强盛的时代，厚葬之俗易行。唐代厚葬之风盛行，皇家贵戚、官僚阶层奢靡成风，唐统治者多次颁诏予以限制，规定随葬品的内容和数量，却难以逆转厚葬风气。平民百姓也加入到这一厚葬风气之中。长庆三年十二月，浙西观察使李德裕奏："缘百姓厚葬，及于道途盛设祭奠，兼置音乐等。闾里编甿，罕知报义，生无孝养可纪，殁以厚葬相矜。丧葬僭差，祭奠奢靡，仍以音乐荣其送终。或结社相资，或息利自办，生业以之皆空。习以为常，不敢自废。人户贫破，抑此之由。"[①]厚葬造成百姓家庭经济难以承受，然囿于习俗的力量，普通人家往往勉为其难。有些为此生业皆空，甚至负债。厚葬之风必然带来攀比风气，坟墓的高低大小、随葬品的种类多寡、丧葬仪式的隆重与否、祭祀物品的丰富程度就成了墓主人及其家庭、家族地位高低、身份贵贱、财富多寡的象征。

墓志作为丧葬附属品，自然受到厚葬之风的影响。丧葬之家纷纷刻石撰碑，稍有身份的人，都会修撰墓志作为随葬品。唐统治者将官员碑碣之制写入丧葬令中："五品以上立碑，螭首龟趺，上高不过九尺；七品以上立碑，圭首方趺，趺上不过四尺。若隐论道素，孝义著闻，虽不仕亦立碣。凡石人石兽之类，其石兽，三品以上用六，五品以上用四。"[②]现实葬礼中，往往逾制。碑志的流行，让其成为丧葬活动中不可忽视的一个环节，其时有专门装载碑志的志石车，政府规定的

---

① 王溥：《唐会要》卷三八，中华书局 1955 年版，第 697 页。

② 王溥：《唐会要》卷三八，中华书局 1955 年版，第 691 页。

丧葬礼中，规定志石车所遵循的秩序："彻遣奠，灵车动，从者如常，鼓吹振作而行。先灵车，后次方相车，次志石车，次大棺车，次輴车……"[①]可见墓志作为丧葬活动的应用文体，丧葬风俗中志碑志墓风气的盛行，是其兴盛的社会现实基础。

除了厚葬之风外，唐人对葬地的重视，也对墓志的兴盛产生影响。在唐代，人们普遍认为死者葬地的好坏与否决定着后世子孙的贫富贵贱及家族、家庭的昌隆衰败，因此帝王将相及官员民庶死后都要先"卜宅兆""卜葬日"，方可下葬。唐人观念中，如所葬非地，要遭死者不满，此在小说中多有反映："张师览善卜冢，弟子王景超传其业，开元中，唐尧臣卒于郑州，师览使景超为定葬地。葬后，唐氏六畜等皆能言，骂云：'何物虫狗，葬我著如此地。'家人惶惧，遽移其墓，怪遂绝。"[②]

正是因为对葬地的重视，加上承继以往葬归祖坟的观念，唐人如若丧亡在外，家人则需将其灵柩归葬祖坟。这在当时已是一个稳固的社会风俗。唐人典籍中记载千里护柩归葬的事例比比皆是。总之，唐人对葬地的重视非同一般，是整个朝代丧葬习俗中显著的特点。

而墓志最初的志墓目的，即强调某地乃某人之墓，在志文中交代墓地具体位置，乃墓志行文之常例。

正是有了丧葬习俗中篆刻碑石的风气，社会上对碑志的撰写需求旺盛起来，封演《封氏闻见记》卷六载："近代碑稍众，有力之家，多辇金帛以祈作者，虽人子罔及之心，顺情虚饰，遂成风俗。"[③]墓志文的撰写有了特定的市场需求。朝廷也专门规定秘书省掌管碑志文的撰写，《新唐书》著作局条："郎二人，从五品上；著作佐郎二人，从六品

① 杜佑：《通典》卷一九九，中华书局 1988 年版，第 3539 页。

② 李昉等编：《太平广记》卷三八九，中华书局 1961 年版，3110 页。

③ 封演：《封氏闻见记》卷六，中华书局 1985 年版，第 81 页。

上；校书郎二人，正九品上；正字二人，正九品下。著作郎掌撰碑志、祝文、祭文，与佐郎分判局事。”[①]特别规定著作郎掌管撰写碑志一事，足见碑志的撰写于官方而言，已是日常事务。

总之，墓志经历秦汉的滥觞期，到魏晋南北朝的转化期，到唐代，由于丧葬风俗的影响，墓志的修撰蔚然成风，唐代墓志在数量上远远超过了前代。正如世人所说：“然古人葬者亦有石志，但不如今代贵贱通为之耳。”

二、墓葬信仰与墓志的身份说明功用

中国的丧葬习俗自产生以来，从东周到秦汉，从魏晋再到隋唐，历经各代，墓葬模式发生了或多或少的变化，与之相对的是，古代中国信仰的一些基本信条却一直延续下来，稳定不变。中国传统观念中，人死后形体虽毁，但灵魂不灭，变为鬼魂，在地下过着与生时一般的生活，并且能够祸福生人。深受灵魂观念影响，古代的中国人相信死者在阴间的生活与他们原来的生活没有什么不同，因此，墓葬是用来为墓主提供其死后继续其存在的生活必需品，用来在阴间延续世俗生活。

古代的中国人喜欢从墓葬的物质空间、随葬物品方面来表达这一理念，随葬品是把其世俗生活延续到阴间的墓主的叙事的道具。关于人生、阴间与宇宙结构的各种信仰是与人们和各种器物的相互作用联系在一起的，作为随葬品的器物显示了其制作者的意图。而象征系统是古代中国的特征之一，象征主义用来表示一种事物，书写载体通常被看作这种象征主义的范例，写下的文字包含了信息与信仰。许多器物和图像作为社会地位的指示物被广泛使用，用来强化现实社会中的地位与等级系统。器物与图像是从视觉上对地位与等级进行强化，而书写载体则以文字记载、说明的方式予以强化，甚至创造。此种观念在中国人的思维中根深蒂固地存在着，上到社会最

① 欧阳修、宋祁：《新唐书》卷四七，中华书局1975年版，第1215页。

高层，下到社会最底层，被广泛接受。

墓葬的物质器用，传达等级与家族的权势信息。丧家在葬前总要置办一些器具用品，随死者一同埋入地下以供其享用。为死者置办凶具是葬前一项重要的、必不可少的消费活动，历时历代演变保留下来，成为古代中国丧葬活动中最基本的风俗习惯。这种习俗在唐代表现得尤为突出。考古发掘中显示，唐代墓葬中的随葬品极其丰富，除棺椁、寿衣外还有大量陶俑明器及实物随葬品，各类墓葬壁画也极其丰富多彩。近年来各地唐代墓葬的发掘报告显示，唐人以“事死如事生”的态度，寄希望于未来的积极姿态去面对死亡，极尽可能地将现实生活的繁华带入墓葬中，期望在阴间延续现世的美好生活。器用物具既是墓主生前身份与等级信息的表达，也是供其在阴间继续荣华的物质基础。壁画等墓葬则运用图像来补充说明墓主生前的生活信息，做此类推，同样作为陪葬品的墓志，就不再简单地如一些墓志文体分析的那样，是为了防止陵谷变迁。笔者认为，防止陵谷变迁，用来志墓是墓志的修撰目的之一，但并不是主要的更不是全部的目的。不可忽视的是，作为陪葬品的墓志，一旦被埋入墓中，即对墓主的阴间生活有器具性功用。器具的物质使用可以表示功能，而象征性使用则暗示等级。墓志在随葬品中，毫无疑问应列入象征性使用一类，而墓志内容所表述的墓主身份信息、履历信息、家族信息等等特点，又使其具有墓主进入阴间世界的“身份说明书”的性质，用以说明墓主生前的身份与基本生活概括，希望将此生的荣华与功勋等带入阴间，继续保持与延续这一等级与身份。

唐宋社会是等级社会，朝廷不但规定了现世的等级制度，还将其应用于阴间社会，颁布了有关丧葬等级的种种条令。于是，坟墓的高低大小、随葬品的种类多寡、丧葬仪式的隆重与否、祭祀物品的丰富程度就成了墓主人及其家庭、家族地位高低、身份贵贱、财富多寡的象征。在中国古代人的观念中，阴世生活是与现世生活类似的，一样有着按等级秩序排列的家族，按现世的社会结构来管理与运转，进入阴世的家族之间与家族和个人之间的关系同现世一样有着有序排列与联系，所以进入阴间的个人应该找到在现世中自己所属的家族与生活圈，确认自己的身份。墓志正好就起到了这一在阴间标明墓主社会属性的作用，说明墓主现世曾拥有的地位与身份。

大量的墓志有着向阴间社会传达信息的功用目的，正印证以上分析：

> 所以恸深栾布，悲甚向雄。惧陵谷之推移，勒斯铭於泉户。庶神游楚国，无惭项羽之臣；魂往齐都，不愧田横之客。[①]
>
> ——《唐上柱国邢国公李君之墓铭》
>
> 钟期已逝，武子云亡，伯牙于是绝弦，孙楚为之恸哭，异世均哀，后存于兹矣。窃以陵谷易迁，金石难朽，乃图风于泉室，齐天地之长久。[②]
>
> ——《唐故上柱国左武侯骠骑将军左武侯长史清淇公墓志铭》

第一则材料清楚地表达了灵魂不灭的观念，并希望通过勒铭之墓志向冥界传达墓主之功烈，使其在阴间拥有良好声誉；后则材料亦表达出托铭墓志来在阴间继续生前之生活的愿望。

> 龟谋习吉，蜃驾行车，生崖有尽，泉户无晨。终沦一德，徒嗟百身，天长地久，永留清尘。[③]
>
> ——《唐故施州参军梁表墓志铭并序》
>
> 勒芳猷于九壤，垂不朽于千春。词曰：蕣颜艳兮娇上

---

① 周绍良、赵超：《唐代墓志汇编续集》，上海古籍出版社2001年版，第2页。

② 周绍良、赵超：《唐代墓志汇编》，上海古籍出版社1992年版，第37页。

③ 周绍良、赵超：《唐代墓志汇编续集》，上海古籍出版社2001年版，第238页。

春，盛德播兮扬清尘。作嫔君子兮庶有邻，题名鬼录兮背芳辰。低虹□兮怨莫申，泉户阖兮长归真。[①]

此二则材料显示出唐人对阴间的信仰，尤其是第二则材料，直白地道出冥界鬼魂自有“鬼录”来记载，显见对墓主在阴间生活的祝愿。两则材料也都表达出希望墓主在黄泉之下续享功名业绩的愿望。

翻检唐代墓志，“勒铭泉户”“慰诸泉户”“记之泉户”等语非常常见，墓志起先是墓门上的一种特殊标识物，尔后逐渐被固定置于墓门口的地上。而墓门在古代中国死生异域的观念中，是灵魂通往阴间的门道，墓葬神煞信仰中即有“墓门亭长”一说，唐代虽已不再流行在墓葬中使用画像石，但保留了魂门亭长的信仰。[②] 因此，这些无疑体现出人们希冀通过镌刻墓志将此生的功业与灵魂一道带往另一世界的愿望，即墓志是用来到异域说明墓主现世身份、生活情况的。

墓志作为进入冥界的“身份说明书”，是基于其随葬品的应用功能，与其他实物随葬品一样，在当时丧葬观念中是为墓主进入阴间继续如同世间一样的生活而准备的，所以它的这一神圣功用，是要到埋入墓葬中才发挥出来的。因此人们势必更重视埋入墓中的志文之身份。有一则材料正说明此点：元稹为其岳父韦夏卿之妾段氏所作墓志《唐左千牛韦佩母段氏墓志铭》，这一标题在刻石的时候却经过了改动，对应的出土墓志之题已改为《有唐武威段夫人墓志铭》，前一墓志题目墓主身份随子，后者改为随夫。程章灿先生在《从〈有唐武威段夫人墓志铭〉看元稹为人》一文中分析认为元稹是为了感激段氏对爱妻的抚育之情，而在入土墓志中称其为夫人。而后担心得罪裴夫人家族，又改动志文称之为“段氏”。而周相录先生在《元稹真的是一个势利小人吗》中认为集本志为元稹原作，而出土墓志则经过了韦氏

① 周绍良、赵超：《唐代墓志汇编续集》，上海古籍出版社2001年版，第455页。

② 余欣：《神道人心：唐宋之际敦煌民生宗教社会史研究》，中华书局2006年版，第12页。

族人(或韦氏族人要求元稹)的修改,分析原因为裴出子女“感激段氏的抚育之恩”,也由于其子韦佩为左千牛而“母以子贵,礼有明文”,以及段氏为“盛勋烈之后”,遂让元稹或径自做了一些改动。[①] 笔者认为传世文献与出土文献对同一墓主身份称呼不同,原因就在于随葬墓志关系到墓主在他界继续生活的身份,入葬墓志标题与称呼将用来向阴间说明段氏此生的身份,称作正室夫人必然提高墓主在冥界的生活地位,此为随葬墓志与传世墓志标题不同的关键之所在。而编在文集的传世文献因供当世人阅读,则于此无关紧要,可遵循现世礼法。

三、文能通神——墓志沟通阴阳两界的信仰基础

墓志作为随葬品,发挥“冥界身份说明书”的功用,这是建立在文字能够沟通人与神灵的社会信仰基础之上的。唐朝作为文化盛世,文学的繁荣众所周知,诗歌、传奇等文体在社会上广泛传播与流行。

科举制度在唐代的兴盛,让文人入主政坛,更无形中提升了文人的社会地位。而同时代的社会风气中鬼神信仰风俗盛行于整个社会,普及于民间,所谓“举头三尺有神灵”。唐代社会随处可见神灵崇拜现象、活动,从泰山神、华山神、土地与城隍等各种自然神,到二郎神、紫姑神等人格神,林林总总的各路神仙都为民众所信仰和祭祀。而唐代还魂故事极多,民间鬼魂信仰十分普遍,几乎可以说在唐代真实的社会生活之外,还与之平行存在着一个虚幻的神灵、鬼怪世界。

广泛的神灵信仰,使得人与神的沟通成为信仰者所趋奉的必不可少的途径。这一途径除了表现在由巫师、祭祀者等举行的众多崇神拜神活动外,官方也参与到这一活动中来。地方官掌管一方百姓的祸福,在发生天灾一类人力难及的事情时,也会参与到祈祷、祈福一类活动中,比如祈雨等行为。祈求过程中,重要的一项,即是人们

---

① 程章灿:《从〈有唐武威段夫人墓志铭〉看元稹为人》,《中国典籍与文化》1995 年第 3 期。周相录:《元稹真的是一个势利小人吗》,《中国典籍与文化》2003 年第 1 期。

宣读祈求的文章，用以禀告神灵。比如祈雨文、傩赋等文体就是此类。

在祭祀活动中，用语言沟通神灵自古有之，源于远古的语言崇拜观念。德国哲学家卡西尔说："所有的言语结构同时也作为赋有神话力量的神话实体而出现；语词（逻各斯），实际上成为一种首要的力，全部'存在'(being)与'作为'(doing)皆源于此。在所有神话的宇宙起源说，无论追根溯源到多远多深，都无一例外地可以发现语词（逻各斯）至高无上的地位。"[①]语言可以作用于鬼神，自先秦以来祭祀之时所念咒语就是这一观念的反映；到唐代，文学繁荣，文学的社会功能极大地普及化，文学成为社会所崇拜的对象，文字有着被神秘化及权威化的倾向，从而自然地担当起沟通神灵的媒介。文字能通神成为一种信仰，在当时，此种信仰推演为一种普遍的社会习气。

在其时，文人也深信文字的这种通神功能，成为创作此类沟通神灵的文学作品的主力。[②] 柳宗元《诉螭文》："零陵城西有螭，室于江。法曹史唐登浴其涯。螭牵以入。一夕，浮水上。吾闻凡山川必有神司之，抑有是耶？于是作《诉螭》，投之江曰……"

正是因为有着文可以通神的思想观念，柳宗元才撰写《诉螭》，并将文章直接投到江水中，当作可以和神灵沟通的媒介。

《龙城录·龙城无妖邪之怪》："柳州旧有鬼名五通，余始到，不之信。一日因发箧易衣，尽为灰烬。余乃为文醮诉于帝，帝恳我心，遂尔龙城绝妖邪之怪，而庶士亦得以宁也"，也说明的是同样的事情。这里是以文向帝祈求灭怪，而得到帝的回应，可见人们相信文字所表达的信息能够传达给神灵。唐代散文作品中，基于文字通神之信仰而创作的祭祀类作品，如《祭江祈晴文》《祭浙江文》等类散文超过以往诸朝，《全唐文》中所存就达 50 篇以上；此外《祭鳄鱼文》《逐毕方

---

① [德]恩斯特·卡西尔：《语言与神话》，三联书店 1988 年版，第 70 页。

② 马铭浩：《唐代社会与元白文学集团关系之研究》，学生书局 1991 年版，第 18 页。

文》等用文字向异类表达驱逐信息之类的作品也不少见。

除了可以上达神灵之外，人们认为文字还可通于幽冥，唐宋笔记中均有不少相关记载。《太平广记》中载窦玄德一文，此人通过道士向冥界书写祈求延长寿命之奏章，达到延寿十二年的目的。其中因为所写奏章草书失体，导致无效而费周折，冥界司命者道破此种天机曰："前上之章，有字失体；次上之章，复草书'仍乞'二字。表奏人主，犹须整肃，况天尊大道，其可忽诸？所上之章，咸被弃掷，既不闻彻，有何济乎？"[①]一语道明沟通冥界之文字如同人间奏章，也力显文字作为沟通阴阳二界的媒介作用。而《相山集》中王之道患病，家人"毒之以万金之药，灸之以三年之艾，驱之以首楞严之秘咒，谴之以孙思邈之灵符，终莫见其毫发之效"。[②] 在以上各法均不见效的情况下，王之道乃自为《谴疟鬼文》以禳之，想通过文字的巫术媒介之功用，达到除鬼去病之效果。这宗宋朝故事可印证对文字的信仰从唐一直延伸至宋。

社会形成崇拜文学的风气，文字在具有这样浓厚的宗教信仰的性质之下，成为上通神灵、下接冥界的有效信息载体，这是墓志作为墓主进入冥界的"身份说明书"之功用的信仰基础。正是有了这一信仰，迎合人们希望将此生的荣华与功勋等带入阴间，继续保持与延续这一等级与身份的心理需求，墓志便担当起墓主由人世间进入冥界异域的身份信息载体的重任，成为沟通阴阳二界的重要媒介。这一功用区别于其他实用性器具随葬品，使墓志成为随葬品中最重要的标明墓主身份的信息载体。对于现世坐享富贵的墓主，希望以此确保在异域继续享受现世之荣华；而若是此生并不富贵者，亦可指望所记今生之所为，合礼并行善，应有功业之享。当然此点分析是建立在

---

① 李昉等编：《太平广记》卷七十一，中华书局 1961 年版，第 444－445 页。

② 王之道：《相山集》卷二八，北京图书馆出版社 2006 年版，《〈相山集〉点校》，第 345 页。

唐代有墓志随葬者，最基本的都是稍有身份之人士的基础上，出土与传世文献均可验证。

四、墓志文本与随葬身份说明之功用

唐代墓志，某某墓志铭并序的标题十分常见，其最早出现在北魏时期[①]，至唐代有普及之势。从这一类墓志的行文看，“序”其实就是指前面的叙事记述部分，也就是通常称为“志”的那一部分。既然已以“志”相称，何必再添上“序”字？程章灿先生怀疑一开始是因为有人对墓志和墓志铭的意思有些误解。要么认为墓志只是特指某种形制、用途的石刻，与志石相近；要么认为墓志或墓志铭只是指最后的那段铭文，因此才有必要给前面的散文体叙事部分另起一个名称——序，如同铭文的一个引子。

笔者认为，因墓志铭的最基本功用是用来作为“身份说明书”，也即“志”人，因此墓志铭的标题在此意识影响下将墓主身份说明作为行文的首要内容和主要范围。如果涉及一些墓主生前事迹，带有叙事倾向的传记性文字，本不属于墓志铭自身文体功用，而其又在文中占有不少的比重，因而再加“并序”二字以示区别。至于为何是“并序”，而不用“并传”，笔者以为此与刘勰《文心雕龙》中对碑刻文字的论述不无关系，“属碑之体，资乎史才，其序则‘传’，其文则‘铭’。”[②]它明确指出碑刻文的文本身是用来铭刻与铭记的，而作为传记类的文字则属于“序”类。

唐人墓志铭大量地带有“并序”之标题，正是因为在这一文体中，也加入了许多说明墓主事迹的传记性文字，于墓志铭文体本身之身份说明功用而言，是为附加说明文字，而非其主要功能。从而在标题上附加“并序”二字以示所占比重不少的叙事类传记文字只是标志墓主身份的重要内容的附加，是为“并序”。考查唐代墓志，带有“并序”

---

① 程章灿：《墓志铭的结构与名目》，《古籍整理研究学刊》1997 年第 6 期。

② 杨明照：《增订文心雕龙校注》，第 155 页。

之标题的绝大多数都有传记性文字，当然某种事象一旦普及，成为一种风俗之后，人们往往会忘了其最初的含义，而作为习惯遵循。所以至后来墓志标题普遍加“并序”之标题后，人们随俗而用，而不明了“并序”之意。加了“并序”标题后墓志文体中传记类叙事文字增多，受杂传等传记文体影响增强，当然此种文体转向让墓志的文学色彩增强，更具可读性，是不容置疑的，不过此点不在本书讨论范围。

众所周知，墓志文的范式，即如王行《墓志举例》卷一所云：“凡墓志铭，书法有例。其大要十有三事焉：曰讳、曰字、曰姓氏、曰乡邑、曰族出、曰行治、曰履历、曰卒日、曰寿年、曰妻、曰子、曰葬日、曰葬地，其序如此，如韩文《集贤校理石君墓志铭》是也。”[①]事实上，十三事在北朝庾信时即已成型并固定下来，此后墓碑文之结构也承袭了十三事这样一种构架，实际记载中虽序次或有先后，要不越此十余事而已。而一些所谓的变例，各以其墓主个人特别的情况所作突出说明与描写，但同样要交代上述基本情况。总之，历经各个时期，墓志结构上的变化并不是特别大，十三事仍然是为文者所主要关注的方面，这一稳固的内容结构，正是由墓志的墓主“身份说明书”的文体功能所决定的。十三事都是围绕墓主身份、家族信息、履历信息、丧葬情况而展开，正从具体内容方面印证其“身份说明书”之功用。

综上所述，唐代墓志附加“并序”之标题和持续不变的墓志正例构架，从文体内部印证了墓志的墓主“身份说明书”的文体功用，从而显现出墓葬信仰所赋予墓志文体的本质功能对这一文体的影响已渗入内部。

总之，厚葬的社会风气引起修撰碑石之风，而历时不变的墓葬信仰决定了墓志的实际运用功用，使其成为墓葬中重要的附葬物品，担当起墓主进入冥界的“身份说明书”功能，成为推动墓志的普及与繁荣的原动力，并深入影响到墓志文体的标题定位与内容构架。

---

① 王行：《墓铭举例》卷一，影印文渊阁四库全书本1986年版，第65页。

第二节　唐代祭神风俗与祭神文

唐代社会神灵崇拜非常普及，祭神成了整个社会常见的风俗，祭神活动不仅在朝廷、各级地方官府隆重举行，而且深入到老百姓的日常家庭生活。与此相关的祭祀文学则空前繁荣，作为文学与祭祀文化的结合体，祭祀类文学能在唐代走向高峰，自与当时的祭祀风俗密切相关。因此，本节立足于祭神文与祭神风俗之密切联系，探讨唐代祭神文对祭祀仪式的参与问题。

一、唐代祭神文直接参与祭祀

1.文能通神：唐代祭神文参与祭祀的信仰基础

祭神活动中，呼唤神灵、与神灵沟通，是至关重要的。降神的方式与手段很多，但能够达到直接的信息交流与沟通则非语言与文字莫属。神灵崇拜的基础就是万物有灵论，由此而产生各类有灵之物种均可以相互感应。因此语言与文字在神灵祭祀中的有效性也因此而建立。

卡西尔在《语言与神话》中指出："'专职神'也只是在其名称派定给它的特殊领域内生存和活动。因此，无论什么人，只要他确实想得到该神的保护和帮助，他就必须确实进入他的领地，亦就是说，必须正确地称呼其名。祭神的每个动作，向神发出的每个请求，只有在按照合适的名称祈求神时，才会引起他的注意。因而，正确呼名之术在罗马得以发展成为僧侣的一种技能，产生出维护高僧团辖治所必需的尊严。"①他这里对人类意识中的语言在神灵祭祀中的地位之分析，是基于人类集体潜意识的共同拥有的社会观念，在各类文化中都会找到印证，我国传统文化同样也不例外。此种神灵观念，在我国唐代社会中广为流传，为民众所深信，如下面这则故事：

卢著作肇为华州纥干公泉防御判官，游仙掌诸峰，歇马于巨灵

① [德]恩斯特·卡西尔：《语言与神话》，三联书店 1988 年版，第 77 页。

庙。忽寐，梦在数间空舍中，见一老妪于大釜中燃火。卢君询其所由，曰："老人是华岳神母也。"又问："釜中煮者何物？"母曰："橡子也。""用此奚为？"母愀然曰："食之也。"卢曰："且儿为五岳神主，厌于祷祠，母食树子，岂无奉养之志乎？"母曰："以神鬼之道，虽有君臣父子，祸福本不相及矣。祈祭之所，不呼名字者，不得飨焉。"卢梦毕，召岳庙祝，别置神母位，常馔出生一分，公宴则阙。在家忽遗忘之，哕咽而体中不快也。云溪子曰：亲闻范阳所述，故书之。[①]

华岳神母因民间祭祀无人呼其名而落泊至食用橡子充饥，其"不呼名字者，不得飨焉"之语点明神灵名号得到呼唤对其受飨的重要性，显现出民众观念意识中祭祀神灵时呼唤神灵之名号的重要，从而反映出呼唤神灵之语言在祭祀中的地位。

祭祀时的语言作为赋有神话力量的神话实体而出现，其所关涉的词语实际上成为通神的重要手段和方式。所有神话的宇宙起源说，无论溯源到多深多远，都无一例外地可以发现祭祀词语至高无上的地位。

我国自远古以来就有着语言崇拜观念，自先秦以来祭祀之时所念咒语就是这一观念的反映，不歌而颂是巫师在祭祀仪式上用以通神的主要手段之一。《周礼·春官》记载有大祝、小祝、丧祝等专门掌管祝咒之官，分类细致而明确，可见祭祀时的语言有着重要地位。

伴随着语言在祭祀活动中的实际参与及其重要地位，作为记录语言符号的文字，自然也逐渐地引起祭祀者的重视。因此对语言的通神之崇拜转化到文字上，也自在情理之中。唐宋时期已有了明显的文字通神信仰，唐代文人多作文投江河以通神，柳宗元就曾作文投江与江神交流：

零陵城西有螭，室于江。法曹史唐登浴其涯。螭牵以入。一夕，浮水上。吾闻凡山川必有神司之，抑有是耶？于是作《诉螭》，投之江

① 范摅：《云溪友议》卷上，古典文学出版社1957年版，第19页。

曰:'天明地幽,孰主之兮?寿善夭殇,终何为兮?堆山酾江,司者谁兮……[1]

柳宗元因法曹史唐登被螭龙牵入水致死怨恨,想到山川都有各自的神灵管辖,作《诉螭》之文向江神控诉其罪行,希望神灵降罚于螭。很明显柳宗元将控诉之文投入江中北流,是相信文稿会为江神看到并读懂,文字在这里也成了通神的工具。

语言与文字的通神信仰,为唐代祭神文直接参与祭祀仪式奠定了基础。

2.宣读、焚烧、投掷:唐代祭神文参与祭祀的途径

唐代祭祀风俗较以往有着更开明的特点。秦始皇封泰山时祭文和祭礼秘而不传。以后各朝沿袭此风,都秘不示人。唐玄宗泰山封禅,首次把秘不示人的玉牒公之于世。此种开放风气为唐代祭文参与祭祀并流传奠定风俗背景。

唐代祭祀活动中,祭文的参与是重要的一环。它负责昭告神灵与天下,处于祭祀仪式演示过程中,直接成为祭祀活动的一环。

文字为沟通人类与神灵的主要信息载体之一,但它有着与其他通神手段不同的特点。如果说歌舞、乐器等通神方式靠直接演绎来强化超自然气氛而达到娱神降神目的,祭文则通过宣读将祈求上达神灵,这是其通神的主要方式。祭祀活动中宣读祝文是最基本的礼仪之一,在每一次活动中,宣读祭文是必不可少的。《大唐开元礼》对此即有详细的规定:

> 北向立,祝持版进于神座之右,东面跪读祝文曰:"维某年岁次月朔日子,嗣天子某,谨遣某官某,敢昭告于东岳岱宗:惟神赞养万品,作镇一方,式因春始,谨以玉帛、牺齐粢盛庶品,明荐于东岳岱宗,尚飨!"讫兴初献再拜,祝进奠版

---

① 董诰等辑:《全唐文》,上海:上海古籍出版社1990年版,第5888页。

于神座。[1]

这里所说的跪读的祝文，即是祭文。关于祝文，古代祭祀天地山川，祝祷性的文字称祭文、祝文或祈文，祝文与祭文名异而实同。李曰刚《文心雕龙斟酌》："所谓'祝文'，实为祭文之先导，与祭文异名同实。"故《开元礼》所言宣读祝文的实质也就是读祭文，类似礼仪在《开元礼》祭祀类中为常规礼仪，卷35、36、68、71等均有记载，其实施广见于国家、地方各级行政及民间祭祀活动之仪轨中，而且影响长远。至今，宣读祭文仍是祭祀常规礼仪。

人们对于文字载体的通神信仰，还具有象征符号的隐喻性，因此除了宣读之外，还有其他传送途径。在唐代，人们信奉的传送途径还有焚烧与投掷。

首先来看焚烧。唐朝，祭祀之文多写于祝版之上，因此祭祀中，往往宣读者是持版以进，然后跪读，拜祭等礼节完了以后再将祝版焚烧：

> 通事舍人分赞内外哭再拜。礼仪使又跪奏："请再拜。"俯伏，兴。皇帝哭再拜。奉礼郎传赞内外再拜，礼仪使跪奏："礼毕。"俯伏，兴。近侍扶皇帝还阁，群突发俱退。太祝乃跪匮神主，遂闭帷门，降出。内侍之属及行事者皆出。祝版焚于左延明门外。[2]

此则材料反映的是国家祭祀中焚烧祝版的景象，地方祭祀、民间祭祀也往往如此。

投掷的方式源于道家的投龙仪式，道教的投龙仪式，又称为投龙

① 《大唐开元礼·卷35》，《文渊阁四库全书本》，台北商务印书馆1986年版，第23页。

② 《大唐开元礼·卷35》，《文渊阁四库全书本》，台北商务印书馆1986年版，第27页。

简、投龙璧。投龙仪式是将写有祈福消罪愿望的文简，和玉璧、金龙、金钮用青丝捆扎，在举行斋醮科仪之后，投入名山大川、岳渎水府。道教投龙仪式始盛行于唐代，这与唐代国家祭祀深受道家影响密切相关。雷闻《五岳真君祠与唐代国家祭祀》[①]一文中，以图表形式列举石刻材料所见唐代国家的岳渎投龙活动26次，反映出唐代国家祭祀中投龙活动非常频繁，唐代民间祭祀中也普遍盛行，唐诗中多有记载。源于道教的投龙仪式因在国家祭祀和地方祭祀中的广泛开展而成为社会祭祀风俗，广泛影响人们的生活。岑参《冬夜宿仙游寺南凉堂呈谦道人》诗曰："石潭积黛色，每岁投金龙"，反映文人参与投简活动，每岁都投的频率表明投简普及到文人的生活之中。

投龙、投简之风源于道教祭祀，其对祭祀文学的影响，显而易见。龙简用朱笔书写五行告文，写明斋主姓名年龄、出生月日或本命干支、祈告事由、投简之所、国号、年月日等。有的文简，刻有祈雨祭文。五代吴越王钱镠热衷于投龙，后世不断发现其所投龙简。一九五五年疏浚西湖时，发现了五代吴越国投龙简四枚，上刻有祭文，表明投龙对祭文之影响。刻有祭文的龙简被投掷，使祭文通过投掷而达于神的观念得以强化，从而促进祭文的投掷。

与投龙地点为名山大川不同，祭文投掷的地点更热衷于为江水。此点可能与传统文化中祭祀屈原凭江吊唁有关：

> 过湘沅而主不容，自投江而死。作书往往摭离骚文而反之，自岷山投诸江流，以吊屈原。
>
> ——扬雄《吊屈原文》

> 河内荀儒，字君林，乘冰省舅氏，陷河而死。兄伦，字君文。求尸积日不得，设祭冰侧。又笺与河伯，投笺一宿，岸

① 荣新江：《唐代宗教信仰与社会》，上海辞书出版社2003年版，第65页。

冰开，尸手执笺浮出。伦又笺谢。[①]

——刘敬叔《异苑》

可见文人观念中江河自有神灵，以文投之，则可与之交流，得到神灵回应，尔后又以笺来答谢，说明对文能通神深信不疑。

李翱《故处士侯君墓志》载侯高曾作文投川：

汴州乱，兵士杀留后陆长源，东取刘逸淮，乃作《吊汴州文》，投之大川以诉。[②]

将文稿投入江河之中，是以文能通神为信仰基础，以文作为人神交流的工具。

宣读、焚烧与投掷是祭文直接参与祭祀活动的方式，从文体方面而言是其作为应用文体之实用特点，为其本质所决定。从社会人类学来看，这些都属于祭祀仪式。对于仪式的分析与理解，拉德克利夫・布朗认为目的和原因、意义、效果是把握一种仪式的三种基本途径。这里，我们不妨认为宣读、焚烧与投掷仪式通过带有象征性的具体行为，向仪式的对象释放符码，达到信息传达之目的和通神的效果。

3.递交请求之文书：祭神文参与祭祀之政治折射

政治对宗教的影响是毋庸置疑的，政府参与民间信仰活动即是产生影响的主要途径之一。官吏参与民间祭祀行为，自古即有此传统，薛爱华先生在20世纪50年代即已发文指出，在古代中国祈雨仪式的主持人的名单中，除巫师、道长、僧人以外，人数最多的是官吏。[③] 唐代也不例外，在唐代传奇中，官吏参与民间祭祀行为的记载

---

① 刘敬叔：《异苑》卷十，中华书局1996年版，第95页。

② 董诰等辑：《全唐文》，卷六三九，上海古籍出版社1990年版，第6459页。

③ 薛爱华：《古代中国典仪简介》，《哈佛亚洲研究学报》1951年14期，第130－184页。

比比皆是，大部分收录在《太平广记》中，此处不再多做说明。[①]

这里需要说明的一点是唐代官员参与民间信仰、民间宗教行为的世风很盛。开化民风、治理习俗也是唐代官员的职责之一，这种与治理政务相辅而行的教化职责使其可以而且必须干涉民间的信仰和祭祀活动。官吏掌控各种祭祀活动，使一些民间祭祀政府化，从而使得整个社会神灵信仰风气日甚，神灵祭祀活动达到群体化、社会化、官民同祭的程度。官吏参与民间祭祀行为，使整个祭祀活动带上政治色彩，宗教不可避免地受到政治影响，将祭祀行为作为类同于人间政治交流过程处理。

另外，在传统意识形态中，国人观念中对"天上"与"人间"并无确切的划分，对于二者间的相似性更是有着过多的联想。人们普遍认为，天界是相对于尘世的一个更高的管理层，有着一套完备的管理体系，职掌不同事物和具体事务的各路神仙又有着严格的等级区分，其管理体制与权利行为方式则类同于人间的政权运行模式。

民间宗教包括观念和社会行为两个方面，在此种观念的影响下，社会行为——具体的祭祀仪式方面，唐代祭祀流程受主祭官员公职身份的影响，趋向于衙门的政治交流过程。在此过程中，祭祀的神灵即等同于办案的官吏，仪式过程中的人神交流则犹如百姓向衙门汇报案件。衙门官民交流汇报案情需要一个文书来递交请求，同理，祭祀活动也需要有这样一种"文书"性质的事物参与，祭神文则充当了这一角色，即在祭祀活动中文书转化为祭文形式。由祭神文担当起向神灵汇报人间状况、所需请求的类同人间政府行为中案情汇报的上下级信息交流功能。

祭文在民间宗教活动中因此而不可缺少，成为民众意识中担当"文书"的重要角色。

---

① 相关的讨论，可以参见[法]乐维：《官吏与神灵——六朝及唐代小说中官吏与神灵之争》，《法国汉学》第三辑，清华大学出版社 1998 年版。

二、实用性强化与祭神文之兴盛

1.直接参与祭祀推动祭神文之兴盛

在中国文学史上，祭祀文学很早就已出现，第一部诗歌总集《诗经》的颂词尤其是《商颂》《周颂》中的很多篇就是直接用于祭祀或者描写祭祀过程。而屈原的《九歌》等经典祭祀文学更是源远流长，影响广泛，可谓上古祭祀文学的代表之作。

后来以祭奠祖先、已故亲人和朋友为目的的祭文逐渐增多，与神灵类祭祀文学一起成为祭祀文学的两大组成板块。而前者因缅怀情感的主导更具文学性，以动人的情感因素轻而易举地成为祭祀文学中的主角，神灵类祭祀文则只在国家祭祀等政府行为中作为例行公文而出现。神灵类祭文成为其中点缀，检索魏晋南北朝时的传世文献，得神灵类祭文仅十余篇，这相对于三百多年的历史时期而言，实属寥寥。中古以来的祭祀文学，特别是用于祭祀亲人、朋友亡灵的作品，其中有关祭祀仪式的内容被逐渐淡化。

祭祀文学的本质即是用于祭祀行为，实用价值和意义是其本来面目，神灵类祭文在魏晋南北朝时淡化出历史舞台，是否是因为当时神灵、自然崇拜的减少？然国家多难，民生痛苦，人灾人祸，交相侵逼的这一时期，民众的人生幻灭感特别强烈，万物有灵是这一时期人们的普遍信仰，天地崇拜、山川崇拜、动植物崇拜广泛流行。[①] 为何信仰崇拜却没有促进祭祀文学的繁荣？原因自有多方面，笔者认为大多数祭祀行为的主持者为巫者，是其中不可忽视的原因。《魏书·礼志一》："又置献明以上所立天神四十所，岁二祭，亦以八月、十月，神尊者以马，次以牛，小以羊，皆女巫行事。"巫者自当以咒语为降神手段，而不会以祭神文为通神途径。祭神文的这一实用价值的虚无必然导致其在祭祀行为中的退出，用于祭祀的意义没有得以通行。仅

---

① 张崇宗、魏向东：《魏晋南北朝时期的自然崇拜》，《襄樊学院学报》2000 年第 4 期，第 3 页。

仅只有记载与描述祭祀过程的功用是难以在每一具体祭祀行为中赋予祭神文以空间与地位的。

追溯祭祀文学的历史渊源，比较唐代祭神文与前代祭祀文学，可以让我们更清楚地明了唐代祭神文的特征。首先是祭神文被广泛用于祭祀山川神灵，唐代祭祀山川神灵的祭文较魏晋南北朝激增；其次是祭神文直接参与祭祀活动；最后，祭神文参与祭祀过程，而非记载和描述祭祀过程，其内容多为祈祷与诉求性文字。显然，唐代祭文较以往的兴盛，最主要的推动力乃是其直接参与祭祀行为，作为通神、降神的手段与工具。

2.神灵崇拜普遍与文学繁荣

有唐一代是我国封建社会思想最为开放活跃的时期，同时也是民间原始信仰极为发达的一个时期。形形色色的神物崇拜充塞了社会生活的方方面面，鬼神信仰风俗盛行于整个社会，普及于民间。所谓举头三尺有神灵，唐代社会随处可见神灵崇拜现象、活动，从泰山神、华山神、土地与城隍等各种自然神，到二郎神、紫姑神等人格神，林林总总的各路神仙都为民众所信仰和祭祀。因天地崇拜、山川崇拜、动植物崇拜而进行的祭祀活动从社会上层到民间普遍开展，官民共同参与。

唐代同时又是一个尚文的朝代，贵文之风带来文士地位的提高和对文才的重视："唐之贵文至矣哉！后王纂承，多以国柄付文士。"①"国家以文德应天、以文教牧人、以文行选贤、以文学取士二百余年，焕乎文章。故士无贤不肖率注意于文矣。"②以文取士政策将文才提到了前所未见的高度，随之而来的便是整个社会的重文、崇文、学文风气。

文学的繁荣使得一些文体的实用功能加强，例如祭文用来驱逐

① 董诰等辑：《全唐文》，上海古籍出版社 1990 年版，第 6782 页。

② 董诰等辑：《全唐文》，上海古籍出版社 1990 年版，第 7281 页。

异类动物，如《祭鳄鱼文》《逐毕方文》等，这类文章的产生就是在当时整个社会神物崇拜背景下，祭文参与祭祀活动的延伸，是当时祭祀风俗之反映，所以我们说韩愈作《祭鳄鱼文》意图通过祭文与鳄鱼沟通的想法并非迷信，而是在当时整个社会神物崇拜背景下的一种自然选择。在神灵崇拜普遍与文学繁荣并行的社会现实背景下，祭文又直接参与祭祀活动，故而祭神文学的繁荣是势之所趋，在所难免。

总之，祭祀，是最基本的宗教仪式之一，毋庸置疑，它具有宗教功能。祭神文是祭祀仪式的文本物质和形式载体。唐代祭神文最大的特征在于以诵读、焚烧、投掷等形式直接参与仪式，成为祭祀活动的组成部分，使祭祀仪式更具交流沟通性，同时让祭祀行为与过程再现并留存于文本，成为历史见证而流传；而对祭祀仪式的直接参与也成为推动唐代祭神文繁荣的重要原因。

三、祭神文内容的分析与解读

1.祭神文范例

有唐一代，祭神文的传世文献多保存在《全唐文》中，笔者搜罗50余篇。敦煌文献中亦有不少的祭神文。谭蝉雪先生著《敦煌岁时文化导论》一书对敦煌祭神之俗论述颇详。敦煌地区祭祀的神灵主要是自然神、民间传说中的神和佛中的神。其祭神文见于S.1725背、S.5639，P.3896，S.343，P.2854，P.3098，S.5747等卷。

祭文的形式，有散也有韵，明徐师曾在《文体明辨序说》中总结道："其辞有散文，有韵语，有俪语；而韵语之中，又有散文、四言、六言、杂言、骚体、俪体之不同。"从祭文的体裁来看，有散文、韵文和散韵结合三种。散文多骈偶之句，在祭文中占多数；韵文沿用四言的居多。传统形式的祭文中，起首以"维大唐某年某月日……"居多，交代祭祀时间，接着交代主祭人，前必饰以官职，然后陈述祭祀物品，结以"敢昭告于某某之灵"，作为散文的陈述多到此结束，接以祷告内容的韵文，多有赋的韵味，最后以"尚飨"作结。

古代应用文字多用骈文写成，祭文也不例外，从本质上来讲，它是一种应用型的口诵文体，因而讲究节奏和韵律是其主要特点。骈文和谐的韵律和抑扬的节奏感，使其在祭祀过程中非常适合于口诵，增强了语言的感受性。作为一般的语言符号，其用于交流沟通之时，必然包括说话人与接受者两端，说话人以语言为媒介，将思想与感情呈述与传达给接受者，接受者在接收这一信息后再在头脑中经过解释，从而达到沟通。[①] 然而祭祀仪式中，语言是用于人与神的交流的，神的存在是象征性的虚拟对象，在局外人看来，它实质上是并不存在、不会接收、不会解释的虚幻对象，由此在语言信息传达过程中，主祭人诵读祭文，他既是信息的传达者也是信息的接受者和解释者，即在传达和表现语言符号的同时，也在感受和体验语言符号。因此祭文的朗朗上口毫无疑问将增强语言符号的特殊象征性，其言说、诵读所产生的类似于咒语、颂词、韵白的声音形式，必然加强其作为仪式听觉符号的宗教意义与影响力，从而建构起特定语境，为降神、通神奠定心理基础。故而祭神文在祭祀现场应用中其"文本"意义可退居次要地位，它更多地通过"诵"的形式，使祭祀者从视听等感觉的角度来表达和寄托祭祀的内容和情感。

祭神文有着基本的格式，但亦有详有略，各有侧重。聊举数例：

祭吴塘神祈雨文

某年月日，朝散大夫检校司封郎中兼舒州刺史独孤及，谨以清酌之奠，敢昭告于吴塘神之灵：山作灵镇，神实司之；人作神主，及实尸之。神非人罔以荐馨香，人非神罔以降福祥。馨香不荐，伊人之尤；福祥不降，亦神之羞。及剖符为邦，今二年矣，制节谨度，不敢怠遑，庶无罪悔，以奉禋祀。

① 薛艺兵：《神圣的娱乐：中国民间祭祀仪式及其音乐的人类学研究》，宗教文化出版社2003年版，第42页。

祀未丰洁，政或颇类，实及之责，非人之愆，惟神祐之，俾大有年。今盛夏旱蒸，五稼将枯，田畯诉号，靡知其辜。神明岂不降鉴下土，油然为云，沛然作雨，使万人欢康，百谷阜滋，洒我公田，遂及我私，我京我庾，维万维亿？岂伊人粒，神亦血食？众心禺禺，非岁曷望？望之济否，惟神所相。尚飨！①

曲江祭龙文

维年月日，京兆尹兼御史大夫韩愈，谨以香果之奠，敢昭告于东方青龙之神。

天作旱灾，嘉谷将槁。乃于甲乙之日，依准古法，作神之象，斋戒祀祷。神其享之，时降甘雨，以惠兹人。急急如律令。②

S.1725 背《祭风伯文》

敢昭告于风伯神，帷神德含元气，体连阴阳，鼓吹万物，百谷仰其结实，三农兹以成功，苍生是依，莫不咸赖，谨以制弊（币）醴荞，祇奉旧章，式陈明荐，伏惟尚飨！③

S.5747《（天）复五年张（承奉）祭风伯文》

□（天）复五年（905），岁次乙丑正月日朔，□□日归义军节度沙瓜伊西管内观察处置押蕃□（落）等使金紫光禄大夫检校司空兼御史大夫南阳张□□，（谨）以牲牢之奠，敢昭告于风伯神。伏惟神首出地户，迹遍天涯，□□□□□□□夏凉而草木□□□□□□□□□□□□四海与为□（下残）④

① 董诰等辑：《全唐文》卷三九三，中华书局 1983 年版，第 4002 页。
② 董诰等辑：《全唐文》卷五六八，中华书局 1983 年版，第 5742 页。
③ 转引自武汉强：《敦煌祭文研究》，西北师范大学 2003 年硕士学位论文。
④ 转引自武汉强：《敦煌祭文研究》，西北师范大学 2003 年硕士学位论文。

综观唐代各类文集及敦煌祭神文，可见唐代祭神文大致由三个部分组成：(1)祭祀相关情况的交代，即交代祭祀时间、主祭人的官职、祭祀物品、神灵之名；(2)陈述请求事由、祷告内容；(3)告飨，告神和飨神，即请神降临，明鉴所祷并享用祭品，多以“尚飨”作结。有的祭文祷告的同时，对神许诺，祈祷如若得到满足将另有丰厚酬报。如：“若果我恳怀，酬报当极，投以金奩，增以石玉，潜鼍皆血，翔燕尽炙，其余馨美，亦满瑶席。”以各种好处增强神灵应祷的可能性，凸显观念中的神灵人格化思想。

刘勰在《文心雕龙·祝盟》中说：“若乃礼之祭祀，事止于告飨；而中代祭文，兼赞言行。祭而兼赞，盖引神而作也”，说明祭祀之文出现赞美神灵的言辞，在两汉时期盛行。然观唐代祭神文，此类言辞颇为少见，更多地表现出所祷告之事乃神所司命，是其职责所在。因此陈述事由，希望神灵明鉴裁之。如：“惟北太阴之位，是用昭告于城之北门，惟门有神裁之。某以天子之休命，殿于是邦，大惧天厉之不时，俾黎民阻饥，敢以正辞告神，神若之何不听？敢以至诚感神，神若之何不吊？……”显现出主祭人以天子所赋权为黎民祈福而觉正义凛然，对神无所畏惧之态。

徐师曾在《文体明辨序说》中指出：“古之祭祀，止于告飨而已”，其文并无哀伤之意。所指即如此类。因其主要目的是乞求神灵保佑，攘除灾凶，故必然有一些颂扬和祈祷之词。语言风格上，基本格调仍以崇敬为主，表现出下求上的定位，但我们从唐代祭神文中发现，以平等口吻与神对话，是其不可忽视的特点，如：“神之所依者惟人，人之所事者惟神。今既大旱，嘉谷将尽。人将无以为命，神亦将无所降依”。在中国传统观念中，人的世界与神的世界界限划分并不明确，神的人化与人的神话往往并行。唐代许多官吏就成为祭奉的对象。时风所向，赋予官吏在某种情况下具有制服超自然物的能力时，他们多以社会名义行事。此时他们所代表的是人间官府所赋予的权势，与神灵所代表的天上的权力形式有着可比与互依性，因此祭祀中的交流口吻也出现平等之姿态。

敦煌祭神文在文体、文章风格、基本思想倾向上跟古代祝文大体相似，多用骈体，虽是实用文体，但也不乏文学手法的运用，如 S.343《都河玉女娘子文》用拟人的手法，把都河的威猛之势、壮丽之景，写得非常生动。其基本思想倾向主要是娱神，通过对神的颂扬和祷告使神得见祭者的诚心，从而赐福世人，使人免受自然灾害。这类祭文多见于书仪、文范中，但也有为具体祭祀活动而作的，如 S.5747《天复五年(905)归义军节度使南阳张承本祭风伯文》、S.4400《曹延禄醮奠文》，其内容往往与农业生产、人民生活息息相关。因其主要目的是乞求神灵保佑，攘除灾凶，故多颂扬和祈祷之词。①

2.祭神文内容分析

祭祀，是最基本的宗教仪式之一，毋庸置疑，它具有宗教性功能。同时它具备了一个非常神奇的“定力”，即可以通过时间、空间、程式、人物、器具等的规定，创造出“神圣”来。祭文是祭祀仪式的组成部分，作为直接参与对象，在祭祀过程中直接宣读；作为祭祀活动的见证，它的保留和流传是祭祀文化不可或缺的部分。

作为应用文体，祭文的内容，从文学方面而言，审美性与文学性自然赶不上诗词文赋，但从人类学的角度来看，却充分体现出人类宗教仪式中的叙事范式，是文学人类学的重要研究对象。因此我们不妨从这一角度来对其内容进行剖析。

祭文内容的前一部分，从交代祭祀时间起首，到主祭人、祭祀对象、祭祀物品的交代，多用散文写成，可视为祭文的叙事部分。首先祭祀时间的交代，在祭文中是必不可少的，所谓“祭须以时”，时间要素会关系到神灵是否降临，祭祀祷告灵验与否。

再看主祭人，对于主祭人的交代，一般都说明其官职身份，显然

① 武汉强:《敦煌祭文研究》，西北师范大学 2003 年硕士学位论文。

为了表明其代表官职所辖区域百姓，以地方官的身份来履行祭祀职责。涂尔干认为仪式的社会功能就是使社会团结，强化集体力量。唐代朝廷、各级地方政府广泛参与国家和地方祭祀活动，各级地方长官也就成为地方祭祀的主祭人。强调主祭人的职位，是为了说明其作为地方官而替百姓祷告，强化祭祀所带有的集体的力量，即强化了宗教仪式的集体力，将微弱的个体力量提升到强大的集体力量中，以社会名义来行祭祀之事。

对于祭祀物品与祭祀神灵的交代，显示出祭祀礼仪，同时也反映出神权的分工观念，各路神明各司其职。祭文中一般具体交代昭告于哪一路具体神明，名称单一，可见民众信仰中所求祷之事有专职神灵负责掌管。

祷告内容方面，多从两个方面表达，一为民众所遇灾难，仰望化解之情；二为神灵仁爱之心，职责之守。此两方面显现出人物的语境个性特质，促进神灵与人做巫术层面的“交感”，神应体恤民之灾难，救民于水火之中。这也是文学的仪式表述特点，体现的人文精神错综复杂，它表现出了多重力量：存在的和不存在的；可感的和不可感的；想象的和现实的；肉体的和灵魂的等通通掺和在一起。

总之，从人类学的角度而言，祭文是祭祀文化文本的物质和形式载体，有着可以量化的存在性因素：时间、人物、器具、程序，等等。它具备着叙事结构的物质条件，这些条件在现实中的出现和不同的关系组合，使得仪式结构的叙事话语有了基本的依附。而叙事话语参与仪式，成为其中的组成部分，使仪式更具交流沟通性，让行为与过程再现并留存于文本，成为历史见证而流传。

第三节　判词与唐代风俗文化

今人论及唐代，很容易联想到唐诗，唐代是一个全民喜爱诗歌、崇拜诗人，诗歌创作达到空前绝后高峰的时代。如果说政治、经济的原因是诗歌勃兴的基石，那么崇尚诗歌的社会风尚则为诗歌的广泛传播、推广乃至兴盛、繁荣起到了巨大作用。一种文体在某个时代的兴盛，往往与该时代的社会风尚有着密切关联。但因社会风尚的形成多由制度、政治、时代背景等诸多原因造成，人们往往注重其形成幕后之原因，而忽视社会风尚的作用。社会风尚的形成原因多样，但一旦形成，它对社会成员心理的影响就不可小视。判词就因受社会风尚重视而在唐代走向兴盛，是因社会文化风尚重视而走向繁荣的代表性文体。以下重点研究判词与唐代社会文化风尚之关系，对前人与时贤已述科举、选官制度对判词的影响则不再重复论述。

一、风俗文化对判词文体的影响

1."以判为贵"的风尚与判词文体的兴盛

时贤在研究唐判时都注重指出科举对唐判的影响。吴承学先生在《唐代判文》一文中指出"唐代判文之所以兴盛，与唐代科举制度有直接关系"。[①] 苗怀明先生也明确指出唐代所特有的注重判词写作的选官制度和文化风尚，直接促进了判词本身的成熟。毋庸置疑，科举与选官制度是促进判词文体兴盛的关键因素，但当这种科举制度与选官制度广泛而深入地影响社会时，由此就会形成以判为贵的社会风尚、习俗。社会风气的形成必然有各方面的因素，判词在唐代流行并地位崇高的社会风气很大程度上来源于科举制度的考察体制，制度的规定让士子们对判词推崇备至，从而形成整个社会重视判词的时代文化风气。当然并不是所有的制度都可以演化为社会风气，但科考中重判之制却是其中表现明显的一种。

风俗是社会群体自发规范的生活方式、行为模式，一定的社会群体，处于特定的社会地位，形成独具特色的生活方式，呈现出独特的生活形态。生活在这个氛围中的人，耳濡目染，周围人的言谈举止，

---

① 吴承学:《中国古代文体形态研究》，中山大学出版社 2002 年版，第 158 页。

逐渐成为他们的心理定式和行为模式[①]。一种制度因关涉进身荣辱之重，受全社会关注而演化为社会风气，从而由制度层面转向了风俗文化层面，其影响力则借由社会风俗层面而扩大范围。以判为贵的社会风俗一旦形成，就有了比科举、选官制度更为广泛深远的影响力和约束力，挟制人们的心态，延伸到人们的现实生活中，存在于各类人物的情态之中，引起社会群体遵从和仿效，从而在社会心理上给予判词这种文体崇高的社会地位和高度的重视，判词写作成为判别士人能力、水平的标志。

首先，判词写作得到全社会士人的重视。由于科举、选官制度的推动，以判为贵的社会风尚很快就在唐代形成，判词的写作是衡量士人能力的重要标准。[②] 以判为贵，观判知才已成为当时社会通行风气。判词写作水平高低成为士人比试才能之衡量标准。《新唐书》载有一则杜审言嘲笑苏味道之故事："苏味道为天官侍郎，审言集判，出谓人曰：'味道必死。'人惊问故，答曰：'彼见吾判，且羞死。'"[③]杜审言以自己判词为荣，嘲笑苏味道判词写得差，并由此而认为此点足以让苏味道羞死。判词在士人心目中的地位之高可见一斑。

写得差的判词要遭到嘲笑，那么好的判词自然要得到大家的追捧，因一判而闻名于世的现象在如此以判为贵的时代，必在情理之中：

> 尹伊尝为坊州司户，尚药局牒省索杜若，省符下坊州供送。伊判之曰："坊州本无杜若，天下共知。省符忽有此科，应由谢朓诗误。华省曹郎如此判，岂不畏二十八宿向下笑人。"由是知名，改补雍州司法。[④]

---

① 此定义引自韩养民《中国风俗文化学》，陕西人民教育出版社 1998 年版，第 148 页。

② 此点吴承学先生在《唐代判文》中已有论述。

③ 欧阳修、宋祁等：《新唐书》卷二〇一，中华书局 1957 年版，第 5735 页。

④ 刘肃：《大唐新语》卷九，《隋唐嘉话・大唐新语》，中华书局 1957 年版，第 147 页。

对判词的重视，历代中，唐代最盛。士人们自发地对判词写作私下排序，好的判词则广为传播。如宣宗以后，人们以为宰相堂判无及路岩者，他所作的一段判词广为传播。史载“崔雍为起居郎，出守和州，遇庞勋悖乱，贼兵攻和。雍弃城奔浙右，为路岩所搆，竟坐此见害”，路岩因此事而对崔雍作判词。其中二句成为其作之代表，在史书中多有记载，此处摘录《金华子杂编》中的一段：

> 宣宗以后，近代宰相，堂判俊赡，无及路公岩者。岩字鲁瞻，懿宗咸通时入相。杜尚书慆，邠公之弟，慆，咸通中泗州刺史，事详《新唐书》。牧泗州，为庞勋所围，以孤城保全于巨贼之中。高锡望牧滁州，婴城固守而死。岩判崔雍状，详后。引二子以证其事云：“锡望守城而死，已有追荣；杜慆孤城获全，寻加殊奖。”①

判词引同时代人之事迹，因判词流传而让此事迹同时得以传播。社会上重视判词风气日盛，士人都潜心学习判词的写作，以此为衡量能力的重要标准，故社会上出现专门教人学写判词的蓝本：“故唐人无不工楷法，以判为贵，故无不习熟。而判语必骈俪，今所传《龙筋凤髓判》及《白乐天集·甲乙判》是也。自朝廷至县邑，莫不皆然，非读书善文不可也。”②判词文体在如此受重视和追捧的社会风气中，其写作无论是数量上还是质量上都上了一个新的台阶，唐代成为判词兴盛、辉煌的朝代。现今保留下来的唐代判词，篇目繁多，有专集，如《龙筋凤髓判》《甲乙判》等；有汇编，如《全唐文》《文苑英华》收集了大量的唐代判词；此外敦煌吐鲁番出土文书中也有大量的判词。唐代无疑成为判词走向成熟与繁荣的重要时期。

2.崇诗尚文之风与判词的文学化倾向

---

① 刘崇远：《金华子杂编》卷上，《四库全书本》，中华书局1985年版，第4页。

② 洪迈：《容斋随笔》卷十，中国世界语出版社1995年版，第82页。

保留下来的唐代判词从制判主体方面可分为拟判、案判和杂判等类，其中大多数为拟判。作为本属实用性文体的判词，在进入科举与选官制度中后，成为选拔人才的文体，为显示才华，其文学性显著增强。事实上考试选拔制度中所要求的有文采、词美等标准又是来源于崇诗尚文之时代风尚。时风所尚有文采者则为世人通认为有才华者，也是考试铨选所要选拔者。崇诗尚文之时风对判词形式与内容都产生了不小的影响，这里从其诗化与骈化两方面分而述之。

诗唐社会对判词的渗透主要表现在两个层面：一是音韵声律方面，出现了诗化的句型与节奏，诗化的声律规则；二是文学化的词语、句式、辞式、章法的运用。前者集中体现在诗化倾向上，后者我们概之为“骈化”。

唐代是个诗歌的朝代，诗歌深入生活的每个角落，成为唐代代表性文体。除了其创作达到空前绝后的高峰，现实中亦有广泛应用，以及由此而形成的崇尚诗歌的优良社会氛围。有文采者必擅诗，此种社会心理在当时应为定式。作为选拔人才的判词文体，如无诗歌文采显露，无疑是不完美的。翻检《全唐文》《文苑英华》所录上千道判词，不难发现诗化趋势。这种趋势又有如下几种表现：

(1)套用古诗

此种多表现为引用古诗名篇，阐释其含义与精神，用来说明案件中应追随与发扬此精神。如白居易所作判词：

> 纵下山之有怒，曷陟屺之无情？想《芣苢》之歌，且闻乐有其子；念《葛藟》之义，岂不忍庇于根？难抑其辞，请敦不匮。

这则判词是针对某人去妻后，妻犯罪，请求用子荫赎罪，此人不许的案件而作，判词中举《诗经》之《芣苢》篇，取其和平则妇人乐有子矣之寓意。《葛藟》篇则表现父母兄弟间的亲情，二篇用典故形式做论据说明子应回报亲恩。

(2)诗词格式的套用

诗歌体裁或语体风格在判词中并不少见，以四六文为主打的拟判有时会出现夹杂的两句诗歌，或者出现诗化的句型与节奏，不过更为明显的表现是在杂判和戏判中，整首判词都以诗歌形式出现：

> 淡红衫子赤辉辉，不抹燕脂不画眉。夫婿背军缘甚事，女人别嫁欲何为。孤儿携去君争忍，抵子归来我不知。若有支持且须守，口中争著两张匙。①
>
> ——《判神奇军背军官健李绍妻阿邓乞判改嫁》

此则判词已类似叙事兼议论之诗歌，通体采用七言诗歌体裁，语言风格俏丽滑稽，属花判一类。事实上完全套用诗歌体裁而做的判词，已属破体之作，多出现在杂判、戏判等类，下则判词则属杂判形式，为日常生活中对某事有感而发：

> 薛令之，闽中长溪人，神龙二年及第，累迁左庶子。时开元东宫官僚清淡，令之以诗自悼，复纪于公署曰："朝旭上团团，照见先生盘，盘中何所有？苜蓿长阑干：余涩匙难绾，羹稀筯易宽。何以谋朝夕？何由保岁寒？"上因幸东宫览之，索笔判之曰："啄木觜距长，凤皇羽毛短，若嫌松桂寒，任逐桑榆暖。"令之因此谢病东归。诏以长溪岁赋资之，令之计月而受，余无所取。②

这里唐玄宗所作的判词即是针对薛令之的诗有感而发，形式上与薛诗相应也采用五言体诗歌，但带有判定薛归属之意，类对下批示之语。

与诗化相比，骈化是唐判非常明显的特点，"语必骈俪，言必四

① 何光远：《鉴诫录》卷六，中华书局1985年版，第39页。

② 王定保：《唐摭言》卷一五，上海古籍出版社1978年版，第164页。

六”是唐判的特征，也是判词确立为文体的标志之一。但这与判词作为实用性的公文性质不相符合，实用性必然要求其简洁、清楚、明快，而骈化所追求的是文学审美特质，注重判词本身的用典、韵律。出现这一现象即是社会风气所使然。这种注重骈俪的趋向，与唐代当时文学的风气是一致的。整个唐代，骈文一直占据主流地位，古文运动前，骈文在文坛上处于主导地位；古文运动期间，骈文仍是时下文章的主流形式；古文运动后，骈文仍是当时的主流文体。[1] 用典、辞藻、骈偶是判词的主打，援引儒家经典（尤其是“三礼”）的内容司空见惯，而很少称引法律条文。大体说来，唐代判词中的拟判基本上全用骈文，案判行文或骈或散，总之骈文牢牢地占据优势地位，白居易判词全用四六文写成，对偶精工，使事用典，一点也不通俗。随举一例：

> 得景於逆旅食，噬腊遇毒而死。其党讼之，主人云：“买之有处。”
>
> 生不可保，死必有因。盍知命于丧子，岂尤人于食我。景秋蓬方转，朝薤欲晞，旅次爰来，将受餮而已，生涯溘尽，当终食之间。且非祭地之疑，自是逢天之戚。永言其党，不察所由。死且焉知，徒云噬腊之毒，买而有处，请无堇之嫌。诚虐士之可哀，在主人而何咎？幸思恕物，无妄罪人。[2]

此则判词文学性与实用性兼备。骈体判四六相间，句式整齐，节奏明显，顺口悦耳，便于宣读，行文朗朗上口，确保判词“文理优长”。比较之下，其他应用文由于其运用于现实的本质特征，大多无甚文学性，而本为应用文体的判词，因成为社会普遍认同的衡量才华与能力的重要标准，其创作势必与时代文风所尚接轨，占据主流地位的骈文渗透于判词中，增强其文学审美性，由此而是情理之中。在追求文学

① 程美华：《论骈文在唐代的地位》，《兰州学刊》2006 年第 3 期。

② 《白居易集》卷六六，中华书局 1979 年版，第 1389 页。

审美性的同时,其应用性又是反映撰写者学识、判断分析才能的一个重要方面,因此判词是文学性与应用性并举。

作为实用性文体,判词所要描述和表达的对象往往是一些家长里短、土地邻里纠纷等日常生活琐事,在讲究雅正的古代文学观念中很难成为文学的审美对象。骈化无疑加强了判词的文学色彩,从情感修辞、道德修辞的角度强化了其说服力,也是当时的一种文坛风气使然。注重骈俪的趋向,与唐代文学的风气是一致的。判词受时代文风的影响而趋向文学化,还可以从其表达方式、描写手法、修辞手法的运用等方面得以佐证。也许人们会认为判词的文学化与科举选官在考察制判时,特别重视判词本身的文采,与“词美”“文理优长”的要求有关。不可否认这在一定程度上使判词讲究辞藻、音韵、用典,趋向文学化,但从宏观着眼,科举选官制度之所以有重视判词本身文采的要求,这本身也是由唐代崇诗尚文的时代风习所决定的。

二、社会风俗与判词的价值取向

判词受社会风俗的影响不但表现在文体的兴盛与文学化倾向上,而且其内容及蕴含的价值取向许多都来源于社会风俗。社会风俗是对诉讼做裁断的重要依据。在法律条款并不完备的唐代,风俗以其广泛的影响力成为最重要的社会控制手段,它和社会文化背景、民族社会心理结合在一起,具有极大的约束力,人们往往以是否离风背俗来判断行为的合法性。

1.拟判之问目包含着社会风俗

唐判为数众多的拟判是唐判最具代表性的判词,拟判的出现无疑是缘于科举、选官制度的推动,是为准备铨选考试而作的。因是应试之模拟判文,其案件大多为虚拟的,通常分为题与对两部分,“题”即是需要做出判定的案件,“对”则是相应的判词。唐代试判出题经历了系列变化:“国初因隋制,以吏部典选,主者将视其人,核之吏事。始取州、县、府、寺疑狱,课其断决,而观其能否,此判之始焉。后日月淹久，选人滋多，案牍浅近，不足为准。乃采经籍古义，以为问目。其后官员不充，选人益众，乃征僻书隐义以试之，唯惧选人之能知也。遒丽者号为'高等'，拙弱者号为'蓝罗'，至今以为故事。"①

由最初的各地方真实疑案开始，到从经籍中寻找事例，虚拟案件，因考试人数日益增多，考试难度也相应需要提高，最后"征僻书隐义以试之"。此处出自《大唐新语》的引文与《通典》"选举"条之记录大体相同，记载唐代制判的变化历程。笔者认为这是就官方试判考试出题而言，并没有涉及民间的判词创作所作之题。就现存大量唐代拟判而言，有文人专集，《龙筋凤髓判》《甲乙判》，有《全唐文》《文苑英华》中大量的汇编判词，还有敦煌吐鲁番出土文书中的大量判词，这些拟判案件的拟定各有特点。如敦煌吐鲁番出土文书中的判词，大多为司法实践中常见的疑难案件，而《文苑英华》中用来拟判的事实，一般较为清楚。② 事实上，翻阅唐代文人所作拟判，案件的拟定涉及生活的方方面面，包括日常琐事、邻里纠纷，许多判词问目的拟定就包含着社会风俗，很多案件就是因为不合风俗而成为案件以待判定。如下列判词：

> 得景为宰，秋雩，刺史责其非时。辞云："旱甚，若不雩，恐为灾。"
>
> 居常授时，政则行古；恤人救弊，道在从宜。旱将害于粢盛，雩难拘于秋夏。景象雷是职，不雨其忧：苟旱魃之愆时，虐既太甚；虽蓐收之戒序，雩亦何伤？冀有闻于鹳鸣，庶无虑于狼顾。馨香以感，夕且望于月离；稼穑其伤，时难遵于龙见。虽事乖鲁史，而义合随时。制锦执言，是亦为政；褰帷致诘，未可与权。③

---

① 刘肃：《大唐新语》卷十，《隋唐嘉话·大唐新语》，中华书局 1957 年版，第 158 页。

② 汪世荣：《中国古代判词研究》，中国政法大学出版社 1997 年版。

③ 《白居易集》卷六六，中华书局 1979 年版，第 1386 页。

此则判词问目即是关于祭祀求雨是否合乎时宜的案件，从中可见其时求雨非常讲究时节，而且案件主角以县宰的身份组织求雨活动，反映唐代官方参与民间祭祀行为。整体上也可见唐代祭祀活动之盛行。由所给出的判断来看，社会的普遍风习是官员们必须正视的现实。风俗习惯，是社会普遍认同的价值观念，因而判决是对方方面面利益的兼顾，而不仅是法令刻板的内容。

有些判词问目反映出唐代民间风俗与法令有相矛盾的地方，由此而容易形成案例：

> 得景嫁殇，邻人告违禁。景不伏。
>
> 生而异族，死岂同归，且非合祔之仪，爰抵嫁殇之禁。景夭婚是恤，窀穸斯乖，以处子之舜华，迁他人之蒿里。曾靡卜于鸣凤，各异室家；胡为相以青乌，欲同宅兆。徒念幼年无偶，岂宜长夜有行。况生死宁殊，男女贵别，纵近倾筐之岁，且未从人；虽有游岱之魂，焉能事鬼？既违国禁，是乱人伦。请征媒氏之文，无抑邻人之告。①

这则判词反映的是当时民间盛行的冥婚风俗，而此为唐代儒家士人所排斥。从相关文献资料我们得知冥婚在唐代民间十分盛行，但此则判词可从另一个侧面反映出冥婚即使已成为一种社会风俗，但对坚守《周礼》等儒家礼仪的儒士而言，仍然是被激烈反对的。判词最后“请征媒氏之文”，即验证《周礼・媒氏》“禁迁葬者与嫁殇者”的礼仪规定。由此看来判词裁断中要权衡多方面要素，在正统观念和民间风习之间进行调和、抉择，而奉行儒家之文人依然坚守儒家旧时礼仪。

事实上，对社会风尚的维护，对民间风俗是否合乎礼仪的判断，以及对各种社会现象的分析、定性往往是拟判问目中常见的案例，此

① 《白居易集》卷六六，中华书局 1979 年版，第 1395 页。

类关涉风俗文化的社会生活的典型事情，是任职官员必须面对和处理的社会现实。因此对其的分析、判断，是考察应试者能力的重要方面，故而此类问目成为判词制判的重点内容。

2.社会风俗是重要的判案依据

在中国古代传统法律思想中，法律的实现始终没有成为根本价值目标。唐代，在法典上完成了儒法合流，《唐律》号称“一准乎礼”。礼与法之间的“道”与“器”、形上与形下的关系得以巩固和强化。[①] 礼与法的关系，诚如司马光所言：“至于律令敕式，皆当官者所须，何必置明法一科，使为士者豫习之？夫礼之所去，刑之所取，为士者果能知道义，自与法律冥合。若其不知，但日诵徒流绞斩之书，习锻炼文致之书，为士已成刻薄，从政岂有循良？非所以长育人才、敦厚风俗也。”一语道破法律只是工具，其源流还是道义，其目的是厚风俗。

在律、令无正条或只有纲要式规定的情况下，官吏判案所依据的只能是风俗、礼仪、惯例、良知、天理、人情。事实上，传统中国文化中，是以风俗、习惯、伦理的约束而不是以法律的权利界定来治理国家。风俗在古代中国判案中是重要的判决依据，唐代也不例外。

> 得乙女将嫁於丁，既纳币，而乙悔。丁诉之，乙云：“未立婚书。”
>
> 女也有行，义不可废，父兮无信，讼所由生，虽必告而是遵，岂约言之可爽。乙将求佳婿，曾不良图，入币之仪，既从五两，御轮之礼，未及三周，遂违在耳之言，欲阻齐眉之请。况卜凤以求士，且靡咎言，何奠雁而从人，有乖宿诺。婚书未立，徒引以为辞，聘财已交，亦悔而无及。请从玉润之诉，无过桃夭之时。[②]

---

① 王志强：《南宋司马裁判中的价值取向》，《中国社会科学》1998 年第 6 期。

② 《白居易集》卷六六，中华书局 1979 年版，第 1392 页。

此则判词充分参考了唐时婚俗，民间普遍以聘礼已下视为婚约成立。此案中，女方已经收取男方聘礼，则可视为婚约成立，而且在古代婚俗六礼中，纳采、问名、纳吉都是在纳聘礼之前，纳征（纳聘礼）之后的请期与亲迎都属于确定后具体的婚礼准备了。六礼之中，五种需行奠雁之礼。判词中说“况卜凤以求士，且靡咎言，何奠雁而从人，有乖宿诺”，可见前面一些纳采、问名、纳吉礼仪都已进行，而又已纳征，故婚约已成立。也正是基于民间这一婚俗一直盛行，在民众心理都已形成定式，唐代法令也有相关解释规定，如《疏议》：“婚礼先以聘财为信，故《礼》云：‘聘则为妻。’虽无许婚之书，但受聘财亦是。”

判词作为科举选官制度选拔人才的考察文体，唐代要求“文理优长”，一则考察应试者的文学才华，二则考察应试者从政的能力与素质。因此判文写作被认为是临政治民之第一义，因为写作好的判文必须通晓民风民情，谙练法律，明辨是非。而在古代传统法律思想中，风俗道德的约束才是最根本的，是法律之所本。由此，了解熟悉风俗这种不成文法，以之为重要的判案依据，是唐代判词写作不可忽视的关键。

此外，中国古代法律历来以刑法为主干，民事法律极不发达。在中国古代社会里，宗法等级秩序与重农抑商政策相互配合，缺乏意识自治与频繁交往的平等主体，民法便无从产生，好像也不需要专门的民法，民间社会关系与纠纷由律及同质的礼、俗一并调节之。风俗、习惯、族规、家法、乡规民约等民间行为规范，在一定意义上说，就是民间实际起作用的法律，所以，有学者称之为“民间法”。[①] 唐代同其他朝代一样，没有形成独立的民法典。一方面，自安史之乱后，中央权威下降，地方割据，均田、赋税、府兵等多项制度崩溃，有关的律、令成为具文，造成民事调整的空缺。另一方面，制度的瓦解加速了人、物、财的流动，民事活动增加，社会迫切需要相应的调整和规范，于是

① 蒋冬梅：《略论中国古代法律的基本性质》，《安徽大学学报》2007 年第 1 期。

灵活制宜的制、敕和民间公认的习惯成为填补空缺、应对社会需要的重要法源。[①] 民间社会关系及纠纷，其判决的依据往往是风俗习惯。

敦煌文献《文明判集残卷》有这样一道判词：

> 奉判：妇女阿刘，早失夫，心求守志，情愿事姑。夫亡数年，遂生一子，亡夫梦合，因即有娠，姑乃养以为孙，更无他虑。其兄将为耻辱，遂即适张衡。已付聘财，克时成纳。其妹确乎之志，贞固不移。兄遂以女代姑，赴时成礼。未知合为婚不？刘请为孝妇，其理如何？阿刘夙钟深，早丧所天。夫亡愿毕旧姑，不移贞节。兄乃夺其永志，私适张衡。然刘固此一心，无思再醮。直置夫亡守志，松筠之契已深，复兹兄嫁不从，金石之情弥固。论情虽可嘉尚，语状颇欲生疑。孀居遂诞一男，在俗谁不致惑？与亡夫梦合，未可依凭。即执确有奸非，又无的状。但其罪难滥，狱贵真情。必须妙尽根源，不可轻为与夺。欲求孝道，理恐难从。其兄识性庸愚，未闲礼法。妹适张衡为妇，衡乃克日成婚，参差以女代姑，因此便为伉俪。昔时兄党，今作妇翁，旧日妹夫，翻成女婿。颠到昭穆，移易尊卑。据法法不可容，论情情实难恕。必是两和听政，据法自可无辜，若也妄冒成婚，科罪仍须政法。两家事状，未甚分明，宜更下推，待至量断。[②]

此案并未给出具体的裁决，对于阿刘夫亡数年后生子，声称与亡夫梦合而生，判词认为其乃背俗之行为："孀居遂诞一男，在俗谁不致惑？"因此"欲求孝道，理恐难从"。而且对于阿刘孀居诞子，质疑其或存奸情，不过因无确切证据，而宜更下推。对阿刘兄以女代姑与张衡成亲，认为是移易尊卑的行为，需看其有无妄冒情节而决定是否定

① 金眉：《论唐代民事法律的发展及其特点》，《法学》2001 年第 11 期。

② 《文明判集残卷》第 87－100 行。

罪。在这则案例中，孀居诞男与女代姑嫁之事，判断其事件的性质，判词主要依据的是其是否违背风俗礼仪。在强调要查有实据而后断，并未给出确定的判决结果的判词中，我们所能见到的判断依据只是社会风俗，显见判词判断之依据离不开社会风俗，评判是建立在社会风俗文化基础上的。

中国封建社会历来就礼、法不相分离，是一定时代统治者的社会道德观和价值观之体现，二者最初源于原始社会的宗教信仰，是风俗文化的衍生。因而在封建社会，风俗转变为礼仪，礼仪转变为法律，乃常制行为。风俗与礼法紧密相连，统治者立法为化风俗，而新的风俗观念又将反映于礼法之中。在唐代这样一个没有独立的民法典，且中后期中央统治风雨飘摇的朝代，法典的权威在民众观念中难以与根深蒂固之风俗观念相匹敌，尤其在诸多民事案件中无具体律条可依更让风俗观念成为判断的重要依据。故而在判词的写作中，社会风俗观念时常充斥其间，成为判断标准，由此也使得唐判成为反映当时民众风俗观念的重要文本。

第八章　唐代风俗与谣谚

前面讨论了唐代文学的几种主要文体，采取的视角是作家文学的视角，与之相对的则是“民间文学”。对于“民间文学”是否属于风俗文化，学界没有一致的观点。民俗文化研究多将“民间文学”纳入研究范畴，而风俗文化研究较少将其纳入。但相对于“作家文学”而言，“民间文学”与风俗文化更具亲缘性，因而探讨风俗文化本身，或者讨论民间文学文体与风俗文化的关系，两方面都要求不能忽视民间文学文体。“民间文学”包括民歌、民谣、民谚、神话、传说、故事、童话、谜语、说唱、咒文等形式。限于篇幅，本章选取谣谚类为代表，来管窥民间文学与风俗文化之联系。

谣谚是人民群众的语言，是他们表达自己的思想、情感和经验的媒介。中国文学传统观念中的民谣指民歌，可以分为两种：一种是形式完备的民歌，是合乐之曲，即乐歌。《毛传》曰：“曲合乐曰歌”[①]，如《诗经·国风》中收集之民歌。另一种为与乐歌相对之徒歌，形式较前者简短，对声律的讲究亦不如前者。清朝杜文澜《古谣谚》所收之谣为后者。本章所讨论的民谣亦是以徒歌为主要对象。谚是一种俗语，《说文》认为谚，是一种传言。它是群众口头上广泛流传的约定俗

① 《毛诗正义》卷五，阮元：《十三经注疏》，中华书局影印本1980年版。

成的句子。谣与谚皆出自民间，是人民群众的集体创作，二者真实而充分地反映了当时世风政情、风俗民情等情况。唐代是个大一统的朝代，三百年历史让这一朝代的世风在各个时期之纷繁复杂中变化发展。随着人事风尚发展变化而伴生的谣谚，是我们从民众视角观看当时世风的最好媒介。本章试从政治风貌、生活风俗与文艺风尚三个角度来管窥，展示当时百姓眼中的世风政情。

第一节　谣谚与唐代风俗文化

谣谚产生于人民大众之中，民众的日常生活是其重要的内容来源，因而谣谚中留存了不少的民众生活风俗的记载，涉及各个方面。相对于风俗志的记载，它更有主观情感，处于其中，所书己事，自然有情有感。故研究唐代风俗，谣谚是不可忽视的宝贵文献。

一、谣谚中的唐代物质生活风俗

唐代是封建社会的繁荣时期，安史之乱给唐代历史带来转折性变化。中唐以来，唐朝难现昔日辉煌。综观整个朝代，无论繁荣稳定还是动荡飘摇，谣谚从各个方面描绘出当时人民心中的历史画卷。

1.经济风俗

唐高祖时，沧州刺史薛大鼎开河通渠，以舟楫之利让百姓免除了昔日艰苦的跋涉，交通便利，商贾通航，百姓歌之曰："新河得通舟楫利，直达沧海鱼盐至。昔日徒行今骋驷，美哉薛公德滂被！"[①]民众表达的是对薛大鼎的歌颂，今天我们通过颂歌可以想象，当时的沧州，通过所开通的河道，从海边运来大量的海产品和盐。交通便利带来商业繁荣之景象。

贞观之时，社会经济繁荣，人民生活富足，民谣曰："得宝弘农野，弘农得宝那。潭里船车闹，扬州铜器多。三郎当殿坐，听唱得宝

① 刘昫等：《旧唐书》卷一八五。

歌。”[①]天宝二年韦坚引浐水为潭，以通江淮运船。唐玄宗观新潭，韦坚集合新船数百艘，每艘上写出郡名，于船头陈列郡中珍贵货物。同时组织群众唱这首民谣。当然作为封建官僚奉迎和吹捧统治者的工具，我们并不否认此歌谣的浮夸之处，但是我们依然可以从中管窥到当时社会的繁华景象，扬州物产之丰饶。

长安，作为唐代首都，是繁华之中的繁华，当时民谚曰：“不到长安辜负眼，不到两浙辜负口”，直白地道出作为都城的长安，藏珍聚宝，遍汇名物。两浙之地饮食业昌盛，从西到东，共现一片安乐繁华之景象。

生产的富足，经济的繁荣也带来精神生活的丰富多彩，江陵在唐号称是“衣冠薮泽”，人言其地是“琵琶多于饭甑，措大多于鲫鱼”，[②]可见当地文艺生活之繁盛，读书人亦异常之多，生活安定祥和。

经济繁荣的社会有着稳定的特征，民得以治，民风淳朴，道德水平较高。这在吴地的民谣中就反映出来。贞元末，吴人歌曰：“朝判长洲暮判吴，道不拾遗人不孤”；其歌是为了歌颂吴县地方官腾遂而作，不过从侧面也让我们看到当时良好的治安状况。经济的发展势必伴随开明的统治，初、盛唐时期的唐朝政治比较开明，注意查看民风民情，当时有谚云：“街谈巷议，倏有裨于王化。野老之言，圣人采择”。民众享有较为宽松的言论环境，一些出自民间的建议也被统治者所采纳。

繁华的同时，民生疾苦依然存在，即使是在唐前期。高宗永淳元年，夏季洛阳大雨，涝灾导致农业歉收，许多困苦农民被饿死。有童谣曰：“新禾不入箱，新麦不入场。迨及八九月，狗吠空垣墙”，[③]就描绘出了一幅灾害导致饿殍遍野，人去房空的凄凉图景。农民在自然

① 彭定求等编：《全唐诗》卷二九，中华书局 1960 年版。

② 彭定求等编：《全唐诗》卷八七六，中华书局 1960 年版。

③ 郭茂倩编：《乐府诗集》卷八九。

灾害面前是首当其冲的受害者，而同样是处于社会底层的工匠，更难以逃离悲惨命运的结局。唐代神龙元年到开元十八年，杨务谦开陕州三门，凿山烧石岩，侧施栈道牵船，河流湍急，所雇夫未与价值。苟牵绳一断，栈道一绝，则扑杀数十人。三门峡是黄河运输中经常出现覆舟的地方，《新唐书》载："岁漕经底柱，覆者几半。河中有山号'米堆'，运舟入三门，雇平陆人为门匠，执标指麾，一舟百日乃能上。谚曰：'古无门匠墓。'谓皆溺死也"。[①] 一句"古无门匠墓"的谚语，道出了多少工匠的辛酸血泪史！

中唐，唐朝经历转折性变化，安史之乱，京城被攻占，士庶多投靠叛逆之军，等到唐统治者收复京城，诸旧僚朝士，系于三司狱，鞠问罪状。当时两京童谣曰："不怕上兰单，唯愁答辩难。无钱求案典，生死任都官"[②]，即反映他们倾家荡产、妻离子散，无路申冤雪耻。在群众的眼中，他们是无辜的，是被逼无奈的，遭遇是悲惨的，是值得同情的。这与受统治者支配的史家视角和观念是截然不同的。群众的眼睛是雪亮的，因而我们得以在民谣中搜寻真实的历史画面。

2.饮食风俗

唐代饮食比前代更加丰富多样，主食以麦、粟、稻为主，间以多种杂粮。小麦面食是最主要的食品，无论贵贱皆食之，以饼类形样最多，有汤饼、胡饼、蒸饼、煎饼、凡当饼、红绫馅饼、赍字五色饼等。所以饼在唐代是很受欢迎的，谚语"金易得而饼不易得"，用黄金来比衬饼的地位，这里所说的饼特指当时用熟茶叶碾碎成末，做成的茶饼。

茶成为唐人须臾不可离之物，自开元初年，饮茶之风风靡全国，各地茶肆林立，茶道大行。品茶、斗茶成为士人的雅好，而劳动人民也已离不开茶。茶器随之而得到发展，从茶碗、茶托到茶盂以及茶瓶，并讲究茶器制作的材料，因为这影响到泡茶的效果。谚语"茶瓶

---

① 欧阳修、宋祁：《新唐书》卷五三，中华书局 1975 年版，第 1370 页。

② 李昉等编：《太平广记》卷一四〇，中华书局 1961 年版，第 1010 页。

用瓦,如乘折脚骏登高"[①]就说明使用不施釉的陶器,渗水而有土气,这样的茶瓶会严重影响茶汤的质量。

唐代洛阳种植一种桃,名王母桃,十月始熟,俗语曰:"王母甘桃,食之解劳。"[②]这与汉武帝会见西王母的神话传说的流传有关。

《群居解颐》记有一岭南冬令俗语:"踏梯摘茄子,把扇吃馄饨",记载当时岭南有高大的茄子树,因为栽种的茄子苗往往长两三年,渐成枝干,竟成大树。每当夏秋熟时,搭梯摘茄子,一栽可采摘三年,但今已罕见。此外岭南的另一饮食风俗是冬天好吃馄饨,而入冬时天气仍烦热,吃馄饨须打扇子。

3.衣饰民俗与尚美之时风

唐代是一个尚美风气浓厚的社会,国富民强所提供的物质保障让人民有高涨的热情追求生活之美。妇女服饰用以美化和装饰的目的十分突出。唐代谣谚所言女性服饰,就充分反映了尚美的时代风气。

在唐代女装中,裙始终是最重要的服装。唐初盛行条纹裙,尔后色彩浓艳的裙装渐盛,唐武后时童谣"红绿复裙长,千里万国闻香"[③]则向世人展示当时的内宫女服红绿复裙的盛行。唐代女子普遍着裙,裙子花色繁多,缝制精细,颜色以红、绿、黄居多。

杨贵妃常以假髻为首饰,喜欢穿黄裙。天宝末,京师童谣曰:"义髻抛河里,黄裙逐水流"[④],是以谶谣的形式预言杨的悲惨结局,但是从另外一侧面也让我们知晓杨玉环的服饰特点,而作为集宠爱于一身的贵妃,杨的装扮无疑引领当时潮流。可见,当时用假发做头饰和穿裙装的流行。

饰物方面,时兴贴花钿,将剪好的花样贴在额前眉心处。王定保

---

① 陶谷、李益民注释:《清异录》卷下,中国商业出版社 1985 年版,第 115 页。

② 段成式:《酉阳杂俎》卷十,中华书局 1985 年版,第 250 页。

③ 郭茂倩:《乐府诗集》卷八九。

④ 欧阳修、宋祁:《新唐书》卷三四,中华书局 1975 年版,第 879 页。

《唐摭言》卷十："乾符中，蒋凝应宏辞，为赋止及四韵，遂曳白而去。试官不之信，逼请所试，凝以实告。既而比之诸公，凝有得色，试官叹息久之。顷刻之间播于人口。或称之曰：'白头花钿满面，不若徐妃半妆。'"[①]

花钿之外，戴真花也是潮流。谚语"不戴金茎花，不得在仙家"[②]正是此类写照。沧州岛上的妇女流行戴金茎花，它的花形像蝴蝶一样，每当微风吹来，金茎花就会摇荡起来，像会飞一样。妇女们人人竞相采集金茎花，用它作为首饰，打扮自己。

谣谚真实和具体地再现了唐代服饰，同时映衬出当时社会生产水平的发展，人民审美情趣的提高。与其他相关文献相比较，它更能说明尚美风气已普及于民众，是整个社会的普遍习气。

4.农业生产风俗

农民在千百年的劳动中积累了丰富的生产经验，而谚语是他们将这些经验与知识表达和传递下来的最基本的载体。自古以来皆然，唐代亦不例外。

古代农业生产，气候与年成是密切相关的，所以农谚中有着大量反映天气节令变化对农作物收成影响的谚语。下雪就直接影响农作物的生长："若要麦，见三白"，"正月三白，田公笑赫赫"。[③] 此二谚表达的大体上可以认为是一个意思，前者说明头一年腊月以前如果下三场雪，第二年的麦子就有一个好收成。后者则将时间界限推到正月，正月三度见雪，对农作物的生长是十分有利的。

二十四节气是劳动大众在长期劳动中总结出来的时节与农业生产的关系。朝廷举行祭天大典，阴阳生卢雅、侯艺等建议十二日冬至吉日举行典礼。唐中宗引民谚"冬至长于岁"[④]，不敢在冬至这天举

① 王定保：《唐摭言》卷十，三秦出版社 2011 年版，第 144 页。

② 苏鹗：《杜阳杂编》卷下，中华书局 1985 年版，第 22 页。

③ 彭定求等编：《全唐诗》卷八八〇，中华书局 1960 年版。

④ 王钦若等：《册府元龟》卷五八七，中华书局 1960 年版，第 7018 页。

行，改在十三日。说明当时这类谚语已经广泛流行于各个阶层，由生产性谚语而影响到上层政治事件。

雨水的多少与农业更是息息相关。而各个时节的雨水对农作物的影响又不尽相同。谚语“春雨甲子，赤地千里。夏雨甲子，乘船入市。秋雨甲子，禾头生耳。冬雨甲子，牛羊冻死”[①]就针对每个季度的甲子日的雨水，详尽说明其影响：春天甲子日下雨，就要千里大旱；夏天甲子日下雨就会发大水；秋天甲子日下雨，庄稼的头上就会长出枝杈；冬天甲子日下雨，对牛羊的存活则会不利。

正因为雨水的重要性，农民对适量的雨水是十分渴盼的，因此而有祷雨等活动，甚至与对官员的崇拜相联系。太和四年，段文昌为检校左仆射，徙帅荆南。州或旱，禬解必雨；或久雨，遇出游必霁。民为语曰：“旱不苦，祷而雨，雨不愁，公出游。”[②]

对农作物的播种，收成预兆，劳动大众也积累了不少经验。如谚语“枣子塞鼻孔，悬楼阁却种”，[③]是说如果枣子小得可以塞进鼻孔，那么种子就要悬挂在楼阁上推迟耕种。而“蝉鸣蛁蟟唤，黍种糕糜断”则将蝉鸣叫作为种植黍米能否丰收的预兆。

劳动人民逐步熟悉各种植物的不同物性，并根据其与人体的关系记载其特性。民谚“韭是草钟乳，茨是水硫黄”[④]就是此类，言韭药性温补。按《孙公谈圃》卷中载：“陆生韭，叶柔脆，可俎，名为草钟乳。水产之茨，其滑可食，名为水硫黄”。

唐代水运比较发达，造船和航海技术已达到了当时的世界先进水平。代宗大历至唐德宗贞元年间（766 至 804 年），有所谓“俞大娘航船”，形制最大，船上“居者养生、送死、嫁娶，悉在其间”，甚至可以在甲板上种植菜圃，操驾之工多达数百人。不过就一般河道而言，大

① 张鷟：《朝野佥载》卷一，中华书局 1979 年版。

② 欧阳修、宋祁：《新唐书》卷八九，中华书局 1975 年版，第 3764 页。

③ 张鷟：《朝野佥载》卷一，中华书局 1979 年版。

④ 陈景沂：《全芳备祖集》后集卷二十五，农业出版社 1982 年版。

多数的船只是达不到那种规模的，李肇所撰《唐国史补》卷下记载说，江湖上通常流行这样的说法："水不载万"。最大的舟船，也不过装载八九千石，这是从安全而言对行船经验的总结。

二、谣谚中的唐代社会生活风俗

1.信仰民俗与崇神信鬼之社会心理

唐代流行狐神崇拜，唐初以来，百姓多事狐神，房中祭祀以乞思，食饮与人同之，事者非一主。当时有谚曰："无狐魅，不成村"[①]，可见狐神崇拜普及于各个民间村落。

事实上，唐代神灵崇拜广泛流行，万物有灵思想深入民心。有一类谣谚将天象变化、灾害及动物行为等自然现象与国家政治事件、个人命运联系起来，将前者所表现出来的一些特征看成是后者将要发生变化的预兆。例如民谚"树稼，达官怕"[②]即是凝霜封树，预兆大官死之意。《旧唐书》载二十九年冬，京城寒甚，凝霜封树，玄宗之兄李宪见而引此谚，并认为是预兆自己之死。相类的还有"狐向窟嗥，不祥"[③]"朱雀和鸣，子孙盛荣"[④]等等。这就是万物有灵观念之反映，认为自然界的某些异常现象是上天对于人事的信号。

与此同时，有关鬼怪的信仰悄然增长，扬州青溪当地谚云："扬州青，是鬼营"[⑤]，是说青溪和青扬都是"鬼营"。而与此相关的有一民间传说：檀道济居清溪，住的是吴国的将领步阐的旧居。他的二儿子夜里忽然梦见有人来把他绑上了，想喊也喊不出来，到天亮才解开。一看，被绑过的绳印子还在身上。而步阐及檀道济都被诛杀，更让这一谚语蒙上神秘色彩。《龙城录》中记载了一则三人夜坐谈鬼而怪至的故事，作者觉得俗谚"白日无谈人，谈人则害生；昏夜无说鬼，说鬼

---

① 张鷟：《朝野佥载》卷六，中华书局 1979 年版。

② 刘昫等：《旧唐书》卷九五，中华书局 1975 年版。

③ 刘昫等：《旧唐书》卷一三五，中华书局 1975 年版，第 3213 页。

④ 彭定求等编：《全唐诗》卷八八〇，中华书局 1960 年版。

⑤ 李昉等编：《太平广记》卷三二四，中华书局 1961 年版，第 2574 页。

则怪至”[①]是至言，不可不信。

神灵信仰与鬼魂信仰无疑是唐代民间信仰的中心内容，社会的崇神信鬼心理成为一种普遍的风气，民众对鬼神深信不疑，不仅延续了前代的自然神信仰，而且通过各种方式让死人变成了神，造成鬼神的泛滥。民间流传的鬼神来源多样，名目繁多，难以计数，深入民众观念，而且鬼神观念相互影响，滋长人们对神秘力量的畏惧心理以及祈求神灵的庇佑心理，从而导致神灵信仰的不断升级，几乎可以说在唐代真实的社会生活之外，还与之平行存在着一个虚幻的神灵、鬼怪世界。

2.丧葬风俗

唐时丧葬讲究归葬先茔。对于客死他乡之人，则需千里护丧还乡。在唐玄宗时期因斗鸡而名噪一时的贾昌，民谣称其曰“生儿不用识文字，斗鸡走马胜读书，贾家小儿年十三，富贵荣华代不如，能令金距期胜负，白罗绣衫随软舆。父死长安千里外，差夫治道挽丧车”，[②]末二句就反映贾昌在父死后，是千里护丧还乡之事。

古代的悬棺葬，在三峡一带较为流行，将棺木悬于峡壁之上。唐时谣谚“九子不葬父，一女打荆棺”[③]述说了一个传说故事：一老父生有九子一女，死时九子互相推诿，袖手或弃去，不谋葬父。其女独采荆条编棺，葬其父于悬崖。

3.社会伦理

唐代重视孝道，彭城刘师贞，怀念去世的母亲至亲至诚，以孝道闻名于当时，感动了大众，当时有谣曰：“孝于何？通神明。汉有丁兰，唐有师贞”[④]，就是盛赞其孝行。

初唐贞观时谚语“贫不学俭，富不学奢”指贫穷的人不学节俭也

---

① 彭定求等编：《全唐诗》卷八七七，中华书局 1960 年版。
② 彭定求等编：《全唐诗》卷八七八，中华书局 1960 年版。
③ 彭定求等编：《全唐诗》卷八七七，中华书局 1960 年版。
④ 李昉等编：《太平御览》卷四一四，中华书局 1960 年版。

会节俭，富有的人不学奢侈也会奢侈。表明环境、习惯对人的思想行为有很大的影响。此谚在侍御史马周上疏建议减少优赐时引用，得到太宗采纳。

“千里井，不反唾”是一条古谚，杜甫曾在诗中引用，此谚谓尝饮此井，今舍而去千里之外，亦不忍唾也。心怀感恩的情愫在此中呼之欲出。

唐代公主多娇宠，驸马郭子仪之子郭暧尝与升平公主吵架，公主告状到其父代宗，郭子仪将郭暧捆绑起来，等待圣旨降罪。没想到代宗却对郭子仪说了一句民间谚语“不痴不聋，不作阿家阿翁”，[①]意谓不装聋作呆，当不好家翁、家姑，儿女们闺房中的口角是非，不必去听，不必当真。这样将矛盾化解了。代宗引用民间处理婆媳关系之谚语，足见谚语普及于社会各阶层。

4.吏治腐败之政治时俗

唐代朋党之争，导致唐代晚期政治败坏，是晚唐政治的显著特色。其中规模最大、时间最长的要算牛、李党争。牛僧孺与杨虞卿明争暗斗，各自拉帮结派，中立者则无处容身。京师传语曰：“太牢笔、少牢口、东西南北何处走”，[②]太牢代指牛僧孺，少牢代指杨虞卿，二党用笔用口相互中伤诽谤，中立者处境尴尬，不知“何处走”。另外，长安城中有谚曰：“门生故吏，不牛则李”[③]，“李”就是指李宗闵，“牛”便是指牛僧孺，这句话是说，他二人取士，大多数都是自己的门生故吏。官场上的钩心斗角绝对不仅仅只存在于朋党之间，它是封建官僚体制中难以克服的弊端，广泛存在于整个官场。唐代的谣谚“遗补相惜，御史相憎，郎官相轻”[④]就勾画出官场上的“相酬图”。

唐崔湜为吏部侍郎，贪纵。其亲属仗势四处卖官鬻爵，兄凭弟

---

① 赵璘：《因话录》卷一，中华书局 1985 年版，第 3 页。

② 彭定求等编：《全唐诗》卷八七六，中华书局 1960 年版。

③ 彭定求等编：《全唐诗》卷八七六，中华书局 1960 年版。

④ 李肇：《唐国史补》卷下，《唐国史补因话录》，上海古籍出版社 1979 年版。

力,父挟子威,咸受嘱求,赃污狼藉。时崔湜、岑义、郑愔,都在吏部任职。京中民谣曰:"岑义獠子后,崔湜令公孙,三人相比接,莫贺咄最浑。"①

懿宗朝的宰相贪污腐化相当严重,曹确、杨收、徐商、路岩同为宰相,杨、路以权卖官,曹、徐但备员而已,长安城中的居民根据他们的姓名编了一首歌谣:"确确无论事,钱财总被收。商人都不管,货赂(路)几时休"②,讽刺官场之腐败至极。

以上谣谚所反映的多是晚唐时期。唐末社会黑暗,民生痛苦,整个政局糜烂,贪官当道,残酷地盘剥百姓。贪官污吏相互勾结,人民几乎无路可走,生活在水深火热之中。作为百姓心声的这类谣谚,反映出的官场拉帮结派、相互勾结、卖官鬻爵、腐败成风,凸显了唐末统治已经走入穷途末路。

5.科举风俗

唐代科举兴盛,统治者大力倡导科举考试,使大批地位低下和出身寒微的优秀人才脱颖而出。影响之大,家喻户晓,妇孺皆知。谣谚中即有不少反映出当时科举考试情况。唐太宗看到新考中的进士鱼贯而出的情景有"天下英雄入吾彀中"之叹,而民众见到的更多是落榜之士,一次又一次地参加科考,时云:"太宗皇帝真长策,赚得英雄尽白头"③,而"三十老明经,五十少进士"④的民谚,通过对比凸显中进士之难的同时,也道出了所有举子们的寒窗艰辛。一年一度的科考是他们的大业,"槐花黄,举子忙"⑤的谚语也正说出了举人们以科考为务的时况。举子们忍受十年寒窗之苦,是为了等待及第的那一刻,鲤鱼跳龙门,命运由此完全得以改变。民谚所形容的"进士初擢

---

① 张鷟:《朝野佥载》卷四,中华书局1979年版。

② 王谠:《唐语林》卷七,古典文学出版社1957年版,第256页。

③ 彭定求等编:《全唐诗》卷五四九,中华书局1960年版。

④ 王定保:《唐摭言》卷一,中华书局1985年版,第3页。

⑤ 彭定求等编:《全唐诗》卷八七六,中华书局1960年版。

第，头上七尺焰光”[①]的荣耀和锦绣前程是他们无穷的动力源泉。当然作为考试制度，科举总会有人欢喜有人忧，谚语“及第进士，俯视中黄郎；落第进士，揖蒲华长马”[②]就突出了及第与否所带来的天地之别，当然同时也阐明了进士在科举中极受重视的情形。

及第带来的是仕途的一片光明，这对于寒士出身的举人来说，其感受无疑是一步登天，李德裕就颇为寒进开路。元和十一年，进士考试及第者自李凉公以下三十三人，皆取寒素。时人曰：“元和天子丙申年，三十三人同得仙。袍似烂银文似锦，相将白日上青天。”[③]

科举考试在当时无疑是选官制度中最先进、民主的方式，然因其尚不完善且涉及参考者命运前途，难免不滋生腐败，营私舞弊成风。这自然也被群众的眼睛捕捉到。当时举人间所流传的谣谚“欲趋举场，问苏、张；苏、张犹可，三杨杀我”[④]，就形象地揭示了科场腐败。文宗太和中期，苏景胤、张元夫做翰林学士。杨汝士和他的弟弟杨虞卿、杨汉公，在文林中大有名声。杨虞卿等人佞柔，操纵选举，举人们纷纷投靠其门下，出钱财即可得到所想的官职。此谚意为“三杨”在文林中的影响比苏、张还厉害。太平郡的王崇、窦贤两家，很有权势，足以推荐后进的学子成名。故科目举人相谓曰：“未见王窦，徒劳漫走”[⑤]，意思是说不经王崇、窦贤推荐，有才学也白搭。

及第进士要经过铨选才能走上仕途，吏部官员在这道关卡上就大权在握。姜晦为吏部侍郎，眼不识字，手不解书，滥掌铨衡，曾无分别。选人歌曰：“今年选数恰相当，都由座主无文章。案后一腔冻猪肉，所以名为姜侍郎。”[⑥]姜晦把他执掌的铨选之任弄得一塌糊涂，甚

① 王谠：《唐语林》卷八，古典文学出版社 1957 年版，第 277 页。

② 王谠：《唐语林》卷八，古典文学出版社 1957 年版，第 277 页。

③ 王定保：《唐摭言》卷七，中华书局 1985 年版，第 62 页。

④ 欧阳修、宋祁等：《新唐书》卷一七五，中华书局 1985 年版，第 5249 页。

⑤ 王定保：《唐摭言》卷七。中华书局 1985 年版，第 62 页。

⑥ 张鷟：《朝野佥载》卷四，中华书局 1979 年版。

至连高低优劣都不分。此歌谣强烈地讽刺了其中的不公和荒唐。

在武则天时期，朝廷改革，举人不试皆与官，于是御史、评事、拾遗、补阙者，不可胜数。张鷟为谣曰："补阙连车载，拾遗平斗量，欋推侍御史，碗脱校书郎"。[①] 传至民间则有车载、斗量、欋推、碗脱之谚，嘲讽朝廷不择良莠，随意滥封。

上述六类反映世风政情的谣谚，都是当时百姓对朝政的精华的结语，透射出人民群众对时政各个方面的感受和意见，每一条谣谚，不过寥寥数语，但从不同侧面将唐代政治、社会生活的状况、民众对此的感受，表达得淋漓尽致，相比我们所熟知的唐代文学、历史文献记载，简单明了、感情直白。就影响而言，谣谚不胫而走，广为流传。谣谚是人民群众情绪的晴雨表，是人民群众意愿和感受的反映，研究一个朝代的历史文化，怎能忽视其中的民众意志与生活感受？就历史存在而言，谣谚是唐朝时代生活真实之反映！如果我们现在无法超越时空去找寻前人真实的足迹，那么谣谚是最能使我们见证真实画面的现有历史存留。

三、谣谚与唐代文艺风俗

唐代由于国力鼎盛、经济繁荣、中西交往频繁等因素，文学、艺术散发出照耀千古的光芒。今天对于唐代文学史的研究取得了辉煌的成就，然而相对于历史地存在过的文学真实，我们所做的很多研究是建立在这一历史事实所留存下来的文本基础上的，文献的非全面性与流传的佚失，使我们很难确切了解当时文艺史实的全貌，从谣谚的角度来看唐代文艺，让我们更立体地见证真实的历史画面。

1.文艺作品与商业化

中唐以后，城乡贸易与商业流通日益兴盛，但是说到文艺作品时，人们往往难以和商业相联系。事实上，唐代文化市场活跃，高雅的文艺作品，亦会与商业发生联系。只是文人多耻于言商，不屑于谈

---

① 司马光：《资治通鉴》卷二〇五，古籍出版社1956年版，第6477—6478页。

论这一话题,因此在文献中反映较少,但散布在各类文献中的谣谚保留了当时社会之原生态,使我们从中管窥到文艺作品与商业相联系的情况。

杜甫有诗云“故人南郡去,去索作碑钱。本卖文为活,翻令室倒悬”[①],描绘卖文所得甚少的文人之寒酸,却透露出当时文学作品商业化的现象。元稹在《白氏长庆集序》中写到白居易诗文在市场上广为流通:“至于缮写模勒衒卖于市井,或持之以交酒茗者,处处皆是。(原注:扬越间,多作书模勒乐天及予杂诗,卖于市肆之中也)其甚者有至于盗窃名姓,苟求自售,杂乱间厕,无可奈何……又云:鸡林贾人,求市颇切。自云:‘本国宰相每以百金换一篇,其甚伪者,宰相辄能辨别之’”,[②]其中很醒目的是以百金换一篇,直接用金钱数目来表明作品价值之高。

事实上,盛唐时期流传的一则民谣与此有异曲同工之意:“前有胡楚宾,后有李翰林,词同三峡水,字值万黄金。”[③]胡楚宾,高宗时文学家,参与朝廷机密要事,时人称为“北门学士”。他才华智睿、文思敏捷,而且有酒中撰文的习惯。高宗每令作文,必以金杯盛酒令饮,便以杯赐之。无独有偶,李白曾得到玄宗重金赏赐。后人将其与李白比譬,称之“前有胡楚宾,后有李翰林”。按今天之文学史,胡楚宾与李白之地位是不可能相提并论的,但在当时人民群众眼中,胡楚宾与李白的作品因为得到帝王赏识,其文价值都是“万黄金”。

再看这样一则民谣“十金易一笔,百金偿一篇。”[④]此谣的背景是唐末彭玕通《左氏春秋》,尝募求西京《石经》,厚赐以金。广陵笔工李郁者,善为诗什,彭玕贻书于郁,以白金十两市一笔;又令郁访石本《五经》,卷以白金百两为直。扬州人奔走相告:“十金易一笔,百金偿

① 仇兆鳌:《杜诗详注》卷十,中华书局 1979 年版,第 823 页。

② 陈友琴:《白居易资料汇编》,中华书局 1962 年版,第 2 页。

③ 陈尚君:《全唐诗补编》卷五十八,中华书局 1992 年版。

④ 欧阳修、宋祁等:《新唐书》卷一九〇,中华书局 1975 年版,第 5487 页。

一篇，况得士乎”，故士人多往依之。此谣是出重金求石刻之文，因其出金之重，颇让人觉得对经学之文的重视，士人因此而联系到其对才学之士的赏识。

与文学作品进入商业领域一样，唐代书法收藏之风盛行，购买需求激增，天宝年间《书估》一书的出现，作为有官方指导色彩的书法交易评估书籍，将书法作品的审美品格与其价值挂钩，无疑反映了唐代书法交易市场的繁荣。从皇家内府到民间，书画收藏颇为流行，书画买卖自然十分兴隆。

在书法发展史上，唐代是晋代以后的又一高峰，对前代既有继承，又有革新。初、盛唐书法家辈出，初唐书法家有虞世南、欧阳询、褚遂良、薛稷等人。薛稷，在武则天执政时期，官至少保，在文章学术方面，当时是第一流的。薛稷的书法师承褚遂良。当时人曰：“买褚得薛，不失其节”，①意即本欲买褚遂良的书法墨迹，却得到薛稷的书法墨迹，仍然可以一睹书法风采，没有什么遗憾的。由此我们也可见褚遂良书法作品难买，而褚的高足薛稷师承血脉，深得师门之妙。

同类的谚语还有“买王得羊，不失所望。”②其中之“羊”，是指羊欣。羊欣是王献之的外甥，12 岁时便跟从献之学书。王献之的书法很难求，人们如能得到羊欣的作品，也很高兴，故有此谚语。收集于《书法要录》的这条谚语，足证王献之、羊欣师徒作品在唐代书法市场上的口碑，也可见唐人对南朝书法家的追捧。

唐代达官贵人喜欢谈琴论画，士大夫不惜重金收购字画，唐末画家刘商的作品，就颇为时人所慕求：“矧公遐情浩然，酷尚山水，著文之外，妙极丹青。好事君子，或持冰素，越淮湖，求一松一石，片云孤鹤。获者宝之，虽楚璧南金，不之过也。”③

---

① 彭定求等编：《全唐诗》卷八七六，中华书局 1960 年版。

② 张彦远：《法书要录》卷五，中华书局 1985 年版，第 85 页。

③ 李昉等编：《文苑英华》卷七百十三，中华书局 1966 年版。

总之,文章、书法、绘画等文艺作品进入文化交易市场,一定程度上普及了文艺作品的商品化意识,民众衡量作品的审美品格时直接联系其商品价值,将作品的价值直接用金钱来衡量,是文艺走向物化的表现。

2.类比性评价

谣谚中对文人的评价,往往是以类比的形式出现,一则因谣谚语言形式上有着对偶、排比的句式特点,另则因唐代文坛之特点。

(1)艺术风格之类比

有着相似特点的诗人、画家,民众喜欢将他们归为一类,同时又区分出各自不同的特点,谣谚则记载了当时的这些归类:

《宋高僧传》卷一五《唐杭州灵隐山道标传》:"当时吴兴有昼,会稽有灵澈,相与酬唱递作笙簧。故人谚云:'霅之昼,能清秀;越之澈,洞冰雪;杭之标,摩云霄'"道标前番以律师知名,但于贞元中以后,栖灵隐西岭草堂,不干人事,究心诗章,与皎然、灵澈齐名。此谚除了标明皎然、灵澈、道标三位诗僧在当时知名的情况外,还一一评价其各自诗歌风格,他们是诗意与禅意兼得,均有着境高意远调清之神韵,而又在细微之处有差别。

唐代绘画是中国封建社会绘画的巅峰,其艺术成就大大超过往代。吴道子的壁画,善用遒劲奔放、变化丰富的莼菜条线描表现高低深斜卷折飘带之势,人物逼真传神;杨惠之是唐开元时杰出的雕塑家,他与吴道子同师张僧繇笔法,分别以塑、画负盛名,当时谚曰:"道子画、惠子塑,夺得僧繇神笔路。"①

唐代山水画多表现全景式的大山大水和松石平远,刘商是其中的山水名家,他以画松树遒劲而著称,而同时期的毕宏所画松树则有立体和透空的感觉。时人将二者作比,指出各自的特色,称"刘郎中

① 彭定求等编:《全唐诗》卷八七六,中华书局1960年版。

松树孤标,毕庶子松根绝妙。"[①]二人名噪一时,求画者得其一松一石,弥觉珍贵。

用谣谚来品评艺术风格,可见其文艺作品流传之广,民众对其的欣赏达到一种共识。同时谣谚广布人口的流传特点,反过来又促进文艺作品的宣传,扩大了诗人与画家的名声。

(2)齐名与归类

某一时期的文坛,在相似的创作时代背景下,一些文人因创作风格或者文名具有相似性,时人喜好将他们归为一类,而就时间纵向展开比较,与其他时期之齐名者相类比。这同样保存在谣谚这一媒介中。

在开创律诗的历程中,唐初的宋之问、沈佺期是奠基之人,从建安后迄江左,诗律屡变。至沈约、庾信以音韵相婉附,及至宋之问、沈佺期又加靡丽,回忌声病,约句准篇,号为沈宋。时人将他们与苏武、李陵相比拟:"苏李居前,沈宋比肩。"[②]

这是将沈宋与前朝诗人相类比,而作为初唐齐名的二诗人,在中唐时期,人们又会将其与同时期诗人相提并论,中唐大历十才子钱起与郎士元齐名,时有语曰:"前有沈宋,后有钱郎。"[③]

唐初贺德基、贺德仁兄弟以学识、文辞著称于朝野,当时有谣曰:"学行可师、贺德基;文质彬彬、贺德仁"。[④] 二人少时俱师事陈国子祭酒周弘正,以文辞称。

文坛如此,书法领域也不例外。虞世南、褚遂良是初唐公认的书法名家,薛稷出身太学,日习书一幅,受是时虞、褚书风的影响。及

---

① 彭定求等编:《全唐诗》卷八七六,中华书局1960年版。

② 欧阳修、宋祁:《新唐书》卷二〇二,中华书局1975年版,第5751页。

③ 高仲武编:《中兴间气集》,傅璇琮编撰:《唐人选唐诗新编》,陕西人民教育出版社1996年版,第463页。

④ 刘昫等:《旧唐书》卷一九八,中华书局1975年版。

长，得舅氏魏叔瑜的传授。时人谓之："前有虞褚，后有薛魏。"[①]

当时文化圈内流行对文艺家做类比性评价，从源头而论，与唐代理论思维不甚发达有关，更多地注重审美艺术风格和作家名声，并以此作为类比的标准，而不是作品的思想。

四、谣谚与唐代政治风尚

有唐一代，约三百年的历史，各种正史、野史、小说笔记对此均有详细记载，然而史家之言，难免为正统思想所左右；小说家言，又不可尽信。谣谚中大量反映唐代世风政情的记载，让我们以身处当时历史环境中的群众的眼睛和感受，从新的角度反观这一段历史，于社会史、生活史的研究不无裨益。

1.边患与民族关系

一个国家国力的兴衰往往决定着它在同其他政权关系中的地位，唐朝历时约三百年，由兴到衰，其与少数民族政权的关系中就明显反映出这一趋势。开国之初，唐太宗对外进行了一系列的平定边疆的军事行动，贞观四年，唐太宗遣李靖平定东突厥，俘虏颉利可汗，解除了北边的威胁；十四年，又派侯君集平定高昌，于其地置西州，并在交河城置安西都护府。其中平定高昌的这次军事行为，是轻而易举的，其时高昌国内有童谣流唱："高昌兵马如霜雪，汉家兵马如日月。日月照霜雪，回首自消灭"。[②] 意为高昌兵马不堪一击，唐军一到，高昌就会像霜雪被阳光照射一样挥发掉。童谣在高昌国内广泛传唱，国王麴文泰派人搜捕首唱者，始终未能抓到，而唐朝派出的交河道行军大总管侯君集分兵掠地，长驱直下，高昌统治者出城受降。高宗永淳初，突厥九姓反，侵犯州境，薛仁贵领兵大破之，军中传唱："将军三箭定天山，壮士长歌入汉关"。[③] 自此以后一段时间，突厥势

---

① 彭定求等编：《全唐诗》卷八七六，中华书局 1960 年版。

② 郭茂倩编：《乐府诗集》卷八九，西苑出版社 2003 年版，第 765 页。

③ 刘昫等：《旧唐书》卷八三，中华书局 1975 年版。

衰，不再骚扰边境。此歌即是将士们对薛仁贵功绩的歌颂。

然而当时面对的边患不只是突厥，吐蕃亦是骚扰不断。高宗自调露中欲封嵩山，属突厥叛而止；后又欲封，以吐蕃入寇遂停。时童谣曰："嵩山凡几层，不畏登不得，只畏不得登。三度征兵马，傍道打腾腾"。[①]《旧唐书》对此谣有一段注释："武后自封岱之后，劝帝封中岳。每下诏草仪注，即岁饥、边事警急而止"，可见当时边境冲突不断，令唐朝统治者疲于应付。武则天通天元年五月，契丹首领李尽忠陷营州，武则天命曹仁师领兵迎击，八月，唐军与契丹军战于黄獐谷，曹仁师战死。在此之前，民间传唱一首"黄獐歌"，歌词是"黄獐黄獐草里藏，弯弓射尔伤"。[②] 此谣带有谶语性质，始作自有政治或其他目的，但是不论其目的如何，我们从中看到的是少数民族势力的悄然增强，民众亦有危机之感。

到中宗之时，突厥势力增强，而唐朝国势衰落，情形自然急转直下。神龙以后，突厥强盛，经常领兵南犯，掳掠财物，老百姓无法栽桑养蚕、种庄稼、割麦子。民谣曰："山南乌鹊窠，山北金骆驼。镰柯不凿孔，斧子不施柯"。[③] 山南，唐也，乌鹊窠者，人居寡也；山北，胡也，金骆驼者，虏获而重载也，形象地道出了边境之民所受骚扰之苦。

广德、建中年间，吐蕃再饮马岷山，常以南诏为前锋，不断入侵，代宗大历十四年，吐蕃、南诏相勾结掠蜀地，南诏军队攻下一地即肆行掠夺和杀戮，兵过之后，百里无人烟。蜀人相语："西戎尚可，南蛮残我"，[④]无奈地用比较手法突出南诏对蜀地民众的侵害。从豪情满天喻为如日月的汉家兵马，到被迫接受"南蛮残我"，上述民谣逐条形象地展示出唐国势由强趋弱的过程和身处这一变化过程中的百姓心理。

---

① 刘昫等：《朝野佥载》卷一，中华书局 1975 年版。

② 刘昫等：《旧唐书》卷三七，中华书局 1975 年版。

③ 欧阳修、宋祁：《新唐书》卷三五，中华书局 1975 年版，第 919 页。

④ 欧阳修、宋祁：《新唐书》卷二一五，中华书局 1975 年版，第 6027 页。

2.叛乱与农民起义

中唐以来,唐朝政权风雨飘摇,藩镇割据严重,各地叛乱不断,农民起义风起云涌。人民群众见证了这一历史,也用谣谚反映了这一历史。首先来看叛乱事件。安禄山开始叛乱之时,有民谣曰:"燕燕飞上天。天上女儿铺白毡,毡上有千钱"。[①] 燕,是安禄山的国号,天上女,即是"安"字,铺白毡,指安禄山进入洛阳的那天,大雪下了一尺多厚,毡上有千钱则指他做了一千天皇帝。此谣属于谶谣,预言了安禄山之败。天宝十四年冬十一月,安禄山反唐,率兵西进,次年五月,长安已是一片慌乱,时幽州又有谣曰:"旧来夸戴竿,今日不堪看,但看五月里,清水河边见契丹"。[②] 过去曾夸奖安禄山相貌奇特,今日真相毕露,原来是个面目狰狞的叛贼,等到五月,清水河边就可看到契丹兵的身影。

公元710年,韦皇后勾结安乐公主,杀中宗而自立为皇太后,时过二十天,李隆基即率兵入京师杀韦氏及其叛党,平定叛乱。民谣曰:"黄牸犊子挽纼断,两足踏地鞵繻断。城南黄牸犊子韦"。[③] "黄牸犊子"指韦氏,"挽纼断"言韦欲作乱,鞵繻断者,事十不成。

景云中,谯王李重福从均州入都作乱,败走,投洛川而死。民谣"可怜圣善寺,身着绿毛衣,牵来河里饮,踏杀鲤鱼儿"[④]就是指的此事,此次叛乱发生在睿宗即位后不久,刚平定韦氏之乱,人民苦于接踵而至的叛乱。首句指出李的死处,二句用绿毛衣指称郡王所著之青绶,末二句形容其投洛水而死,把河里的鲤鱼也踏死了。

建中四年,朱泚以泾原兵叛乱,是岁六月,兵败而死。"一支箸,两头朱。五六月,化为蛆。"[⑤]用"蛆"来形容朱泚死后之形象,可见老

---

① 郭茂倩编:《乐府诗集》卷八九,西苑出版社2003年版,第767页。
② 欧阳修、宋祁:《新唐书》卷三五,中华书局1975年版,第920页。
③ 欧阳修、宋祁:《新唐书》卷三五,中华书局1975年版,第919页。
④ 郭茂倩编:《乐府诗集》卷八九,西苑出版社2003年版,第766页。
⑤ 欧阳修、宋祁:《新唐书》卷三五,中华书局1975年版,第920页。

百姓对叛乱者的厌恶。

再看农民起义。唐咸通十四年，关东一带大旱，无数老百姓死于饥荒，而唐统治者对农民的搜刮有增无减，农民被逼走上起义的道路，先有王仙芝，接着黄巢在曹州响应。民谣“金色蛤蟆争努眼，翻却曹州天下反”[①]就是产生于这样的背景之下，“金色蛤蟆”喻指黄巢，后一句说以曹州为起义地点，掀起了天下民众共同反唐的大起义局面。

唐朝僖宗年间，长安流传一首童谣：“八月无霜塞草青，将军骑马出空城。汉家天子西巡狩，犹向江东更索兵”[②]“八月无霜塞草青”，是说草还未黄，暗示还未遇到黄巢，稍晚一些时间，就会遭霜变黄，那时将遇到黄巢。“将军骑马出空城”暗劝僖宗应快速逃出京城长安。“汉家天子西巡狩，犹向江东更索兵”，正是预言僖宗逃往四川后，派使者到江东调兵救驾。一语道出了农民起义星火燎原，唐统治者仓皇出逃的时政局势。

黄巢率领的起义军严惩地主恶霸，但对读书人采取保护态度。起义军里流传这样的歌谣：“逢儒则肉，师必覆”。起义军进入福建，俘民绐称儒者，皆释。同时还流传着这样一则故事：有个崇文馆里工作的校书郎黄璞，起义军在莆田烧官、杀地主。但当他们走到黄巷时，黄巢命令起义战士熄灭火炬，不要烧黄璞的房子，以示对读书人的尊敬之情。

黄巢起义最后还是以失败而告终，对于这样的结局，民众是无奈的，但是在他们心中，黄巢是值得称颂的。民谣“黄巢走，泰山东，死在翁家翁”[③]就是这种心理的反映。黄巢是山东人又死于山东，公元884年，黄巢起义军在山东兖州失利，黄巢自刎而死。翁，对年长者

---

① 欧阳修、宋祁：《新唐书》卷三五，中华书局1975年版，第920页。

② 欧阳修、宋祁：《新唐书》卷三五，中华书局1975年版，第920页。

③ 欧阳修、宋祁：《新唐书》卷三五，中华书局1975年版，第921页。

的称呼。

以上对反映叛乱和农民起义谣谚分而述之,让我们显而易见地看出人民群众对二者截然不同的态度,对叛乱他们是无比厌倦和反感的,多揭露其野心、批判其后果。而对农民起义,劳苦大众是热烈响应,寄予厚望的,对其失败结果感到惋惜,且并不因为其失败而改变黄巢在其心目中的英雄形象。

3.女性参政之时风

相对于其他各封建王朝,唐朝女性参政现象是最为显著的,从高宗朝到睿宗朝,武则天、韦后、太平公主、安乐公主等女性先后参与高层政权。此外,杨贵妃对国家政治生活产生重大影响,这些女性政治人物或多或少地采取过提高妇女地位的行动,台湾学者陈弱水在《初唐政治中的女性意识》一文中详细分析了武则天、韦后、安乐公主等女性执政者所采取提高妇女地位的措施和行为,指出这些行为对唐代社会女性意识的提升产生了重大作用。但其文章研究的对象,是社会上层的性别意识。那么她们自身的参政和提高妇女地位的这些措施,对社会民众传统性别意识有何影响?社会女性意识是否因此得以提高?民谣正好从社会民众的角度填补了正史中的这一空白。存留下来的相关谣谚不多,反映武氏参政的有下面几条:

> 侧堂堂,桡堂堂。①
> 子母相去离,连台拗倒。②
> 桑条韦也,女时韦也乐。③

第一条民谣流行于调露年间,此时武氏以皇后身份积极左右朝政,公元690武则天改唐为周,自立为帝,十五年后中宗才恢复了唐

① 欧阳修、宋祁:《新唐书》卷三五,中华书局1975年版,第918页。
② 欧阳修、宋祁:《新唐书》卷三五,中华书局1975年版,第919页。
③ 欧阳修、宋祁:《新唐书》卷三七,中华书局1975年版。

的国号。侧者，指政不由帝出，桡者，不安；喻指武氏天下不会长久，唐王朝有恢复的征兆。

"子母相去离，连台拗倒"，子母者，盏与盘也；连台者，连盘拗盏倒也。子母相去离，指中宗即位，未及一月，为裴炎所僭，废为庐陵王，贬均州。连台拗倒者，则天被废，诸武迁放之兆。

第三条民谣，流行于永徽末，有关它的记载，众多唐代典籍之间有出入，大多数作"桑条韦也，女时韦也乐"，另有作"桑条韦也，女时韦也，乐！"还有一种为"里歌有《桑条韦也》《女时韦也》乐"前人的研究，关于此歌有两种不同的解释。一是谓讽刺高宗立武后事，歌中"桑条"暗示武后，武氏初封为后，曾多次"亲蚕"以示母仪天下。"韦"音同"违"。"桑条韦也"讥武后亲蚕是违心地装模作样。"女时韦也"言高宗违反礼教，纳其父之才人为妃，又封皇后，这种"女时"也是不应该的，是贪求女色寻欢作乐的表现。另一种解释谓此歌名为《桑条歌》，预言韦后当兴。学者王骧在《唐代历史谣言选释》一文中认为既是永徽时谣，谈不上是对韦氏的预言，以第一种解说为是。然而他的这一解释所采用的文本形式为"桑条韦也，女时韦也，乐！"如此看来，他认为"乐"直接解释为高宗贪求女色寻欢作乐。这在古代汉语的用法上是讲不通的。尚恒元先生所编《二十五史谣谚通检》亦采用的上述文本和解释。

笔者认为此条民谣如此解释，难以突破"乐"字的疑点，唯有作"永徽末，里歌有《桑条韦也》《女时韦也》乐"之标点，才可以对此进行正确解释。乐应该是指称此二首歌谣，民谣与古乐府有密切关联，则此条民谣则包含两首民谣之名，《桑条韦也》即讽刺武后亲蚕。显庆年三月，登位后仅五个月，则天就亲祭先蚕。她在身为皇后的二十八年间，共亲蚕四次。先蚕是行于三月的典礼。在这场典礼中，皇后率领内外命妇祭祀先蚕，也象征性地采桑、喂蚕。所谓"先蚕"，就是蚕神或养蚕之神。先蚕礼背后的理念就是皇后以华夏世界"第一夫人"

的身份祭祀先蚕，亲行养蚕，鼓励天下妇女善尽她们最重要的经济责任——养茧织布。根据史料，唐代皇后只行过八次先蚕礼，其中武则天就占四次。则天亲蚕，规模盛大，百官陪位，完全不依礼典。亲蚕是武则天为提升妇女地位和自我形象的重要措施，但是在老百姓眼中却没有得到认可。《女时韦也》则应该是对当时武氏参政行为的否定，不符合封建传统，违背礼法。

综观上述三条民谣，当时人民对武氏的参政是不赞成的，认为不符合礼法，是非正统的。由此可见，武氏即使谋取最高统治权，并采取一系列行动提高妇女地位，其影响也许更多地停留在上层集团，民间根深蒂固的性别意识没有受到影响。

继武则天之后，韦后、安乐公主、太平公主以及杨贵妃登上唐朝政治舞台，作为女性形象，她们的行为对民间女性意识有无影响呢？在中宗朝，上层统治集团中间，女性地位得到前所未有的提高。韦氏积极参政，中书令萧至忠女嫁与皇后舅子崔无诣，成婚日，上主萧氏，后主崔氏，被民众谓为"天子嫁女，皇后娶妇。"在老百姓看来是荒唐可笑的。

唐中宗时，安乐公主、长宁公主、上官婕妤等一批女人干预政治，制定了"斜封"授官的政策，交钱三十万即可斜封授官。为了区别正常方式，就另写诏书"斜封"后交中书省办理，时号"斜封官"。当时以这种方式得官之人数以千计。"斜封官"是女人干预政治的一个标志。睿宗初即位，姚崇、宋璟将这数千"斜封官"全部停罢，后太平公主借故贬姚、宋为申州、楚州刺史，四个月后，在太平公主干预下，"斜封官"又全部恢复了。故有谣曰："姚宋为相，邪不如正；太平用事，正不如邪。"[①]在太平公主看来，"斜封官"存在与否，是女人能不能干政的一个象征，但对民众来说，它却是政治腐败的体现。

玄宗朝，杨贵妃专宠于帝室，其家自是受尽恩泽。当时长安民

① 刘昫等：《旧唐书》卷七七，中华书局 1975 年版。

谣："生女勿悲酸，生男勿喜欢""男不封侯女作妃，君看女却是门楣"①，正是充分反映这一点的，白居易在《长恨歌》中对此有唱和之音："遂令天下父母心，不重生男重生女。"②上述民谣不能排除对玄宗宠幸过度，搞裙带关系的讽刺，但亦不可否认其对社会民众的生育观产生的影响。

唐代的公主地位在历代里面是地位最高的，武则天参政执政以来，继起的韦后、太平公主、安乐公主推行了诸多提高妇女地位的措施，统治阶级上层女性地位提高，皇家女子地位高涨。中宗朝，太平、安乐等七公主开府，设官属。安乐公主更是曾有求封皇太女之举。随着地位的提高，公主豪侈、骄纵者渐多，故世家大族多害怕与皇家结亲，民谚"娶妇得公主，平地生公府"③正是在这样的背景下产生的。此谚一方面说明在上层，女性在政治领域的权力得到肯定，拥有可以开府等历代皆无先例的特权，另外从民众的角度来看，传统性别意识依然根深蒂固，上层的女性意识在下层没有被接受。

第二节　唐代谣谚的特点

一、整体特色概述

谣谚产生于民间，但历代谣谚都与社会政治关系密切，纵观古今谣谚，唐代谣谚有其自身特点。概而述之，可从内容、作用和影响以及艺术特色三方面来分析。

1.内容涵盖面广

唐代谣谚广泛地表现了五光十色的社会现实生活，涉及帝王将相、皇后公主、权臣小吏、工匠农民、文人士卒，普通百姓等各类人物，内容从反映各类政治事件、歌颂廉政官吏、揭露贪官污吏到记载地方

---

① 彭定求等编：《全唐诗》卷八七八，中华书局1960年版。

② 《白氏长庆集》卷一二。

③ 欧阳修、宋祁：《新唐书》卷二四〇，中华书局1975年版，第5810页。

风俗、品评文学艺术，叙述日常生活、折射时代风气，无所不包，涉及到社会各个阶层生活的方方面面。尤其是记载民俗生活、地域特色、生产习俗以及对文学艺术的品评，在整个时代谣谚中占到了极为可观的比率，是谣谚发展历史上的突破。

2.影响深入社会各阶层

谣谚的作用和影响是不能低估的。它产生于人民群众之中，但却脍炙人口，颇为流传，席卷全社会，影响遍布各阶层。

首先我们从统治阶级来看，李氏王朝深知谣谚的舆论导向作用，在开国之初就懂得利用民谣来造声势，为自己的统治做宣传。陈寅恪先生在《论唐高祖称臣突厥事》一文中即指出，“法律存，道德在，白旗天子出东海”。此歌谣谓李唐树突厥之白旗，而突厥兵从之，盖李唐初起兵时之旗为绛白相杂，不得止言白幡也。童谣本作白衣天子出东海，太宗等乃强改白衣为白旗，可谓巧于附会者矣。

正是有了这样的传统，唐朝政治事件中民间流传的民谣，许多都被用来造声势，利用民心导向，带有谣谶的性质。因而每到社会大转变时期，在重大历史事件发生前后，民谣应运而生。

事实上，由于深谙谣谚的巨大影响力，唐朝统治者一直比较重视民谣民谚。用其观风俗之盛衰，考政行之得失。武则天时，通过科举大量录用官员，造成机构臃肿，官吏繁多。有人作谣“补阙连车载，拾遗平斗量；欋推侍御史，碗脱校书郎”予以讽刺，举人沈全交看到这首诗后，又在后边加了四句：“评事不读律，博士不寻章；面糊存抚使，眯目圣神皇”，直接批评武则天用人过滥。御史将其以诽谤朝政罪逮捕，武则天知此，却言：“但使卿等不滥，何虑天下人语？不须与罪，即宜放却”。一句“何虑天下人语”即阐明将民谣当成舆论来监督之意。

唐统治者亦喜引谚，如中宗曾引谚“冬至长于岁”，代宗引谚“不痴不聋，不作阿家阿翁”等。

其次，对劳动大众而言，谣谚是反映民众疾苦与心声的一面镜子。从“鲁地抑种稻，一概被水沫。年年索蟹夫，百姓不可活”到“新禾不入箱，新麦不入场。迨及八九月，狗吠空垣墙”的民谣，无不反映着百姓的辛酸！

3.渗透时代特色的民间文学

唐代谣谚，是唐代文学的组成部分，属于民间文学，或称俗文学。相对于发展达到巅峰的唐朝诗歌，谣谚的文学审美性无疑是逊色的，即使与民歌相比，亦无特别之艺术魅力可言，但从纵向看，与往代谣谚相比，唐代谣谚无疑在艺术形式上有了进一步的发展，一些民谣已符合韵律，手法上亦有赋比兴的多重运用以及类比、比喻的反复使用，不过这些都不是谣谚这一俗文学的重点所在，故不做讨论。就其形式而言，有两点是比较突出的，一为大量使用民间俗语、口语。这自然是其民间文学的本质所决定的。如对唐玄宗的称呼，多使用“三郎”“三叔”；如“三郎当殿坐”“三叔闻时笑杀人”。

二为时代心理在形式上的反映，以汉喻唐是唐文人创作中的一大时代特征，它是唐人时代心理的一种反映，但在谣谚中，这一心理依然得到反映出来。如“汉家天子西巡狩，犹向江东更索兵”[①]，“高昌兵马如霜雪，汉家兵马如日月，日月照霜雪，回首自消灭。”

二、风俗类谣谚特色

风俗类谣谚是劳动人民在生产和生活实践中对民俗事象的亲身体验和提炼、总结。相比于其他谣谚，我们不应忽视其特点：

1.跨越时空性

民俗的养成是一个渐进的过程，不因朝代的开始而开始，也不因其终结而终止。它继承了前代民众的经验和习性，往往是古俗与时风在相互融合中发展、变化。在传承上，风俗习惯往往依靠一种文化传统上的惯性长期占据着人们的头脑，不会轻易改变。因此，民俗类谣谚因其内容的时代共性而能够跨越时空，继往开来，既接受和吸收

① 欧阳修、宋祁：《新唐书》卷三五，中华书局1975年版，第920—921页。

前代谚语，又为后代所继续传承，历久弥新。这突出地表现在生产类谚语、社会伦理俗谚、信仰民俗等方面。

首先，我们来看唐人对前代古谚的继承。唐代当时流传的一些谣谚，有的是产生于往代，虽经历史洗涤，但至唐时，与时代风气和社会相融合，在当时仍然广泛流传。谣谚“欲求好妇，立在津口。妇立水旁，好丑自彰”[①]就是产生于晋朝，刘伯玉的妻子，生性嫉妒，伯玉曾在其面前吟诵《洛神赋》，并言欲娶那样的美女。其妻子言其死后亦可为水神，并于当晚即跳水而亡。有妇人渡此津者，皆坏衣枉妆，然后敢济，否则妒妇之神发怒，风波暴发。妇人过那条河时，河的“态度”成了评价该妇人美丑的标准，遂有此谚。此谚在唐朝广为流传，唐高宗率嫔妃经过此地，曾因此而欲别道行之。实际，唐朝妇女之好妒者众多，此亦可见时风。

又如“千里井，不反唾”以及“借书一嗤，还书二嗤”都是产生于前代的古谚，唐时人们仍然流传甚广。诗人杜甫就经常在诗中引用前代古谚。

其次，唐代流传的谣谚，到今天依然脍炙人口。虽然时隔千年，我们今日读来，如同当代民谚。如王勃在其文中引谚“祸不入慎家之门”，今天我们强调预防事故、安全生产之时，此谚是常常被人提及的。又如孙光宪所引谚“好事不出门，恶事行千里”在当今社会仍是最常见的谚语之一！古今对道德的评价有一种自古而来的传统文化之根基蕴含在里面，千年不变，唐人云“一年之计，树之以谷；十年之计，树之以木”。至苏轼作文，引古语为“一年之计，树之以谷；十年之计，树之以木。百年之计，树之以德”，而我们今天说十年树木，百年树人，道理同出一辙。对人生的感受，这是人类历史中有着共性的东西，所以唐谚“人生百岁，七十者稀”正是由于脱源于古语“人生七十古来稀”之论，到今天依然千古同音。人性之共性，跨越时空。

---

① 段成式：《酉阳杂俎》卷一四，中华书局1985年版，第108页。

2.主观情感性

我们认为历史谣谚是我们研究历史民俗的宝贵文献,因而要充分注意谣谚所反映的民俗事象,但是我们更要注重这些谣谚记载这些民俗时所蕴含的情感。因为它们不是单纯地对民俗事物、民俗现象的罗列和记载,而是自身生活的亲身感受和体验。唐代民谚亦不例外。

一些谣谚就是基于情感而发,而民俗事象只是附属于其中。如民谚"千里相送,归于一别"道出的就是难分难舍的情谊。谚语"小舅小叔,相追相逐"和"卒客,无卒主人"则直接反映的是唐朝的人情风俗。又如"五月下峡,死而不吊"所反映出的是民众对五月涨水时节,船过三峡之危险的无奈和辛酸。

群众就是民俗事象的参与者和见证者,因而民谚在记载一些习俗的同时,同时也记录下了群众对此风俗的感受和意见。反映斗鸡民俗的民谚:"生儿不用识文字,斗鸡走马胜读书,贾家小儿年十三,富贵荣华代不如,能令金距期胜负,白罗绣衫随软舆。父死长安千里外,差夫治道挽丧车",字里行间就渗透出人民群众对宫廷斗鸡之风的不满,才十三岁的贾昌,因在皇宫斗鸡受宠而暴富,导致民间效仿,一时间社会舆论认为"斗鸡走马"胜于读书正道,群众作谚嘲讽此股歪风。总之,研究民间谣谚,不能忽视其主观情感性。

唐代谣谚是唐代民间文学的重要组成部分,作为广为流传的俗文学,其内容涉及唐朝社会生活的方方面面,影响到社会各个阶层,所蕴含的思想和意义不可小视,本书仅探讨了其内容方面的一些特色,聊作抛砖引玉,深入的研究,还有待来者。

附录　唐代风俗文化个案研究

唐代风俗文化纷繁多样，这里选取唐代仙界信仰来做探讨。作为唐代风俗文化的个案研究，希望以此为窗口，展示唐代信仰风俗的特点以及某类风俗题材在不同文体中的异同，从研究的另一视角尝试立体地剖析风俗文化与唐代文体的联系。

第一节　唐代仙界信仰流行原因探析

民间信仰，内容十分庞杂，从对各种自然物和自然力的信仰，到对祖先、鬼魂的崇拜，再到山川崇拜、动物信仰，以及对各路地方神、历史人物的信仰，有着多神崇拜的特点。同时，民间信仰又有着多功利性的特点，拜神祭祀，往往出于自身利益需求。不过在关注今生现世的同时，民众也不会忘记思考生死问题：如何超脱现实，摆脱生死困扰。探求人世间之外的其他世界之存在与否，这早在远古时代即已开始，从远古的神仙传说到幽都收魂之观念，民众对世间之外的异境的信仰逐步形成，其中之仙界乃为民众广泛信仰。唐代是古代民间宗教信仰发展的一个重要时期，唐传奇书写神秘怪诞以及神仙鬼怪之类的故事，占了很大比重，仙境是出现颇为频繁的意象。诗歌中以游仙为内容的也不在少数，一定时期的民间信仰对民族心理会产生深刻的影响，也是文学家创作小说不可忽略的文化心理依据。本文拟通过探析唐代仙界信仰，以管窥其对文学的影响，本节的原因分析探本析源，则是必要途径。

唐代是中国封建王朝中的盛世时期，上承六朝以来的中原文化，同时，佛教与道教均得到充分的发展，这些都对民间信仰观念产生了作用。唐代社会是一个几乎时时处处都存在神灵崇拜现象、活动、观念的社会，鬼怪信仰是唐代民间信仰的中心和基础，大量的神仙鬼怪自然又形成他们的自我世界，因此，在真实的社会生活之外，与之平行存在的神灵鬼怪世界的他界信仰自然普遍存在于民众思想观念中。具体来说，唐代他界信仰普遍流行的原因有以下几点：

一、古代仙境观念的遗存

中国上古神话中就出现关于宇宙分层的观念，从开混沌、分天地开始，中华民族一直流传着关于天界的传说。早期关于天界的信仰，主要源于昆仑神话系统，它所想象的彼岸世界有着壮丽的宫阙，美丽的园圃，奇花异草和珍禽异兽，如：

> 昆仑之虚，方八百里，高万仞……面有九门，门有开明兽守之，百神之所在。在八隅之岩，赤水之际，非仁羿莫能上冈之岩。
>
> ——《山海经·海内西经》

> 昆仑县圃，其尻安在？增城九重，其高几里？四方之门，其谁从焉？
>
> ——《楚辞·天问》

另外，《楚辞·离骚》：“折琼枝以为羞兮，精琼靡以为枨”，想象的是仙界的食物，而“扬云霓之晻蔼兮，鸣玉鸾之啾啾。朝发轫于天津兮，夕余至乎西极。凤凰翼其承旂兮，高翱翔之翼翼。忽吾行此流沙兮，遵赤水而容与。麾蛟龙使梁津兮，诏西皇使涉予……”则表现想象中的仙界的出行情况。

可见当时对天界的想象是十分美好的，是中国先民集体意识中和谐富裕、平和安乐生活的象征。

除昆仑系统外，蓬莱神话系统也是中国早期对彼岸世界想象的重要部分，主要出于东部海滨，多描绘彼岸世界的异域风情，一般以蓬莱、方丈、瀛洲等神山为代表。

> 此诸夭之野，鸾鸟自歌，凤鸟自舞，凤凰卵，民食之；甘露，民饮之；所欲自从也。百兽相与群居。在四蛇北。其人两手操卵食之，两鸟居前导之。龙鱼陵居在其北，状如狸。一曰鰕。即有神圣乘此以行九野。
>
> ——《山海经·海外西经》

这些关于海外异域他国的想象都丰富了古人关于仙界境界的幻想。到魏晋时期，关于天国的想象在诗歌中被描绘得更加详细：

> 华盖芬晻蔼，六龙仰天骧。曜灵未移景，倏忽造昊苍。阊阖启丹扉，双阙曜朱光。徘徊文昌殿，登陟太微堂。上帝休西棂，群后集东厢。带我琼瑶佩，漱我沆瀣浆。踟蹰玩灵芝，徙倚弄华芳。王子奉仙药，羡门进奇方。服食享遐纪，延寿保无疆。[1]

这里，宫殿都有了具体名称，上帝与妃子各自有行宫，有不死之药永保长生。

唐以前的仙境观念作为文化传承到唐代，奠定了唐代民间他界信仰的基础。

二、民间鬼神信仰的兴盛

唐代社会随处可见神灵崇拜现象、活动，从泰山神、华山神、土地与城隍等各种自然神，到二郎神、紫姑神等人格神，林林总总的各路

---

① 逯钦立辑校：《先秦汉魏晋南北朝诗》，中华书局1983年版，第458页。

神仙都为民众所信仰和祭祀。而且唐代还魂故事极多，民间鬼魂信仰十分普遍，几乎可以说，在唐代真实的社会生活之外，还与之平行存在着一个虚幻的神灵、鬼怪世界。

据《唐国史补》载："每岁有司行祀典者，不可胜纪。一乡、一里，必有祠庙焉。为人祸福，其弊甚矣。南中有山洞，一泉往往有桂叶流出，好事者因目为'流桂泉'。后人乃立栋宇，为汉高帝之神，尸而祝之。又有为伍员庙之神像者，五分其髯，谓之'五髭须神'。如此皆言有灵者，多矣。"随便一道泉水、一座神像都可以成为百姓祭祀的对象，可见民间神灵崇拜之泛。

诸多的鬼神信仰，让唐人思想观念中充满了虚幻色彩，众多的神灵鬼怪在他们头脑中组成新的世界。在中国人的思想中，一切物种在空间某个区域都有它们的"家"，众多的神仙鬼怪，自然也有一个他们的归属之地。而他们与凡人相异的特性也就决定了其所在空间的非凡性，使其跳出人世间而构建另一个空间，即别有天地非人间的他界。因此，从空间内容与空间构架的角度来看，唐代民间的多神崇拜构建了他界信仰的基石。

三、宗教的影响

道教的基本教义是潜心修炼，飞升成仙。它脱胎于神仙方术之说，有着庞大的神仙系统，根据早期遗存的仙境素材，综合封建等级制度以及佛教的宇宙构成观念，建构了系统的宇宙结构。葛洪在《抱朴子》里面将仙人分为上中下三等，上仙住在天界，中仙住海外三岛十洲，下仙住在世间的三十六洞天，七十二福地。陶弘景的《真灵位业图》更是把神仙按从天上到地下的次序，排列为七个阶层。到后来，唐初道士李少微吸取佛教宇宙观的内容，提出欲界六天、色界十八天、无色界四天、种民天四天，再加上三清天和大罗天构成三十六天，确立三十六天说，创立了道教关于天界的理论。唐代司马承帧的《天地宫府图》和杜光庭的《洞天福地岳读名山记》中，对洞天福地的仙境格局进行系统的整理，构建了道教所特有的仙境理论。天界与仙境理论共同为道教的神仙设想了位于别有天地的他方居住世界，极大地影响了民众有关天界和仙境的信仰。特别是洞天福地说，一幅道教的人间仙境美景图成为无数人追求和幻想的理想生活。

佛经中有关天国世界的想象非常丰富，充满想象力，主要源于印度西域文化对彼岸世界的想象。从早期的将宇宙分为地、天、空三界，到婆罗门教将宇宙分为天界和地界，并各有七个世界[①]，形成了纷繁多样的天国想象。佛教在这个基础上发展为欲界、色界和无色界三界说。欲界又包括地域、饿鬼、畜生、阿修罗、人六欲天。位于欲界上方的色界，才是天人所居住的地方，远离恶与污秽，分为四地，各地又有诸天，有喜乐之地，非苦非乐之境以及清净地等。无色界则无具体方位，又分为四无色天。据各佛经对诸天的描绘，都有奇花异草的簇拥，珍奇物品建造而成的园圃、楼阁、城门等，充满花香鸟语。

在魏、晋、唐朝的有关天界描述的散文中，我们可以看到佛教天国的影响。道教和佛教在唐代的发展，使得其仙界观念更为广泛流传至民间，对民间他界信仰的形成与发展产生了不可低估的作用。

四、民间社会现实的折射

康德认为“不管我们把我们的种种概念置于何等高位，不管我们在多大程度上把它们从感性世界抽象出来，仍有种种形象附着于它们……因为如若没有某种直观作它们的基础，我们怎么能赋予我们的各种概念以含义和意义?”用这一理念来观照他界信仰，如果我们考察他界信仰的空间特殊性，并将它与感觉直观的现实社会这一空间存在加以比较，显而易见，对于想象中的他界，人们赋予其具体的含义是以直观的现实社会为基础的，是民间社会现实的折射。

首先，天界或仙境的空间布局与人间的环境类似。唐代民众所想象的天界和仙境，虽然极尽想象之能事，将二者描述为处处是芳林

---

① 巫白慧:《印度哲学》，东方出版社 2000 年版，第 141 页。

玉树，奇花珍卉，珍禽异兽。但是从根本上还是脱离不了民间的基本的居住环境和生活条件。琼楼玉宇、奇花异草、青林翠竹、恢弘宫殿等等实际上也是人间所有，特别是一些仙境，所谓的洞天福地，多类似于世间生活的实有之境，如同人间的一些名山秀谷。

其次，神谱的等级与现实社会的阶级类似。无论天界、仙境还是冥界，依然有着等级之分。在天界，神仙世界等级森严，尊卑有序，似是世间官府系统的翻版。神谱的等级划分代表了民众的社会意识和世界观。这一社会意识和世界观又是完全来自现实社会生活的。正是因为现实社会中严格的阶级区分给人民的思想打下了沉重的等级思想烙印，因此，即使在理想生活模式中，民众依然没有将其去掉，等级思想已经深入思想深处。

再次，他界的道德伦理与善恶惩罚观念。天界与仙境，作为民众的理想生活空间，是人类无比向往的，因为在彼处，可以满足各种人类在世间无法满足的欲望和需求。不过这一满足同样潜藏着社会伦理道德意识，所满足的欲望和需求是符合现世伦理道德的，而且是人类在世间受俗世尘缘之累、社会现实之苦而无法达到的。

与天界、仙境等满足民众要求不同，冥界多作为惩罚罪恶之所而出现，现实中的冤屈、不满，在人间得不到的正义，在这里能得到公正的裁决。传统善恶报应思想在现实之事中表现不灵验时，在冥界找到了一个补救之地。作为社会正义、公道的最终之所，冥界解决民众现实社会中的不平情绪，寄托民众公平、公正的社会理想。因此，他界在运作中所体现出的思想观念依然是世间伦理道德。

总之，民间得不到满足和受到压抑的情绪在他界中找到了释放之地。因此，生活在现实社会中饱受痛苦折磨的大众，将其理想寄托于他界，这也是他界信仰存在和发展之根本。

第二节　仙界信仰的内容

唐代的仙界信仰，细加区分，又可以分为天界与仙界，二界大多数时候混同而难以区分，共同组成唐代仙界信仰的主体。仙界信仰在唐代多种文体中都有反映，尤以诗歌和传奇为多。

一、天界信仰

讨论一种民间信仰存在与否及其影响大小，最真实有力的证据是民众的具体信仰行为，较之研究记载宗教教义的文献更为接近历史真实。在老百姓的心目中，天界带有很强烈的彼岸化色彩，天宫具体是何形象，一直比较抽象，大体上认为环境优美、烟飘云绕雾朦胧，山清水秀花草香，神仙们腾云驾雾、长生不老、悠闲自在。具体如何美妙，每个人头脑中并没有明确的设想。唐代笔记小说中关于天界的具体描绘并不多见，而且多与山或洞相关联，需与仙境描写相区分：

> 洞上有水，阔数十步。岸上见有数十人家村落，桑柘花物草木，如二三月中。有人，男女衣服，不似今人。耕夫钓童，往往相遇……其或乘云气，或驾龙鹤。此人亦在云中徒步。须臾，至一城，皆金玉为饰。其中宫阙，皆是金宝。诸人皆以次入谒。独留此人于宫门外。门侧有一大牛，赤色，形状甚异，闭目吐涎沫。主人令此民礼拜其牛，求乞仙道。如牛吐宝物，即便吞之。[①]

此则材料中，因为采药民是从青城山偶入洞中的，故很多研究将其作为对道教洞天的描述，但文中后面交代，所拜见的神仙乃是玉皇大帝，由此可以断定，此处应属对天界的描绘。前段所述之景，“男女衣服，不似今人，耕夫钓童”之类，与陶渊明笔下的桃花源何其相似！后面描绘的神仙腾云驾鹤，多奇珍异宝，则是一般化的关于天宫的想象了。

而《太平广记》卷二十“阴隐客”条所述天国则藏于洞中，处于

① 李昉等编：《太平广记》卷二五，中华书局1961年版，第164页。

下界：

> 则别一天地日月世界。其山傍向万仞，千岩万壑，莫非灵景。石尽碧琉璃色，每岩壑中，皆有金银宫阙。有大树，身如竹有节，叶如芭蕉，又有紫花如盘；五色蝴蝶，翅大如扇，翔舞花间。五色鸟大如鹤，翱翔树杪。每岩中有清泉一眼，色如镜；白泉一眼，白如乳。工人渐下至宫阙所，欲入询问，行至阙前，见牌上署曰：天桂山宫。以银字书之。门两阁内，各有一人惊出，各长五尺余，童颜如玉。衣服轻细，如白雾绿烟；绛唇皓齿，须发如青丝，首冠金冠而跣足。

不过，在大多数民众的意识里面，天界的具体位置，一般应该在上天，由此也与星星等联系起来：

《续玄怪录》中载一下凡仙女云："人间观之，只见是星，其中自有宫室居处，群仙皆游观焉。万物之精，各有象在天，成形在地。下人之变，必形于上也。吾今观之，皆了了自识"，认为天界处于星星之中，且掌握人间事物变化。[①]

在唐代民众思想意识中，天界是神仙居住的彼岸世界，普通民众难以企及，因此民众并不关心它的具体形象。但是在思想深处，相信其存在的确切性，等同于相信神灵的存在。人们普遍认为，天界是相对于尘世的一个更高的管理层，有着一套完备的管理体系，职掌不同具体事物的各路神仙又有着严格的等级区分。玉皇大帝是最高统治者，王母娘娘则为皇后，在其之下又有各种文臣武将和众多的天兵天将，他们掌管着人间的各类事物。民间建造了众多的庙宇祭祀他们。在这里，民间信仰既融合了道教的神谱设置，如借用了玉皇之名，又结合自身现实需要，将道教中居于玉皇之上的元始天尊、灵宝天尊和道德天尊弃置一边，在其次的"四御"中专取玉皇大帝，赋予其至高无

---

① 李昉等编：《太平广记》卷六八，中华书局1961年版，第420页。

上的权力，又从传统的民间传说中借来西王母，变成玉皇之妻，再加上道教与民间传说相融合的各路神仙，如托塔天王、二郎神，等等，组成了具有实用性的民间信仰神谱体系。社会人类学的相关知识告诉我们，神谱代表着相关的社会意识和世界观，民间信仰对天界神谱的设置很明显是受到当时社会封建统治的管理体系影响，从皇帝到皇后，人间封建官僚体系映射在天界中，阶级体系换成了分明的等级设置。当然作为更高层次的管理体系，民众观念中赋予上天至高无上的神威与权力。首先，它能明察秋毫，帮助劳苦大众剪除灾害：

> 代宗即位日，庆云见，黄气抱日。初，楚州献定国宝一十二，乃诏上监国。诏曰："上天降宝，献自楚州。神明生历数之符，合璧定妖灾之气。"初，楚州有尼真如，忽有人接去天上。天帝言下方有灾，令此宝镇之，其数十二。楚州刺史崔侁表献焉。①

作为上界的管理层，上天掌握了世间大众的命运。《朝野佥载》载有这样一则轶事：

> 唐魏徵为仆射，有二典事之。长参时，徵方寝。二人窗下平章，一人曰："我等官职，总由此老翁。"一人曰："总由天上。"徵闻之，遂作一书，遣"由此老翁人"者，送至侍郎处，云："与此人一员好官。"其人不知，出门心痛。凭"由天上者"送书。明日引注，由老人者被放，由天者得留。徵怪之，问焉，具以实对，乃叹曰："官职禄料由天者，盖不虚也。②

相信天命，自古而然，"老天保佑""成事在天""天命不可违"的俗语妇幼皆知，这则故事虽侧重说明唐代天命思想的流行，但不可忽视

① 段成式：《酉阳杂俎》卷一，中华书局1985年版，第3页。

② 张鷟：《朝野佥载》卷六，中华书局1979年版。

的是其以天界信仰执管世间民众命运为意识背景。

当然居住在天界的各路神灵，在唐代民间亦得到广泛的信仰，这与天界信仰相辅相成，因其主要属于神仙信仰，这里就不再赘述。

值得注意的是，天界信仰虽早在远古时期就有，但是非常抽象和模糊，尤其是神谱的设置，笼统而没有确定的名称。在唐代，玉皇被奉为至尊天神，唐朝许多诗歌中都提到他。如柳宗元："灵境不可状，鬼工谅难求。忽如朝玉皇，天冕垂前旒"，李白《赠别舍人弟台卿之江南》云："客遇王子乔，口传不死方。入洞过天地，登真朝玉皇"。[①]

随着玉皇大帝作为天界最高神地位的确立及神谱的完善，天界作为一个有内容含量的空间体才变得更充实、形象，所以玉皇信仰是天界信仰重要的组成部分。此为从天界之神仙方面而言，若从天界的组成部分而言，作为传统信仰中天界的一个重要组成部分的月宫，则是讨论天界信仰不可避开的。

如果说天界是人间现实社会的折射，那么月宫就是皇宫之影在天界的投射。唐代广泛流传着唐明皇游月宫之传说，《逸史》卷一载：

> 罗公远八月十五日夜，侍明皇于宫中玩月。公远奏曰："陛下莫要至月宫中看否？"帝唯之。乃以拄杖向空掷之，化为大桥，桥道如银，与明皇升桥。行若十数里，精光夺目，寒气侵人，遂至大城。公远曰："此月宫也。"见仙女数百，皆素练霓衣，舞于广庭。上问其曲名，曰："《霓裳羽衣》也。"乃密记其声调。旋为冷气所逼，遂复蹑银桥回返。却顾银桥，随步而灭。明日，召乐工依其调作《霓裳羽衣曲》，遂行于世。

在这里，唐代宫廷中流行的《霓裳羽衣曲》相传来自月宫，是为天宫生活与皇宫生活的相似之处，都是一片歌舞升平之景。此则传说在唐代民间广泛流传，民众中亦有游月之愿，从而出现揽月于怀之志

---

① 彭定求等编：《全唐诗》卷一七一，中华书局1960年版。

怪传说：

> 唐太和中，有周生者，庐于洞庭山，时以道术济吴楚，人多敬之。后将抵洛谷之间，途次广陵，舍佛寺中。会有三四客皆来。时方中秋，其夕霁月澄莹，且吟且望，有说开元时明皇帝游月宫事，因相与叹曰："吾辈尘人，固不得至其所矣。奈何？"周生知曰："某常学于师，亦得焉，且能挈月致之怀袂，子信乎？"或患其妄，或喜其奇。生曰："吾不为明，则妄矣。"因命虚一室，翳四垣，不使有纤隙。又命以箸数百，呼其僮绳而架之。且告客曰："我将梯此取月去。闻呼可来观。"乃闭户久之。数客步庭中，且伺焉。忽觉天地曛晦，仰而视之，即又无纤云。俄闻生呼曰："某至矣。"因开其室，生曰："月在某衣中耳。请客观焉。"因以举之，其衣中出月寸许，忽一室尽明，寒逼肌骨。生曰："子不信我，今信乎？"客再拜谢之，愿收其光。因又闭户，其外尚昏晦，食顷方如初。①

有关嫦娥奔月与吴刚伐桂的古老传说在唐代广为流传。《酉阳杂俎》载："旧言月中有桂，有蟾蜍。故异书言，月桂高五丈，下有一人，常斫之，树创随合。人姓吴名刚，西河人，学仙有过，谪令伐树。"②

唐诗中有关月宫的想象非常多，其焦点自然是月宫中的核心人物——嫦娥：

> 云母屏风烛影深，长河渐落晓星沉。嫦娥应悔偷灵药，碧海青天夜夜心。
>
> ——李商隐《嫦娥》

① 李昉等编：《太平广记》卷七五，中华书局1961年版，第471页。

② 段成式：《酉阳杂俎》卷一，中华书局1985年版，第6页。

鹊桥初就咽银河，今夜仙郎自姓和。不是昔年攀桂树，岂能月里索嫦娥。

——和凝《柳枝》

总体而言，民间的天界信仰，主要是将其作为更上一层的统治机构，管理着人间祸福。因此，信仰的一些具体行为也就表现为祭祀上天，朝拜天界的玉皇大帝、雷公、城隍等诸神。

二、仙界信仰

天界对于民众而言，更像遥远的彼岸，可望而不可即，而且天界等级森严，因此，普通民众最为理想的生活空间应是地上仙境。“仙境”本身并非是一个纯宗教范畴，早在道教产生之前就存在，从先秦的蓬莱仙境传说开始，“仙境”一直是中国民众集体意识中安乐祥和的理想生活之地。道教创立后，汲取了民间的仙境信仰，并参照西域文化，构建了自己的神仙世界，除了营造传说中的三岛十洲，更提出了洞天福地的仙境模式，列出了位于人间的三十六洞天七十二福地。这一洞天说在魏晋时期提出，而此时也正是描述仙境游历主题的仙话繁盛之时，民众的仙境观念和道教的仙境思想相互影响。至唐代，仙境传说乃是传奇小说中最常见的主题之一，其中不少为民众仙界思想之反映，我们也就选择从这些传奇中寻觅当时民众仙境信仰的内容。

1.误入仙境之进入方式

道教洞天福地的仙境格局得到系统的整理，是在盛唐时期的司马承贞和晚唐时人杜光庭的著作中，而完成于东汉时期的《太平经》，已使不同的神分等级来治理不同的仙境，但无论是哪一等级，其进入仙境的条件都是得道，这种要求以修炼得道作为进入仙境的唯一方式势必将大多数民众排斥在外。而由魏晋神话刘晨、阮肇误入仙境的传说，形成了普通老百姓迷路而误入仙境之观念模式，对于讲求现实实用性的大众而言，无疑后者是民众进入仙界的理想方式，其带有不可预测性、从而拥有幻想性和吸引力，并不须辟谷深修，也不用费钱费财服食丹药。考察唐代传奇小说中的游仙主题，误入仙境的方式占了绝大多数，当然亦有少数篇目示以修道成仙。但总体而言，以单身男子误入型为主体。单身，指误入时其人乃独自游历，而无论婚否。误入这一方式是与游历主体紧密相连的，之所以是误入，因主体主观意识上没有刻意修炼访求，即从主体身份上排除必须是修道之人或者求仙访道之帝王将相之身份局限，将广大平民纳入进来，可谓民间仙境信仰之主体特色。我们可以在多篇传奇中都见到这一点：

> 吴兴柳归舜，隋开皇二十年，自江南抵巴陵，大风吹至君山下，因维舟登岸。寻小径，不觉行四五里，兴酣，逾越溪涧，不由径路。忽道旁有一大石，表里洞澈，圆而砥平，周匝六七亩。其外尽生翠竹，圆大如盘，高百余尺。叶曳白云，森罗映天。清风徐吹，戛为丝竹音。石中央又生一树，高百余尺，条干偃阴为五色，翠叶如盘，花径尺余，色深碧，蕊深红，异香成烟，着物霏霏。有鹦鹉数千，丹嘴翠衣，尾长二三尺，翱翔其间。[①]

2.洞天与空间距离

仙界传说一般涉及的地点类型有仙岛、仙山与仙洞，先秦主要以仙岛型为主，汉末魏晋时期，加入了洞穴与山中仙境，而且有后来居上之势，至唐，仙山类的则逐渐增多。在痛苦、烦闷的现实生活中煎熬，人们自然要设想一个远离此处痛苦的另一世界，然限于无从真实的游历，故这些设想以现实生活的物象为基础，一方面缘起于摆脱现实，需要创新与别异；一方面无从目睹，想象拘泥于现实生活画面，二者矛盾的解决之道遂逐步指向人世间人迹较为罕至的深山密林、隐藏于山中的山洞、海中的小岛。

---

① 李昉等编：《太平广记》卷一八，中华书局1961年版，第122页。

唐代民众观念中的仙境总与人们的居住地有一段不短的距离，这一距离有的是平面距离上的，有的是立体空间上的。这段距离在心理意识的空间方位上，制造出隔离感，也增强了仙境的玄奥、神秘色彩，营造出仙境与人世间不同的大背景，这是仙境传说中必不可少的因素。试想，仙境如果与人世比邻或者就在其中，必然降低仙境的神秘感。唐代的仙境一般都以进入山洞为打开另外一个世界之门的方式。如下面这则材料：

> 老父遂将西去，数里至大白山西岩下，一大盘石，左有石壁。老父以杖叩之，须臾开。乃一洞天。有黄冠及小童迎接。老父引裴生入洞。初觉暗黑，渐即明朗，乃见城郭人物，内有宫阙堂殿，如世之寺观焉。道士玉童仙女无数，相迎入，盛歌乐。诸道士或琴棋讽诵言论。[①]

让仙境处于山洞之中，这种仙境方位观念，比照先秦汉武之时，仙境远在遥不可及的蓬莱等仙岛上，已大大缩短了距离，从而为仙境的此岸化奠定了方位基础。唐代仙境传说地点以山中为主。

3.两类生活情景之展示

进入仙境后，仙境的生活情景如何，是仙境信仰的核心所在。唐传奇小说中所展示的仙境生活虽没有一个统一的情景模式，但综观总体，生活情景大致有两种趋向：一类为以宴饮、美酒佳人相伴的享乐型；另一类则为桃花源式的悠闲、轻松型。我们先来看享乐型：

> 既去，马疾如风，过城南数十里，路侧朱门斜开，二舅出迎。星冠霞帔，容貌光泽，侍婢数十人，与桥下仪状全别。邀李生中堂宴馔，名花异木，若在云霄。又累呈药物，皆殊美。既夜，引李生入北亭命酌，曰："兼与公求得佐酒者，颇

① 李昉等编：《太平广记》卷三四，中华书局1961年版，第215页。

善箜篌。"须臾，红烛引一女子至，容色极艳，新声甚嘉。李生视箜篌上，有朱字一行云："天际识归舟，云间辨江树。"罢酒，二舅曰："莫愿作婚姻否？此人名家，质貌若此。"李生曰："某安敢？"二舅许为成之。①

这里仙界的生活是饮酒作乐，美酒佳人相伴，拥有奇珍异宝，富贵荣华，一派富足、安乐享受之象。在描述宴饮的篇目里，大多强调景观华美、富贵，有着高大的宫殿，奇珍异宝随处可见，概言之，强调物质生活之丰足；而仙女美色则从情色的角度形容此地为满足人性需求的佳境。实质上这是类似于人世间的富贵生活。仙境里美貌的仙女多被安排给予入境人士以艳遇，满足其对美色的需求，而无论仙女自身的情感。这与唐代时风用仙字代指女道、女妓不无关系。陈寅恪在《读莺莺传》一文中指出："六朝人已侈谈仙女杜兰香、萼绿华之世缘，仙(女性)之一名，遂多用作妖艳妇人或风流放诞之女道士之代称，亦竟有以之目娼妓者，其例证不遑悉举。"②社会流行用仙字代指女妓的风气，必然影响到仙女的形象，因而附带让其成为美色之代名词。

仙境所展示出的美好多为人世间欲望的转移与蜕变。仙境筵席的壮观排场自然不是人间富贵人士所稀罕的，而只有在现实生活中得不到美酒佳人的劳苦大众，才会将这种欲望转移到仙境中以幻想的形式加以满足。

另一类仙境生活，则悠然自得，颇得隐遁之妙：

前行数十步，至大厅，见群仙，羽衣乌帻，或樗蒲，或奕棋，或饮酒。童子至饮所。传教云："公令与此人一杯酒。"饮毕不饥。又至一所，有数十床，床上各坐一人，持书，状如

① 李昉等编：《太平广记》卷一七，中华书局 1961 年版，第 118 页。

② 陈寅恪：《元白诗笺证稿》，上海古籍出版社 1978 年版，第 107 页。

> 听讲。久之却至公所。公责守门童子曰:"何以开门,令猪得出入而不能知。"乃谓人曰:"此非真猪。君宜出去。"因命向童子送出。人问老翁为谁。童子云:"此所谓河上公,上帝使为诸仙讲《易》耳。"又问君复是谁。童子云:"我王辅嗣也,受《易》已来,向五百岁,而未能通精义。故被罚守门。"人去后,童子蹴一大石遮门,遂不复见。[①]

此种生活则颇似士人之读书生活,下棋、饮酒、读书,怡然自得,逍遥自在,一派士人情趣追求。这与当时流行的隐遁思想不无关系,在追求隐遁之世外桃源的心结中,派生出世外桃源类型的仙境乃是自然而然。因这类多为士大夫所向往,故此类仙境多为读书人之日常生活情景,不过多了悠闲与飘逸,更兼长生不老之仙意。

不论哪种生活类型,都欲以展示的是仙境乃是理想的人类生活境地,相比于天界,它更有人间生活情怀,更为人们可及,是人们的理想生活空间。

《神仙传》中有一名为白石先生者,已二千岁余矣。不肯修升天之道,人问其故,答曰:"天上复能乐比人间乎?但莫使老死耳。天上多至尊,相奉事,更苦于人间。"[②]因其就白石山居,所以此处所说的人间当指人间仙境。可见生活在洞天福地的仙境之中,逍遥自在,胜过天界的生活。因此比较而言,仙境作为理想的生活空间,更为民众所向往和追求。

上文所描写的仙境处于洞庭湖之君山,所书植物均为人世间所有,但加入了神话之想象。整体景观柔美绮丽,笼罩着一种华丽的神仙气氛。民间对仙界的向往,固然少不了特异、华美的景观,以及异于凡间的环境,但是,仙境之人的生活更是信仰中最为关键的因素,

---

① 李昉等编:《太平广记》卷三九,中华书局 1961 年版,第 248 页。

② 李昉等编:《太平广记》卷七,中华书局 1961 年版,第 44 页。

在民众观念中，荣华富贵、完全的享乐生活是仙界最有吸引力的地方。

4.怀乡与再归

唐传奇中，误入仙境之人在度过一段享乐的仙人般的生活后，往往滋生出怀乡与思归之念。作为理想生活模式的仙界，却让进入者没有终极归宿之感，从逻辑上看似有矛盾之处，但却在情理之中。首先，这类思归者一般为误入者，事先没有心理准备。其次，这类仙境被描写为世俗享乐型，本身就是一种留恋红尘的心理，让红尘俗愿在仙界中得以满足。再次，最重要的是，作为传奇小说，要突出仙境不同于人世，最为直接明了的是将二者做比较，突出最大的不同——时间的进程快慢。只有通过再归，发现人事变化，不复往日情境，亲人乡邻已非，景况遽变，凸现仙界时间进展的缓慢，突出其长生的理念，形成诡谲感，蒙上奇幻、神秘的色彩。此种情形在传奇中屡见不鲜：

> 藏几淹留既久，忽念中国，洲人遂制凌风舸以送焉。激水如箭，不旬即达于东莱。问其国，乃皇唐也；询其年号，即贞元也。访其乡里，榛芜也；追其子孙，疏属也。有隋大业元年至贞元年末，已二百年矣。[①]

元藏几在州岛仙境住了数日，返回家园时却发现已经从离开时的隋炀帝大业九年，到了二百年后的唐贞元年，亲人已故，人事已非。人间和仙境之时间差也就凸显出来，仙境时间进程缓慢，长寿永生之理念自然蕴涵其中。

总体而言，仙界是一种在现实生活中难以企及的理想生活，实现人世间难以达到的欲望。

仙境信仰自先秦即已有之，有唐一代的仙境信仰，相对于以往，有一些变化，最主要的是仙境的此岸化，让仙境离老百姓更近，不再

---

① 李昉等编：《太平广记》卷一八，中华书局1961年版，第123页。

遥不可及。这主要是受到道教洞天福地理论的影响。

第三节 唐代仙境题材在诗歌和传奇中的异同

同一题材的文学作品,因为文体的不同,所述内容侧重及艺术手法必不相同,这其中必然与文体的叙述体裁及功能之不同相关,但又不完全止于此,还和作家群体、创作目的以及文学渊源有关系。唐代的仙境题材是较为常见的文学主题,在诗歌和传奇中都很普遍。那么,同一题材在这两种不同文体中有何异同,及其中之背景如何?了解这些有助于我们更立体地认识唐代仙界信仰之存留。

一、仙境之布构

诗歌与传奇因文体不同,在表现形态上面的差异显而易见,这里就不再就此做表述,我们需要从二者表现仙境主题之内容差异来分析。毋庸讳言,仙境主题中仙境之布构是主要的内容,这一空间内容又由仙人与仙境两大板块构成。先看仙人,诗歌与传奇中的仙人形象自有相同之处,然两种文体所展示出的整体仙人世界,风格趋向两端。

首先,诗歌中的仙人名目繁多,大多来源于道书仙典,多涉先前两汉时期的地理文献、神话小说,如《山海经》《列仙传》《神仙传》《穆天子传》等,魏晋及南朝时期的道教典籍,也是主要的来源,如《抱朴子》《云笈七签》《真诰》等。

这些仙人意象既有专称,亦有泛称,组成了一个丰富多彩的神仙世界。[①] 专称者如太帝、上阳君、紫阳君、三洞真人、碧海灵童、九天王母、绛阙夫人、玉妃、真娥、采女、玉女……泛称者则多为公子、太子、先生、护帐宫人、万岁娥眉,等等。一些历史传奇人物也成为吟咏的对象:东方朔、黄初平、无央公子、麻姑、嫦娥、董双成等。总之,诗歌中的仙人大多有具体的名称和来历,有相关的传说背景。这些有

---

① 颜进雄:《唐代游仙诗研究》,文津出版社 1996 年版,第 189 页。

专称或泛称的仙人从另外一个角度来看，又可分成传说中名列仙籍的仙人和凡人成仙者，还有一些仙界仆童等。

而传奇小说中，仙界之人往往鲜有名字，也非历史传奇人物，多为一些泛称，如黄冠小童、道士玉童、青衣、群仙等统称，较之诗歌，显得单调、粗略、笼统。而且诗歌中的仙人多为吟咏之主题对象，而传奇中的仙人一般在仙境描写中作为人物组成部分而出场。可以说一为主角，一为配角。

其次，对仙人的衣饰、容貌之描写，诗歌与传奇亦颇多不同。诗歌中的仙人衣饰，是诗人着意描写的对象，往往成为仙人不同凡响的标志性物件，用来突出仙人的个性特点。如在诗人曹唐笔下，"玉皇欲着红龙衮""茅君夜着紫霞衣"，而青童君则是"青锦缝裳绿玉珰，满身新带五云香"。女仙们多着裙裳："东妃闲着翠霞裙，自领笙歌出五云"；对嫁与阮郎之玉女，还特别交代"玉皇赐妾紫衣裳，教向桃源嫁阮郎"，[①]这些个性化衣饰，让各位仙人一望即已具有飘逸之仙格，加强仙真属性。传奇中，虽对仙人衣饰亦做不同凡人之说明，但多为一两句带过之笔，仅作交代，无具体之描绘，所用词汇笼统，鲜有颜色、质地、形状的描述。如"俄有一人，衣冠伟然""一青衣自户出，身衣珠翠""俄见一人，戴远游冠，衣朱绡，曳朱履"。[②]

仙人的容貌，特别是女仙之美，必然是诗人爱描绘之对象，有的就侧重对女仙美貌进行描写："上元谁夫人，偏得王母娇。嵯峨三角髻，余发散垂腰。裘披青毛锦，身著赤霜袍。手提嬴女儿，闲与凤吹箫。眉语两自笑，忽然随风飘。"[③]李白的这首诗就详细描绘了上元夫人的容貌、装束和神态、举止。传奇中对女性容貌的描写，虽然亦赞美其美貌，但是避免不了抽象而笼统，无传神之笔。如"一女未笄，

---

① 以上诗句均见《全唐诗》卷六四一。

② 李昉等编：《太平广记》卷十六至十八，《裴谌》《柳归舜》《张老》篇，中华书局 1961 年版，第 116 页，123 页，115 页。

③ 《李太白全集》卷二二。

衣五色文彩，皓玉凝肌，红流腻艳”。[①]

与容貌相对的对仙人动作的描写，诗歌中多强调仙驾，配以仙骑仙兽，谈笑神游，突出其仙格。如身佩宝图、腰垂虎符、身骑白鹿、手翳芝草、戏水钓龙，飘逸而来去无踪，自由自在无拘束。不过中晚唐以来，游仙诗向世俗生活靠拢，仙人的超凡人格便趋向于人性化，带有了凡人相思等等情化色彩，如“西妃少女多春思，斜倚彤云尽日吟”[②]所描画的思春之玉女。传奇中的仙人意象，对于仙格的突出，多描写其坐骑，行走云端、海面等，如“须臾，童儿玉女三十余人，或坐空虚，或行海面，笙箫众乐，更唱迭和”[③]此类描写也不少见，大多行为方式与常人无太大差异。

再看仙境描写这一板块。仙境之地点是仙境的重要构成因素。诗歌中所描写的仙境多坐落在远于人间的遥远的地方，为传说中缥缈难及的非现实所有的场所。如九天、重天、太虚、玉虚、蓬莱、扶桑、昆仑山、瑶台，《长恨歌》中“忽闻海上有仙山，山在虚无缥缈间。楼阁玲珑五云起，其中绰约多仙子”之仙境，就是传说中的蓬莱仙境。

传奇中的仙境多处于名山洞府里，近于尘世，为凡人容易到达的地方，更接近于现实。多出现的地名为现实里的大山名川，如洞庭、青城、庐山、大白山、华山。有的只交代地理位置，如蜀地、青州、沧州、房州、绵州、东州、代州、义兴县；有的是抽象的地名，如鄂渚、湘汉等，但所有这些，无疑都具有与人世类同的现实性。

仙境空间位置在诗歌与传奇中的差异，是因为二者来源于不同的体系。诗歌的仙境多源自古代神话传说，具有虚无缥缈，难以寻觅性；而传奇的仙境则多受到民间信仰的影响，是普通百姓理想生活境地的折射，接近平常人的生活，往往在不经意间误入、偶入。

---

① 李昉等编：《太平广记》卷二五，《元柳二公》篇，中华书局 1961 年版，第 167 页。
② 彭定求等编：《全唐诗》卷六四一，中华书局 1960 年版。
③ 李昉等编：《太平广记》卷四六，《白幽求》篇，中华书局 1961 年版，第 285 页。

仙境环境的描绘，是仙境布构的重要内容。诗歌中对仙境的具体描写，多联系与依据道教典籍。道藏有着系统的三十六天说，其仙境较有特色的组成之物有玉京山、瑶台、瑶池、昆仑等，植物有琼树、海树、碧树、桂树、玉树、琼草、瑶草、琼花、宫花、瑶花、芙蓉、玉蕊，等等，仙禽珍兽有白鹿、青龙、仙鹤、牧羊、巨鳌、彩凤、玉鸟、鲸鱼，等等，建筑有红堂、朱堂、丹轩、青苑、紫阳宫，此外还有五彩云、紫琼枝、丹霞、碧水、白玉烟等各种自然物。总体色彩鲜艳夺目，玉树琼花、珍奇异兽、祥云美景，共聚于此。

传奇中的仙境也强调珍奇，不过这种珍奇，是在人间物件的基础之上加以修饰。如"柱以白璧，砌以青玉，床以珊瑚，帘以水精，雕琉璃于翠楣，饰琥珀于虹栋。奇秀深杳，不可殚言"[①]"见一大第连云，珠扉晃日。内有帐幄屏帷，珠翠珍玩，莫不臻至。……琼楼殊室而居之，饵以绛雪琼英之丹"。[②] 可以说，它们是建立在人间具体生活物件基础上的。所设想的超逸之处也是在解决具体的生活现实问题，又如"田畴尽长大瓠，瓠中实以五谷，甘香珍美，非中国稻粱可比。人得足食，不假耕种。原隰滋茂，荒秽不生。一年一度，树木枝干间，悉生五色丝纩，人得随色收取，任意纴织。异锦纤罗，不假蚕杼。四时之气，常熙熙如淑，如中国二三月"[③]，所描绘的是从食物、衣料、天气等人家具体生活条件出发，不过都做尽善尽美之处理。

二、仙境生活之描绘

仙人生活，在诗歌中比较统一的特点是悠闲与自适，暇趣多多。李贺有一首《神仙曲》比较全面地勾画出仙人的闲适之情：

> 碧峰海面藏灵书，上帝拣作神仙居。晴时笑语闻空虚，斗乘巨浪骑鲸鱼。春罗翦字邀王母，共宴红楼最深处。鹤

---

① 李昉等编：《太平广记》卷四一九，《柳毅》篇，中华书局 1961 年版，第 3410 页。

② 李昉等编：《太平广记》卷五〇，《裴航》篇，中华书局 1961 年版，第 314 页。

③ 李昉等编：《太平广记》卷三八三，《古元之》篇，中华书局 1961 年版，第 3058 页。

羽冲风过海迟，不如却使青龙去。犹疑王母不相许，垂露娃鬟更传语。[①]

海上仙人们冲风破浪、骑鲸遨游，欢声笑语回荡晴空，又欲邀请王母娘娘参加红楼宴会，既派青龙去送信，更遣侍童去传话。一片快乐无忧的欢快景象，与尘世生活的辛勤与繁忙相映照，悠然自得的神仙生活自然令人无比向往。

仙人的生活内容主要即宴会、娱乐等。而宴会是少不了豪饮一番："昨夜相邀宴杏坛，等闲乘醉走青鸾。红云塞路东风紧，吹破芙蓉碧玉冠。"[②]宴会自然少不了宴乐："桑叶扶疏闭日华，穆王邀命宴流霞。霓旌著地云初驻，金奏掀天月欲斜。歌咽细风吹粉蕊，饮馀清露湿瑶砂。不知白马红缰解，偷吃东田碧玉花。"[③]霓旌与金奏，歌舞升平，仙宴上的笙歌乐饮之景尽入眼底。

娱乐活动，一般多为对弈："洞里烟霞无歇时，洞中天地足金芝。月明朗朗溪头树，白发老人相对棋。"[④]

当然，仙人们不是完全地休闲，在诗人眼中，他们还职管着人间事物，而且在仙界也有一个类似于人间的管理机构——朝廷。因此，处理相关公事，还需要上朝："绛树彤云户半开，守花童子怪人来。青牛卧地吃琼草，知道先生朝未回"[⑤]，表明仙家主人上朝还未归。

再看传奇中的仙人生活，虽然散于各篇，无固定模式，但是我们在其中可以看出两种趋势，可以将其划分为两类：一类为桃花源式的隐居型，一类为世俗享乐型。二者在空间上都多处于山洞等近于尘世之地。

桃花源式的隐居型，明显受到《桃花源记》的影响：

---

① 彭定求等编：《全唐诗》卷三九五，中华书局1960年版。
② 彭定求等编：《全唐诗》卷六四一，中华书局1960年版。
③ 彭定求等编：《全唐诗》卷六四〇，中华书局1960年版。
④ 彭定求等编：《全唐诗》卷六四〇，中华书局1960年版。
⑤ 彭定求等编：《全唐诗》卷六四一，中华书局1960年版。

信州李员外虞，尝与秀才杨棱游华山，穷搜岩谷。时李公未仕，及杨君俱有栖遁之志，每遇幽赏，即吟咏移时。俄至一小洞，巉高数尺，不三四步，甚高，路极平易。二人欲穷其迹，约行四五里，拟回又不可，且相勉而进。更二三里，稍明。少顷至洞口。时已申酉之际，川岩草树，不似人间，亦有耕者。耕者睹二人颇有惊异，曰："郎君何得到此?"乃具言之。更二里余，有佛堂，数人方饮茶次。李公等因往求宿。内一人曰：'须报洞主。"逡巡见有紫衣，乘小马，从者四五，呵路而至，拜起甚雅，曰："得到此何也?"一个备述曰："此处偏陋，请至某居处。"遂同步而往，到一府署，多竹堂，屋坐甚洁，人吏数十。因自言曰："某姓杜，名子华，逢乱避世，遇仙侣，居此已数百年矣。"因止宿，饮馔皆甚精丰，内有骉芊，其状如牛。昼夜论语，因问朝廷之事。留连累日，各遗银器数十，遣使者导之而返。曰："此可隐逸，颇能住否。"二子色难。子华笑，执手而别，且请无漏于人。后杨君复往寻其洞穴，不可见矣。杨君改名俭，官至御史，谪番禺而卒。李公终亦流荡，真仙灵境，非所实好，不可依名而往之也。后君子诫之哉。①

此种生活和人世非常接近，只是避开了尘世纷争，躲进了远离尘嚣的原野山洞，是逃避现实矛盾的理想生活之所。

再看富贵享乐型，里面描述的仙境之乐趣，多为人世间的佳肴、美酒、女色与美乐：

韦弇字景照。开元中，举进士下第，游蜀。时将春暮，胜景尚多，与其友寻花访异，日为游宴。忽一旦有请者曰："郡南十里许，有郑氏林亭，花卉方茂，有出尘之胜，愿偕游

---

① 李昉等编：《太平广记》卷四二，中华书局1961年版，第267页。

焉。"弇喜，遂与俱。果南十里，得郑氏亭焉。端室巍巍，横然四峙，山门花辟，曲径烟矗。眙而望之，不暇他视，真尘外景也。俄而延弇升巨享之上。回廊环构，饰以珠玉，殆非人世所有。即引见仙子十数，左右侍卫，华裾靓妆，亦非常世所睹。中有一人与弇语，弇遍拜且诘之。美人曰："闻吾子西游蜀都，历访佳景，春煦将尽，花卉芳妍，愿聊奉一醉，无以延款为疑也。"既坐，即张乐饮酒。其陈设肴膳，奇味珍果，既非世之所尝；金石丝竹，雅音清唱，又非世之所闻。弇乘间问曰："某自上国历二京，至于帝宅尊严，侯家繁盛，莫不见之。今之所睹，故不可偕矣。然女郎何为若此之贵耶？"美人曰："余非人间人，此盖玉清仙府也。适欲奉召，假以郑氏之亭耳。余有新曲，名曰《紫云》，今天子奉尚神仙之道，余以此乐授于吾子，而贡于圣唐之君，以此相托，可乎。"弇曰："某一儒生耳，在长安中。区区于九陌，以干一名。望天子门不可见；又非知音者，若将贡新曲，固不可为也。"美人曰："君既不能，余当寓梦而授于天子。然子已至此，亦道分使然，愿以三宝为赠。子其售之，可毕世之富也。"饮毕，命侍者出一杯，谓之碧瑶杯，光莹洞彻。又出一枕，谓之红蕤枕，似玉而栗，其文微红，而光彩莹朗。又出一紫玉函，似布，光彩甚于玉。俱授于弇。拜而谢之，即别去。行未及一里，回顾失向亭台，但荒榛而已。遂挈宝入长安。明年复下第，东游广陵，胡商诣弇，以访其宝。出而示之。胡人拜而言曰："此玉清真人之宝，千万年人无见者，信天下之奇货矣。"以数十万金易而求之。弇以大富，因筑室江都，竟不求闻达，亦不知所终焉。后数年，玄宗梦神仙十余人，持乐器集于庭，奏曲以授，请为中原正始之音，曲名《紫云》。既晨兴，即以玉笛吹而习之，传于乐府。此乃符箓之所遇，欲使弇上奏之曲也。[①]

此中的仙境与人世的富贵荣华密切相关，韦弇在“玉清仙府”所享受的仙境之乐，就是现实生活中的富贵生活，他返回人间后，因游仙而在人世间亦得大富。其中心就是围绕富贵荣华而展开。

三、文化意蕴背景之异同

传奇兴盛于中晚唐，这是一个颓废的时代。经历了安史之乱，中唐政权已难现昔日之辉煌，朝廷在藩镇割据、朋党之争与宦官专权的内外交困中风雨飘摇，从繁华跌入动荡，由盛而衰的社会现实让中唐文人充分体会到时局变化之大、落差之深。他们失去了原先那种积极浪漫和进取的激情，转而更加关注现实民生。满目疮痍的社会景象，摇摇欲坠的朝廷统治，让他们期盼的是一种对现实生活的解脱与超越。市民的价值观与现实功利思想开始渗入到社会各个阶层中，幻想有仙人的扶助，现实中很多不能实现的欲望、幻想在仙境中能够得到满足。而游仙诗早已有之，有唐一代，游仙诗在初盛唐时期得到继续发展，据颜进雄《唐代游仙诗研究》统计，初唐游仙诗 68 首，盛唐 131 首，中唐 115 首，晚唐 243 首。当然，其中晚唐曹唐一人就有一百多首。总的说来，盛唐时期就已经到达唐代游仙诗创作的兴盛时期。中唐社会的变化引起了游仙诗风格的丕变，但总体上的承继关系还是没有改变。

从文学渊源上来看，最早以游仙命题作诗的是曹丕、曹植兄弟，但游仙诗最早之渊源可上溯到屈原之《离骚》对仙境的描绘，到两汉带有游仙况味的歌咏，至魏晋诗人沉浸在游仙的风气中，再到整个六朝游仙诗的大量创作，游仙诗一路走来，有着自身之传统。其主旨依然围绕“列仙之趣”与“坎壈咏怀”而展开，虽然到中唐，趋向于世俗化、艳情化，但其传统犹在。

---

① 李昉等编：《太平广记》卷三三，中华书局 1961 年版，第 209 页。

传奇是中唐兴盛的文体，它对于仙境描写，受到六朝时期志怪的寻仙遇仙情结的深刻影响。《幽明录》中刘阮偶入仙境之传说，成为仙境叙事模式的典范，对唐传奇仙境题材影响颇大。仙人、仙境是唐代传奇中出现最为频繁的意象。

唐代游仙诗与传奇中的仙境意象虽然文学渊源不同，但二者都受到古代早期神话传说的影响。诗歌中仙人意象、相关典故很大部分都源自先秦典籍与传说。而唐传奇在内容的接受、扩充加工与改写，艺术手法上的虚构、幻想等方面无不受到古代神话传说之影响。

文学作品是社会生活的反映，而某一类文学作品，反映的是哪一类社会生活，则需要做具体的分析。游仙诗，其诗歌体裁，无疑使得其与文人生活密切相关；而其内容特点，不可否认地与道教思想相关联。事实上，作为文人生活体验的文学反映，游仙诗是文人在道教影响下的相关思想与学道行为的综合反映。

而唐传奇靠近俗文学的文体特点，相对于诗歌，更贴近平民百姓，是社会现实人生的折射与反映，渗透了民间信仰。在传奇的思想表述中，仙境更为简单明了地表现为美好生活的象征，其中的长生不死、富贵豪华之舒适生活，淡化了道教仙界次序分明的等级次序意识，偶入的进入方式化修炼成仙的高标准为命份之论，更为符合百姓头脑中的天命观念，其不可确定性更为刺激希望与幻想之产生。总体而言，它更具有世俗性和民众性。需要指出的是，相对于六朝志怪极尽所能地宣传佛教教义而言，唐传奇的宣教意识非常淡薄，尤其对于仙境题材类作品，在与道教主题休戚相关的前提下，却没有成为道教的布道宣传工具，这本身就有力地说明传奇与民间信仰联系更为密切，而非道教。

在中国古代民众心中，仙境是富裕舒适生活的象征，人世间许多未能满足的欲望在那里都可以得到满足，可以说是意识中的乐园。道家看到了民众求仙之渴望、长生之企盼，而将以往的道教教义做修改,使其从遥不可及之处降临人世间的洞天福地,列出七十二洞天三十六福地,迎合百姓心理,在传奇中表现出来。笔者认为二者是相互影响的过程,其中需要指出的是,唐传奇而非道教典籍与民间观念更为密切。无宣教意识,无系统的神谱,因此,如果就唐传奇中仙境地位之俗化而做讨论,虽与道教将仙境世俗化相一致,但后者是与民间信仰相互运动的结果,而唐传奇则是参与了这一相互运动,是作为民间信仰的代言文体的立场。

最后,从创作动机来看,游仙诗多出自文人与学道之人,其创作动机源自聚集在他们心头的内驱力,是自我内心的一种寄托方式。当然也不排除自我把玩或文人内部交流。

创作动机与精神活动密切相关,理想精神层面文学创作的目的,是人的本性的全面反映。弗洛伊德指出,诗人想以作品为其受伤的欲望找到替代性的满足,调适不平衡的心灵的方式之一,就是采取虚构、梦幻的方式,编织一个美丽的幻境用以圆梦。人在不完美的生命历程中,需要有一理想境界作为奋斗的企盼,弥补生命旅途中的种种不如意的心理缺失。诗人对仙境的追求就属于此类,仙境为诗人提供心灵停泊的家园和精神安身立命的场所,是一种脱离于现实存在的精神家园,是对在现实中没有实现的理想的精神慰藉之所。这是一种文学创作中的终极关怀思想,思考生命的意义以及人类的最终归属。

与理想层面相对,文学创作中,有一种是属于现实物质层面的。所谓为稻粱谋,宣泄情感,言志、缘情,还包括娱乐消遣,为各种利益服务。它根源于实用性文化,来源于现实生活。就诗歌与传奇而言,游仙诗的大多数是源于一种精神层面的文学创作。而唐传奇,从其文体“至唐人乃作意好奇,假小说以寄笔”之出发点始,其创作动机更多的是源于现实物质层面。至中唐才勃兴的传奇,处于现实功利观盛行之时代,其靠近俗文学的文体特征,寄普通人之意于笔端,迎合市民观念,反映市民理想成为其主要创作指向。

因而传奇小说的创作势必以平民百姓为主要的讯息接受者,以平民为预设阅读对象。其中的表现之一就是传奇中闯入仙境之主角,由以往的帝王将相为主导变为以广大普通民众为主体。这与游仙诗中以诗人自身或传说中的仙人为仙境主角也有着显著的区别,因作者自身的不参与性,传奇小说叙事多采用第三人称客观叙事。

总之,传奇与游仙诗对仙境主题的处理之异同,与诸多因素相关,受各自文体特征、文学渊源、创作动机、接受主体等综合影响而形成。

四、游仙诗与传奇的结合

如上所述,传奇与游仙诗对于仙境主题的处理有着种种异同,但作为描述仙境最主要的两类文体,二者的相互影响在所难免。这种趋势在中晚唐尤为明显。① 随着传奇在中唐的兴盛,游仙诗与传奇的结合遂成为一种趋向稳固的文学存在。

首先,传奇与游仙诗的融合。

传奇,作为中唐兴盛的文体,是记载与传播仙道故事最为主要的载体,而作为唐代士人抒情言志的最主要的文学表达方式的诗歌,绝不会为文人所忽视。因文体特点,二者的结合之形式方面,必然是传奇中融入诗歌,这一写法的逐渐普遍,让我们在阅读仙道类传奇时,屡见诗歌缀于其中。如《太平广记·裴航》载裴航遇到樊夫人,欲与结识而投诗一首:"同为胡越犹怀想,况遇天仙隔锦屏。倘若玉京朝会去,愿随鸾鹤入青云。"而樊夫人答诗一首:"一饮琼浆百感生,玄霜捣尽见云英。蓝桥便是神仙窟,何必崎岖上玉清。"此二诗在传奇中的作用主要是推动情节发展,但以诗歌的形式,又兼仙道内容,让传奇与游仙诗自然融合。

有的游仙诗,则是作者有意识地在传奇中加入,《太平广记·柳

① 鲁华峰:《中晚唐游仙诗与传奇》,《宁夏大学学报》2002年第2期。

归舜》:"有一鹦鹉即飞至曰:'吾乃凤花台也。近有一篇,君能听乎?'归舜曰:'生所好,实契所愿。'凤花台乃曰:'吾昨过蓬莱玉楼,因有一章诗曰:露接朝阳生,海波翻水晶。玉楼瞰寥廓,天地相照明。此时下栖止,投迹依旧楹。顾余复何忝,日侍群仙行。'"文中借鹦鹉之口,加入一则五律游仙诗。可见游仙诗在仙境描写主题上的独到之处,已深刻地影响了一代文人。

诗歌的影响遍及各个阶层,叙事文学体裁自然也会反映出唐代的作诗热情。在传奇中,这一生活方式已上升到仙界,成为仙人们的娱乐活动:

> 至申时,明月出矣。诸真君各为迎月诗。其一真君诗曰:'日落烟水黯,骊珠色岂昏。寒光射万里,霜缟遍千门。'又一真君诗曰:'玉魄东方开,嫦娥逐影来。洗心兼涤目,光影游春台。'又一真君诗曰:'清波滔碧乌,天藏黯黮连。二仪不辨处,忽吐清光圆。'又一真君诗曰:'乌沉海西岸,蟾吐天东头。'忘下句,其余诗并忘之矣。赋诗罢,一真君乃命夜戏。
>
> ——《太平广记·白幽求》

在游仙诗与传奇叙述的悄然结合中,从两个层面表述了仙境之生活。

其次,二者的结合与游仙诗的俗化趋向。

传奇的内容与形式,都有着吸收融合俗文学的痕迹。相对于诗歌而言,它更接近世俗生活。而游仙诗之列仙与咏怀之传统,更兼神性与仙化之色彩,于民众有着缥缈于云端之感。然而中唐以来,社会现实的改变,游仙诗与传奇的结合,让游仙诗走向了世俗生活。

游仙诗的俗化,其趋势出现在中唐以后,这一方面与中唐之时代背景、社会现实有着密切关系。中唐游仙诗由此摆脱传统的崇山迷梦，开始反映现实。有关此点，有学者已做详细分析[①]，这里不再赘述。另一方面，游仙诗与传奇的结合对游仙诗俗化的影响深远。

传奇文体的叙事特征，难免不影响到其中的游仙诗。第一，处于故事情节之中的一环，游仙诗的叙事性质加强，抒情言志成分则相应减少，此为游仙诗与传奇结合，造成游仙诗俗化的情形之一如：

> 白公平生唯修上坐业，及览李公所报，乃自为诗二首，以记其事及答李浙东云："近有人从海上回，海山深处见楼台。中有仙笼开一室，皆言此待乐天来。"[②]

此首传奇中的游仙诗就是叙事之言。第二，传奇的靠近俗文学之特征，其内容贴近现实生活，情感亦不离世间民众之凡夫俗情，而少超逸、美善、自由等更具幻想的成分。位于传奇中的游仙诗，是其内容的组成部分，同一篇文学作品情感主导的一致性，使得表达现实情感的传奇之中，不会贸然出现一首抒发超凡脱俗的飞升情感之作。这在一定程度上束缚游仙诗咏怀的仙趣，使其咏怀之情感更多地指向俗情。如：

> 明年至期，果使前者侍女，将书函致。翰遂开封，以青缣为纸，铅丹为字，言词清丽，情意重迭。书末有诗二首，诗曰：'河汉虽云阔，三秋尚有期。情人终已矣，良会更何时？'又曰：'朱阁临清汉，琼宫御紫房。佳期情在此，只是断人肠。'翰以香笺答书，意甚慊切。并有酬赠诗二首，诗曰：'人世将天上，由来不可期。谁知一回顾，交作两相思'又曰：'赠枕犹香泽，啼衣尚泪痕。玉颜霄汉里，空有往来魂。'自此而绝。
>
> ——《太平广记·郭翰》

① 多洛肯：《中唐游仙诗的世俗化倾向》，《新疆师范大学学报》2003年第1期。

② 李昉等编：《太平广记》卷四八，《白乐天》篇，中华书局1961年版，第299页。

此则材料是典型的凡男遇仙类仙话，唐代人仙恋爱之游仙文学已趋艳情化，此处游仙诗所表达的均为人仙相恋的相思之情。

中唐游仙诗的俗化表现之一，即是更趋艳情化，这已多为学者论述。[①] 事实上，游仙诗在传奇中的艳情化与整个游仙文学的俗化是一体的。游仙诗借助于传奇之众多人仙相恋题材，将文人生活经验中的科考、恋爱或与女冠、女妓的奇特交往之情感，发之于诗，表达出来。

就仙境主题而言，从屈原之忧与游的传统游仙模式之始，到汉赋的文士之赋，以游为主轴，游中有忧愁；文史融合之赋，亦游亦忧；文哲之赋，用仙境阐发思想旨趣，[②]再到六朝仙话与游仙诗，直至唐代游仙文学，仙境主题的处理随时代与文体而变更，变更虽围绕文人心灵的隐喻形态而展开，但不同时期不同文体之差异，才使得其具有永恒的生命力与立体化的文学呈现。比较这些异同，我们才多角度、多方位地发现游仙文学不衰的文学魅力所在。

唐代仙界信仰在传奇与诗歌表达中的异同固然和文体体裁特点密切相关，也与创作者的信仰理念和个性有关，但无论是差异还是相同之处，不可否认的是都带上了时代特色，尤其是二者的结合，更是唐代文体相互渗透的时代特色之反映。由分析仙界信仰在诗歌和传奇中的异同，我们可以抛砖引玉地来透视风俗文化由不同文体承载和体现的特色。此类研究应各具特色，并不由这样一个研究就可管窥全境，故而在以后的风俗文化与文体的深入研究中，这必然成为不可忽视的深入方向之一。

---

① 李永平：《唐代游仙诗的世俗化及其成因》，《唐都学刊》2002 年第 3 期。

② 许东海：《赋家与仙境》，《汉学研究》第 18 卷第 2 期。

参考文献

一、古籍

刘昫等:《旧唐书》,中华书局 1975 年版。

欧阳修、宋祁:《新唐书》,中华书局 1975 年版。

司马光:《资治通鉴》,中华书局 1956 年点校本。

脱脱等:《宋史》,中华书局 1977 年版。

杜佑:《通典》,中华书局 1984 年版。

马端临:《文献通考》,中华书局 1986 年版。

郑樵:《通志》,浙江古籍出版社 1988 年版。

王溥:《唐会要》,中华书局 1955 年版。

张鷟:《朝野佥载》,赵守俨点校本,中华书局 1979 年版。

吴兢:《贞观政要》,上海古籍出版社 1978 年版。

刘肃:《大唐新语》,许德楠、李鼎霞点校,中华书局 1984 年版。

刘悚:《隋唐嘉话》,程毅中点校,中华书局 1979 年版。

李肇:《唐国史补》,上海古籍出版社 1979 年版。

王定保:《唐摭言》,中华书局 1985 年版。

封演:《封氏闻见记》,中华书局 1985 年版。

王谠:《唐语林》,周勋初校正,中华书局 1987 年版。

段成式:《酉阳杂俎》,中华书局 1985 年版。

钱易:《南部新书》,黄寿成点校,中华书局 2002 年版。

郑处诲:《明皇杂录》,田廷柱点校,中华书局 1994 年版。

裴庭裕:《东观奏记》,田廷柱点校,中华书局 1994 年版。

赵彦卫:《云麓漫钞》,傅根清点校,中华书局 1998 年版。

刘知几:《史通通释》,浦起龙释,上海古籍出版社 1978 年版。

徐松:《登科记考》,赵守俨点校,中华书局 1984 年版。

徐松:《唐两京城坊考》,《丛书集成初编》本,商务印书馆民国二十五年(1936)版。

虞世南:《北堂书钞》,天津古籍出版社 1988 年版。

徐坚等:《初学记》,中华书局 2004 年版。

圆仁:《入唐求法巡礼行记》,上海古籍出版社 1986 年版。

李吉甫:《元和郡县图志》,中华书局 1983 年版。

宋敏求:《唐大诏令集》,商务印书馆 1959 年版。

孙逢吉:《职官分纪》,中华书局 1988 年版。

王应麟:《玉海》,江苏古籍出版社、上海书店 1987 年联合出版。

赵翼:《廿二史札记校证》,王树民校证,中华书局 1984 年版。

章学诚:《文史通义校注》,叶瑛校注,中华书局 1985 年版。

钱大昕:《十驾斋养新录》,陈文和、孙显军点校,江苏古籍出版社 2000 年版。

萧统:《文选》,李善注,中华书局 1977 年版。

严可均:《全上古三代秦汉六朝文》,中华书局 1958 年版。

逯钦立辑校:《先秦汉魏晋南北朝诗》,中华书局 1983 年版。

董诰等辑:《全唐文》,上海古籍出版社 1990 年版。

陈鸿墀:《全唐文纪事》,中华书局 1959 年版。

陆心源:《唐文拾遗》,上海古籍出版社 1990 年版。

陆心源:《唐文续拾》,上海古籍出版社 1990 年版。

彭定求等编:《全唐诗》,中华书局 1960 年版。

陈尚君编:《全唐诗补编》,中华书局 1992 年版。

计有功:《唐诗纪事》,上海古籍出版社 2008 年版。

陈贻焮注释:《增订注释全唐诗》,文化艺术出版社 2001 年版。

汪辟疆校录:《唐人小说》,上海古籍出版社 1978 年版。

鲁迅辑:《唐宋传奇集》,文学古籍刊行社 1955 年版。

李昉等编:《文苑英华》,中华书局 1966 年版。

李昉等编:《太平广记》,中华书局 1961 年版。

王钦若等编:《册府元龟》,中华书局 1960 年影印明本。

周绍良、赵超主编:《唐代墓志汇编》,上海古籍出版社 1992 年版。

周绍良、赵超主编:《唐代墓志汇编续集》,上海古籍出版社 2001 年版。

元结、殷璠等选:《唐人选唐诗》(十种),上海古籍出版社 1978 年版。

傅璇琮编撰:《唐人选唐诗新编》,陕西人民教育出版社 1996 年版。

王行:《墓铭举例》,文渊阁四库全书本,上海古籍出版社 1987 年版。

陈子昂:《陈子昂集》,中华书局上海编辑所 1960 年版。

李白:《李太白全集》,(清)王琦注,中华书局 1979 年版。

杜甫:《杜少陵集详注》,仇兆鳌注,文学古籍刊行社 1955 年版。

柳宗元:《柳河东集》,上海人民出版社 1974 年版。

白居易:《白居易集》,顾学颉校点,中华书局 1979 年版。

元稹:《元稹集》,冀勤点校,中华书局 1982 年版。

韩愈:《韩昌黎文集校注》,马其昶校注,上海古籍出版社 1984 年版。

朱熹:《昌黎先生集考异》,曾抗美校点,上海古籍出版社 2001 年版。

刘禹锡:《刘禹锡集》,上海人民出版社 1957 年版。

皮日休:《皮子文薮》,萧涤非整理,中华书局上海编辑所 1959 年版。

刘勰:《文心雕龙今译》,周振甫译,中华书局 1986 年版。

孟棨等编:《本事诗·本事词》,古典文学出版社 1957 年版。

高棅:《唐诗品汇》,上海古籍出版社 1982 年版。

胡应麟:《少室山房笔丛》,上海书店出版社 2001 年版。

刘熙载:《艺概》,上海古籍出版社 1978 年版。

吴讷、徐师曾:《文章辨体序说·文体明辨序说》,于北山、罗根泽校点,人民文学出版社 1962 年版。

傅璇琮主编:《唐才子传校笺》(1—4 册),中华书局 1987 年版。

永瑢等:《四库全书总目》,中华书局 1965 年版。

徐俊辑考:《敦煌诗集残卷辑考》,中华书局 2000 年版。

二、近人著述

1.文化

[德]卡西尔:《神话思维》,中国社会科学出版社 1992 年版。

[法]丹纳:《艺术哲学》,人民文学出版社 1963 年版。

[法]伏尔泰:《风俗论》,商务印书馆 1997 年版。

[韩]具聖姬:《汉代人的死亡观》,民族出版社 2003 年版。

[美]露丝·本尼迪克特:《文化模式》,三联书店 1992 年版。

[美]爱德华·谢弗:《唐代的外来文明》,陕西师范大学出版社 2005 年版。

[美]包弼德:《斯文:唐宋思想的转型》,江苏人民出版社 2001 年版。

[美]阿兰·邓迪斯:《民俗解析》,广西师范大学出版社 2005

年版。

[美]韩森:《变迁之神:南宋时期的民间信仰》,浙江人民出版社1999年版。

[瑞士]荣格:《心理学与文学》,三联书店1987年版。

[英]罗森:《中国古代的艺术与文化》,北京大学出版社2002年版。

[英]詹·乔·弗雷泽:《金枝》,中国民间文艺出版社1987年版。

程蔷,董乃斌:《唐帝国的精神文明——民俗与文学》,中国社会科学出版社1996年版。

陈戍国:《中国礼制史隋唐五代卷》,湖南教育出版社2002年版。

杜文澜:《古谣谚》,中华书局1958年版。

高丙中:《民俗文化与民俗生活》,中国社会科学出版社1994年版。

高国藩:《中国民俗探微》,河海大学出版社1990年版。

高国藩:《敦煌民俗资料导论》,新文丰出版公司1993年版。

葛兆光:《中国思想史》,复旦大学出版社2001年版。

顾颉刚:《史迹俗辨》,上海文艺出版社1997年版。

韩养民,韩小晶:《中国风俗文化导论》,陕西人民出版社2002年版。

韩养民:《中国风俗文化学》,陕西人民教育出版社1998年版。

何立智:《唐代民俗和民俗诗》,语文出版社1993年版。

何新:《诸神的起源:中国远古神话与历史》,三联书店1986年版。

黄永年:《唐史史料学》,上海书店出版社2002年版。

黄正建:《唐代衣食住行研究》,首都师范大学出版社1998年版。

柯玲:《民俗视野中的清代扬州俗文学》,上海社会科学院出版社2006年版。

贾二强:《神界鬼域唐代民间信仰透视》,陕西人民教育出版社2000年版。

贾二强:《唐宋民间信仰》,福建人民出版社2002年版。

李斌城:《隋唐五代社会生活史》,中国社会科学出版社1998年版。

李道和:《岁时民俗与古小说研究》,天津古籍出版社2004年版。

李志慧:《唐代文苑风尚》,文津出版社1998年版。

林富士主编:《礼俗与宗教》,中国大百科全书出版社2005年版。

刘航:《中唐诗歌嬗变的民俗关照》,学苑出版社2004年版。

刘黎明:《宋代民间巫术研究》,巴蜀书社2004年版。

罗钢,刘象愚主编:《文化研究读本》,中国社会科学出版社2000年版。

罗争鸣:《杜光庭道教小说研究》,巴蜀书社2005年版。

尚秉和:《历代社会风俗事物考》,江苏古籍出版社2002年版。

王孝廉:《中国的神话世界》,作家出版社1991年版。

王青:《西域文化影响下的中古小说》,中国社会科学出版社2006年版。

吴玉贵:《中国风俗通史.隋唐五代卷》,上海文艺出版社2001年版。

向达:《唐代长安与西域文明》,河北教育出版社2001年版。

谢贵安:《中国谣谚文化——谣谚与古代社会》,华中理工大学出版社1994年版。

徐杰舜,周耀明:《汉族风俗文化史纲》,广西人民出版社2001年版。

徐连达:《唐朝文化史》,复旦大学出版社2003年版。

叶舒宪:《中国神话哲学》,中国社会科学出版社1992年版。

叶舒宪:《文学与人类学——知识全球化时代的文学研究》,社会科学文献出版社 2003 年版。

余欣:《神道人心唐宋之际敦煌民生宗教社会史研究》,中华书局 2006 年版。

袁珂:《神话论文集》,上海古籍出版社 1982 年版。

苑利主编:《二十世纪中国民俗学经典》系列,社会科学文献出版社 2002 年版。

张亮采:《中国风俗史》,东方出版社 1996 年版。

张振军:《传统小说与中国文化》,广西师范大学出版社 1996 年版。

赵超:《古代石刻》,文物出版社 2001 年版。

仲富兰:《中国民俗文化学导论》,浙江人民出版社 1998 年版。

余恕诚,吴怀东:《唐诗与其他文体之关系》,中华书局 2012 年版。

2.文学

卞孝萱:《唐传奇新探》,江苏教育出版社 2001 年版。

陈尚君:《唐代文学丛考》,中国社会科学出版社 1997 年版。

程毅中:《唐代小说史》,人民文学出版社 2003 年版。

戴伟华:《地域文化与唐代诗歌》,中华书局 2006 年版。

戴伟华:《唐代文学综论》,商务印书馆 2006 年版。

戴伟华:《唐代使府与文学研究》,广西师范大学出版社 2007 年版。

傅璇琮:《唐代科举与文学》,陕西人民出版社 2003 年版。

傅璇琮:《唐代文史论丛及其他》,大象出版社 2004 年版。

傅道彬:《中国文学的文化批评》,黑龙江人民出版社 2000 年版。

葛永海:《古代小说与城市文化研究》,复旦大学出版社 2005 年版。

韩云波:《唐代小说观念与小说兴起研究》,四川民族出版社

2002 年版。

贾晋华:《唐代集会总集与诗人群研究》,北京大学出版社 2001 年版。

李德辉:《唐代交通与文学》,湖南人民出版社 2003 年版。

鲁迅:《中国小说史略》,《鲁迅全集》第九卷,人民文学出版社 1981 年版。

罗宗强:《隋唐五代文学思想史》,中华书局 2003 年版。

罗争鸣:《杜光庭道教小说研究》,巴蜀书社 2005 年版。

任半塘:《唐声诗》,上海古籍出版社 1982 年版。

沈松勤:《唐宋词社会文化学研究》,浙江大学出版社 2000 年版。

王小盾:《隋唐五代燕乐杂言歌辞研究》,中华书局 1996 年版。

王青:《西域文化影响下的中古小说》,中国社会科学出版社 2006 年版。

汪世荣:《中国古代判词研究》,中国政法大学出版社 1997 年版。

吴承学:《中国古代文体形态研究》,中山大学出版社 2002 年版。

吴夏平:《唐代中央文馆制度与文学研究》,齐鲁书社 2007 年版。

颜进雄:《唐代游仙诗研究》,文津出版社 1996 年版。

袁行霈,罗宗强:《中国文学史》第二卷,高等教育出版社 1999 年版。

王巍:《诗经民俗文化阐释》,商务印书馆 2004 年版。

赵睿才:《时代精神与风俗画卷——唐诗与民俗》,河北人民出版社 2002 年版。

三、论文

曾枣庄:《中国古典文学的尊体与破体》,清华大学学报 2009 年第 1 期。

李定广:《唐诗的体裁系统及其艺术优越性》,《学术月刊》2013 年第 5 期。

曹国庆:《麻姑的传说及其信仰民俗》,《江西社会科学》2000 年第 7 期。

陈勤建、周晓霞:《略论民俗与民族精神》,《上海行政学院学报》2004 年第 4 期。

李德辉:《唐人题壁诗诸问题探讨》,《襄樊学院学报》2005 年第 5 期。

多洛肯:《唐代诗歌语言研究刍论》,《新疆大学学报》2005 年第 6 期。

柯卓英:《唐代的文学传播研究》,陕西师范大学 2006 年博士学位论文。

李凤亮:《世情时序文律运周》,《暨南学报》2001 年第 1 期。

刘衍军:《唐代节俗诗研究》,暨南大学 2004 年硕士学位论文。

聂济冬:《社会文化风尚对中唐爱情传奇模式的影响》,《山东社会科学》2004 年第 9 期。

吴在庆:《论唐代文士的集会宴游对创作的影响》,《厦门大学学报》2003 年第 5 期。

沈松勤:《唐宋词体的文化功能与运行系统》,《文学评论》,2001 年第 4 期。

昝风华:《风俗文化与汉代文学》,山东大学 2007 年博士学位论文。

王旭晓:《民俗的审美价值探源及其当代意义》,《河南教育学院学报》2006 年第 2 期。

王燕:《时尚风俗与元杂剧》,广西师范大学 2007 年硕士学位论文。

万德凯:《杜诗中的民俗文化因素研究》,河北大学 2000 年硕士学位论文。

杨振昆:《民俗在文学作品中的魅力探寻》,《思想战线》1998 年第12期。

赵德利:《民俗审美论纲》,新疆大学学报2005年第4期。

朱红:《唐代节日民俗与文学研究》,复旦大学2002年博士学位论文。